讲给孩子的

中華文學五千年

作品选·上

侯会 著

生活·讀書·新知 三联书店

图书在版编目（CIP）数据

阅读的礼物. 讲给孩子的中华文学五千年. 作品选.
上 / 侯会著. -- 北京：生活·读书·新知三联书店，
2025. 1. -- ISBN 978-7-108-07908-4

Ⅰ. I109-49

中国国家版本馆CIP数据核字第2024LD1137号

责任编辑　王海燕　王　丹
装帧设计　赵　欣
责任校对　陈　明
责任印制　卢　岳
出版发行　生活·讀書·新知 三联书店
　　　　　（北京市东城区美术馆东街 22 号　100010）
网　　址　www.sdxjpc.com
经　　销　新华书店
印　　刷　河北鹏润印刷有限公司
版　　次　2025 年 1 月北京第 1 版
　　　　　2025 年 1 月北京第 1 次印刷
开　　本　635 毫米 × 965 毫米　1/16　印张 23.5
字　　数　310 千字
印　　数　0,001 - 5,000 册
定　　价　468.00 元（全十册）
（印装查询：01064002715；邮购查询：01084010542）

　　侯会教授的新书"阅读的礼物：讲给孩子的中外文学五千年"系列，是由《讲给孩子的中华文学五千年》（包括"古代"三册、"近现代"两册）和《讲给孩子的世界文学五千年》（三册）组成。

　　此前本社出版了作者的《讲给孩子的中国文学经典》（四册）和《讲给孩子的世界文学经典》（三册），受到青少年读者的普遍欢迎，总销量达到四十五万册。本次再版，作者在前作基础上做了大幅调整和深度加工。

　　首先在结构上，恢复了早期版本的爷孙对话形式。如中国古代文学和世界文学，是借"老爷爷"之口，利用两个暑期各五十个夜晚分别讲述的；而中国近现代文学，则是利用一个寒假二十八个夜晚讲述的。如此设计，意在给读者带来沉浸式的阅读体验，这也成为本书独具的特色。

　　其次，新版对原有内容进行了全面调整，除了使重点更加突出，还补充了大量有关作家、作品的趣闻逸事，大大增强了可读性和趣味性；一些基本文学常识，也得到进一步梳理与廓清。

　　此外，配合《讲给孩子的中华文学五千年》古代和近代部分内容，作者还专门编选了《讲给孩子的中华文学五千年（作品选）》（两册），以期把古典诗文作品更多更完整地展现给读者；入选作品都详加注译。——考虑到今天图书市场上还没有一部专为中小学生编选的古代诗文选，此书的问世，希望能填补这一空白。

由衷期待新版一如既往地获得读者朋友们的喜爱与支持，也希望能给读者带来新的体验和切实的帮助。

三联书店

2024年10月

目　录

前言

　　常有家长朋友让我推荐适合给孩子读的古诗文选本，我寻思再三，想到的仍是《千家诗》《唐诗三百首》《古文观止》等老选本。如今看来，这些选本带有明显的局限性：有的只选诗，有的只选文，所选内容也并非篇篇适合孩子们读。

　　再到网上搜一搜，去书城转一转，不觉有些惊诧：在高度重视语文教育的今天，市场上竟没有一本专为孩子编选的古代文学作品选！

　　"那就请你编一本吧！"有朋友建议说。这位朋友有两个孩子，一个读小学，一个读初中。他知道我在大学教古典文学，还给孩子写过文学普及读物。

　　说起来，那还是三十多年前的事，我编写了《中华文学五千年》（后易名《讲给孩子的中国文学经典》，新版改称《讲给孩子的中华文学五千年》），尝试以讲故事的形式，激发孩子们对文学的兴趣。

　　书中缕述中国古代文学家的创作与成就，不时引录诗文加以佐证。但限于篇幅，引录部分多半"缺斤短两"；如《诗经·关雎》共五章，文中只引了"窈窕淑女，君子好逑"这一章，而韩愈的《柳子厚墓志铭》，也只节录了"呜呼，士穷乃见节义"这百十字的一小段。

　　能不能把祖辈留下来的文学瑰宝更完整而全面地展示给孩子？对

此，我曾萌生编一本诗文选当作辅助读物的想法，而朋友的建议如同推了我一把，让我下了决心。

然而做起来并不容易，单是划定范围，就颇费踌躇。几经思考，最后确定了"越全越好"的原则，即不拘文体，举凡"五经"、"四书"、先秦诸子、楚辞汉赋、唐诗宋词、散文骈语、小说戏曲，乃至文学批评，全都含括在内。——其中如《尚书》《易经》《离骚》《子虚赋》等，或文辞古奥，或典故迭出，本不适合孩子读，但考虑到大多数孩子今后或许不会再有接触的机会，因此也都节选一小段，目的是让孩子们见识见识。

编排上，则以时间为经，作家为纬，以作家统率作品。作品的遴选，也是难题。既要选《讲给孩子的中华文学五千年》中引用的大部分作品，也要顾及中小学教材中已选的古诗文，而在篇幅允许的范围内，还想把脍炙人口的名家名作尽量多收一些。

几经斟酌，全书遴选了二百多位中国古代（包括部分近代）文学家的各体代表作近七百篇。其中李白、杜甫、苏轼、陆游、辛弃疾等大家，所选篇目均有二三十篇之多。

为了帮助小读者阅读领会，所选诗文均带详注（注释中带星号者相当于每篇的"题解"）；散文、辞赋还另附有译文。

即便如此，仍因篇幅所限，还有大量诗文佳作不能尽收。一些较长的作品在收录时也仍然有所删节。尤其是长篇诗文、戏剧，只能节录片段；白话小说则只保留了作者介绍及篇目简析，连原文都省略了——好在这些作品并不难找。

本书分为上下两册，既可跟《讲给孩子的中华文学五千年》参照阅读，又不乏独立存在的价值。目标读者名义上是中小学生，其实非中文专业的成人读者，也可包括在内。一些家长希望孩子多读、多背一些古诗文，将本书所选篇目列为首选，再逐渐扩展，或许是不错的选择。

感谢三联书店的责任编辑王海燕女士和王丹女士，也感谢吴喆老师，他们为本书的编辑校订付出辛勤劳动，令我铭记难忘。

侯　会

甲辰立冬，于京畿大兴与德堂

先秦文学

远古神话

盘古开天[1]

天地浑沌如鸡子[2]，盘古生其中。万八千岁，天地开辟，阳清为天，阴浊为地。盘古在其中，一日九变，神于天，圣于地。天日高一丈，地日厚一丈，盘古日长[3]一丈。如此万八千岁。天数极高，地数极深，盘古极长。后乃有三皇[4]。

译文 远古时分，天地混沌一团，像个大鸡蛋，盘古就诞生在里面。历经一万八千年，天地分离，清明的阳气上升为天，重浊的阴气下沉为地。盘古在天地之间，每天都发生许多变化，变得比天地更为神圣。天每日升高一丈，地每日加厚一丈，盘古也每日长高一丈。这样又经历一万八千年，天的高度到顶点，地的厚度达到极致，盘古的身体也长到头。这以后才有了三皇。

盘古化生[5]

首生盘古，垂死化身[6]：气成风云，声为雷霆，左眼为日，右眼为月，四肢五体为四极五岳，血液为江河，筋脉

1　★本篇引自《艺文类聚》卷一引《三五历纪》。盘古，古代传说中的创世之神。一说盘古即伏羲。

2　浑沌（dùn）：混混沌沌、模糊一团的状态。鸡子：鸡蛋。

3　长（zhǎng）：长高。

4　三皇：说法很多，一说为天皇、地皇、人皇；一说为伏羲、女娲、神农。

5　★本篇引自《绎史》卷一引《五运历年纪》。化生，分化衍生。

6　首生：最早产生。垂死：将死，临死。

为地里，肌肉为田土，发髭为星辰[1]，皮毛为草木，齿骨为金石，精髓为珠玉，汗流为雨泽。身之诸虫，因风所感，化为黎氓[2]。

译文 盘古在宇宙间诞生最早，他临死时，身体发生了变化：呼出的气成了风云，发出的声音成为雷霆，左眼变为太阳，右眼变成月亮，四肢五体成为四极五岳，血液变成江河，筋脉变成山川道路，肌肤变作肥田沃土，头发、髭须变成星辰，皮肤汗毛变为草木，牙齿和骨头变成金属岩石，骨髓化为珍珠美玉，汗水化作滋润万物的雨水，身上寄生的各种小虫，被风吹落，变作了黎民百姓。

女娲造人[3]

俗说天地开辟，未有人民，女娲抟[4]黄土作人。剧务，力不暇供，乃引绳絚于泥中[5]，举以为人。故富贵者，黄土人也；贫贱凡庸者，絚人也。

译文 据民间传说，天地初开时，还没有人类。女娲抟弄黄土，创造了人类。由于工作繁重，力不从心，她便将草绳放在泥中，裹泥为人。所以世上那些富贵之人，是女娲用黄土抟造的；而贫贱平庸的人，则是用草绳制造的。

1　四肢五体：人的四肢及头颅，泛指人体。四极：大地四角，或指四方极远处。五岳：指华夏域内的五座大山，为东岳泰山、西岳华山、南岳衡山、北岳恒山和中岳嵩山。地里：山川道路。发髭（zī）：头发和胡须。

2　黎氓（méng）：黎民百姓。

3　★本篇引自《太平御览》卷七十八引《风俗通》。女娲（wā），传说中人首蛇身的女神，相传是她创造了人类。

4　抟（tuán）：将松散的东西揉捏成团。

5　剧务，力不暇供：因工作繁重而力不从心。绳絚（gēng）：粗绳子。

女娲补天[1]

往古之时，四极废，九州裂，天不兼覆，地不周载[2]。火爁炎而不灭，水浩洋而不息[3]；猛兽食颛民，鸷鸟攫老弱[4]。于是女娲炼五色石以补苍天，断鳌足以立四极，杀黑龙以济冀州，积芦灰以止淫水[5]。苍天补，四极正；淫水涸，冀州平；狡虫死，颛民生[6]。

译文 远古时天地间发生了一场大灾变：天穹四角崩塌，九州大地开裂；天空不能覆盖万物，大地不能承载万物。大火延烧不熄，洪水奔流不止。猛兽也跑出来吞食百姓，猛禽从空中攫取老弱。于是大神女娲熔炼了五色的石头修补天空，斩断大海龟的四足当柱子，支撑天空的四角。她还杀死发动洪水的黑龙，救助冀州的百姓；堆积起芦苇的灰烬，挡住洪水。天修补好了，四极端正了，洪水干涸了，冀州平定了。恶兽猛禽被消灭了，百姓又获得了生机。

羿射十日[7]

尧之时，十日并出，焦禾稼，杀草木[8]，而民无所食。猰

1　★本篇引自《淮南子·览冥训》。

2　九州：泛指天下。兼覆：全都盖住。周载：全部承载。

3　爁炎（lànyán）：大火延烧貌。浩洋：水势盛大貌。

4　颛（zhuān）民：善良的百姓。鸷（zhì）鸟：猛禽。攫（jué）：抢夺，抓取。

5　鳌（áo）：海中大龟。济：救济，拯救。冀州：古代九州之一。淫水：洪水。

6　涸（hé）：干涸。狡虫：恶兽。

7　★本篇引自《淮南子·本经训》。羿（yì），尧的臣属，传说中的神射手。关于这则神话，还有帝俊令羿射日及尧亲自射日的说法。

8　尧：古代传说中的圣君。焦：晒焦。杀：这里指晒死。

㺄、凿齿、九婴、大风、封豨、修蛇，皆为民害[1]。尧乃使羿
诛凿齿于畴华之野，杀九婴于凶水之上，缴大风于青丘之
泽，上射十日而下杀㺄㺄，断修蛇于洞庭，禽封豨于桑林[2]。
万民皆喜，置[3]尧以为天子。

译文 尧在位时，十个太阳一齐出现在天空，晒焦了庄稼，晒枯
了草木，闹得百姓没东西吃。㺄㺄、凿齿、九婴、大风、封豨、修
蛇等恶兽猛禽都跑出来祸害百姓。尧于是派羿到畴华的原野上杀死
凿齿，又到凶水之滨杀死九婴，到青丘之泽用带绳的箭射杀大风，
又射掉十个太阳中的九个，还杀死怪兽㺄㺄，到洞庭湖将修蛇砍为
两段，在桑山之林捉住野猪封豨。于是百姓皆大欢喜，拥护尧做了
天子。

夸父逐日[4]

夸父与日逐走，入日，渴，欲得饮，饮于河、渭；河、
渭不足，北饮大泽[5]。未至，道渴而死。弃其杖，化为邓林[6]。

译文 夸父奔跑着追赶太阳，来到太阳下山的地方，口渴得厉害，
想要喝水。于是先到黄河、渭河边喝，喝干了两条河流还不够，又要

---

1 "㺄㺄（yàyǔ）"句：这里的㺄㺄等，都是害人的怪兽。㺄㺄是龙头虎爪，凿齿是齿如
　铁凿，九婴为九头水火怪，大风即大鹏，封豨（xī）是大野猪，修蛇是长蛇。
2 畴华：南方水泽名。下面的凶水是北方水名，青丘是东方地名，桑林是传说中成汤祷
　雨的地方。缴（zhuó）：用带绳子的箭射。禽：同"擒"。
3 置：安排，拥戴。
4 ★本篇引自《山海经·海外北经》。夸父，神话传说中的巨人。相传他以蛇为耳环，两
　手各握一条蛇。逐日，追赶太阳。
5 入日：来到太阳落山的地方。河、渭：黄河和渭河。大泽：北方的大湖，有人认为即
　今贝加尔湖。
6 邓林：桃林。

到北方的大湖去喝。然而没赶到，便在中途渴死了。他丢下的手杖，在路边化作一片桃林。

精卫填海[1]

发鸠之山，其上多柘木[2]。有鸟焉，其状如乌，文首，白喙，赤足，名曰精卫，其名自詨[3]，是炎帝之少女名曰女娃。女娃游于东海，溺[4]而不返。故为精卫，常衔西山之木石以堙[5]于东海。

译文 在一座名叫发鸠的山上，长着许多柘树。林间有一种鸟，形状像乌鸦，头上有花纹，白嘴红爪，名叫"精卫"，这名字是从它的叫声来的，像是自己在召唤自己。相传精卫鸟原是炎帝的小女儿，名叫女娃。女娃到东海游玩，不慎溺水而死，再也回不去家。她的灵魂于是变成精卫鸟，常常到西山衔了树枝、石子来填东海。

---

1 ★本篇引自《山海经·北次三经》。精卫，鸟名。
2 发鸠之山：山名，在今山西省长子县西五十里。柘（zhè）木：柘树，桑树的一种。
3 乌：乌鸦。文：花纹。喙（huì）：鸟兽的嘴。詨（xiào）：同叫。
4 溺：溺亡，淹死。
5 堙（yīn）：填塞。

《尚书》

《诗》《书》《易》《礼》《春秋》是儒家的五部经典，称"五经"。其中除了《诗》，其他四种都不属于文学作品。如《书》和《春秋》属于史书范畴，《易》是一部占卜书，《礼》（《礼记》）则是儒家讨论礼制的论文集。《书》即《尚书》，其中的著名篇章有《尧典》《舜典》《禹贡》《盘庚》《牧誓》《洪范》《大诰》《无逸》等。因文字古奥难懂，一般文选均不选《尚书》文字；为了让读者"尝鼎一脔"，这里选了《无逸》中的一小段。

无逸（节录）[1]

周公曰："呜呼！君子所[2]，其无逸！先知稼穑之艰难，乃逸，则知小人之依[3]。相小人，厥父母勤劳稼穑，厥子乃不知稼穑之艰难，乃逸，乃谚既诞[4]，否则侮厥父母曰：'昔之人[5]无闻知！'"

译文 周公说："唉！君子身居其位，可不能贪图安逸啊！先要体会种田的艰辛，也便了解了百姓的苦辛。看看那些小民，当父母辛勤种田，做儿子的却不知务农之艰辛，一味贪图安逸享乐，粗暴放任，狂妄自大，不然就辱骂爹娘说：'他们这些老背时的懂得啥！'"

1　★本篇引自《尚书·无逸》。《无逸》是周公与周成王的谈话记录。周公唯恐成王贪图享乐，难成大器，因而反复叮咛，语重心长。无逸，不要贪图安逸。

2　所：处，指在位当官。

3　稼穑：指农事，农活。乃逸：一般认为，这两个字是衍文，也就是误增的文字。小人：指劳动者。依：苦衷。

4　相（xiàng）：观察，看。厥：其。谚：这里意为粗暴恣肆。诞：狂妄自大。

5　昔之人：老人，思想意识过时的人。

《周易》

《周易》分《易经》和《易传》两部分。《易经》所载六十四卦中，人们比较熟悉的有"乾""坤""谦""贲""睽"等卦。这里节录了"乾""坤"两卦的《象》辞以及"睽"卦的一则爻辞，让读者对《周易》略有知闻。

"乾"卦《象》辞[1]

《象》曰：天行健[2]，君子以自强不息。

译文 《象传》解释《乾》卦说：天道的运行，显示着刚健之德，君子从中受到启示，勇猛精进，永不止息。

"坤"卦《象》辞[3]

《象》曰：地势坤，君子以厚德载物[4]。

译文 《象传》解释《坤》卦说：大地的气势，厚实而和顺。君子从中受到启示，增厚美德，容载万物。

1　★《易传》分为《文言》《彖》《象》《系辞》等，共七种十篇，属于解释《易经》之作。本篇是"乾"卦的《象》辞。乾卦是《易经》六十四卦中的第一卦，代表天，也有雄性、帝王等象征意义。

2　健：刚健，这里是古人对天道精神的总结。

3　★本篇是"坤"卦的《象》辞。坤卦：《易经》六十四卦中的第二卦，代表地，也有雌性、后妃等象征意义。

4　坤（地势坤）：有宽厚、和顺之意，是古人对大地之德的总结。厚德：增厚美德。载物：承载、包容万物。

"睽"卦"上九"[1]

睽孤见豕负涂，载鬼一车，先张之弧，后说之弧[2]。匪寇，婚媾[3]。往遇雨则吉。

译文 孤独的旅人看到一口猪伏卧在道路上，又见一辆车载着一伙鬼驶过来。旅人拉满弓弦刚要射，却又松开了。（因为他看清）那不是群鬼或强盗，而是结婚迎亲的队伍。（占得此卦，对所卜之事可以放心去做。）前往时如遇下雨，更是吉兆。

1　★本篇是"睽"卦的爻辞，"睽"卦是《易经》六十四卦的第三十八卦。"上九"为"睽"卦第六爻。

2　睽孤：睽本义为怒视，又有乖离、孤独等义；"睽孤"在这里指孤独的旅行者。豕：猪。负：同"伏"。涂：同"途"。张：拉开弓弦。弧：弓。说：这里是弛的意思，即松开弓弦。

3　婚媾：结亲。

《礼记》

《礼记》是一部儒家讨论礼制的论文集，包括四十九篇文章，如《曲礼》《檀弓》《王制》《月令》《礼运》《学记》《中庸》《大学》等。这里选注《曲礼》《檀弓》及《礼运》中的部分内容。

将适舍[1]

将适舍，求毋固[2]。将上堂，声必扬[3]。户外有二屦[4]，言闻则入，言不闻则不入。将入户，视必下[5]。入户奉扃，视瞻毋回[6]；户开亦开，户阖亦阖；有后入者，阖而勿遂[7]。毋践屦，毋踏席，抠衣趋隅[8]。必慎唯诺[9]。

译文 想要到人家拜访，可以提请求，但不要勉强。准备进门时，要高声探问（好让屋里人知道）。看到门外有两双鞋子，如果听到屋里有说话声，就可以进去；没有说话声，就先不要进入。将进门的一瞬间，眼光要朝下看。进门时手把着门闩，眼睛不要环视。进了门，身后的门原来是开着的，就还让它开着；若是关着的，就还把它关

1　★本篇引自《礼记·曲礼上》。《曲礼》专述生活中的礼节。这一段讲到人家拜访时的礼节。

2　毋固：不要固执。

3　声必扬：一定要提高嗓音。

4　屦（jù）：鞋子。按，古人入室，把鞋脱在户外。

5　视必下：眼一定朝下看。

6　奉扃（jiōng）：手捧门闩。扃，门闩。视瞻毋回：眼光不要环视。

7　阖（hé）：关门。勿遂：不要关严。

8　践：踩踏。踏（jí）：践踏，跨越。抠（kōu）衣：提着裙裳。隅（yú）：角落。

9　唯诺：应答。

上。后面还有人跟着进来，就只把门带上，别关严。进门时，不要踩到别人的鞋子，不要跨越座席。自己提着裙裳下摆走到席尾角落处落座。与人对话，应答时态度要恭敬。

苛政猛于虎[1]

孔子过泰山侧，有妇人哭于墓者而哀。夫子式[2]而听之，使子路问之曰："子之哭也，壹似重有忧者[3]。"而曰："然。昔者吾舅死于虎，吾夫又死焉，今吾子又死焉[4]。"夫子曰："何为不去[5]也？"曰："无苛政。"夫子曰："小子识[6]之，苛政猛于虎也！"

译文 孔子经过泰山旁，见有个妇人在坟前哭得很伤心。孔子起身扶着车前的轼木听了一会儿，让学生子路去问妇人："听你的哭声，像是有非常伤心的事。"对方回答："确实如此。以前我的公公被老虎咬死，我的丈夫也死于虎患。如今我的儿子又死在这上面。"孔子问："那为啥不离开此地呢？"妇人回答："这里没有繁苛的赋税和法令。"孔子对学生说："弟子们记住啊，繁苛的赋税和法令比老虎还凶猛！"

---

1 ★本篇引自《礼记·檀弓下》。《檀弓》内容多半与丧亡有关。苛政，繁苛的赋税与法令。

2 式：动词，手扶车前横木（此横木名"轼"）。

3 壹似：一似，很像。重：很。

4 然：是的。舅：公公。焉：这个，此事。指为虎所食。

5 去：离开。

6 识（zhì）：记住。

嗟来之食[1]

齐大饥，黔敖为食于路，以待饿者而食[2]之。有饿者蒙袂辑屦，贸贸然来[3]。黔敖左奉食，右执饮，曰："嗟！来食。"扬其目而视之，曰："予唯不食嗟来之食，以至于斯[4]也。"从而谢[5]焉，终不食而死。曾子[6]闻之曰："微与[7]？其嗟也可去，其谢也可食。"

译文 齐国发生了大饥荒，黔敖在路边安排了食物，等着饥饿的人来供他们吃。有个饿汉子用衣袖蒙着脸，趿拉着鞋子，昏头昏脑地走过来。黔敖左手捧着食物，右手拿着汤，说："喂！过来吃吧！"那人抬眼看看黔敖，说："我就因不吃这种吆喝着赏赐的食物，所以才落到这个地步。"（黔敖自知失礼）跟在后面道歉。汉子却始终不肯吃，终于饿死。曾参听了这事，评价说："这不对吧？吆喝着让你吃，确实应该离开；可人家道了歉，就应该吃才是。"

大同之世[8]

孔子曰："……大道之行也，天下为公，选贤与能，讲

1　★本篇引自《礼记·檀弓下》。嗟来之食，不礼貌地招呼着赏赐的食物。嗟，等于喊："喂！"这里指不礼貌的招呼声。

2　食（sì）：喂养，（让他）吃。

3　蒙袂（mèi）辑屦（jù）：用袖子蒙着脸，趿拉着鞋。袂，衣袖。贸贸然：昏头昏脑的样子。

4　斯：这样。

5　谢：道歉。

6　曾子：孔子的弟子曾参。

7　微：非，不是。与：助词，表疑问，相当于"欤"。

8　★本篇引自《礼记·礼运》，记述了孔子与学生言偃（子游）的对话，展示了孔子为"大同之世"所画的蓝图。

信修睦[1]。故人不独亲其亲，不独子其子[2]；使老有所终，壮有所用，幼有所长，矜、寡、孤、独、废疾者皆有所养；男有分，女有归[3]。货恶[4]其弃于地也，不必藏于己；力恶其不出于身也，不必为己。是故谋闭而不兴，盗窃乱贼而不作[5]。故外户[6]而不闭，是谓大同。"

译文 孔子说："……当大道施行时，天下是人民公有的，人们选举贤能者做领袖，人与人讲究诚信，和睦相处。因而人们不只爱自己的双亲，不只抚育自己的儿女，而是让所有的老人都得以善终，所有青壮年都有用武之地，所有孩子都得到抚育，鳏夫寡妇孤独无依以及残疾之人都得到赡养。男子找到工作，尽自己的职分；女子也都出嫁成家，有了归宿。对于财货，只是看不过被随意糟蹋，却不一定要据为己有；至于力气，唯恐自己有劲儿使不上，却不一定只为自己。因此若有阴谋诡计，全被阻遏而不得施展；一切盗窃作乱之举也不可能发生。人们外出都不用关大门，这就是所谓的大同之世。"

1 大道：夏商周三代的治国之道，实为儒家所描绘的理想社会形态。选贤与能：选举贤能。与，同"举"。修睦：调整关系，以求和睦。

2 亲其亲：爱自己的父母。子其子：抚养自己的子女。

3 所终：（好的）结局。长（zhǎng）：养育，使成长。矜（guān）：同"鳏"，指老而无妻的男子。寡：指老而无夫的妇人。孤：少而失父者。独：老而无子者。分（fèn）：职分，工作。归：归宿，这里指女子出嫁，有了婆家。

4 恶（wù）：厌恶。

5 谋：阴谋诡计。不作：不兴。

6 外户：大门。

修齐治平[1]

古之欲明明德[2]于天下者，先治其国；欲治其国者，先齐[3]其家；欲齐其家者，先修其身；欲修其身者，先正其心；欲正其心者，先诚其意；欲诚其意者，先致其知[4]；致知在格物[5]。物格而后知至，知至而后意诚，意诚而后心正，心正而后身修，身修而后家齐，家齐而后国治，国治而后天下平。

译文 古代要彰显个人美善之德并推行于天下的君主，先要治理好自己的国家；要治理好自己的国家，先要整顿好自己的家族；要整顿好自己的家族，先要修治自身；要修治自身，先要端正自己的心志；要端正自己的心志，先要做到意念真诚；要做到意念真诚，先要招致自己的良知；招致良知在于格除物欲。格除物欲才能招致良知，招致良知才能做到意念真诚，意念真诚才能端正自己的心志，端正自己的心志才能让自身得到修治，自身修治才能整顿好自己的家族，家族得到整顿，才能治理好自己的国家，国家得到治理，才能平定天下。

---

1 ★本篇引自《礼记·大学》，讲的是修身的必要性及其步骤，即"格物、致知、诚意、正心、修身、齐家、治国、平天下"，又称"八条目"。

2 明明德：弘扬光大内心的美好德行。前一个"明"是动词，意为使光明、彰显；后一个"明"是形容词，光明，美好。

3 齐：整顿。

4 致其知：发掘心中的良知。致，招致。

5 格物：去掉物欲对良知的蒙蔽。格，去。

《诗经》

"五经"之一的《诗经》，是中国最早的诗歌总集，共收入西周早期至春秋中叶的诗歌305首，又分为"风""雅""颂"三部分。其代表作有《关雎》《伐檀》《硕鼠》《木瓜》《子衿》《无衣》《蒹葭》《氓》《硕人》《七月》《采薇》《生民》《玄鸟》等。

关雎[1]

关关雎鸠，在河之洲。窈窕淑女，君子好逑。[2]

参差荇菜，左右流之。窈窕淑女，寤寐求之。[3]

求之不得，寤寐思服。悠哉悠哉，辗转反侧。[4]

参差荇菜，左右采之。窈窕淑女，琴瑟友之。

参差荇菜，左右芼之。窈窕淑女，钟鼓乐之。[5]

1　★本篇为《国风·周南》第一篇，也是《诗经》第一篇。《毛诗序》认为此篇是吟咏"后妃之德"，实则是一首情歌，写"君子"对"淑女"的追慕。

2　"关关"四句：意谓在河中小岛上，鱼鹰咕咕地叫着。那个善良的漂亮姑娘，是君子的意中人。关关，鸟鸣声。雎鸠（jūjiū），水鸟名，即鱼鹰。窈窕（yǎotiǎo），形容女子心貌皆美。淑女，美好的女子。好逑（qiú），好的配偶。

3　"参差"（第二章）四句：意谓水中的荇菜参差不齐，左边采了右边采。善良的漂亮姑娘，让君子日夜苦思。荇（xìng）菜，一种水生植物。流，同"摎"（liú），摘取。寤寐（wùmèi），醒着睡着，犹言日夜。

4　"求之"四句：意谓君子的目标难实现，唯有日夜思念。思念悠长难断绝，翻来覆去不成眠。思服，思念。辗转反侧，指翻来覆去不能入睡。

5　"参差"（第四、五章）各四句：与第二章为复沓关系。采、芼（mào），都是采摘的意思。琴瑟友之，弹琴鼓瑟向女子表示爱慕。友，亲爱。钟鼓乐之，鸣钟击鼓取悦女子。一说梦想着鸣钟击鼓与女子成亲。乐（lè），取悦，令高兴。

芣苢[1]

采采芣苢，薄言采之[2]。采采芣苢，薄言有之。

采采芣苢，薄言掇之。采采芣苢，薄言捋之。

采采芣苢，薄言袺之。采采芣苢，薄言襭之。

木瓜[3]

投我以木瓜，报之以琼琚。匪报也，永以为好也！[4]

投我以木桃，报之以琼瑶。匪报也，永以为好也！

投我以木李，报之以琼玖。匪报也，永以为好也！

子衿[5]

青青子衿，悠悠我心。纵我不往，子宁不嗣音？[6]

青青子佩，悠悠我思。纵我不往，子宁不来？[7]

1　★本篇引自《国风·周南》，描述采集芣苢的劳动场面。芣苢（fú yǐ），植物名，又名车前草，可以入药。

2　采采：采呀采。一说茂盛貌。薄言：急急忙忙或勉力的样子。言，读作"然"或"焉"，语气词。采（薄言采之）：采摘。以下诸句中相应的动词都有采摘、收取之意。有：取得，获得。掇（duō）：拾取，摘取。捋（luō）：用手撸下。袺（jié）：用手捏着衣襟兜着。襭（xié）：用衣襟别在腰里兜着。

3　★本篇引自《国风·卫风》，是一首爱情诗：姑娘投以果实，表达爱慕之心，小伙儿报以玉饰，象征着爱情的美好与坚贞。

4　木瓜：同下面的木桃、木李都是植物果实。琼琚：与下面的琼瑶、琼玖，都是玉质佩饰。匪：非，不是。

5　★本篇引自《国风·郑风》，是姑娘唱给小伙儿的情歌。

6　"青青子衿（jīn）"四句：意为青青的是你的衣领，悠长的是我的情思。纵然我没去找你，你难道就不给我个音信？衿，衣领。宁，难道。嗣，这里意为寄、送。

7　佩：佩玉的带子。

挑兮达兮，在城阙兮。一日不见，如三月兮！¹

伐檀²

坎坎伐檀兮，寘之河之干兮，河水清且涟猗。³

不稼不穑，胡取禾三百廛兮？不狩不猎，胡瞻尔庭有县
貆兮？⁴

彼君子兮，不素餐兮！⁵

坎坎伐辐兮，寘之河之侧兮，河水清且直猗。

不稼不穑，胡取禾三百亿兮？不狩不猎，胡瞻尔庭有县
特兮？

彼君子兮，不素食兮！

坎坎伐轮兮，寘之河之漘兮，河水清且沦猗。

不稼不穑，胡取禾三百囷兮？不狩不猎，胡瞻尔庭有县
鹑兮？

1　挑、达：往来。城阙：城门两边的观楼。

2　★本篇引自《国风·魏风》，是造车工匠所唱的歌。一般认为，诗中嘲讽不劳而获的领
主，表达了劳动者的心中不平。

3　"坎坎伐檀"三句：叮叮当当砍伐檀树，砍好放在河岸上，河水清清泛细浪。坎坎，
伐木声。檀，檀木。下文中的"辐""轮"，分别是辐条和轮辋。寘（zhì），置。
干，岸。下文中的"侧""漘（chún）"，同指水边。涟，形容风吹水面，纹如连
锁。下文中的"直"，是直流波纹；"沦"是小波浪。猗（yī），语气词，与"兮"作
用同。

4　"不稼"四句：不种不收，为啥获取庄稼三百捆？不去狩猎，为啥看见你家院里挂着
獾子？稼，耕种。穑，收割。胡，为什么。廛（chán），即捆。下文中的"亿"，意为
束；"囷（qūn）"，意为禾捆。狩、猎，泛指打猎。瞻，看。尔，你，即下文中的君子。
县，同"悬"，悬挂。貆（huān）：兽名，俗称獾子。下文中的"特"，指四岁的野兽；
"鹑"，即鹌鹑。

5　"彼君子"二句：人家是君子，可不白吃饭啊。素餐，白吃饭。

彼君子兮，不素飧兮！¹

先秦文学

硕鼠²

硕鼠硕鼠，无食我黍！三岁贯女，莫我肯顾。³逝将去女，适彼乐土。乐土乐土，爰得我所。⁴

硕鼠硕鼠，无食我麦！三岁贯女，莫我肯德。逝将去女，适彼乐国。乐国乐国，爰得我直。

硕鼠硕鼠，无食我苗！三岁贯女，莫我肯劳。逝将去女，适彼乐郊。乐郊乐郊，谁之永号？

蒹葭⁵

蒹葭苍苍，白露为霜。所谓伊人，在水一方。⁶溯洄从之，

1　"坎坎伐辐"以下两章：与第一章为复沓关系。飧（sūn），晚饭，也指熟食。

2　★本篇引自《国风·魏风》，是农民所唱的歌，表达了不堪忍受领主盘剥的怨恨情绪。也有人认为，此歌是农民面对鼠害所发出的祈祷与诅咒。

3　"硕鼠"四句（首章）：大田鼠大田鼠，不要吃我的黄黍。我多年侍奉你，你却不肯体贴我！硕鼠，大田鼠。黍，一种带黏性的谷物。下文中的"麦""苗"分别指大麦、禾苗。贯，侍奉，养活。女，同"汝"，你。顾，体贴，顾念。下文中的"德""劳"，分别是感激、慰劳之意。

4　"逝将"四句（首章）：我发誓要离你而去，去找那块安乐之地。安乐之地啊，那才是我的家！逝，同"誓"。去，离开。适，到。彼，那。乐土，理想的好地方。下文中的"乐国""乐郊"与此意思相近。爰（yuán），乃。所，这里指栖身之地。下文中的"我直"指我的劳动所得；"谁之永号"，谁还会长叹、哀号。

5　★本篇引自《国风·秦风》，是一首优美的情诗。

6　"蒹葭（jiānjiā）苍苍"四句：芦苇苍茫，露水结霜，我心心念念的人，就在河的那旁。蒹葭，芦苇，这里泛指水边植物。苍苍，苍茫茂盛。下文中的"萋萋""采采"同为茂盛、众多貌。所谓，所念。伊人，那人。一方，一边。下文的"湄（méi）""涘（sì）"，也都是水边的意思。

道阻且长。溯游从之，宛在水中央。[1]

蒹葭萋萋，白露未晞。所谓伊人，在水之湄。溯洄从之，道阻且跻。溯游从之，宛在水中坻。

蒹葭采采，白露未已。所谓伊人，在水之涘。溯洄从之，道阻且右。溯游从之，宛在水中沚。

无衣[2]

岂曰无衣？与子同袍。[3]王于兴师，修我戈矛。[4]与子同仇！[5]

岂曰无衣？与子同泽。王于兴师，修我矛戟。与子偕作！

岂曰无衣？与子同裳。王于兴师，修我甲兵。与子偕行！

---

1 "溯（sù）洄"四句（首章）：我沿着曲水向上寻觅，道路难行且漫长。我沿着直流向上寻觅，她好像就在水中央。溯，逆水而上。洄，回环曲折的水道。从，就，前往。阻，险阻。下文的"跻（jī）""右"，分别是高起、弯曲的意思。游，直的水道、河流。宛，宛如，仿佛。中央，这里指中流。下文中的"坻（chí）""沚（zhǐ）"，分别指水中沙洲和沙滩。

2 ★本篇引自《国风·秦风》，是秦地士兵所唱的歌，表达了战友之情以及同仇敌忾的精神。

3 "岂曰"二句（首章）：谁说没有衣裳？我跟你合穿一件战袍。袍，状如斗篷的军装。下文中的"泽"指汗衣，"裳"指裙衣。

4 "王于"二句（首章）：大王要出兵打仗，快修整我们的戈矛。王于兴师，奉王命兴师作战。戈矛，一种长柄兵器。下文中的"戟"，也是长柄兵器；"甲兵"则泛指盔甲兵器。

5 与子同仇：我们的敌人是共同的。下文中的"偕作""偕行"分别指一同跃起，一同前进。

采薇[1]

采薇采薇，薇亦作止。曰归曰归，岁亦莫止。靡室靡家，猃狁之故。不遑启居，猃狁之故。[2]

采薇采薇，薇亦柔止。曰归曰归，心亦忧止。忧心烈烈，载饥载渴。我戍未定，靡使归聘。[3]

采薇采薇，薇亦刚止。曰归曰归，岁亦阳止。王事靡盬，不遑启处。忧心孔疚，我行不来。[4]

彼尔维何？维常之华。彼路斯何？君子之车。[5]戎车既驾，四牡业业。岂敢定居？一月三捷。[6]

驾彼四牡，四牡骙骙。君子所依，小人所腓。[7]四牡翼翼，

1　★本篇引自《小雅》，是士兵所唱的歌，描述了戍边生活，也有对战争的思考和对家乡的怀念。全诗六章，章法并不一致，有人怀疑是将两首描写兵戎生活的诗合到一起。
2　首章八句：意谓采薇啊采薇，薇菜已出新芽。说回归啊回归，眼看一年将尽。离开妻子离开家，还不是猃狁作乱的缘故。一刻不得安坐，还不是猃狁作乱的缘故。薇，一种野菜。作，初生发芽。二、三章的"柔""刚"，分别指薇菜肥嫩及变老。止，语气词。莫，暮。三章的"阳"是指初冬时候。靡，无。室，妻子。不遑，无暇。启居，坐着，安歇。下文中的"启处"也是此意。猃狁（xiǎnyǔn），即猃狁，古代西北边地的少数民族。
3　"忧心烈烈"四句：忧心如焚，又饿又渴。驻防之地还没定，没法托人去探家。载，又。聘，探问。
4　"王事靡盬（gǔ）"四句：君王的差事还没完，无暇闲坐。忧伤痛苦不可言，此去唯恐难回还。盬，停止。孔疚，极度痛苦。
5　"彼尔"四句：那盛开的是什么花？那是棠棣花。那是辆什么车？那是将军的战车。尔，同"苶"，花盛开貌。维何，是什么。路，同"辂（lù）"，车子。君子，这里指军事统帅。
6　"戎车"四句：战车已经驾好了，四匹骏马又高又壮。怎敢安坐，一个月打了三个胜仗！戎车，战车。四牡，四匹公马。业业，强壮高大貌。捷，打胜仗，告捷。
7　"驾彼"四句：驾着四马战车，四匹骏马强壮威武。将军倚在车上，士兵靠着车掩护。骙（kuí）骙，马强壮貌。依，依靠，倚仗。腓（féi），庇护，掩护。

象弭鱼服。岂不日戒，狁孔棘。[1]

　　昔我往矣，杨柳依依。今我来思，雨雪霏霏。行道迟迟，载渴载饥。我心伤悲，莫知我哀！[2]

1　"四牡翼翼"四句：四马行进齐整，将军的弓箭不凡。哪能一日不警戒，敌情急似火。翼翼，行列整齐貌。象弭（mǐ），用象牙装饰的弓。鱼服，用鱼皮制的箭袋。服，同"箙"，箭袋。孔棘，非常紧急。棘，同"亟"，紧急。
2　"昔我"八句：从前我应征上战场，正是柳枝飘拂的春天。如今我退伍还乡，已是大雪纷飞的严冬。我行走缓慢，又饥又渴。我心中的哀伤悲痛，又有谁能体会？依依，柳枝飘拂貌。思，语气词。雨（yù）雪，下雪。霏霏，雪密貌。迟迟，缓慢。

《老子》

老子，名李耳，字聃（dān），人称老聃、老子，是道家学派的代表人物。有《老子》（又称《道德经》）八十一章传世。这里选注三则。

道可道，非常道[1]

道可道，非常道[2]；名可名，非常名[3]。无，名天地之始；有，名万物之母。

译文 可以讲出来的道，不是永恒不变的道；能够用语言描述的名，不是永恒不变的名。"无"，用来名状天地万物的开端；"有"，用来名状天地万物的源泉。

天下皆知美之为美[4]

天下皆知美之为美，斯恶已[5]；皆知善之为善，斯不善已。故有无相生，难易相成，长短相形，高下相倾，音声相和[6]，前后相随。

译文 普天下都知道美是怎么一回事，这就产生了丑的概念；都知道善是怎么一回事，这就产生了恶的概念。正因如此，"有"和

1　★本篇引自《老子》第一章。这里所说的"道"和"名"实为一事，都是指难以描述的天道，不过是一表一里。
2　道（第一、三个）：道理，天道。道（第二个）：动词，讲说。
3　名（第一、三个）：名目，名称。名（第二个）：动词，名状，描摹。
4　★本篇引自《老子》第二章。本章讨论美丑、善恶等观念都是相互对立又相互依赖和补充的。
5　斯：这。恶：丑。
6　相生：相互依存。成：成就。形：比较。倾：依靠。音声：音乐和人声。和：和谐。

"无"是相互依存的，"难"和"易"是相互成就的，"长"和"短"是相互比较而显现的，"高"和"低"也是相互依赖的，音乐和人声也因调和而美，"前"和"后"也相互跟随不能分离。

天之道[1]

天之道，损有余而补不足[2]。人之道则不然，损不足以奉有余[3]。孰能有余以奉天下？唯有道者[4]。

译文 自然之道，是消减有余裕的，添补不足的。人间的规则却不是这样，常常是减损不足的，去奉养有余的。谁能收取有余的财物来奉养天下？只有把握自然之道的人才能做到。

1　★本篇引自《老子》第七十七章。讲天道与人道的区别，对损不足奉有余的"人道"有所批判。

2　天之道：指自然的规律。损：使亏损。

3　人之道：这里指人间的规则，实为弱肉强食的"丛林法则"。奉，供给。

4　有道者：把握天道的人。

《论语》

孔子（前551—前479），名丘，字仲尼，春秋鲁国陬邑（今山东曲阜）人，思想家，教育家，是儒家学派创始人，有"至圣先师"之誉。一生追求恢复礼乐制度，倡导仁义礼智信，开私人讲学之风，有弟子三千，贤人七十二。有《论语》二十篇，记录他的学说主张。常被引用的语录有"学而时习之""克己复礼为仁""弟子入则孝、出则弟""己所不欲，勿施于人""君子食无求饱""士不可以不弘毅""学而不思则罔""不愤不悱"等。

学而时习之 [1]

子曰 [2]："学而时习之，不亦说乎 [3]？有朋自远方来，不亦乐乎？人不知而不愠，不亦君子乎 [4]？"

译文 孔子说："学过了，按时去温习，不也很愉快吗？有志同道合的人从远方来相会，不也很快乐吗？别人不了解我，我也不怨恨，不也是君子应有的表现吗？"

---

1 ★本篇引自《论语·学而篇》，是《论语》第一则，论说学习、交友、修养之乐。

2 子曰：孔子说。

3 时习：时时温习、实践。不亦：副词，表示委婉地反问，"不也……""岂不也是……"，常与句末的"乎"相呼应。说（yuè）：同"悦"，高兴。

4 愠（yùn）：怨恨。君子：有道德的人。

吾日三省吾身[1]

曾子曰："吾日三省吾身[2]：为人谋而不忠乎？与朋友交而不信乎？传不习乎？[3]"

译文 曾子说："我每天多次反省自己：为别人做事没有尽心竭力吗？跟朋友交往不曾诚实守信吗？老师传授的功课没有复习实践吗？"

君子食无求饱[4]

子曰："君子食无求饱，居无求安，敏于事而慎于言，就有道而正焉[5]，可谓好学也已。"

译文 孔子说："君子吃饭不求饱足，居住不求安适，做事勤快，说话谨慎，主动向有道者看齐，这就称得上'好学'了。"

十五而志于学[6]

子曰："吾十有五而志于学，三十而立，四十而不惑，五十而知天命，六十而耳顺，七十而从心所欲，不逾矩[7]。"

1　★本篇引自《论语·学而篇》。这是孔子的学生曾参的话，强调自我反省是人生修习的重要方法。

2　三：多次。省（xǐng）：省问，反思。

3　谋：谋划，做事。忠：尽心竭力。信：诚信。传：传授的知识。习：复习实践。

4　★本篇引自《论语·学而篇》。这是孔子对君子的要求。君子在古代指有地位的人或道德高尚的人。这里指后者。

5　敏于事：做事勤快。就：主动接近。有道：这里指道德、学识很高的人。正：向人家学习，来端正自己。

6　★本篇引自《论语·为政篇》，是孔子对自己不同年龄段所达到的高度的总结概括。

7　立：自立于社会。天命：上天的意旨。这是古人的看法。耳顺：对各种意见都能接纳、参考。逾矩：超越法度。矩，规矩，法度。

译文 孔子说:"我十五岁立志于做学问,三十岁能自立于社会,四十岁不再感到困惑,五十岁懂得天命,六十岁能听进各种不同意见,七十岁能做到随心所欲地行事而又不出格。"

三人行¹

子曰:"三人²行,必有我师焉。择其善者而从之,其不善者而改之。"

译文 孔子说:"几个人在一起走,其中一定有值得我师法的人。我应选取好的方面学习,至于不好的方面,如果自己也有,就改正。"

士不可以不弘毅³

曾子曰:"士不可以不弘毅⁴,任重而道远。仁以为己任,不亦重乎?死而后已,不亦远乎?"

译文 曾子说:"士不可以不刚强有毅力,因为他肩上担子重、面前道路远——把推行仁德当作己任,担子能不重吗?至死方休,道路能不远吗?"

1　★本篇引自《论语·述而篇》,谈论要善于从师学习,以及学习的方法。
2　三人:"三"在这里既是虚数也可实指,意指人数极少。
3　★本篇引自《论语·泰伯篇》。这是曾子心目中士的标准。
4　士,贵族的最低一级,也泛指读书人。弘毅,刚强果决,有毅力。

《墨子》

墨子（约前468—约前376），名翟（dí），战国时鲁国（一说宋国）人，是墨家学派创始人。主张兼爱、非攻、节用、节葬等。有《墨子》一书传世，包括五十三篇，有《兼爱》《非攻》《节用》《节葬》《尚贤》《尚同》《公输》等。

公输[1]

公输盘为楚造云梯之械[2]，成，将以攻宋。子墨子闻之，起于鲁，行十日十夜而至于郢[3]，见公输盘。公输盘曰："夫子何命焉为[4]？"子墨子曰："北方有侮臣者，愿藉子杀之[5]。"公输盘不说[6]。子墨子曰："请献十金[7]。"公输盘曰："吾义固不杀人[8]。"子墨子起，再拜[9]，曰："请说之。吾从北方闻子为梯，将以攻宋。宋何罪之有？荆国[10]有余于地，而不足于民，

1　★本篇引自《墨子》第五十篇《公输》，也是全书中唯一一篇完整的叙事文，记述墨子为阻止楚国入侵宋国而进行的一次反战行动。

2　公输盘（bān）：姓公输，名盘（或说名班或般），是鲁国的巧匠；一说即传说中的木匠祖师鲁班。云梯之械：古代登高攻城的器械。

3　子墨子：即墨家创始人墨翟，这是对他的尊称。下文公输盘又尊称他为"夫子"。郢（Yǐng）：楚国国都，故址在今湖北荆州北纪南城。

4　何命焉为：有何见教。焉为，语尾词，表疑问语气。

5　侮（wǔ）：侮辱，欺负。藉子：借你的力量。藉，同"借"。

6　不说（yuè）：不高兴。说，同"悦"。下文中"请说之"的"说"读shuō，意为解释、说服。

7　十金：这里当指十镒（yì）黄金。一镒重300余克。

8　义：讲道义。固：从来。

9　再拜：拜两次。

10　荆国：即楚国。

杀所不足而争所有余，不可谓智；宋无罪而攻之，不可谓仁；知而不争，不可谓忠；争而不得，不可谓强；义不杀少而杀众，不可谓知类[1]。"公输盘服。子墨子曰："然，胡不已乎[2]？"公输盘曰："不可，吾既已言之王矣。"子墨子曰："胡不见[3]我于王？"公输盘曰："诺[4]。"

子墨子见王，曰："今有人于此，舍其文轩，邻有敝舆而欲窃之[5]；舍其锦绣，邻有短褐[6]而欲窃之；舍其梁肉，邻有糠糟而欲窃之[7]。此为何若人？"王曰："必为有窃疾[8]矣。"子墨子曰："荆之地，方五千里，宋之地，方五百里。此犹文轩之与敝舆也。荆有云梦，犀兕麋鹿满之，江汉之鱼鳖鼋鼍为天下富，宋，所谓无雉兔鲋鱼者也[9]。此犹梁肉之与糠糟也。荆有长松文梓楩楠豫章，宋无长木[10]，此犹锦绣之与短褐也。臣以王吏[11]之攻宋也，为与此同类。"王曰："善哉！虽然[12]，公输盘为我为云梯，必取宋。"

1　知类：懂得类比、推理。

2　胡不已乎：为何不停止呢。胡，何。已，完，停止。

3　见（xiàn）：这里有介绍的意思。

4　诺：应答、允诺之词。

5　舍：舍弃，放弃。文轩：漆有花纹的车子。敝舆：破旧的车子。

6　短褐（hè）：粗麻短衣。

7　梁肉：精美的饭食。糠糟：即糟糠，粗食。

8　窃疾：禁不住想偷窃的精神疾患。

9　云梦：云梦泽，古代大泽，大致位于今湖北、湖南二省交界的洪湖、洞庭湖一带。犀兕（sì）：犀牛。麋：鹿的一种，俗名"四不像"。江汉：长江、汉江。鼋（yuán）：鳖类。鼍（tuó）：即扬子鳄。雉：野鸡。鲋鱼：鲫鱼。

10　文梓：木纹好看的梓树。楩（pián）楠豫章：指楩木、楠木、樟木，都是名贵树种。宋无长（zhàng）木：宋国没有多余的木材。

11　王吏：大王手下的官吏。

12　虽然：尽管如此。

于是见公输盘。子墨子解带为城，以牒为械[1]。公输盘九设攻城之机变，子墨子九距之[2]。公输盘之攻械尽，子墨子之守圉[3]有余。公输盘诎[4]，而曰："吾知所以距子矣，吾不言。"子墨子亦曰："吾知子之所以距我，吾不言。"楚王问其故。子墨子曰："公输子之意不过欲杀臣。杀臣，宋莫能守，乃可攻也。然臣之弟子禽滑釐等三百人，已持臣守圉之器，在宋城上而待楚寇矣[5]。虽杀臣，不能绝也。"楚王曰："善哉。吾请无攻宋矣。"子墨子归，过宋，天雨，庇其闾中，守闾不内也[6]。故曰：治于神者[7]，众人不知其功，争于明者，众人知之。

译文 公输盘替楚国打造攻城的云梯，造成后，楚王要用它来攻打宋国。墨子听到消息，立即从鲁国出发，走了十天十夜，来到楚国都城郢，见到公输盘。公输盘问："先生有何见教？"墨子说："北方有人欺侮我，我希望借您之力杀掉他。"公输盘听了，脸色不悦。墨子又说："让我奉送十金给您。"公输盘说："我恪守道义，从来不会无故杀人。"墨子站起身，郑重地拜了两拜，说："请听我说，我在北方听说您制造云梯，要拿来攻宋。宋国有啥罪啊？楚国土地有余而人口不足，却要损失不足的人口，去抢夺多余的土地，这不能叫明智；

---

1 牒：木片。械：攻守城池的军械。

2 九：多次。机变：机谋变化。距：同"拒"，抵御。

3 圉（yù），同"御"，抵御。

4 诎（qū）：同"屈"，技穷。

5 禽滑（gǔ）釐（xī）：墨子的弟子。寇：入侵，进犯。

6 庇：躲避。闾：闾里的外门。内：同"纳"，接纳。

7 治：致力于。治于神者：运转神机的人，这里指在高层次进行关键运作的人。

宋国无罪却要攻打它，这不能叫仁；您已知不对却不向楚王诤谏，这不能叫忠；诤谏却没有结果，这不能叫强；秉持道义不愿杀一个人，却要攻打宋国杀死许多人，这不能叫明理！"公输盘被说服了。墨子问："既然如此，为啥不停下来呢？"公输盘说："不行啊，我已向楚王讲妥这事（攻宋已经定下来了）。"墨子说："为什么不引我去见楚王呢？"公输盘说："好吧。"

墨子进见楚王，说道："眼下这里有个人，舍弃他自己的华美车子，邻家有辆破车，他偏要去偷；舍弃了自己的锦绣华服，邻居有粗麻短袄，他偏要去偷；舍弃自家的美食佳肴，邻居只有糟糠野菜，他偏要去偷。这是个啥人啊？"楚王回答："这人一定患了偷窃病！"墨子接着说："楚国的国土方圆五千里，宋国的国土才五百里，这就像华美的车了跟破车相比。楚国的云梦泽，犀牛麋鹿成群，长江汉水的鱼鳖鳄鱼，天下无双；宋国呢，连野鸡、兔子、鲗瓜子都没有，这又像美食佳肴跟糠糟野菜相比。楚国有高大的松树、名贵的梓木、楩木、楠木、樟木；宋国连多余的木材都没有，这又像锦绣华服跟粗麻短袄相比。我认为大王派人攻打宋国，跟那个患了偷窃病的人有一拼！"楚王说："讲得好！话虽如此，公输盘给我造了云梯，我一定得把宋国拿下来！"

于是召见公输盘。墨子解下腰带，借作城墙，用木片当成攻守的器械。公输盘多次变换攻城的方式，墨子也多次挡住他。公输盘的器械用光了，墨子的器械还有富余。公输盘技穷，说："我知道怎么对付您，但是我不说。"墨子也说："我知道您如何对付我，我也不说。"楚王问其中缘故，墨子说："公输先生的意思，不过是要杀掉我。杀了我，没人守宋国，就可以攻取了。然而我的弟子禽滑釐等三百人，已经拿着我的守城器械，在宋国城头上等着楚军光顾呢，即便杀了我，也不能杀尽所有人啊！"楚王只好说："那好，我决定不再攻打宋国了。"墨子从楚国归来，路经宋国时下起了雨，墨子要到间门中避雨，守门人不容他进入。所以有句话说：运转神机（决定国家兴亡、百姓生死）的，众人反不知道他的功勋；那些在明处争斗的，反倒为众人所知。

《左传》

《左传》全称《春秋左氏传》，相传为春秋时人左丘明所作。该书是《春秋》的解经之作，与《春秋公羊传》《春秋穀梁传》合称"春秋三传"，为儒家"十三经"之一。全书依鲁国纪年，记述了春秋255年间发生的重要史实。《郑伯克段于鄢》《季梁谏追楚师》《曹刿论战》《宫之奇谏假道》《子鱼论战》《烛之武退秦师》《蹇叔哭师》《子产不毁乡校》等，都是书中名篇。

郑伯克段于鄢[1]

初，郑武公娶于申，曰武姜，生庄公及共叔段[2]。庄公寤生[3]，惊姜氏，故名曰寤生，遂恶之。爱共叔段，欲立[4]之。亟[5]请于武公，公弗许。及庄公即位，为之请制[6]。公曰："制，岩邑也，虢叔死焉[7]。佗邑[8]唯命。"请京，使居之，谓之京城大叔[9]。祭仲[10]曰："都城过百雉，国之害也[11]。先王之制：大都

1　★本篇引自《左传·隐公元年》。隐公元年即公元前722年。文章记述了郑庄公与胞弟共叔段之间的一场战争。郑伯，郑庄公。克：打败。段，庄公的胞弟共叔段。鄢，在今河南鄢陵。

2　初：当初。这里是倒叙，揭示庄公与母亲、弟弟的矛盾由来。郑武公、武姜：庄公与段的父亲和母亲。申：国名，在今河南南阳。

3　寤（wù）生：难产，倒生，分娩时脚先出。

4　立：立为太子。

5　亟（qì）：多次。

6　制：地名，在今河南荥阳。

7　岩邑：险要的城邑。虢（guó）叔：周武王的叔父虢仲曾被封在制，后为郑国所灭。

8　佗邑：别的城邑。佗，同"他"。

9　京：在今河南荥阳。大叔：太叔。下文多称段为"大叔"。

10　祭（Zhài）仲：郑国大夫。

11　雉：城墙长三丈、高一丈为一雉。国：国家。下文中"参国之一"的"国"，意为国都。

不过参国之一，中五之一，小九之一。今京不度，非制也，君将不堪¹。"公曰："姜氏欲之，焉辟害²？"对曰："姜氏何厌³之有！不如早为之所，无使滋蔓，蔓难图也⁴。蔓草犹不可除，况君之宠弟⁵乎！"公曰："多行不义，必自毙，子姑待之⁶。"

既而大叔命西鄙北鄙贰于己⁷。公子吕⁸曰："国不堪贰⁹，君将若之何？欲与大叔，臣请事之¹⁰；若弗与，则请除之。无生民心¹¹。"公曰："无庸，将自及¹²。"大叔又收贰以为己邑，至于廪延¹³。子封曰："可矣，厚¹⁴将得众。"公曰："不义不昵¹⁵，厚将崩。"大叔完聚，缮甲兵，具卒乘¹⁶，将袭郑。夫人将启¹⁷之。公闻其期，曰："可矣！"命子封帅车二百乘以伐

1　不度：不合法度规定。非制：不合制度。不堪：受不了。

2　焉辟害：如何避害。辟，同"避"。

3　厌：满足。早为之所：提前做安排。

4　滋蔓：滋生蔓延。图：对付。

5　宠弟：受宠的弟弟。

6　子：你。姑：姑且。

7　大叔：即共叔段。鄙：边境。贰于己：即两属。也就是既听命于庄公，也听命于自己（共叔段）。

8　公子吕：郑国大夫，下文中的子封也是他。

9　国不堪贰：国家受不了这种两属的情形。

10　欲与大叔：要把国家给段。事之：侍奉他（指段）。

11　无生民心：不要让百姓生二心。

12　无庸：不用。自及：自寻死路，自作自受。

13　贰（收贰以为己邑）：这里指此前已经两属的西鄙和北鄙。廪延：在今河南延津北。

14　厚：土地多、势力大。

15　不义不昵（nì）：做事不合义理，百姓就不会亲近他。昵，亲近。

16　完聚：修城屯粮。缮甲兵：制造修缮铠甲武器。具卒乘：训练好步兵车兵。

17　启：开城门，做内应。

京。京叛大叔段，段入于鄢，公伐诸[1]鄢。五月辛丑，大叔出奔共[2]。……

遂置姜氏于城颍[3]，而誓之曰："不及黄泉[4]，无相见也。"既而悔之。颍考叔为颍谷封人[5]，闻之，有献于公。公赐之食，食舍[6]肉。公问之，对曰："小人有母，皆尝小人之食矣，未尝君之羹，请以遗[7]之。"公曰："尔有母遗，繄[8]我独无！"颍考叔曰："敢问何谓也？"公语之故，且告之悔。对曰："君何患焉？若阙地及泉，隧而相见[9]，其谁曰不然？"公从之。公入而赋[10]："大隧之中，其乐也融融[11]！"姜出而赋："大隧之外，其乐也泄泄。"遂为母子如初。

译文 起初，郑武公娶申国女子为妻，名叫武姜。武姜生下庄公和共叔段。武姜生庄公时难产，受到惊吓，所以为他取名"寤生"，并因此讨厌他。武姜偏爱共叔段，要立他作世子，为此多次向武公请求，武公不答应。待庄公即位，武姜又为共叔段请求制地作为封邑。庄公说："制是个险要的城邑，从前虢叔就死在那儿。若是别的城邑，您说一不二。"武姜就又为共叔段要求京邑，庄公答应让段去那里，

---

1 诸："之于"的合词。

2 共：国名，在今河南辉县。

3 置：安置，软禁。城颍：在今河南临颍西北。

4 黄泉：地下之泉，犹言阴间。

5 封人：管理守护疆界的小官。

6 舍：留下不吃。

7 遗（wèi）：赠送。

8 繄（yī）：用于句首的语助词。

9 阙：同"掘"。隧（隧而相见）：此处做动词，指挖隧道。

10 赋：赋诗。

11 融融：和乐貌。下文中的"泄泄"为舒畅快乐貌。

人们因此称段为"京城太叔"。大夫祭仲对庄公说："大城的城墙若超过三百丈，就会成为国家的祸患。先王规定的制度是，大城的城墙不能超过国都的三分之一，中等的不得超过五分之一，小的不能超九分之一。京邑的城墙不合规定，违背了制度，国君会受到威胁的。"庄公说："姜氏想要如此，我又怎样避害呢？"祭仲答道："姜氏哪里会满足呢！不如早做安排，别让祸根滋生蔓延，蔓延就不好办了——蔓延的野草还锄不净呢，何况是您那受宠爱的弟弟呢！"庄公说："不义的事做多了，自会倒霉的，你且等着瞧吧。"

不久，太叔段命令郑国西边和北边的边邑同时听命于自己。大夫公子吕对庄公说："国家不能容忍这种两属的情形，您打算怎么办？您要把君位让给太叔，我就直接去侍奉他好了。如果不让给他，就请早早除掉他，别让百姓生二心。"庄公回答："用不着，他会自作自受的。"太叔不久又把两属的边地划归自己独有，势力一直扩展到廪延那地方。公子吕对庄公说："是时候了！太叔势力再大，将会获得民心的。"庄公说："做事不合义理，百姓不会亲近他。势力大，反会导致垮台。"这边，太叔修治城垣，积聚粮草，制造修缮铠甲兵器，训练好步兵车兵，准备袭击国都。武姜则预备开城门做内应。庄公得知偷袭的准确日期，说："可以了！"命公子吕率领二百乘战车讨伐京邑。京邑的百姓都背叛太叔段，段逃到鄢城，庄公的讨伐军又追到鄢城。五月二十三日，太叔段逃到共国去。……

于是庄公把武姜安置在城颍，并发誓说："不到黄泉，再不相见！"过了些时候，他又后悔起来。有个叫颍考叔的，是颍谷管理疆界的官吏，听说这事，就借口有东西奉献给庄公，来见庄公。庄公赐他饭食，他在吃饭时把肉留在一边。庄公问他缘故，他答道："小人有老母，吃腻了小人预备的饭食，却没尝过国君的肉羹。请允许我带回去送给她。"庄公感慨说："你有老母可孝敬，我却偏偏没有！"颍考叔问："敢问您这话怎讲？"庄公向他讲了缘故，并告诉他自己的悔意。颍考叔说："您这又有啥可担心的？若掘地挖到泉水，在隧道里相见，又有谁能说您说话不算数呢？"庄公听从他的建议，挖了条隧道。庄公走进隧道见到武姜，赋诗说："进入隧道中，其乐也融融！"武姜走出地道，也赋诗："来到隧道外，心情好畅快！"两人于是恢复了母子关系，如同从前一样。

季梁谏追楚师[1]

楚武王侵随，使薳章求成焉，军于瑕以待之[2]。随人使少师董成[3]。斗伯比言于楚子曰[4]："吾不得志于汉东也[5]，我则使然。我张吾三军而被吾甲兵，以武临之，彼则惧而协以谋我，故难间也[6]。汉东之国，随为大。随张[7]，必弃小国。小国离，楚之利也。少师侈，请羸师以张之[8]。"熊率且比[9]曰：

1　★本篇引自《左传·桓公六年》。桓公六年，公元前706年。随国是姬姓侯国，位于今湖北随县。季梁是随国老臣，他在规劝随侯时，提出"夫民，神之主也"的观点，具有极大的进步意义。谏（jiàn），（对尊长）规劝，使改错。

2　薳（wěi）章：楚大夫。成：和议。瑕：随国地名。

3　少师：官名。董：主持。

4　斗（dòu）伯比：楚大夫。楚子：楚王。

5　不得志：这里指不能达到目的，为所欲为。汉东：汉江以东。

6　张：张大，扩充。被：同"披"。协：协同，联合。谋：对付。间（jiàn）：离间。

7　张（随张）：自大，膨胀。

8　侈：狂妄自大。羸（léi）师：使军队显出羸弱的样子。羸，弱。这里是使动用法。

9　熊率（lǜ）且（jū）比：楚大夫。

"季梁在，何益？"斗伯比曰："以为后图[1]。少师得[2]其君。"王毁军而纳少师[3]。

少师归，请追楚师，随侯将许之。季梁止之曰："天方授[4]楚。楚之嬴，其诱我也，君何急焉？臣闻小之能敌大也，小道大淫[5]。所谓道，忠于民而信于神也。上思利民，忠也；祝史正辞[6]，信也。今民馁而君逞欲，祝史矫举以祭[7]，臣不知其可也。"公曰："吾牲牷肥腯，粢盛丰备[8]，何则不信？"对曰："夫民，神之主也。是以圣王先成民[9]，而后致力于神。故奉牲以告曰：'博硕肥腯。'谓民力之普存也，谓其畜之硕大蕃滋也，谓其不疾瘯蠡也，谓其备腯咸有也[10]。奉盛以告曰：'洁粢丰盛。'谓其三时不害而民和年丰也[11]。奉酒醴[12]以告曰：'嘉栗旨酒[13]。'谓其上下皆有嘉德而无违心也。所谓馨香，无谗慝也[14]。故务其三时，修其五教，亲其九族，以致其

---

1 图：打算，对付。

2 得：这里指得宠，受信任。

3 毁军：有意做出军容不整之态。纳：接待。

4 授：给予（好运道）。这里指楚国强盛乃是天意。

5 小道大淫：小国得道，大国淫暴无度。

6 祝史：主持祭祀之官。正辞：实话实说，不夸大。

7 馁：饥饿。逞欲：放纵贪欲。矫举：虚报（功德）。

8 牲牷（quán）：毛色纯一的牲畜。腯（tú）：肥壮。下文的"博硕肥腯"，是说（牲畜）硕大肥壮。粢（zī）盛（chéng）：盛在祭器里的谷物。下文的"洁粢"，指洁净的谷粒。

9 成民：成就百姓，使百姓丰足。

10 蕃滋：蕃育滋养。不疾瘯蠡（cùlí）：（牲畜）不生癣疥。咸：都。

11 三时：指春、夏、秋农忙季节。不害：不受妨害。

12 酒醴：甜酒。

13 嘉栗旨酒：用好粮食酿的美酒。旨酒，美酒。

14 馨香：传播很远的香气。谗慝（tè）：指进谗、诬陷的邪恶行为。慝，邪恶。

禋祀[1]。于是乎民和而神降之福，故动则有成[2]。今民各有心，而鬼神乏主，君虽独丰，其何福之有？君姑修政而亲兄弟之国，庶免于难[3]。"随侯惧而修政，楚不敢伐。

译文 楚武王出兵侵犯随国，先派大夫薳章议和（先礼后兵），楚军驻扎在瑕地等待结果。随国派少师负责议和的事。楚大夫斗伯比对楚王说："我们不能在汉东为所欲为，还是我们自己的缘故。我们扩充军队，坚甲利兵，以武力凌驾诸国，他们因恐惧而联合起来对付我们，所以很难离间他们。汉江以东诸国之中，随国最大。随国如果骄傲膨胀，一定会抛弃其他小国。小国离散，对楚国有利。少师这个人自高自大，您如果让咱们的军容显出疲弱的样子，用以增强他的自满情绪（定能收到应有效果）。"另一位大夫熊率且比说："随国有季梁在，你这主意又有啥用？"斗伯比说："以后再对付季梁，眼下少师最受随侯宠幸。"楚王于是让楚军做出军容不整的样子，然后接待少师。

少师讲和归来，向随侯建议追击楚军。季梁制止说："老天正眷顾楚国，楚军这羸弱的样子，是用来诱惑我们的，您干吗这么急啊？我听说小国能抵御大国，（先决条件是）小国得道，大国淫暴无度。我所说的'得道'，是指忠于百姓并且取信于神明。在上者总想着如何有利于百姓，这是忠；掌管祭祀的祝史言词诚实不虚夸，这是信。而今百姓挨饿，君王却放纵私欲，祝史祭祀时虚夸不实，我不认为这样能抵御大国。"随侯说："我祭祀时用的牲畜毛色纯正、膘肥体壮，盛在祭

---

1 五教：儒家五种伦理道德标准：父义、母慈、兄友、弟恭、子孝。九族：说法不一。一说自高、曾祖至曾、玄孙九代。一说己族加上姻亲外家上下数代。禋（yīn）祀：泛指鬼神祭祀。

2 动则有成：一有举动就会成功。

3 姑：姑且。庶：有望。

器中的粮食丰盛完备。为啥还不能取信于神？"季梁回答："百姓才是鬼神的主人。故而圣明的君主总是先把百姓的事办好，然后再致力于鬼神祭祀。所以他们献上牲畜时就会祷告说：'牲口硕大肥壮！'（这话含义丰富，包括）百姓的生活普遍不错，养的牲畜个头大、数量多，不生癣疥没灾病，个个肥壮无例外。他们又献上祭器中的粮食，说：'洁净的粮食丰盛！'这是说农忙时百姓没受干扰，人民和乐，年头丰稔。他们又献上甜酒，说：'好粮食酿的美酒！'这是说上下都德行美好，没有背离之心；美酒飘香，意思是没有暗中说坏话、搞邪门歪道的事发生。就这样，人们都能抓紧农时，修明礼教，和睦亲族，以此向鬼神致祭。结果是因百姓和乐，鬼神才来降福，因而想干啥都能成功。如今百姓各怀异心，鬼神失去主宰，只有君王的祭祀丰盛，鬼神又怎会降福？君王姑且修明政事，亲近友邦，才有望免于祸患。"——随侯（听了季梁的话）心生恐惧，于是修明政务，楚国果真不敢来进犯。

曹刿论战[1]

十年春，齐师伐我，公将战[2]，曹刿请见。其乡人曰："肉食者谋之，又何间焉[3]？"刿曰："肉食者鄙[4]，未能远谋。"乃入见。问："何以战？"公曰："衣食所安，弗敢专也[5]，必以

1　★本篇引自《左传·庄公十年》。鲁庄公十年，公元前684年。曹刿（guì）是鲁国平民，在齐师来犯之际主动请缨，担起保家卫国的责任，并显现出政治眼光和军事才能。他在战前战后都有一番论说，故题为"曹刿论战"。

2　我：指鲁国。公：鲁庄公。

3　肉食者：这里指做官吃俸禄的。谋：谋划。间（jiàn）：参与。

4　鄙：鄙陋，目光短浅。

5　所安：养生安身之物。专：独享。

分人。"对曰："小惠[1]未遍，民弗从也。"公曰："牺牲玉帛，弗敢加也[2]，必以信。"对曰："小信未孚，神弗福也[3]。"公曰："小大之狱，虽不能察，必以情[4]。"对曰："忠[5]之属也，可以一战。战则请从。"

公与之乘，战于长勺[6]。公将鼓[7]之。刿曰："未可。"齐人三鼓。刿曰："可矣。"齐师败绩[8]。公将驰[9]之。刿曰："未可。"下视其辙，登轼而望之[10]，曰："可矣。"遂逐[11]齐师。

既克[12]，公问其故。对曰："夫战[13]，勇气也。一鼓作气，再而衰，三而竭[14]。彼竭我盈[15]，故克之。夫大国，难测也，惧有伏焉。吾视其辙乱，望其旗靡[16]，故逐之。"

译文 鲁庄公十年，齐国军队进犯我国。鲁庄公准备迎战，曹刿请求接见。他的同乡说："有当官的谋划这事，你又何必参与呢？"曹刿回答："当官的目光短浅，没有深谋远虑。"曹刿于是入见庄公，

---

1 小惠：小恩小惠。
2 牺牲玉帛：祭祀用的牲畜、玉石绸帛等。加：虚报。
3 孚：信服。福：保佑。
4 狱：诉讼。察：明察。必以情：一定按实情处置。
5 忠：尽心竭力。
6 长勺：地名，在今山东曲阜北。
7 鼓：指击鼓冲锋。
8 败绩：战败。
9 驰：追击。
10 辙：车轮印迹。轼：车前横木。
11 逐：追击。
12 既克：克敌之后。
13 夫：发语词。
14 一鼓作气：第一次擂鼓，士气勃兴。竭：尽。
15 盈：满。
16 靡：倒下。

问道："您凭借什么打仗呢？"庄公说："衣食等养身之物，我不敢独享，一定要分给别人。"曹刿回答："小恩小惠不能遍施百姓，百姓不会跟从您。"庄公说："祭祀用的牲畜玉帛，我不敢虚报夸大，一定有一说一。"曹刿说："这是小诚小信，不能取信于鬼神并得到鬼神的福佑。"庄公又说："大大小小的诉讼案件，尽管不能件件明察，但一定尽量依实情处置。"曹刿说："这是忠心为民的事例，可以凭借这个打一仗。打起来，请允许我跟随前往。"

庄公与曹刿同乘一辆战车，在长勺那地方与齐军对阵。庄公准备下令击鼓冲锋，曹刿说："还不行。"等到齐军三次击鼓冲锋，曹刿说："可以了。"齐军果然大败。庄公准备下令追击，曹刿说："还不行。"他下车察看齐军的车辙，又登上车轼瞭望齐军，然后说："可以了。"于是挥军追击齐军。

打败齐军后，庄公问他如此指挥的道理，曹刿回答："打仗靠的是勇气。第一次擂鼓冲锋，士气正旺；第二次士气就低落了。到了第三次，士气已经泄尽。对方泄尽，我方士气正盛，所以能战胜他们。齐国是大国，难以预测，我怕他们有伏兵。我俯瞰他们车辙已乱，再远眺他们战旗倒伏，（知道是真败了）所以下令追击。"

烛之武退秦师[1]

九月甲午，晋侯、秦伯围郑，以其无礼于晋，且贰于楚

1　★本篇引自《左传·僖公三十年》。僖公三十年，公元前630年。晋、秦联合包围郑国都城，郑国派出老臣烛之武劝说秦人退师，瓦解了秦晋联军，挽救了郑国。

也[1]。晋军函陵，秦军氾南[2]。佚之狐言于郑伯曰[3]："国危矣，若使烛之武[4]见秦君，师必退。"公从之。辞[5]曰："臣之壮也，犹不如人；今老矣，无能为也已。"公曰："吾不能早用子，今急而求子，是寡人之过也。然郑亡，子亦有不利焉！"许之。

夜缒[6]而出，见秦伯，曰："秦、晋围郑，郑既知亡矣。若亡郑而有益于君，敢以烦执事[7]。越国以鄙远[8]，君知其难也。焉用亡郑以陪邻[9]？邻之厚，君之薄也[10]。若舍郑以为东道主，行李之往来，共其乏困[11]，君亦无所害。且君尝为晋君赐矣；许君焦、瑕，朝济而夕设版焉，君之所知也[12]。夫晋，何厌[13]之有？既东封郑，又欲肆其西封，若不阙秦，将焉取之[14]？阙

1　晋侯：晋文公。秦伯：秦穆公。贰于楚：指郑对晋有二心，结好于楚。

2　函陵、氾（fán）南：都是地名，前者即今河南新郑一带，后者为今河南中牟一带。

3　佚之狐：郑大夫。郑伯：郑文公。

4　烛之武：郑国贤士。

5　辞：推辞。

6　缒（zhuì）：用绳子拴住人或（物）从上往下运。

7　执事：左右。这里是对对方的敬称。

8　越国：越过别国。鄙远：拿远方地盘当自己的边邑。鄙，边邑。

9　陪邻：增加邻国土地。

10　邻之厚，君之薄也：邻国加强，等于贵国削弱。

11　舍：赦免。东道主：东方道路上的主人。行李：使臣。共：同"供"。乏困：缺乏，需求。

12　"且君"四句：这里指晋惠君曾在秦国帮助下取得君位，却背信弃义，不肯将答应的城邑移交给秦国。赐，恩惠。焦、瑕，地名，在今河南陕州一带。济，渡河。设版，筑墙（防御）。

13　厌：满足。

14　封：疆界，以……为疆界。肆：扩张。阙：同"缺"，亏损，使减损。

秦以利晋，唯君图[1]之。"秦伯说[2]，与郑人盟。使杞子、逢孙、杨孙戍之[3]，乃还。

子犯[4]请击之。公曰："不可。微夫人之力不及此[5]。因人之力而敝之[6]，不仁；失其所与，不知[7]；以乱易整[8]，不武。吾其还也[9]。"亦去之。

译文 鲁僖公三十年九月初十，晋侯、秦伯包围了郑国，理由是它对晋国无礼，而且跟楚国勾搭。晋军驻扎在函陵，秦军驻扎在氾南。郑大夫佚之狐对郑伯说："国家危险了。如果能派烛之武去见秦君，一定能使对方退兵。"郑伯听从他的建议（来请烛之武），可烛之武推辞说："我年富力强时尚且不如别人，何况如今已经老迈，更是无能为力了。"郑伯说："我早先没能重用您，如今国势危急才来求您，确实是我的过错。但是郑国灭亡了，对您也不利啊！"烛之武只好答应了。

烛之武夜间系着绳子从城上吊下，去见秦伯，说："秦、晋两国包围郑国，郑国自知必亡无疑。但如果郑亡对您有益，那就麻烦您的部下动手吧。不过（打下郑国，等于）隔着别的国家拿郑国当自家的边城飞地，您知道这是很困难的事。怎么能灭掉郑国却为邻国增加国

---

1 图：打算。

2 说：同"悦"。

3 杞子、逢孙、杨孙：都是秦臣。戍：留戍，守卫。

4 子犯：晋臣狐偃。

5 微：如果没有，如果不是。夫（fú）人：那人。

6 因：靠着。敝：伤害。

7 所与：友邻，同盟者。知：同"智"。

8 乱：关系破裂。易：交换。整：友好和睦。

9 吾其还也：我们还是回去吧。

土呢？邻国加强，等于贵国的削弱啊。如果您赦免郑国，让它作为您东方道路上的主人，秦国使者往来，郑国可以提供所需，这样才是对您无害（而有利）的呢。况且您曾经对晋君有所恩赐，晋君答应把焦、瑕两地送给秦国。可晋君早上渡黄河回国，晚上就筑起城墙（防御秦国），这些您都是知道的。晋国哪有个满足的时候啊？东边占了郑国做边城，又要往西扩展。往西如果不蚕食秦国，又上哪儿侵夺土地去？（打下郑国只会）损害秦国而有利于晋国，这事还请您认真考虑。"秦伯听了很高兴，于是与郑人结盟，派杞子、逢孙、杨孙（率一支军队）在郑国驻守，自己则撤兵回国。

晋大夫子犯请求攻击秦军，晋文公说："不行。如果没有那个人相助，就没有我的今天。得到人家的帮助反去伤害人家，这是不仁；跟同盟国反目成仇，这是不智；用战乱取代和睦，这是不武。我们还是回去吧。"于是晋侯也跟着撤军回去了。

《国语》

《国语》是国别体史书，相传为左丘明所作。全书二十一卷，以记言为主。又分"周语""鲁语""齐语""晋语""郑语""楚语""吴语""越语"八部分。著名篇章有《召公谏厉王弭谤》《里革断罟匡君》《叔向贺贫》《王孙圉论楚宝》等。

召公谏厉王弭谤[1]

厉王虐，国人谤王[2]。召公告曰："民不堪命[3]矣！"王怒，得卫巫，使监谤者[4]，以告则杀之。国人莫敢言，道路以目[5]。王喜，告召公曰："吾能弭谤矣，乃不敢言。"召公曰："是障之也。防民之口，甚于防川[6]。川壅而溃[7]，伤人必多，民亦如之。是故为川者决之使导，为民者宣之使言[8]。故天子听政，使公卿至于列士献诗，瞽献曲，史献书，师箴，瞍赋，蒙诵，百工谏，庶人传语，近臣尽规，亲戚补察，瞽、史教

1　★本篇引自《国语·周语上》。召（Shào）公，姬虎，是周厉王的卿士。厉王即周厉王，前878年至前842年在位，后因暴虐而失位。弭谤，制止批评、讥谤。

2　虐：暴虐。谤：这里指责备，发泄不满。

3　不堪命：受不了暴虐的政令。

4　巫：以侍奉鬼神为业者。监：监视，监控。

5　道路以目：人们在路上相遇，不敢交谈，只能递眼色。

6　障：阻塞。防川：防止河川泛滥。

7　川壅（yōng）而溃：河流壅塞会溃堤。

8　为川者：治水患的人。决：疏通。宣：引导，宣泄。

诲，耆、艾修之¹。而后王斟酌焉，是以事行而不悖²。民之有口，犹土之有山川也，财用于是乎出；犹其原隰之有衍沃也³，衣食于是乎生。口之宣言⁴也，善败于是乎兴；行善而备败⁵，其所以阜财用、衣食者也。夫民虑之于心而宣之于口，成而行之，胡可壅也⁶？若壅其口，其与⁷能几何？"王不听，于是国人莫敢出言，三年，乃流王于彘⁸。

[译文] 周厉王暴虐无道，国人对他骂声一片。召公告诉厉王："百姓已经受不了你的统治。"厉王大怒，找个卫国的巫师，命他监督访查咒骂之人，一经被检举，就抓起来杀掉。国人没人再敢说话，熟人在路上遇见，也只能递递眼色而已。厉王很高兴，告诉召公："我能消除咒骂，居然没人敢再开口说话。"召公说："您这是堵塞啊。堵住百姓的嘴，比防止河水泛滥还危险。河川因堵塞而溃堤，伤害的人一定很多；堵百姓的嘴也一样。因此治河者懂得疏通河道，使水流通畅；而治理百姓的人要引导他们讲话。所以自古天子理政，让公卿列士等献诗，盲艺人献乐，史官献文献，少师献箴言，瞍者朗诵，蒙者

1　公卿：三公九卿，是王室的高级官员。列士：王室低级官员。瞽献典：盲乐师献乐典。史献书：史官献古文献。师：这里指少师，也是乐官。箴（zhēn）：这里是献箴言的意思。瞍（sǒu）：没有瞳仁的盲人。蒙：有瞳仁而无视力的盲人。百工：各种工匠（一说管理各种工匠的小官）。庶人：平民。传语：传话。近臣：身边服侍的臣仆。规：规劝。补察：补过纠偏。耆（qí）、艾：年高有德之人，这里指师傅、元老。

2　斟酌：参考掂量。悖（bèi）：违背。

3　犹：如。原：高而平的土地。隰（xí）：洼地。衍沃：平坦肥沃之地。

4　宣言：说话。

5　行善而备败：施行善政、预防失败。阜：增多。

6　成：成熟。行：说出来。胡可：何可。

7　与：追随者，同盟者。

8　流：流放。彘（zhì）：地名，今山西霍州。

吟咏，工匠们谏诤，平民转述看法，近侍臣仆知无不言，亲戚之臣详察补过。——乐师、史官施行教诲，师傅元老劝诚修正，然后天子再斟酌参考，政事实行才能不违背大道。百姓有嘴，就如同大地有山川，财富、器用全都由此产生。又像高原低地有肥田沃土，吃的穿的都由此而来。嘴能说话，国家政事的好与坏，便由此决定。只要我们（依据百姓的意见）施行善政、预防败政，这便是增加财用、衣食的好途径啊。百姓心中思考，口中宣说，想法成熟了才说出来，又怎么能堵塞呢？如果堵住他们的嘴，又有几人会跟随您？"厉王不听，于是国都中没人再敢讲话。——三年以后，（忍无可忍的）人们把厉王放逐到彘地去了。

《战国策》

《战国策》又称《国策》，国别体史书，为汉代刘向（约前77—前6）搜集各国史料编纂而成。全书三十三卷，分为"东周策""西周策""秦策""齐策"等十二部分。著名篇章有《邹忌讽齐王纳谏》《唐雎不辱使命》《冯谖客孟尝君》《赵威后问齐使》《触龙说赵太后》《孟尝君将入秦》等。

邹忌讽齐王纳谏[1]

邹忌修八尺有余，而形貌昳丽[2]。朝服衣冠，窥镜[3]，谓其妻曰："我孰与城北徐公美[4]？"其妻曰："君美甚，徐公何能及君[5]也？"城北徐公，齐国之美丽者也。忌不自信，而复问其妾曰："吾孰与徐公美？"妾曰："徐公何能及君也？"旦日[6]，客从外来，与坐谈，问之客曰："吾与徐公孰美？"客曰："徐公不若君之美也。"明日，徐公来，孰视[7]之，自以为不如；窥镜而自视，又弗如远甚。暮寝而思之，曰："吾妻之美我者，私我也[8]；妾之美我者，畏我也；客之

1　★本篇引自《战国策·齐策一》。邹忌是战国时齐威王的宰相。本篇写邹忌以巧妙的比喻，劝谏齐王广泛听取臣民意见，不要被阿谀之辞所蒙蔽。讽，这里指下级对上级委婉劝说。纳谏，听取劝谏。

2　修：长，高。八尺：古代尺短，八尺约合1.8米。昳（yì）丽：光彩照人貌。

3　朝：早晨。服：穿戴。窥（kuī）镜：照镜子。

4　"我孰与"句：我与城北徐公谁更漂亮。孰与，表比较，和……相比，谁更……。孰，谁。

5　及君：赶得上您。

6　旦日：明日，第二天。

7　孰视：熟视，细看。孰，同"熟"。

8　美我：赞美我，以我为美。私：偏私，偏爱。

美我者，欲有求于我也。"

于是入朝见威王，曰："臣诚知[1]不如徐公美。臣之妻私臣，臣之妾畏臣，臣之客欲有求于臣，皆以美于徐公。今齐地方千里，百二十城，宫妇左右莫不私王[2]，朝廷之臣莫不畏王，四境之内莫不有求于王：由此观之，王之蔽[3]甚矣。"

王曰："善。"乃下令："群臣吏民能面刺寡人之过者[4]，受上赏；上书谏寡人者，受中赏；能谤讥于市朝[5]，闻寡人之耳者，受下赏。"令初下，群臣进谏，门庭若市[6]；数月之后，时时而间进[7]；期年[8]之后，虽欲言，无可进者。燕、赵、韩、魏闻之，皆朝于齐[9]。此所谓战胜于朝廷[10]。

译文 邹忌身高八尺以上，相貌堂堂。一天早上穿衣戴帽，照着镜子，对妻子说："我跟城北徐公比，谁更美？"他的妻子说："您美得很，徐公哪儿能比得上您啊？"城北徐公是齐国公认的美男子。邹忌心中不信，又问他的妾说："我跟徐公相比，谁更美？"妾说："徐公哪儿比得上您啊？"第二天，有个客人从外面来拜访，邹忌与他坐着聊天，问客人说："我和徐公谁更美？"客人说："徐公不如您美。"次日，徐公来访，邹忌细细端详，自认为不如人家。再照镜子自己看

---

1 诚知：确实知道。

2 齐地方千里：齐国的国土方圆千里。宫妇左右：宫中的女人及近臣。

3 蔽：受蒙蔽。

4 面刺寡人之过：当面批评我的过错。

5 谤讥：公然议论指责。市朝：市场和朝廷。这里偏指市，即民间公共场所。

6 门庭若市：指宫门前（因进谏的人多）热闹得像集市一样。门庭，门前空阔地方。

7 时时而间进：时不时偶有进谏。间（jiàn），间或，偶然。进，进言劝谏。

8 期（jī）年：一整年。

9 朝于齐：到齐国来朝见（表示尊重）。

10 此所谓战胜于朝廷：这就是所说的在朝廷上（修明政治，不靠打仗）就能战胜别国。

看，更觉得差得远。晚上躺在床上寻思此事，说："我的妻子认为我美，是因为偏爱我；妾认为我美，是因为怕我；客人认为我美，是因为有求于我。"

于是邹忌上朝进见齐威王，说："我确实知道自己不如徐公美。然而我的妻子偏爱我，我的妾怕我，我的客人有求于我，因而都说我比徐公美。如今齐国的土地方圆千里，拥有一百二十座城池，宫中的后妃近臣没有不偏爱大王的，朝中的大臣没有不惧怕大王的，国境内的百姓没有不有求于大王的。由此看来，大王所受的蒙蔽已经很深了！"

齐威王（认为邹忌说得有理，于是）说："好！"就下令："所有大臣、官吏、百姓，能当面批评我过错的，将获得上等奖赏；能上书劝谏我的，将获得中等奖赏；能在公共场所议论指责（我的过失）的，凡是传到我的耳朵里的，将获得下等奖赏。"命令刚一下达，众臣都来进言规劝，宫门前像集市一样热闹；几个月后，时不时有人进言；一年以后，即使有人想进言，也没啥可说的了。燕、赵、韩、魏等国听说这事，都（派使者）到齐国来朝拜。这就是所说的在朝廷上（修明政治，不靠出兵打仗）就能战胜别国。

《孟子》

孟子（约前372—前289），名轲（kē），儒家代表人物之一，有"亚圣"之称。继承并发展了孔子的学说，儒家学说也因此称为"孔孟之道"。有《孟子》七篇传世。常被引用的篇章有《五亩之宅》《人有四端》《舍生取义》《富贵不能淫》《生于忧患，死于安乐》《民为贵》《君之视臣如手足》及寓言《弈秋》《五十步笑百步》《齐人有一妻一妾》等。

大丈夫[1]

孟子曰："……富贵不能淫，贫贱不能移[2]，威武不能屈，此之谓大丈夫。"

译文 孟子说："……高官厚禄不足以诱惑他，贫贱境遇不能改变他，武力威慑不能让他屈服，这才叫大丈夫！"

浩然之气[3]

（孟子）曰："我知言，我善养吾浩然之气。""敢问何谓浩然之气？"曰："难言也。其为气也，至大至刚，以直养而无害，则塞于天地之间[4]。其为气也，配义与道；无是，馁

1　★本篇引自《孟子·滕文公下》，是孟子为"大丈夫"所树立的标准，也是君子的最高准则。

2　淫：摇荡其心。移：转移，改变（志向、初心）。

3　★本篇引自《孟子·公孙丑上》，谈修身养性的最高境界。浩然，盛大磅礴的样子。

4　直养：用正直来培养。无害：不要损害它。塞（sè）：充塞。

也。¹是集义所生者，非义袭而取之也²。行有不慊³于心，则馁矣。"

译文 孟子说："我善于分辨别人的言辞，更善于培养我自己的'浩然之气'。"（公孙丑问）"请问什么叫'浩然之气'呢？"孟子说："这个很难表述——这种气浩大而刚劲，用正直去培养它而不加损耗的话，它能充塞于天地之间！这种气必须用义和道来滋养、配合，没有道义，它就会衰减。这种气，是由正义逐渐累积而成的，不能仅靠一两次正义之举而获得。只要干一件亏心事，这股气就会受损而疲弱！"

五亩之宅⁴

孟子曰："……不违农时，谷不可胜食⁵也；数罟不入洿池⁶，鱼鳖不可胜食也；斧斤以时入山林⁷，材木不可胜用也。谷与鱼鳖不可胜食，材木不可胜用，是使民养生丧死无憾也⁸。养生丧死无憾，王道⁹之始也。五亩之宅，树之以桑，五十者可以衣帛¹⁰矣。鸡豚狗彘之畜，无失其时¹¹，七十

1　无是：没这个，不这样做。馁（něi）：气馁，疲软。

2　集义：累积义。袭：突击，进入。

3　慊（qiè）：快意，满足。

4　★本篇引自《孟子·梁惠王上》，是孟子心目中仁政所造就的理想社会图景。

5　不可胜（shēng）食：吃不完。胜，胜任，承受得起。

6　数罟（cùgǔ）：网眼很密的渔网。洿（wū）池：大池。

7　斧斤：斧子。以时：按时限。

8　养生丧死：供养生者，安葬死者。憾：遗憾，抱怨。

9　王道：以仁政统治天下之道。

10　衣（yì）帛：穿上丝绵衣。衣，穿。

11　豚（tún）：小猪。彘（zhì）：猪。无失其时：能按时喂养繁殖。

者可以食肉矣。百亩之田，勿夺其时，数口之家可以无饥矣。谨庠序之教，申之以孝悌之义，颁白者不负戴于道路矣¹。七十者衣帛食肉，黎民不饥不寒，然而不王者²，未之有也。"

译文 孟子（对梁惠王）说："……如果在农忙时不妨害农民，种的谷子就吃不完。不用细眼渔网到池沼捕鱼，池沼里的鱼鳖水产也吃不尽。上山砍树有一定时间限制，木材也会取之不尽。谷物鱼鳖吃不完，木材用不尽，这就使得百姓生养死葬都没有不满了。生养死葬没有不满，这就是王道的开端啊。（王道的图景是这样的）每家拨给五亩地做宅地，四周种上桑树（养蚕），五十岁以上的老人就可以穿上暖和的丝绵袄了。鸡狗猪等家畜只要按时喂养繁殖，七十岁往上的老人就可以吃上（禁饱的）肉了。一家子种上一百亩地，在位者不跟他们争农时，收成足可让数口之家不饿肚子。再认真办好各级学校，反复向子弟们申明孝悌大义，（人人尊老敬老），须发花白的老人就不必背扛重物在路上劳碌。七十岁的老人穿丝吃肉，百姓不冻不饿，如此而不能使天下归服、王道实现，是不可能的。"

生于忧患，死于安乐³

孟子曰："舜发于畎亩之中，傅说举于版筑之间，胶鬲举于鱼盐之中，管夷吾举于士，孙叔敖举于海，百里奚举于

1　谨：认真对待。庠（xiáng）序：古代的地方学校。申：反复申说、教导。孝悌之义：儒家孝亲敬长的义理。颁白：即斑白。负戴：背着、顶着。

2　黎民：百姓。王（wàng）：动词，称王。指以仁德统一天下。

3　★本篇引自《孟子·告子下》，举古圣贤的例子，论证"生于忧患，死于安乐"的道理。

市[1]。故天将降大任于是人也，必先苦其心志，劳其筋骨，饿其体肤，空乏其身，行拂乱其所为[2]；所以动心忍性，曾益其所不能[3]。人恒过[4]，然后能改；困于心，衡于虑，而后作[5]；征于色[6]，发于声，而后喻。入则无法家拂士[7]，出则无敌国外患者，国恒亡。然后知生于忧患而死于安乐也。"

译文 孟子说："舜发迹于农田之中，傅说被举荐于筑墙工匠中，胶鬲被提拔于鱼盐市场，管夷吾从狱官手里被释放并得以任用，孙叔敖被提举于海边，百里奚被提拔于集市。（这几位都经历过艰难困苦。）所以说，上天要把重大的任务交给谁，一定会先让他心智苦恼、筋骨劳碌、肠胃饥饿、身体穷乏，一动一静总是被扰乱；这样便可以触动他的心志，坚韧他的性情，增加他的能力本领。一个人常犯错，才知改正；心意困苦，思虑阻塞，才能振作奋发；表现在脸色上，发表在言辞中，才能被理解。一个国家内部没有法度之臣和辅国之士，外部没有与之敌对的国家及种种外患，往往会覆亡。由此可知，忧愁祸患足以令人生存，安逸快乐足以令人败亡。"

---

1 舜，即五帝之一的虞舜。畎（quǎn）亩，田间。傅说（yuè）：商王武丁的大臣，传说他曾在岩地从事筑墙的贱役。版筑：夹板填土筑墙。胶鬲（gé）：商代大臣，大概曾在海边从事打鱼晒盐的工作。管夷吾：管仲，齐桓公时为相，此前曾下过狱。士：刑狱官。孙叔敖：春秋时楚国人，曾躬耕海滨，后经推荐而为楚相。百里奚：春秋时人，曾为奴隶，被秦王以五张羊皮买回，拜为上大夫。
2 空（kòng）乏：穷困，穷乏。拂乱：扰乱。
3 动心忍性：触动其心志，坚韧其性情。曾：同"增"。
4 恒过：常常犯错误。过，犯错。
5 衡于虑：思虑阻塞。衡，同"横"，有充塞义。作：振作。
6 征于色：表现在脸色上。
7 法家拂（bì）士：有法度的世臣及辅弼的贤士。拂，同"弼"，辅佐。

民为贵[1]

孟子曰："民为贵，社稷次之，君为轻[2]。是故得乎丘民而为天子[3]，得乎天子为诸侯，得乎诸侯为大夫。诸侯危社稷，则变置[4]。牺牲既成，粢盛既洁，祭祀以时，然而旱干水溢[5]，则变置社稷。"

译文 孟子说："老百姓最尊贵，政权居次席，君主分量最轻。所以得到百姓的欢心可以做天子，得到天子的欢心可以做诸侯，得到诸侯的欢心可以做大夫。诸侯危害国家，就要改立。祭祀用的牺牲已经肥壮，祭品也已洁净，按时祭祀，但仍然遭到旱灾水灾，（使百姓承受苦难）就要变易政权。"

齐人有一妻一妾[6]

齐人有一妻一妾而处室者，其良人出，则必餍酒肉而后反[7]。其妻问所与饮食者，则尽富贵也。其妻告其妾曰："良人出，则必餍酒肉而后反；问其与饮食者，尽富贵也，而未尝有显者来，吾将瞯良人之所之也。"蚤起，施从良人之所之，遍国中无与立谈者[8]。卒之东郭墦间[9]，之祭者，乞其余；

1　★本篇引自《孟子·尽心下》，是孟子民本思想的最直接阐述。

2　社稷：土谷神，这里指政权。君：君主。

3　得：得到认同、欢心。丘民：众民，百姓。

4　变置：改立，换掉。

5　以时：按时。水溢：发洪。

6　★本篇引自《孟子·离娄下》。这是一则寓言故事，借齐人的举止，讽刺了贪求富贵而丧失尊严的虚伪者。

7　处室：同处一室，一家人。良人：丈夫。餍（yàn）：足。反：同"返"，返回。

8　蚤：同"早"。施（yí）从：有偷偷跟随之意。国：这里指都城。

9　卒：最后。墦（fán）：坟墓。

不足，又顾而之他¹，此其为餍足之道也。其妻归，告其妾，曰："良人者，所仰望而终身也，今若此！"与其妾讪²其良人，而相泣于中庭。而良人未之知也，施施从外来，骄其妻妾³。由君子观之，则人之所以求富贵利达者，其妻妾不羞也，而不相泣者，几希⁴矣。

译文 有个齐国人，与一妻一妾是一家子。当丈夫的每次出门，总是酒足肉饱才回来。妻子问他一块儿吃喝的有谁，他说全是富贵之人。妻子对妾说："丈夫出门，总是酒足肉饱回来，问他一块儿吃喝的有谁，说全是富贵人，可从没见有贵客来访。我准备偷偷侦查丈夫的去向。"第二天早上，她偷偷尾随在丈夫后面，见丈夫走遍都城，没人站下来跟他交谈。最后来到东门外的坟地里，见丈夫走到祭扫坟墓的人那儿，向人家乞讨剩余的祭品。一家没吃够，又扭头奔另一家。他就是靠这个吃饱喝足的。妻子回来告诉妾："丈夫是我们所仰望和终身依靠的，如今竟是这个样子！"妻和妾抱怨丈夫，在院子里相对哭泣，而丈夫还不知道呢，依旧得意扬扬地从外面回来，在妻妾面前摆谱。在君子看来，有些人追求升官发财的那些手段，（讲出来）妻妾不感到羞耻、不相对而泣的，太少了！

---

1 顾而之他：转头去往别处。

2 讪（shàn）：怨谤。

3 施施：志得意满的样子。骄：骄视，傲视。

4 几（jǐ）希：极少。

《庄子》

庄子（约前369—前286），名周，战国中期宋国蒙（一说在今安徽，一说在今河南）人。是道家代表人物之一，与老子并称"老庄"。有著作《庄子》传世，内含《逍遥游》《齐物论》《养生主》《人间世》等三十三篇。常被引用的篇章有《北冥有鱼》《蛮触之争》《庖丁解牛》《浑沌之死》《濠梁之辩》《承蜩丈人》《儒以〈诗〉〈礼〉发冢》《舐痔得车》《相濡以沫》等。

逍遥游¹（节录）

北冥有鱼，其名为鲲²。鲲之大，不知其几千里也。化而为鸟，其名为鹏³。鹏之背，不知其几千里也。怒而飞，其翼若垂天之云⁴。是鸟也，海运则将徙于南冥⁵。南冥者，天池也⁶。

《齐谐》者，志怪者也⁷。《谐》之言曰："鹏之徙于南冥也，水击三千里，抟扶摇而上者九万里，去以六月息者也⁸。"野马也，尘埃也，生物之以息相吹也。天之苍苍，其

---

1 ★本篇引自《庄子·逍遥游》。"逍遥"是庄子所追求的无所凭依、无拘无束、绝对自由的至高精神境界。作者通过对大小、长短、有用无用等对立概念的辨析，描绘并论证了对逍遥之境的认知、求索过程。

2 北冥（míng）：北海。鲲（kūn）：传说中的大鱼。

3 鹏：传说中的大鸟，有人说是凤凰。

4 怒：努力，振奋。垂天：天边。或说"垂"有"遮"的意思。

5 海运：海水运动，指波涛汹涌。徙：迁徙，转移。

6 南冥：南海。天池：天然的大池。

7 《齐谐》：古书名。志：记录。

8 徙：迁徙。抟（tuán）：盘旋，环绕而上。扶摇：旋风。息：这里指风。

正色邪[1]？其远而无所至极邪？其视下也，亦若是则已矣。

　　且夫水之积也不厚，则其负大舟也无力[2]。覆杯水于坳堂之上，则芥为之舟[3]。置杯焉则胶[4]，水浅而舟大也。风之积也不厚，则其负大翼也无力。故九万里则风斯在下矣，而后乃今培风[5]；背负青天而莫之夭阏者，而后乃今将图南[6]。

　　蜩与学鸠笑之曰[7]："我决起而飞，抢榆枋而止，时则不至，而控于地而已矣，奚以之九万里而南为[8]？"适莽苍者，三餐而反，腹犹果然[9]；适百里者，宿舂粮[10]；适千里者，三月聚粮。之二虫[11]，又何知！

　　小知不及大知，小年不及大年[12]。奚[13]以知其然也？朝菌不知晦朔，蟪蛄不知春秋[14]，此小年也。楚之南有冥灵[15]者，以

1　野马：春天林木沼泽的浮动之气，飘浮如奔马，故称。生物：有生命的东西。息：气息。苍苍：深青色。邪（yé）：语气词，相当于"呢""吗"。

2　且夫：况且。负：承载。

3　坳（ào）堂：厅堂的低洼处。芥：小草。

4　胶：胶着，粘住。

5　斯：则，就。培：同"凭"，乘着。

6　夭阏（è）：阻挡。图：图谋，谋划。

7　蜩（tiáo）：蝉。学鸠：小灰雀。

8　决（xuè）：迅疾貌。抢（qiāng）：撞，碰到。榆枋：两种树名，榆树和檀树。控：投，落下。奚以……为：何以这样做。

9　适：去，前往。莽苍：这里指苍茫朦胧的郊野。三餐：这里指一日之粮。反：同"返"。果：饱。

10　宿（xiǔ）舂（chōng）粮：用一宿的工夫舂粮食。舂，一种为稻谷去壳的劳作。

11　之二虫：这两个小虫（指蜩与学鸠）。

12　知（zhì）：同"智"。年：年龄，年纪。

13　奚：怎么。

14　朝菌：一种朝生暮死的低级菌类。晦朔：一个月的时光。晦，农历每月的最后一天。朔，农历每月的第一天。蟪蛄（huìgū）：寒蝉，春生夏死或夏生秋死。

15　冥灵：传说中的神龟。

五百岁为春，五百岁为秋；上古有大椿[1]者，以八千岁为春，八千岁为秋，此大年也。而彭祖乃今以久特闻，众人匹之[2]，不亦悲乎？

译文 北海有条大鱼，名叫"鲲"。这条鱼的大小，头尾不知有几千里长！鲲幻化成大鸟，名叫"鹏"，鹏的脊背，同样不知有几千里长！鹏鸟奋力一飞，张开的翅膀就像是天边的云彩！乘着汹涌的海浪，它振翅而飞，前往南海，南海便是天池。

有一本书叫《齐谐》，专门记录怪异之事。书中说："大鹏飞往南海时，翅膀击起三千里浪花；它乘着旋风盘旋而上，直冲上九万里高空，它是乘着六月的大风飞去的。"大地上如同奔马的游气，飞扬的尘埃，是大自然各种生物的气息吹拂的结果。至于天空的青苍，那是天的本色呢，还是因为过于辽远而看不到尽头呢？鹏鸟从高空俯瞰地面，应该也是这（青苍迷茫的）样子吧？

水积得不够深，就无力托起大船。把一杯水倒在堂上的坑洼处，拿一根小草当船，它就可以漂在水面上。可若拿个杯子当船，它就会粘在地面上，这是因水浅而船大的缘故。（同样的道理）如果风累积得不够厚，托起巨翅的力量就不足。所以大鹏要飞上九万里，是有风在底下托着，然后它才能凭借风力，背靠青天，没啥能阻挡它，它才能试图往南飞。

蝉与小灰雀笑话鹏鸟说："我们尽力一飞，可以够着榆树、檀树的尖尖，有时飞不到，不过落到地上罢了；何必要到九万里的高空往

---

1 大椿：传说中的大树。
2 彭祖：传说中的长寿人物，活了八百岁。以久特闻：独因长寿而闻名。久，长寿。特，独。匹之：跟他相比。

南海去呢？"（它俩哪里知道）到野外去的人，三顿饭的工夫就能回来，肚子还饱着呢。若到百里以外，就得舂一宿的干粮带着。至于到千里之外，还要花三个月来预备干粮。寒蝉和灰雀这两个小东西又怎能理解这些！

小聪明理解不了大智慧，短命鬼比不了老寿星。怎么知道是这样呢？朝荣暮枯的蘑菇，哪知道一个月有多长；只活两季的寒蝉，也不了解一年有多长。——这是短命的例子。楚国南边有一种大龟叫冥灵，以五百年为春，五百年为秋；上古时有一棵大椿树，以八千年为春，八千年为秋。——这又是长寿的例子。彭祖（活了八百岁），至今还独以长寿闻名，人们争着跟他比，不也太可悲了吗？

濠梁之辩[1]

庄子与惠子游于濠梁之上。庄子曰："鲦鱼[2]出游从容，是鱼之乐也。"惠子曰："子非鱼，安知[3]鱼之乐？"庄子曰："子非我，安知我不知鱼之乐？"惠子曰："我非子，固[4]不知子矣；子固非鱼也，子之不知鱼之乐，全矣[5]！"庄子曰："请循其本[6]。子曰'汝安知鱼乐'云者，既已知吾知之而问我。我知之濠上也。"

1　★本篇引自《庄子·秋水》，虚拟了庄子与好友惠子的一番对话，展示了庄子的论辩技巧。惠子，惠施，庄子的好友。濠梁，濠河上的桥梁。濠，河流名，在今安徽凤阳境内。

2　鲦（tiáo）鱼：一种银白的鱼，又名白鲦、苍条鱼。

3　安知：怎么知道，从何知道。

4　固：本来，固然。

5　全矣：确定无疑。

6　循其本：追溯本源。

译文 庄子和惠施在濠水的桥梁上漫步闲行，庄子（看到水里的白鱼）说："小白鲦游得从容自在，这是鱼的快乐啊。"惠子反驳说："您不是鱼，何从知道鱼的快乐呢？"庄子说："您不是我，又何从了解我不晓得鱼的快乐呢？"惠子说："我不是您，固然不知道您（的感觉）；（同样的道理）您本来不是鱼，您也不知道鱼的快乐，是确定无疑的！"庄子说："请回到我们开头的论题。您问'您何从知道鱼的快乐'云云，就表明您已经知道我了解鱼的感受才问我。（我告诉您）我就是在这濠水桥梁上知道的。"

庖丁解牛[1]

庖丁为文惠君解牛，手之所触，肩之所倚，足之所履，膝之所踦，砉然向然，奏刀騞然，莫不中音，合于《桑林》之舞，乃中《经首》之会[2]。文惠君曰："嘻，善哉！技盖至此乎[3]？"

庖丁释[4]刀对曰："臣之所好者道也，进乎技矣[5]。始臣之解牛之时，所见无非牛者。三年之后，未尝见全牛也。方今之时，臣以神遇而不以目视，官知止而神欲行[6]。依乎天

---

1 ★本篇引自《庄子·养生主》。写梁惠王从庖丁的屠牛经验中领悟到养生之道，即"依乎天理""因其固然"。庖（páo）丁，厨师。一说"丁"是厨师的名字。

2 文惠君：即梁惠王，也就是魏惠王。解牛：宰牛。履：踏。踦（yǐ）：抵住。这里指用膝盖顶。砉（xū）：象声词，皮骨相离之声。向：同"响"。奏刀：进刀。騞（huō）：象声词，以刀砍物声。中（zhòng）音：与乐音相合。《桑林》：商汤时乐曲名。《经首》：尧乐《咸池》之一章。会：指节奏。

3 技：技术，技艺。盖（hé）：同"盍"，何。

4 释：放下。

5 好（hào）：喜好。道：这里指事物的运行规律。进：超过。

6 神遇：用心神来感知。官：感官，这里指目视。

理，批大郤，导大窾，因其固然，枝经肯綮之未尝微碍，而况大軱乎[1]！良庖岁更刀[2]，割也；族庖月更刀，折也[3]。今臣之刀十九年矣，所解数千牛矣，而刀刃若新发于硎[4]。彼节者有间，而刀刃者无厚[5]；以无厚入有间，恢恢乎其于游刃必有余地矣[6]，是以十九年而刀刃若新发于硎。虽然，每至于族，吾见其难为，怵然为戒，视为止，行为迟[7]。动刀甚微，謋然已解，牛不知其死也，如土委地[8]。提刀而立，为之四顾，为之踌躇满志，善刀而藏之[9]。"文惠君曰："善哉！吾闻庖丁之言，得养生[10]焉。"

译文 庖丁为文惠君宰牛，手所触，肩所靠，脚所踏，膝所抵，砉砉有声，运刀刷刷，无不与音乐节拍相符，合于《桑林》《经首》的舞曲节奏。文惠君说："嘻，妙呀！技艺怎么会达到这种境界？"

厨师放下刀回答："我所喜好的是道，比技术高深多啦。早先我开始宰牛时，眼里所见的，无非是一头整牛。三年以后，就不再注意全牛了。到了今天，我只用心神去感知，不再用眼去看，眼目感官上

1　天理：指牛身体的天然结构。批大郤（xì）：击入大的（骨肉）缝隙。批，击。郤，同"隙"。导：引刀而入。窾（kuǎn）：（骨节）空处。因：依。固然：指牛体本来的结构。枝经：经脉纠结处。枝，枝脉。经，经络。肯綮（qìng）：筋骨结合处。軱（gū）：股部的大骨。

2　良庖：好厨师。更：更换。

3　族庖：一般的厨师。折：用刀砍断。

4　发：研磨。硎（xíng）：磨刀石。

5　节：骨节。间（jiàn）：间隙。无厚：没有厚度，指非常薄。

6　恢恢乎：宽绰的样子。游刃：游动的刀刃。

7　族：（筋脉）交错聚结的地方。怵（chù）然：警惧貌。视为止：眼神专注。迟：缓慢。

8　謋（huò）：分解貌。委地：散落于地。委，堆积。

9　踌躇：得意貌。满志：心满意足。善：同"缮"，修治。这里是擦拭之意。

10　养生：这里指养生之道。

看似应当停下来，内心却告诉我还要向前行刀。我依照牛体的天然构造，劈开骨肉间的大缝隙，将刀导向骨节间的大空当，顺着牛体的本来结构，经脉筋骨纠结处不会给我带来丝毫妨碍，更何况那些大骨骼。优秀的厨师一年换一把刀，因为他们用刀来割，一般的厨师一个月就换一把刀，因为他们是用刀来砍。如今我这把刀已经用了十九年，宰杀的牛已有几千头，但刀刃仍像刚从磨刀石上磨过的一样锋利。牛的骨骼筋肉间总是有空隙的，而刀刃却几乎没有厚度，用没有厚度的刀刃插入有空隙的骨骼筋肉，刀刃的运转游动宽宽绰绰还有余地哩，所以这把刀用了十九年，仍像刚磨过一样锋利。话虽如此，可每遇筋骨纠结之处，我知道难于行刀，因而格外警惕戒备，眼光专注，下手缓慢。（到了关键之处）刀子微微一动，整个牛呼啦啦分解开来，牛还来不及知道自己死了，就如泥土一样散落在地上。我于是提刀站在那儿，环顾四周，志得意满，把刀擦干净收起来。"文惠君说："妙啊，我听了庖丁这番话，竟从中省悟出养生的道理。"

浑沌之死[1]

南海之帝为倏，北海之帝为忽，中央之帝为浑沌[2]。倏与忽时相与遇于浑沌之地，浑沌待之甚善。倏与忽谋报浑沌之德，曰："人皆有七窍[3]以视听食息，此独无有，尝试凿之。"日凿一窍，七日而浑沌死。

1　★本篇引自《庄子·应帝王》，以神话的方式，阐述了顺应自然、保其本性的重要性。浑沌，有浑然一体、模糊隐约之意。

2　倏（shū）、忽、浑沌：都是虚拟的名字，各有寓意。"倏""忽"有匆忙、急迫意；或以为"倏""忽"喻有为，"浑沌"喻无为。

3　七窍：人头部的七个孔穴，两眼、两耳、两鼻孔及嘴。

译文 南海的帝王叫倏，北海的帝王叫忽，中央的帝王叫浑沌。倏与忽常到浑沌那儿聚会，浑沌总是很热情地招待他们。为了报答浑沌的恩德，倏和忽商量着要为浑沌做点事，说："人都有七窍，用来看、听、饮食、呼吸；唯独浑沌没有。让我们替他'开开窍'吧。"两人每天都为浑沌开通一窍，到第七天大功告成，浑沌却死掉了。

承蜩丈人¹

仲尼适楚，出于林中，见病偻者承蜩，犹掇之也²。仲尼曰："子巧乎！有道³邪？"曰："我有道也。五六月，累丸二而不坠，则失者锱铢⁴；累三而不坠，则失者十一；累五而不坠，犹掇之也。吾处身也，若橛株拘⁵；吾执臂也，若槁木之枝⁶。虽天地之大，万物之多，而唯蜩翼之知⁷。吾不反不侧⁸，不以万物易蜩之翼，何为而不得？"孔子顾谓弟子曰："用志不分⁹，乃凝于神，其病偻丈人之谓乎！"

译文 孔子到楚国去，经过一片树林，见一位驼背老人正在（用长竿）粘取知了，轻松得如同随手拾取。孔子说："您是真巧啊！有

1　★本篇引自《庄子·达生》，借老丈谈捕蝉门道，得出做事要专注的道理。承蜩（tiáo），粘取知了。承，这里有获取的意思。

2　仲尼：孔子。适：前往。出：经过。病偻（gōulóu）：驼背。掇（duō）：拾取，用手捡拾。

3　道：门道，窍门。

4　累（lěi）丸：将小球叠加。累，叠起。丸，弹丸。锱铢（zīzhū）：古代衡制单位，一锱为六铢，二十四铢为一两。这里极言其微小。

5　处身：立身。橛株拘：木桩。

6　执臂：举竿的手臂。槁木：枯树。

7　唯蜩翼之知：（全部心神）只感知蝉翼。

8　不反不侧：这里指身体不改变姿势。

9　用志不分：用心专一，不分神。志，心思。

啥窍门吗？"老人回答："我有窍门。先经过五六个月（训练），在竿头摞上两个弹丸而不掉下来，那么失手的可能就很小了。如果摞三个不掉，那么失手的可能只有十分之一了；如果摞五个还不掉，就如同随手拾取的水平了。我站在这儿，身体就像是木桩一样稳固，我举着竿的手臂，就像枯树枝那样一动不动。天地再大，万物再多，我此时的全部心神只感知那薄薄的蝉翼，我身体保持一个姿势一动不动，天下万物也分散不了我对蝉翼的注视。如此一来，又为什么捉不到呢？"孔子转向弟子们说："用心专一，聚精会神，说的就是这位驼背老人的境界啊！"

《列子》

列御寇（生卒年不详），战国时郑人。道家代表人物之一。今存《列子》一书，疑为晋人伪托之作。著名篇章有《杞人忧天》《好沤鸟者》《愚公移山》《两小儿辩日》《纪昌学射》《歧路亡羊》等。

纪昌学射[1]

纪昌者又学射于飞卫。飞卫曰："尔先学不瞬[2]，而后可言射矣。"纪昌归，偃卧其妻之机下，以目承牵挺[3]。二年之后，虽锥末倒眦[4]，而不瞬也，以告飞卫。飞卫曰："未也[5]，必学视而后可。视小如大，视微如著[6]，而后告我。"昌以牦悬虱于牖，南面而望之[7]。旬日之间，浸大也[8]；三年之后，如车轮焉。以睹余物，皆丘山也。乃以燕角之弧、朔蓬之簳射之，贯虱之心，而悬不绝[9]。以告飞卫。飞卫高蹈拊膺[10]曰："汝得之矣！"

译文 有个名叫纪昌的又向（神射手）飞卫学习射箭。飞卫说：

1　★本篇引自《列子·汤问篇》，通过对纪（Jǐ）昌学箭的记述，强调基本功训练的重要性。纪昌，寓言中的虚构人物。飞卫，战国时赵国的神箭手。

2　尔：你。不瞬：不眨眼。

3　偃卧：仰卧。机：织布机。以目承牵挺：用眼睛紧盯织布机上快速移动的梭子。承，这里指从下向上看。牵挺，织布机上的梭子。

4　锥末：锥子尖。倒：同"到"。眦（zì）：眼角，眼眶；泛指眼睛。

5　未也：不行，火候不到。

6　视微如著：把微小的东西看得很大，很清楚。

7　牦（máo）：牦牛的毛。牖（yǒu）：窗子。南面：面朝南。

8　旬日：十天。浸：渐渐。

9　燕角之弧：用燕国牛角制作的良弓。朔蓬之簳（gǎn）：用楚国蓬草秆制的箭。簳，箭。贯：穿透。悬：这里指拴虱子的牛毛。

10　高蹈拊膺（fǔyīng）：跳起来，拍胸脯。形容极度高兴的样子。

"你先练不眨眼的本领，然后才能谈射箭的窍门。"纪昌回到家中，仰卧在妻子的织布机下面，用眼睛追随着织布机上（飞快移动）的梭子，练习不眨眼。两年之后，练到即便拿锥子尖儿刺向眼皮，眼也不眨一下。纪昌把自己的成绩向飞卫汇报，飞卫说："火候还没到呐。还要学会'看'的本领才行：要练到把小的看成大的，把细微的看成显著的，然后再来告诉我。"纪昌于是用牦牛尾毛系住一只虱子，悬挂在窗户上，面向南盯着它看。十天之后，虱子似乎渐渐变大；如此看了三年，虱子在纪昌眼中竟像车轮那么大。再看其他物体，全像山丘般高大。于是纪昌拿起燕国牛角制成的弓，搭上楚地蓬草秆制成的箭，射向那只虱子，箭贯穿了虱子的心，牛毛居然没断！纪昌把这情况告诉飞卫，飞卫高兴得跳脚拍胸，说："射箭的诀窍已被你掌握啦！"

好沤鸟者[1]

　　海上之人有好沤鸟者，每旦之海上[2]，从沤鸟游。沤鸟之至者，百住[3]而不止。其父曰："吾闻沤鸟皆从汝游，汝取来，吾玩之。"明日之海上，沤鸟舞而不下也。

译文 海边有个喜欢海鸥的人，每天早上去到海边，跟海鸥一起悠游玩耍。前来（跟他玩）的海鸥不止百只。这人的父亲说："我听说海鸥都爱跟你玩耍，你逮一只来让我也玩玩。"第二天此人再到海边，海鸥都在空中飞舞，不肯下来。

1　★本篇引自《列子·黄帝篇》，借人与沤鸟的关系，讲说道家清静无为的道理。沤鸟，即鸥鸟，形似白鸽，常群飞于海边或江湖之岸。

2　之（"每旦之海上"及后文中"明日之海上"）：前去。游：游戏。

3　住：同"数"。

屈　原

屈原（约前340—前278），名平，字原；一说名正则，字灵均。世居丹阳（今湖北秭归），是战国时楚国王室贵族，曾为三闾大夫、左徒。他忠而见谤，屡遭流放，最终投汨罗江而死。他是楚辞代表作家，撰有《离骚》《九歌》（包括《东皇太一》《云中君》《湘君》《湘夫人》《国殇》等十一篇）《九章》（包括《惜诵》《涉江》《哀郢》《怀沙》《橘颂》等九篇）《天问》等名篇。

离骚[1]（节录）

帝高阳之苗裔兮，朕皇考曰伯庸[2]。摄提贞于孟陬兮，惟庚寅吾以降[3]。皇览揆余初度兮，肇锡余以嘉名[4]：名余曰正则兮，字[5]余曰灵均。纷吾既有此内美兮，又重之以修能[6]。扈江离与辟芷兮，纫秋兰以为佩[7]。汨余若将不及兮，

1　★本篇引自《楚辞》，是屈原作品中最具代表性的一篇。篇中申述了作者对美好政治理想的不懈追求，以及虽遭受迫害仍不肯妥协的坚韧意志。篇中所表达的爱国之情，鼓舞了后世无数仁人志士。

2　帝高阳：远古帝王颛顼（Zhuānxū），五帝之一，高阳是他的号。苗裔（yì）：子孙后裔。朕：我（古代无论贵贱都可自称"朕"，自秦始皇始专用作皇帝自称）。皇考：已故的父亲。皇，美。

3　"摄提"二句：是说诗人的生辰时日，在寅年的孟春正月庚寅日。摄提，寅年的别称。贞，正。孟，开端。陬（zōu），正月的别称。降，诞生。

4　览揆（kuí）：观察，衡量。初度：初生。肇：开始。锡：赐。嘉名：美好的名字。

5　字：表字。古人在名之外，另有表字，往往是对名之内涵的阐发。

6　纷：盛多貌。内美：内在的美好品行。重（chóng）：重叠，加上。修能：卓越的才能。

7　扈（hù）：披挂。江离、辟芷、秋兰：均为香草名。辟芷，生在幽僻处的香草。纫（rèn）：连缀成串。佩：佩饰。

恐年岁之不吾与[1]。朝搴阰之木兰兮，夕揽洲之宿莽[2]。日月忽其不淹兮，春与秋其代序[3]。惟草木之零落兮，恐美人之迟暮[4]。……

朝发轫于苍梧兮，夕余至乎县圃[5]；欲少留此灵琐兮，日忽忽其将暮[6]。吾令羲和弭节兮，望崦嵫而勿迫[7]。路曼曼其修远兮，吾将上下而求索[8]。饮余马于咸池兮，总余辔乎扶桑[9]。折若木以拂日兮，聊逍遥以相羊[10]。前望舒使先驱兮，后飞廉使奔属[11]。鸾皇为余先戒兮，雷师告余以未具[12]。吾令凤鸟飞腾兮，继之以日夜。飘风屯其相离兮，帅云霓而来御[13]。纷总总其离合兮，斑陆离其上下[14]。吾令帝阍开关兮，倚阊阖而望

---

1 "汩（yù）余"二句：形容光阴似箭。汩，水疾流貌。不吾与，不等我。

2 搴（qiān）：拔。阰（pí）：大土坡。木兰：香木名。揽（lǎn）：采摘。宿莽：一种经冬不死的香草。

3 忽：迅速貌。淹：久留。代序：更迭不断。

4 惟：思虑。零落：飘零，堕落。美人：诗人自己。也有说喻指楚怀王的。迟暮：衰老。

5 发轫：即启程。苍梧：九嶷山。县圃：神话中的山名。县，同"悬"。一说是昆仑山上神仙所居的花园。

6 灵琐：指神人所居宫殿之门。忽忽：光阴迅速貌。

7 羲和：给太阳驾车的神人，一说即日神。弭（mǐ）节：犹言驻车。崦嵫（Yānzī）：神话中的山名，相传为日落之处。

8 曼曼：同"漫漫"，远貌。求索：寻求，求取。

9 咸池：传说中太阳洗浴的地方。总：系结。辔：马缰绳。扶桑：神木名，相传太阳由此升起。

10 若木：神木名，相传太阳在此落下。聊：姑且。相羊：同"徜徉"，徘徊。

11 望舒：神话中为月神赶车的人。飞廉：神话中的风神。奔属（zhǔ）：跟着奔跑。

12 鸾皇：凤凰。戒：警备。雷师：雷神。未具：没有准备好。

13 飘风：旋风。屯：聚合。离：附着，遇。帅：率领。霓：虹。御：迎迓。

14 纷总总：丛簇聚集貌。离合：忽离忽合。斑陆离：五光十色，参差错综貌。

予[1]。时暧暧其将罢兮，结幽兰而延伫[2]。世溷浊而不分兮，好蔽美而嫉妒[3]。

译文 我是先帝高阳氏的子孙，我伟大的先父字伯庸。寅年孟春之月的庚寅日，我降生在这个世界上。父亲观察忖度我的生辰，选取美好的名字赐予我：我的大名叫"正则"，我的表字叫"灵均"。我先天禀赋了内在的美德，后天又增添了许多良好的素质。我把江离、香芷编成披肩，再把芬芳的秋兰扭为佩带。光阴似箭岁月如梭，我内心焦虑，只怕被时光抛弃。早晨我在山坡采集木兰，傍晚在绿洲上摘取宿莽。白驹过隙不肯久留，春去秋来四季代谢。想到草木衰落飘零，不禁担心美好如我者也会有衰老的一天。……

早上从苍梧山出发，傍晚就到了昆仑的悬圃，我本想在灵琐之宫稍事逗留，夕阳西下暮色将临。我命羲和停鞭小驻，别叫太阳迫近崦嵫山。前面的道路悠远漫长，我将不惧辛劳，上下寻求。且让我的马在咸池里饮足水，把马缰拴在扶桑树上。折下若木枝来挡住太阳，让我姑且从容徘徊。（我再度上路时）让月神的赶车人望舒为前驱，让风神飞廉在后紧跟。鸾凤为我在前戒备，雷师却告诉我还没准备停当。我命令凤鸟展翅飞腾，夜以继日，不停息。旋风聚拢，相互附着，引领云霓上前来迎。风云聚散，忽离忽合，五光十色，上下飘飞。我命天国的看门人把门打开，他却倚门相望，无动于衷。日光转暗，天色已晚，我手编幽兰香草，仍不肯离开。世道混浊、善恶不

---

1 "吾令"二句：此句意谓我命天宫守门人开门，他却靠着天门望着我，无动于衷。帝阍，为天帝守门的人。阊阖，即天门。予，我。

2 暧暧（àiài）：昏暗貌。罢：终极。延伫：久立，逗留。

3 溷（hùn）浊：混浊。蔽美：遮蔽美善。

分，美善受遮蔽，只能招致嫉妒。

国殇[1]

操吴戈兮被犀甲，车错毂兮短兵接[2]。

旌蔽日兮敌若云，矢交坠兮士争先[3]。

凌余阵兮躐余行，左骖殪兮右刃伤[4]。

霾两轮兮絷四马，援玉枹兮击鸣鼓[5]。

天时坠兮威灵怒，严杀尽兮弃原野[6]。

出不入兮往不反，平原忽兮路超远[7]。

带长剑兮挟秦弓，首身离兮心不惩！[8]

诚既勇兮又以武，终刚强兮不可凌。[9]

身既死兮神以灵，子魂魄兮为鬼雄！[10]

1　★本篇引自《楚辞·九歌》，是祭奠为国捐躯的将士所唱的歌。殇（shāng），这里意为战死者。

2　吴戈、犀甲：精良的武器和铠甲。车错毂：车轴交错碰撞。毂（gǔ），车轮中央与车轴相接部分。

3　旌蔽日：战旗遮住了日光。矢交坠：双方的箭交叉落向敌阵。

4　凌：侵入，侵凌。躐（liè），践踏。行（háng）：军队行列。骖（cān）：战车两旁驾车的马。殪（yì）：毙。

5　霾：同"埋"，陷入泥中。絷（zhí）：绊住。援：拿着。玉枹（fú）：玉饰的鼓槌。

6　天时坠：天地昏暗。威灵：鬼神。严杀：酷烈的杀戮。

7　反：同返。忽：此处有远的意思。

8　首身离：指头断身死，身首异处。心不惩：心中没有悔意。

9　诚：实在是。勇：勇敢。武：武艺高强。凌：凌辱。

10　神以灵：精神不死。

宋 玉

宋玉（约前298—约前222），战国楚国鄢（今湖北宜城）人，相传是屈原的弟子。楚辞代表作家，代表作有《九辩》《风赋》《高唐赋》《神女赋》《对楚王问》等，或说《招魂》也是他的作品。

对楚王问¹

楚襄王问于宋玉曰："先生其有遗行与，何士民众庶不誉之甚也²？"宋玉对曰："唯，然有之³。愿大王宽其罪，使得毕其辞⁴。客有歌于郢中者，其始曰《下里》《巴人》，国中属而和者数千人⁵。其为《阳阿》《薤露》⁶，国中属而和者数百人。其为《阳春》《白雪》⁷，国中属而和者，不过数十人。引商刻羽，杂以流徵⁸，国中属而和者，不过数人而已。是其曲弥⁹高，其和弥寡。故鸟有凤而鱼有鲲。凤皇上击九千里，绝云霓、负苍天，翱翔乎杳冥之上¹⁰。夫蕃篱之鷃，岂能与之

1　★本篇体裁实为散文，文中展示了宋玉出色的论辩能力，同时保存了重要的音乐史料。楚王，楚顷襄王，是楚怀王之子，前298年至前263年在位。

2　遗行：品行上有缺失。与：同"欤"，疑问词。庶：众。不誉：不赞誉，非议。甚：过分。

3　唯：敬诺之词。然：是的。一说，"然有之"意为"但这是有原因的"，亦通。

4　毕其辞：把话讲完。

5　郢：楚国的都城。《下里》《巴人》：俚俗的民间曲调。属（zhǔ）而和（hè）者：接续并应和的人。

6　《阳阿》《薤（xiè）露》：古代歌曲名，比《下里》《巴人》高雅。

7　《阳春》《白雪》：高雅的古曲。

8　引商刻羽，杂以流徵（zhǐ）：这里指使音调高低宛转，富于变化。商、羽、徵，各为五音之一。引，提高。刻，消减。杂，掺杂。流，形容音调多变。

9　弥：越，更。

10　击：冲击，接触。绝：超越。负苍天：背负苍天。极言其高。杳（yǎo）冥：极高极远的境界。

料天地之高哉[1]？鲲鱼朝发昆仑之墟，暴鬐于碣石，暮宿于孟诸[2]。夫尺泽之鲵[3]，岂能与之量江海之大哉？故非独鸟有凤而鱼有鲲也，士亦有之。夫圣人瑰意琦行，超然独处[4]。夫世俗之民，又安知臣之所为哉？"

译文 楚襄王问宋玉："先生难道有不检点的行为吗？为啥士人百姓对您多有微词呢？"宋玉回答："是，对，有这种情况。不过希望大王能宽恕我的过错，让我把话说完。有个在郢都唱歌的人，开头唱《下里》《巴人》，都城中跟随应和的，有好几千人；可是当他唱《阳阿》《薤露》时，城中跟随应和的就只有几百人了。等到唱《阳春》《白雪》时，城中跟随应和的就只剩几十人。最后他拔高为商音、降低到羽调，还杂用流动的徵声，城中跟随应和的，不过几人而已。如此看来，歌曲越是高雅，应和的人就越少。因而鸟类中有凤凰，鱼类中有大鲲。凤凰展翅上冲九千里，超越云霓，背负苍天，翱翔在广大的虚空之上，那栖息在篱笆下的鷃雀，又岂能跟凤鸟去估量讨论天地的高远？大鲲早上从昆仑山出发，中午便可在渤海的碣石山上晒脊背，而夜晚则到孟诸过夜；那一尺见方的水塘中的小鱼，又岂能跟随大鲲测量江海的广阔？因此，不光是鸟中有凤，鱼中有鲲，士人之中也有杰出人物。圣人崇高美好的思想行为，特立独行，超群出众——那些世俗百姓又哪能理解我的心胸作为呢？"

1　蕃篱：篱笆。鷃（yàn）：鷃雀，一种小鸟。料：估量。下文中的"量"与此同。

2　墟：山丘。暴鬐（qí）：晒鱼背。暴，同"曝"。鬐，鱼脊上的翅。碣石：山名，在今河北昌黎。孟诸：古大泽名，故址在今河南商丘。

3　尺泽：一尺见方的池塘。鲵（ní）：小鱼。

4　瑰意琦行：指优美高尚的情操和行为。瑰、琦，都是美玉。超然：高远貌。

《荀子》

荀子（约前313—前238），名况，又被尊称为"荀卿""孙卿"。战国时赵国人。儒家代表人物之一，曾在齐国稷下学宫任祭酒。有《荀子》三十二篇，著名篇章有《劝学》《修身》《荣辱》《非十二子》《儒效》《王制》《成相》《赋》等。

劝学（节录）[1]

君子曰：学不可以已[2]。青，取之于蓝，而青于蓝[3]；冰，水为之，而寒于水。木直中绳，𫐓以为轮，其曲中规，虽有槁暴不复挺者[4]，𫐓使之然也。故木受绳则直，金就砺则利[5]。君子博学而日参省乎己，则知明而行无过矣[6]。故不登高山，不知天之高也；不临深溪，不知地之厚也；不闻先王之遗言，不知学问之大也。干、越、夷、貉之子，生而同声，长而异俗，教使之然也[7]。……

1　★本篇引自《荀子·劝学篇》。荀况主张性恶论，因而特别强调后天学习的重要性。文中对此有系统论述，还涉及学习的途径、方法等方面。

2　已：停止。

3　青：即靛（diàn）青，是一种青黑色的染料。蓝：蓼蓝草，叶子可以提取靛青染料。

4　中绳：符合绳墨的要求。绳墨即木匠用来取直的墨线。𫐓（róu）：同"煣"，使直木变弯的一种工序。规：圆规。槁暴（gǎopù）：风吹日晒使之变干枯。槁，干枯。暴，同"曝"，晒干。

5　金：金属，这里指刀斧等金属工具。砺：磨刀石。

6　参省（cānxǐng）：多次反思、省察。参，检验。知：同"智"，见识。

7　干（hán）、越、夷、貉（mò）：干、越分别指春秋时的吴、越两国；夷、貉分别指古代居住在东方及东北方的少数民族。长（zhǎng）：长大成人。

吾尝终日而思矣，不如须臾[1]之所学也；吾尝跂[2]而望矣，不如登高之博见也。登高而招，臂非加长也，而见者远；顺风而呼，声非加疾也，而闻者彰[3]。假舆马者[4]，非利足也，而致千里；假舟楫者，非能水也，而绝江河[5]。君子生非异也，善假于物也。……

积土成山，风雨兴焉；积水成渊[6]，蛟龙生焉；积善成德，而神明自得，圣心备焉[7]。故不积跬步[8]，无以至千里；不积小流，无以成江海。骐骥一跃，不能十步；驽马十驾，功在不舍[9]。锲而舍之，朽木不折；锲而不舍，金石可镂[10]。蚓无爪牙之利，筋骨之强，上食埃土，下饮黄泉[11]，用心一也。蟹六跪而二螯，非蛇鳝之穴无可寄托者[12]，用心躁也。……

学恶乎始？恶乎终[13]？曰：其数则始乎诵经，终乎读《礼》[14]；其义则始乎为士，终乎为圣人。真积力久则入，学至

---

1 须臾：一会儿，片刻。

2 跂（qǐ）：提起脚跟儿。

3 疾：这里指声音加强。彰：显明，清晰。

4 假：借助，利用。舆马：车马。

5 舟楫：船只。绝：横渡。

6 渊：深水，深潭。

7 善：善事，好事。神明：这里指智慧。圣心：圣人的思想。备：具备。

8 跬（kuǐ）步：半步。

9 骐骥：骏马良驹。驽马：劣马。十驾：十天的行程。

10 锲（qiè）、镂（lòu）：都是雕刻的意思。

11 埃土：这里指泥土。黄泉：地下的泉水。

12 六跪：当为"八跪"，即蟹的八只脚。螯（áo）：蟹的两只钳形大爪。"非蛇鳝"句：是说蟹自己不会筑窝，而是寄居于蛇、鳝的巢穴。

13 恶（wū）乎始：从哪里开始。恶，何，怎样。终：终结。

14 数：学习的顺序。诵经：诵读儒家经典。《礼》：《礼记》等礼学著作。荀子于儒家经典中，特别看重《礼》。

乎没而后止也[1]。故学数有终，若其义则不可须臾舍[2]也。为之，人也；舍之，禽兽也。故《书》者，政事之纪也；《诗》者，中声之所止也；《礼》者，法之大分，类之纲纪也[3]。故学至乎《礼》而止矣，夫是之谓道德之极。《礼》之敬文也，《乐》之中和也，《诗》《书》之博也，《春秋》之微也，在天地之间者毕矣[4]。

君子之学也，入乎耳，箸乎心，布乎四体，形乎动静[5]。端而言，蝡而动[6]，一可以为法则。小人之学也，入乎耳，出乎口；口耳之间则四寸耳，曷足以美七尺之躯哉[7]！古之学者为己，今之学者为人。君子之学也，以美其身；小人之学也，以为禽犊[8]。故不问而告谓之傲，问一而告二谓之囋[9]。傲非也，囋非也；君子如向[10]矣。

译文 学习不可半途而废。靛青颜料是从蓼蓝草中提取的，却比蓼蓝草的颜色更深湛；冰是水凝结成的，却比水更寒冷。木材笔直、合于绳墨，经过烘烤制成车轮，便能符合圆规的规范，即使再经风吹

---

1 真积力久：聚精会神、努力持久。真，精诚。入：深入。没（mò）：同"殁"，死。

2 舍：丢弃。

3 《书》：儒家经典《尚书》。下面的《诗》《礼》同是儒家经典。中声：中和之声。法：法律。类：条例。大分、纲纪：都有纲领之意。

4 敬文：树立恭敬之心，并对仁义做出调节文饰。中和：是儒家追求的一种万物调和的境界，即中庸之境。微：这里指《春秋》的微言大义。毕：全部涵括，到头。

5 箸：同"著"，明。布：散布，灌注。形：体现。

6 端：同"喘"，微言。蝡（rú）：同"蠕"，微动。

7 曷：同"何"。美：这里作动词用，修饰，美化。

8 禽犊：家禽、牛犊。古人多用来作馈赠的礼物。

9 傲：急躁。囋（zá）：唠叨，啰唆。

10 向：同"响"，回音。

日晒，也不会挺直，这是烘煣的力量。因此说，木材经过绳墨的规范才能变得笔直，刀斧经过磨刀石研磨才会变得锋利。君子也只有广泛学习并每日反省自己，才能智慧明达，行为无过错。所以说，不登高山就不知天有多高，不亲临深渊，就不知地有多厚。不听先王的遗训，就不知学问有多广大深邃。吴、越、夷、貉等族的孩子，生下来哭声是一样的，长大后风俗习惯却截然不同，这是所受后天教育不同造成的。……

我曾整日苦思冥想，效果却不如读一会儿书；我曾踮着脚尖眺望，却不如登高看得广。登上高坡招手，手臂并没有加长，但更远处的人也能看到。顺着风呼喊，声音并没有加大，但人们听得更清楚。借助车马行走的，并非脚步强健，却能到达千里之外；利用舟船渡河的，并非善于泅水，却能横渡江河。君子并非本性与他人不同，只是善于利用外物罢了。……

堆土成为高山，自然会兴起风雨；积水成为深渊，自然会潜藏蛟龙。好事做得多，道德也就得到提升，自然会达到聪明智慧之境，具备了圣人的思想品质。因而不迈出一只脚，就不能到达千里之外；不聚积细小的水流，就不能汇成大江大海。骏马一跃，不过十步远；而劣马跑十天（也能到达千里之外），它的成功就在于不放弃。用刻刀刻一下就停下来，连朽木也刻不断。一个劲儿不停地刻下去，就是金属、石头，也能刻穿。蚯蚓没有坚牙利爪和强健的筋骨，却能上吃泥土、下饮泉水，只因它用心专一。螃蟹八只脚、两只螯，却要借助蛇鳝的洞穴栖身，这是它用心浮躁的缘故。……

学习应该从哪儿入手，到哪儿终结？答案是：从学习的进程看，应从诵读《诗》《书》入手，最后学《礼》；从总体精神看，则从学习做士人人手，目标是成为圣贤。要聚精会神、长久努力，方能深入；只要活着，就没有停歇的时候。因而学习的进程虽有终点，但就总体精神而言，是片刻不能放弃的。一个人不断学习，才能称其为人；若放弃了学习，也便与禽兽没啥区别了。《书》的内容，是记录政事；《诗》则是对中和之声的记录；《礼》是法律的大纲、条例的罗列。所以学到《礼》才算到头，那可是道德的最高准则。《礼》的内蕴是恭敬有节；《乐》的内蕴是调和声律，达到中和之境；而《诗》《书》博大精深，《春秋》微言大义，天地间至高至深的学问，全被儒家经书囊括无遗。

君子学习，是听在耳中，明辨在心里，灌注到躯干四肢，体现在一举一动上。哪怕是片言微动，全都能拿来给人当样范。小人学习（则不是这样），刚从耳朵进去，就从嘴巴出来，（夸夸其谈）。试想嘴巴到耳朵的距离只有四寸，又怎能用学到的知识来滋养美饰七尺之躯啊！古代学习的人，是抱着修身的目的；今天学习的人，只是为了炫耀给人看。君子学习，是为了完善自我、美化灵魂；小人学习，却拿学问当礼物送给人，以求声誉。所以（就出现这样的情形），没人向他求教，他却主动告诉人家，这叫浮躁；人家问一你告二，这叫多嘴啰唆；浮躁不对，啰唆也不对，君子回答人家发问，是有一答一，如同回音（这才是恰到好处）。

箴赋[1]

有物于此，生于山阜[2]，处于室堂。无知[3]无巧，善治衣

---

1 ★本篇引自《荀子·赋篇》，是一则谜语。箴，同"针"。

2 山阜（fù）：山冈。铁矿石出自山中。

3 知：同"智"。

裳。不盗不窃，穿窬[1]而行。日夜合离，以成文章[2]。以能合从，又善连衡[3]。下覆百姓，上饰帝王。功业甚博，不见[4]贤良。时[5]用则存，不用则亡。臣愚不识，敢请之王。王曰：此夫始生钜，其成功小者邪[6]？长其尾而锐其剽者邪[7]？头铦达而尾赵缭者邪[8]？一往一来，结尾以为事。无羽无翼，反复甚极[9]。尾生而事起，尾遭而事已[10]。簪以为父，管以为母[11]。既以缝表，又以连里。夫是之谓箴理。箴。

译文 这里有个物件，生长在山冈上，住进屋子里。既无智慧也无技巧，却擅长缝制衣裳。不偷不盗，却总是穿洞而行。日夜辛勤，撮合分离者，以形成美丽的图案。（兼有苏秦、张仪的本领）既善于合纵（把上下合在一起），又善于连衡（把左右连在一处）。对下可以替百姓遮盖身体，对上可以装点美化帝王。功绩十分广博，却从不显摆自己能干。用时它就出现，不用时它就藏起。我愚蠢无知，不知这是何物，斗胆向君王请教。君王说：此物是开始个头大，制成后个头小吗？是尾巴很长，而梢头很尖锐吗？是头部锋利而尾巴细长吗？一

---

1 穿窬（yú）：打洞。一般作为偷窃的代称。这里指穿针引线。
2 文章：这里意为花纹图案。
3 合从（zòng）、连衡：本为战国时纵横家四处结盟的外交活动，这里喻指缝合衣物。
4 不见（xiàn）贤良：不显示自己的能力本领。见，显示。
5 时：有时。
6 始生钜、成功小：指制针用大铁块，而制成后针很小。钜：大。
7 尾：指线。剽（biǎo）：末梢，针尖。
8 铦（xiān）达：锐利。赵（diào）缭：很长的样子。
9 极：同"亟"，急。
10 "尾生"二句：尾巴长出就开始（指穿上线）；尾巴打结就结束。遭（zhān），回旋，打结。已，结束。
11 簪：一种大型铁针，可以制成缝衣针。管：盛针的管状容器。

来一往，尾巴上打个结，工作就开始了；既无羽毛也无翅膀，可是反复飞翔，速度很快。长了尾巴工作就开始，尾巴盘绕打结工作就结束。它认铁簪作父，又认管子为母。既可以缝面子，又可以缝里子。这里讲的是关于针的道理。这物件便是"针"。

《韩非子》

韩非（约前280—前233），战国时韩国新郑（今属河南）人。是荀子的学生，法家代表人物。撰有《韩非子》五十五篇，代表篇章有《孤愤》《说难》《五蠹》《说林》《内储说》《外储说》等。

五蠹（节录）[1]

上古之世，人民少而禽兽众，人民不胜[2]禽兽虫蛇。有圣人作，构木为巢以避群害，而民悦之，使王天下，号之曰有巢氏[3]。民食果蓏蚌蛤[4]，腥臊恶臭而伤害腹胃，民多疾病。有圣人作，钻燧取火以化腥臊，而民说之，使王天下，号之曰燧人氏[5]。中古之世，天下大水，而鲧、禹决渎[6]。近古之世，桀纣暴乱，而汤武征伐[7]。

今有构木钻燧于夏后氏之世[8]者，必为鲧、禹笑矣；有决渎于殷周之世者，必为汤武笑矣。然则今有美尧、舜、汤、

1　★本篇论述了不可因循守旧的道理。

2　上古之世：传说中的三皇五帝时期。不胜（shēng）：经受不住。

3　作：出来，兴起。构木：在树上构建（屋巢）。王（wàng）：统治，当王。有巢氏：传说中发明造屋的圣人。

4　果蓏（luǒ）：木本、草本植物的果实。蚌蛤（gé）：贝类统称。蚌，同"蚌"。

5　钻燧（suì）：钻木取火。燧，钻木的工具。说：同"悦"。燧人氏：传说中发明钻木取火的圣人。

6　中古之世：指夏朝建立前后。鲧（Gǔn）、禹决渎（dú）：鲧和禹父子俩挖掘河道治理洪水，终获成功。决，开掘。渎，水道。

7　近古之世：大致指商周之世。"桀纣"二句：夏、商的末代暴君桀和纣暴虐淫乱，商汤、周武分别讨伐二人。

8　夏后氏之世：即夏朝。

武、禹之道于当今之世者[1]，必为新圣笑矣。是以圣人不期修古，不法常可，论世之事，因为之备[2]。宋人有耕者，田中有株[3]，兔走触株，折颈而死。因释其耒而守株，冀复得兔[4]，兔不可复得，而身为宋国笑。今欲以先王之政治当世之民，皆守株之类也。

译文 上古时代，百姓少而禽兽多，人们受不了禽兽虫蛇的伤害。于是有圣人出来，在树上构建屋巢，供人躲避群兽侵害，百姓爱戴他，推举他当王，称他"有巢氏"。那时百姓吃着野地里的瓜果、水里的蛤蚌，腥臊难闻，伤害脾胃，百姓多生疾病。于是又有圣人出来，钻木取火，烧熟食物以去除腥膻气味，百姓爱戴他，推举他当王，称他"燧人氏"。中古时代，天下发了大洪水，鲧和禹挖掘河道，引水入海。到了近古时代，夏桀、商纣残暴淫乱，商汤和周武起兵讨伐他们。

如果有人在夏朝还在树上构建屋巢，钻木取火，就一定会被鲧、禹耻笑；如果有人在商周时期还去掘河导水，就一定会被商汤、周武耻笑。那么今天如果还有人颂扬尧、舜、汤、武、禹的治国之道，也一定会被新时代的圣人耻笑了。所以，圣人不求遵循古人之道，不效法所谓永不过时的制度，只就当世的情形就事论事，制定出恰当的措施。——宋国有个农夫，田里有个树桩，一只奔跑的兔子撞在树桩上，撞断脖子死了。农夫于是放下手里的农具守在树桩旁，期冀再捡到兔

1　美：赞美，称颂。当今之世：指韩非所处的战国时期。

2　不期：不求。修，效法、遵守。法：效法。常可：旧的法则，惯例。论世之事：讲论当世的具体情况。因为之备：据此制定针对措施。

3　株：树根，树桩。

4　释：放下。耒（lěi）：翻土农具。冀：期待，希望。

子。然而兔子不可能再得，他则受到宋国人的耻笑。——今天（有人）想用古代帝王的政策来治理当代的百姓，这都是守株待兔那一类蠢人。

纣为象箸[1]

纣为象箸而箕子怖，以为象箸不盛羹于土簋[2]，则必犀玉之杯；玉杯象箸必不盛菽藿，则必旄象豹胎[3]；旄象豹胎必不衣短褐而舍茅茨之下[4]，则必锦衣九重，高台广室也。称[5]此以求，则天下不足矣。圣人见微以知萌，见端以知末[6]，故见象箸而怖，知天下不足也。

译文 商纣王制作象牙筷子，箕子见了心生忧惧。他认为，使用象牙筷子，就一定不会再把羹汤盛在陶制食器里，就一定要换成犀角杯、美玉杯。而玉杯牙筷，也一定不会用来盛豆子、豆叶等粗食，就一定要吃牦牛肉、象肉及豹胎之类。吃这样的美味，一定不甘心穿粗布短衣、坐在茅草屋下，肯定会穿上九层锦绣的华服，住进高台广厦。以此为标准求取财货，天下的财货就不够用了。圣人总是能从微小的征兆看到萌芽，从不起眼的端倪预测到结局。所以箕子见到象牙筷子就忧惧，知道天下的财货将不够用了。

1　★本篇引自《韩非子·说林上》，讲说防微杜渐的道理。纣，商朝的最后一位君主，名受，又称帝辛，是暴君。

2　象箸：象牙筷子。箕子：商纣王的叔父，曾任太师。土簋（guǐ）：陶制食器。

3　菽：豆类总称。藿（huò）：豆类的叶。旄：牦牛。豹胎：母豹所怀胎仔。

4　衣：穿。茅茨（cí）：茅草屋顶，也指茅屋。

5　称（chèn）：相称。

6　萌：萌发，萌芽。端：开端。末：末尾，结局。

郑人买履[1]

郑人有且置履者，先自度其足而置之其坐，至之市，而忘操之[2]。已得履，乃曰："吾忘持度。"反归取之。及反，市罢[3]，遂不得履。人曰："何不试之以足？"曰："宁信度，无自信也。"

译文 郑国有个想要买鞋的人，事先量了自己脚的大小，把量好的尺码放在座位上。人到了集市，却忘了带尺码。已经拿到鞋子，就说："我忘了带尺码。"回家去取。等再返回时，集市已经散了，到底没买到鞋。有人问："（买鞋时）为什么不用脚试一试呢？"他回答："我宁可信尺码，也不信我的脚。"

1　★本篇引自《韩非子·外储说左上》，讽刺了迷信教条而闭眼不看现实的人和事。履，鞋子。

2　且：将要。置（置履）：购置。下文中的"置（置之其坐）"意为放置。度（duó）：量。下文中的度（dù）指量好的尺码。坐：座位。之（至之市）：前往。市：集市。操：拿。

3　市罢：市场关门，交易停止。

《吕氏春秋》

吕不韦（约前292—前235），战国末濮阳（今属河南）人，曾为秦相。组织门客编写《吕氏春秋》，又名《吕览》，分"纪""览""论"三部分，共一百六十篇。内中包括不少寓言，如《荆人涉澭》《穿井得人》《刻舟求剑》《掩耳盗铃》《疑人偷斧》等。

荆人涉澭[1]

荆人欲袭宋，使人先表[2]澭水。澭水暴益，荆人弗知，循表而夜涉，溺死者千有余人，军惊而坏都舍[3]。向其先表之时可导也[4]，今水已变而益多矣，荆人尚犹循表而导之，此其所以败也。今世之主法先王之法也[5]，有似于此。其时已与先王之法亏[6]矣，而曰此先王之法也而法之，以此为治，岂不悲哉！

译文 楚人打算偷袭宋国，事先派人在澭河（水浅处）做了标记（以便军队蹚水过河）。此后澭河猛然上涨，楚人却不知道，夜间仍沿着原先的标记过河，结果淹死了一千多人，士兵惊呼之声如同都城房屋崩塌。此前他们设标记时，是可以蹚过的，如今水量变化增多，楚

1　★本篇引自《吕氏春秋·慎大览·察今》。荆人，楚人。涉，蹚过。澭（Yōng），水名，在今河南商丘一带。

2　表：（这里指在水浅处）做标志。下文"循表"之"表"是名词，标志。

3　暴益：暴涨。益，同"溢"。循：依照。军惊而坏都舍：士卒惊骇喧哗如同都城房屋崩塌。

4　向：原来，先前。导：渡水。

5　法：前一"法"为动词，效法。后一"法"为名词，法度。

6　亏：同"诡"，差异。

人仍沿着原标志渡河，这就是他们的败因了。今天的君主若还效法先王，就跟这个相似。此时的现实，已与先王制定法令时有所不同，却仍说这是先王的法度，要严格遵守，靠这个治国，岂不可悲吗！

穿井得人[1]

宋之丁氏，家无井而出溉汲[2]，常一人居外。及其家穿井，告人曰："吾穿井得一人。"有闻而传之者，曰："丁氏穿井得一人。"国人道之，闻之于宋君[3]。宋君令人问之于丁氏。丁氏对曰："得一人之使，非得一人于井中也。[4]"求闻之若此，不若无闻也。

译文 宋国有一家姓丁的，家里没有井，得到外面去打水浇地，经常有一个人住在外面。等到他家打了一口井，便对别人说："我打井得到一个人。"有听到这话的，便到处传播说："丁家打井，打出一个人来！"都城的人传说此事，传到宋君的耳朵里。宋君便派人去问丁家。丁家回答说："是得到一个人的劳力，并不是从井中挖出一个人来。"像这样寻求新闻，还不如啥都没听到的好。

1　★本篇引自《吕氏春秋·慎行论·察传》，讨论对待传言一定要加以察辨，不可以讹传讹。穿井，打井，掘井。
2　溉汲：打水灌溉。溉，灌水。汲，打水。
3　国人：住在都城的人。道：讲说。闻：使听到。
4　一人之使：一个人的劳动力。

秦汉文学

李　斯

　　李斯（约前284—前208），战国楚上蔡（今属河南）人，曾师从荀子，后在秦为相。辅佐秦始皇统一中国，出力不小。文学上以散文见长，代表作有《谏逐客书》《论督责书》等。

谏逐客书¹（节录）

　　臣闻吏议逐客，窃以为过矣²。……

　　今陛下致昆山之玉，有随、和之宝，垂明月之珠，服太阿之剑，乘纤离之马，建翠凤之旗，树灵鼍之鼓³。此数宝者，秦不生一焉，而陛下说之⁴，何也？必秦国之所生然后可，则是夜光之璧不饰朝廷；犀象之器不为玩好⁵；郑、卫之女不充后宫，而骏良駃騠不实外厩，江南金锡不为用，西蜀丹青不为采⁶。所以饰后宫，充下陈，娱心意，说耳目者，必出于秦然后可，则是宛珠之簪、傅玑之珥、阿缟之衣、锦

1　★本篇是李斯写给秦王的一封谏书，请求秦王收回"逐客令"。逐客，驱逐客居的别国人。

2　臣：李斯自称。过：错。

3　致：招致，得到。昆山：昆仑山，出美玉。随、和之宝：随侯珠与和氏璧，都是著名的传世之宝。服：佩戴。太阿之剑：古宝剑名。纤离：骏马名。翠凤之旗：用翠羽装饰的凤图案旗子。灵鼍（tuó）之鼓：用鳄鱼皮蒙的鼓。鼍，即扬子鳄。

4　说之：喜欢它们。说，同"悦"。

5　犀象之器：用犀角象牙制作的玩物器皿。玩好：贵重的玩赏之物。

6　郑卫之女：泛指美女。古人认为郑、卫之地多美女。駃騠（juétí）：良马名。厩（jiù）：马棚。丹青：颜料。采：涂绘色彩。

绣之饰不进于前¹，而随俗雅化，佳冶窈窕²，赵女不立于侧也。夫击瓮叩缶弹筝搏髀，而歌呼呜呜快耳者³，真秦之声也；《郑》《卫》《桑间》，《昭》《虞》《武》《象》⁴者，异国之乐也。今弃击瓮叩缶而就《郑》《卫》，退弹筝而取《昭》《虞》，若是者何也？快意当前，适观⁵而已矣。今取人则不然。不问可否，不论曲直，非秦者去，为客者逐。然则是所重者在乎色乐珠玉，而所轻者在乎人民也。此非所以跨海内、制诸侯⁶之术也。

臣闻地广者粟多，国大者人众，兵强⁷则士勇。是以太山不让土壤⁸，故能成其大；河海不择⁹细流，故能就其深；王者不却众庶，故能明其德¹⁰。是以地无四方，民无异国，四时充美¹¹，鬼神降福，此五帝三王之所以无敌也。今乃弃黔首以资敌国，却宾客以业诸侯，使天下之士退而不敢西向，裹足不

1　所以：用来。下陈：后列，指宫中侍奉君王的宫女。宛珠之簪：用宛地（今河南南阳）之珠穿成的发簪。傅玑之珥：镶嵌珠子的耳饰。傅，附着。玑，不圆的珠子。珥，耳饰。阿（ē）缟：齐国阿地（今山东东阿）所织的白色薄绸。

2　随俗雅化，佳冶窈窕：典雅而又追随时尚，妖冶娴雅。八字都是用来形容"赵女"的。

3　瓮、缶（fǒu）：都是瓦制容器，秦人用作打击乐器。筝：瑟类乐器。搏髀（bì）：拍大腿。搏，拍。髀，股，大腿。快耳：愉悦听觉。

4　《郑》《卫》：流行在郑国卫国的民间音乐。《桑间》：卫国濮水一带的音乐。《昭》：歌颂虞舜的舞乐。昭，同"韶"。《虞》：歌颂商汤的舞乐。《武》：歌颂周武王的舞乐。《象》：歌颂周文王的舞乐。

5　适观：适合观赏。

6　跨海内、制诸侯：统一海内、钳制诸侯。

7　兵强：这里指武器精良。

8　太山：泰山。让：推辞。

9　择：选择，挑剔。

10　众庶：大众。明其德：光大其德行。

11　充美：生活富足而美好。

入秦，此所谓"藉寇兵而赍盗粮"者也[1]。夫物不产于秦，可宝者多；士不产于秦，而愿忠者众。今逐客以资敌国，损民以益雠，内自虚而外树怨于诸侯[2]，求国无危，不可得也。

译文 我听说官吏们提议驱逐客卿，私下认为这是错误的。……

如今陛下求取昆仑山的美玉，据有随侯珠、和氏璧，以明月宝珠为装饰，佩带着太阿宝剑，骑乘纤离宝马，树起翠羽凤凰旗，设置灵鼍鼉皮鼓。这几种宝贝，一件也不是秦国所产，而陛下全都喜欢，这是为什么？如果必须是秦国所产才能宝用，那么夜光玉璧就不可能用来装点朝堂，犀角象牙器皿也不会成为您的文玩宝物。郑卫的美女也不会填充后宫，而驵骎骏马也不会充实您的马厩，江南产的金锡也不会为秦所用，西蜀出的丹青颜料也不用来涂饰增色。所有这些装点后宫、充实妃嫔队伍、愉悦内心及耳目的人和物，如果一定要产于秦国才行，那么宛珠发簪、珠玑耳环、阿县的白绸、锦绣的服饰，都不会呈现在您的面前；时尚典雅、妖冶娴静的赵国美女，也不会陪侍在您的身旁。而敲打瓦瓮陶缶、弹筝拍腿，呜呜吼唱，令人畅快一时的，是真正的秦地音乐，而《郑》《卫》之音、《桑间》之曲，以及《韶》《虞》《武》《象》，都是别国的乐曲。而今您抛弃敲击瓮缶的秦声，独取《郑》《卫》之音；斥退弹筝的乐师，只听《韶》《虞》的妙曲，这样做又因何故？只为获取眼前的快乐，适应耳目的观听（如此而已）。可今天求取人才则不然，不问行不行，也不管是与非，不是秦人就一概排斥，只要是客籍就全部驱逐。然而这样做只证明秦国所

1　黔（qián）首：秦对百姓的称呼。资：资助。却：推却。业：成就功业。裹足：脚被缠裹，形容举步不前之状。赍（jī）：送给，付与。

2　损：减少。益：增益。雠：同"仇"。自虚：使自己虚弱。树怨：结怨。

看重的是美色妙音、珠玉财宝，而所轻视的则是人民士众。这可不是统一海内、钳制诸侯所应采取的政策方法。

我听说田土广的粟米多，国家大的人口众，兵器好的士卒勇。因而泰山不拒绝土壤，所以才能成就它的高大；黄河大海不拒绝细小的水流，所以才能成就它的渊深；王者不拒绝民众，所以才能光大他的德行。因而地无四方之别，人无国家之异，四季富足美好，鬼神也来降福；这就是五帝三王无敌于天下的原因。而今却抛弃百姓，资助敌国，排斥客卿，成就诸侯，使天下的能人贤士退缩不敢向西，裹足不肯入秦，这正是所说的借刀送粮给强盗啊。物品不是秦国生产而值得宝爱的很多，人才不出于秦国而愿意效忠的也很多。而今驱逐客卿而帮助敌国，减少本国的人口而增益仇敌的力量，对内削弱自身，对外与诸侯结怨，如此这般，想要国家不陷于危难，简直不可能。

贾 谊

贾谊（前200—前168），世称"贾长沙""贾太傅"。西汉洛阳（今属河南）人，散文及辞赋代表作有《过秦论》《治安策》《吊屈原赋》《鵩鸟赋》等。后人辑有《贾长沙集》。

过秦论[1]（节录）

及至始皇，奋六世之余烈，振长策而御宇内，吞二周而亡诸侯，履至尊而制六合，执敲扑而鞭笞天下[2]，威振四海。南取百越之地，以为桂林、象郡[3]；百越之君，俯首系颈，委命下吏[4]。乃使蒙恬北筑长城而守藩篱，却匈奴七百余里[5]；胡人不敢南下而牧马，士不敢弯弓而报怨。于是废先王之道，焚百家之言，以愚黔首[6]；隳[7]名城，杀豪杰；收天下之兵，聚之咸阳，销锋镝，铸以为金人十二[8]，以弱天下之民。然后

1　★本篇分上、中、下三篇，这里选上篇，有删节。过秦，数说秦朝过失。

2　余烈：遗留的功业。文章开头一段，写秦国经过孝公至庄襄王六代经营，奠定了统一的基础，这里因称"奋六世之余烈"。长策：长鞭。御：驾驭。宇内：天下。二周：战国时西周（建都今河南洛阳）、东周（建都在今河南巩县）两个小国。履至尊：登上帝位。六合：天地及四方，泛指天下。敲扑：（长短）棍棒。笞（chī）：鞭子、竹板。这里用作动词，鞭打。

3　百越：东南地区越族各部落的总称。桂林：郡名，在今广西、广东一带。象郡：郡名，在今广西、贵州一带。

4　委命下吏：听命于秦朝的下级官吏。

5　蒙恬：秦始皇手下大将。藩篱：篱笆，屏障。却：使退却，赶跑。

6　百家之言：儒家经典及各国史书和诸子著作。以愚黔首：用以愚弄百姓。

7　隳（huī）：毁坏，拆毁。

8　兵：兵器。销锋镝（dí）：熔化各种兵器。锋，兵器的刃。镝，箭头。金人：金属偶人。

践华为城，因河为池，据亿丈之城，临不测之渊[1]，以为固。良将劲弩守要害之处，信臣精卒陈利兵而谁何[2]。天下已定，始皇之心，自以为关中之固，金城千里[3]，子孙帝王万世之业也。

始皇既没，余威震于殊俗[4]。然陈涉瓮牖绳枢之子，氓隶之人，而迁徙之徒也[5]；才能不及中人，非有仲尼、墨翟之贤，陶朱、猗顿之富；[6]蹑足行伍之间，而倔起阡陌之中，率疲弊之卒，将数百之众，转而攻秦；[7]斩木为兵，揭竿为旗，天下云集响应，赢粮而景从。[8]山东豪俊遂并起而亡秦族矣。[9]

且夫天下非小弱也，雍州之地，崤函之固，自若也。[10]陈涉之位，非尊于齐、楚、燕、赵、韩、魏、宋、卫、中山之

---

1 华：华山，在今陕西华阴西南。因：倚仗。河：黄河。不测之渊：这里指深不可测的黄河。

2 信臣：受信任的臣下。陈：布置。谁何：盘问出入者。或说谁也无法反抗。

3 关中：指函谷关以西。金城：喻城郭铁一般坚固。

4 没：同"殁"，死。殊俗：风俗不同的遥远边地。

5 陈涉：即陈胜，秦末反秦义军领袖。瓮牖（yǒu）绳枢：以破瓮做窗，以绳子做门轴。枢，枢纽，门轴。氓（méng）：田夫。隶：仆隶。迁徙之徒：受谪罚被遣送守边者。

6 中人：一般人。仲尼、墨翟（dí）：孔子、墨子。陶朱：即范蠡（lǐ），春秋时越国大夫，后弃官经商，号陶朱公。猗（yī）顿：春秋时鲁国人，因从事盐业及畜牧业而成巨富。

7 蹑（niè）足：插足，参加。行（háng）伍：军队。倔起：崛起，突起。阡陌（qiān mò）：田间小道，这里指民间。

8 斩木为兵：砍断树木当兵器。揭：举。赢：担负。景从：像影子一样随从。景，同"影"。

9 山东：崤山以东，指东方六国。

10 非小弱也：没有变小变弱。雍州：古代九州之一，以今陕西、宁夏为核心的区域。崤（Xiáo）函：指崤山、函谷关。自若：和从前一样。

君也；¹锄櫌棘矜，非铦于钩戟长铩也；²谪戍之众，非抗于九国之师也；³深谋远虑，行军用兵之道，非及向时之士也。⁴然而成败异变，功业相反也。试使山东之国与陈涉度长絜大，比权量力，则不可同年而语矣。⁵然秦以区区之地，致万乘之势，序八州而朝同列，百有余年矣；⁶然后以六合为家，崤函为宫；⁷一夫作难而七庙隳，身死人手，为天下笑者，何也？⁸仁义不施而攻守之势异也。⁹

译文 到了秦始皇在位，振兴六代先王的遗业，挥舞长鞭驱使天下，吞并东西二周，消灭了诸侯，踏上至尊的帝位，一统天地四方，以暴力对待天下之人，威震海内。向南掠取百越之地，设立桂林郡及象郡。百越的酋长们都俯首帖耳、自系脖颈，听命于秦朝的小吏。始皇又命将军蒙恬在北方修筑长城，当作防范的屏障，把匈奴人赶到七百里以外，匈奴慑于秦朝武力，不敢南下放马。六国的贵族也不敢拿起武器来报仇雪恨。始皇于是废弃先王的仁义之道，搜集焚毁诸子

1　尊于：比……尊贵。

2　櫌（yōu）：古代平整土地的农具。棘矜：枣木棒。铦（xiān）：锋利。钩戟：带小枝的戟。铩（shā）：长矛。

3　谪戍之众：遭贬戍边的人群。"非抗"句：不是九国之师的对手。九国之师，即前面提到的齐、楚、燕、赵、韩、魏、宋、卫、中山诸国。

4　向时：原来，原先。

5　度（duó）：比，量。絜（xié）：衡量。

6　区区：小。万乘（shèng）：拥有万辆兵车，这里是天子的代称。序：排序。这里指征服其他各州，给他们排序。八州：古人分中国为九州，秦据雍州。八州指其他六国。朝同列：使六国诸侯来朝见。朝，使来朝。同列，其他六国与秦都是周天子的列侯，因称。

7　六合：这里指天下。

8　一夫作难：指陈涉发难。七庙：古代天子建七庙以祭祀祖先。这里代指政权。

9　攻守之势异也：攻与守的形势发生了逆转。

百家的著作，以此使百姓远离知识，变得愚昧。他还下令拆毁各大城邑的城垣，杀掉民间的豪杰领袖，又收缴天下的兵器，集中到都城咸阳，将其销熔，铸成十二个巨型金属人偶，以此削弱天下百姓的力量。这以后，又凭借华山筑城，靠黄河做护城河，于是据守华山这高达亿丈的城墙，下临深不可测的黄河，自以为固若金汤。并派忠臣良将率领精兵，装备精良，把守险要关卡，盘诘过往行人。见天下已经平定，秦始皇此刻的内心，自认为关中的坚牢，有千里的铁打城池护卫，这是子子孙孙万代不败的基业。

秦始皇死后，余威还在，震慑远方。然而陈涉只是个穷苦家庭走出的年轻人，田夫之类的下等人，被罚遣送戍边者，论人才不过是一般人，既非孔子、墨子一类的大贤，也非陶朱、猗顿一流的富翁。不过是个军中小卒，猛然在田间小路上崛起，率领一伙疲惫不堪的小卒，指挥着几百人的队伍，转头攻打秦军，砍下树干当兵器，举起竹竿挑大旗，天下（受压迫）的人像云一样聚拢，像回声一样响应他，背上干粮像影子一样跟随。这以后，崤山以东的六国群雄也一同起事，灭了秦的家族！

然而天下并不曾比原来变小变弱，秦所拥有的雍州还是那么大，崤山函谷关还是那么坚固，陈涉的地位，绝不比齐、楚、燕、赵、韩、魏、宋、卫、中山的国君更尊贵；义军的锄头枣木棒，肯定不比正规军的钩戟长矛锐利；贬谪戍边的群氓，并不是九国正规军的对手；义军的谋略远见、行军打仗的专业水平，也赶不上原先各国的谋士军师，可成败的结果发生了异变，所取得的功业正相反。试着拿山东各国跟陈涉比，看看他们的规模大小、权势高低、力量强弱，两者简直就不可相提并论。然而秦国凭借最初的小小地盘，发展到兵车万辆的大国，以一州摆布八州，让同级诸侯向自己来朝聘，前后用了百多年时间，终于将天地四方统为一家，崤函之区如同宫室。何曾想一个普通汉子发难，秦王朝的巍巍宗庙顿时坍塌，秦王子婴也死在他人手里，受到天下人的讥笑！这到底为啥？还不是因为此前作为攻方、而今成了守方，形势发生了根本的逆转，却不肯改变政策、施行仁政的缘故嘛！

枚 乘

枚乘（？—约前140），字叔，西汉淮阴（今属江苏）人。曾为汉吴王刘濞郎中及梁孝王刘武文学侍从。代表作有辞赋《七发》、散文《谏吴王书》等。有《枚叔集》传世。

七发[1]（节录）

太子曰："善，然则涛何气哉[2]？"答曰："不记也，然闻于师曰，似神而非者三[3]：疾雷闻百里；江水逆流，海水上潮；山出云内，日夜不止。衍溢漂疾[4]，波涌而涛起。始起也，洪淋淋[5]焉，若白鹭之下翔。其少进也，浩浩澄澄，如素车白马帷盖之张[6]。其波涌而云乱，扰扰焉如三军之腾装[7]。其旁作而奔起也，飘飘焉如轻车之勒兵[8]。六驾蛟龙，附从太白，纯驰浩蜺，前后骆驿[9]。颙颙卬卬，椐椐彊彊，莘莘将将[10]。壁

1　★该文为赋体，写吴客以谈话方式启发卧病的楚太子，治愈他的心病。节录部分是吴客让太子想象在八月中秋到"广陵之曲江"（扬州的长江）去观涛，并对奔腾的江水做了一番描摹。

2　涛何气哉：涛是一种怎样的气势呢？

3　不记：不曾有记载。似神而非者三：有三个似神非神的特征。

4　衍溢：平满貌。漂疾：急流貌。

5　洪淋淋：洪峰如山，飞洒而下的样子。淋淋，山洪下泄貌。

6　少进：再进一步。浩浩澄（ái）澄：浩大洁白的样子。帷盖：车帷、车盖。

7　腾装：整理武装。

8　旁作：横出。奔起：上扬。轻车：主帅的指挥车。勒兵：指挥军队。

9　六驾蛟龙：六条蛟龙驾车。附从太白：跟从太白帅旗。纯驰：或顿或奔。浩蜺（ní）：高大貌。一说"浩蜺"为白色的虹霓。骆驿：同"络绎"，接连不断。

10　颙（yóng）颙卬（áng）卬：江涛高大貌。椐（jū）椐彊（jiāng）彊：形容江涛一浪接一浪。莘（shēn）莘将（qiāng）将：形容江涛相互撞击。莘莘，众多貌。将将，同"锵锵"，象声词。

垒重坚，沓杂似军行¹。訇隐匈礚，轧盘涌裔²，原不可当。

观其两傍，则滂渤怫郁，暗漠感突，上击下律³，有似勇壮之卒，突怒而无畏。蹈壁冲津，穷曲随隈，逾岸出追⁴。遇者死，当者坏。……此天下怪异诡观也，太子能强起观之乎⁵？"太子曰："仆⁶病，未能也。"

译文 楚太子说："好啊，那么江涛气势又是如何呢？"吴客回答说："这个没有记载，不过我听老师说过，有似神非神的三个特征：（一是）响如迅雷，声传百里；（二是）令江水逆流、海潮倒灌；（三是）出山入云，日夜不止。先是水势满溢，水流迅疾，接着波涛涌起。开始时，如同山洪下泄，又如成群白鹭从空中飞下；待潮头稍稍前推，浩荡高耸、一派洁白，又像白马驾着素车，撑挂起白色的车帷车盖。浪涛涌起如乱云纷扰，亚赛三军整顿武装，齐腾向前。潮头忽而向两旁涌开，忽而上扬，如同统帅驾着轻捷的战车，指挥着他的百万大军。那车由六条蛟龙驾着，紧随太白军旗，高大的潮头或奔或止，后面波涛奔涌，络绎不绝。高耸的潮头气势宏大，众涛拥挤碰撞，铿锵有声。又如战垒坚固重叠，好似大军列队，无边无际。巨浪轰鸣，洪波奔涌，本来就是势不可当的。

---

1 重坚：重叠而坚固。沓（tà）杂：众多貌。军行（háng）：军队行列。
2 訇（hōng）隐匈礚（kē）：四字都是象声词，形容涛声轰鸣。轧盘涌裔（yì）：形容波涛奔腾、气势浩大。
3 滂（pāng）渤怫（fú）郁：怒激貌。暗（àn）漠感突：冲起貌。律（lù）：同"硉"，推石下山，这里形容波涛下坠。
4 蹈壁：拍打堤岸。冲津：冲击渡口。穷曲随隈（wēi）：指浪涛涌至河床的每一曲折拐弯之处。曲、隈，都指江河的转弯处。逾岸出追（duī）：（浪涛）超越堤岸和沙堆。追，同"堆"。
5 诡观：奇观。强（qiǎng）起：勉力起身。
6 仆：我。这是太子谦称。

　　再看两旁，波涛受阻后冲腾激荡，汹涌翻滚，上冲下坠，犹如勇猛的士卒奔突向前、无所畏惧。巨浪荡涤堤岸，冲击渡头，刷遍每一处江湾河曲，乃至逾越堤坝沙堆，遭遇者死伤，阻挡者崩坏。……这是天下少有的奇伟景观，太子您能勉力起身、亲临观看吗？"太子说："我有病在身，不行啊。"

司马相如

司马相如（约前179—前118），字长卿，西汉蜀郡成都（今属四川）人。成就最高的汉赋作家。撰有辞赋《子虚赋》《上林赋》《长门赋》及散文《喻巴蜀檄》等。明人辑有《司马文园集》。

子虚赋[1]（节录）

楚使子虚使于齐，王悉发车骑，与使者出畋[2]。畋罢，子虚过妊乌有先生，亡是公存焉[3]。坐定，乌有先生问曰："今日畋乐乎？"子虚曰："乐。""获多乎？"曰："少。""然则何乐？"对曰："仆乐齐王之欲夸仆以车骑之众，而仆对以云梦之事也[4]。"曰："可得闻乎？"

子虚曰："可。王车驾千乘，选徒[5]万骑，畋于海滨。列卒满泽，罘网弥山，掩兔辚鹿，射麋脚麟[6]。骛于盐浦，割鲜染轮[7]。射中获多，矜[8]而自功。顾谓仆曰：'楚亦有平原广泽

---

1 ★文中的子虚、乌有先生、亡是公都是虚构人物。文章借三人的对话，对统治者的穷奢极侈有所讽谏。

2 王：这里指齐王。悉：全部。畋（tián）：打猎。

3 过：过访，造访。妊："诧"的假借字，夸耀。存：在。

4 众：多。云梦：楚国的大泽，在今湖南、湖北交界处的洞庭湖、洪湖一带。

5 选徒：精选的勇士。

6 列：排列。罘（fú）网：捕兽网。弥：满。掩兔辚鹿：用网捉兔，用车轮碾压鹿。脚：抓住脚。麟：雄鹿。

7 骛：奔驰。盐浦：产盐的海滨。割鲜染轮：切割新鲜的兽肉，血染车轮。

8 矜：自得。

游猎之地饶乐[1]若此者乎？楚王之猎孰与[2]寡人乎？'仆下车对曰：'臣，楚国之鄙人也，幸得宿卫十有余年，时从出游，游于后园，览于有无，然犹未能遍睹也，又焉足以言其外泽者乎[3]！'齐王曰：'虽然，略[4]以子之所闻见而言之。'仆对曰：'唯唯[5]。臣闻楚有七泽，尝见其一，未睹其余也。臣之所见，盖特其小小耳者[6]，名曰云梦。云梦者，方[7]九百里，其中有山焉。其山则盘纡茀郁，隆崇崒崒；岑崟参差，日月蔽亏[8]；交错纠纷，上干[9]青云；罢池陂陀，下属江河[10]。其土则丹青赭垩，雌黄白坿，锡碧金银，众色炫耀，照烂龙鳞[11]。其石则赤玉玫瑰，琳瑉昆吾，瑊玏玄厉，碝石碔砆[12]。……"

乌有先生曰："是何言之过[13]也！足下不远千里，来贶齐国，王悉发境内之士，备车骑之众，与使者出畋，乃欲勠力

1　饶乐：富于乐趣。

2　孰与：与对方相比如何。

3　鄙人：鄙陋之人，这是谦词。宿卫：在宫中值宿守卫（君主）。览于有无：看到的有限。焉足以：何足以。

4　略：大概。

5　唯唯：应诺之词。

6　盖：大概。特：仅，只。

7　方：方圆。

8　盘纡：曲折回环貌。茀（fú）郁：山势层叠貌。隆崇、崒（lǜ）崒（zú）、岑崟（yín）：都是山岩高峻的样子。日月蔽亏：日月或隐或现。蔽，全隐貌。亏，半隐貌。

9　干：触及。

10　罢（pí）池：山坡倾斜貌。陂（pō）陀：倾斜不平貌。属（zhǔ）：连接。

11　丹青赭（zhě）垩（è）：四种矿物质颜料，丹砂、石青、赭石、白垩。雌黄：矿物质颜料。白坿（fù）：石灰。碧：青石。照烂龙鳞：众色灿烂，如同龙鳞。

12　玫瑰：红紫色宝石。一说火齐珠。琳瑉（mín）、昆吾、瑊玏（jiān lè）、玄厉、碝（ruǎn）石、碔砆（wǔfū）：都是玉石名。

13　过：过分，夸大。

致获，以娱左右，何名为夸哉[1]！问楚地之有无者，愿闻大国之风烈、先生之余论也[2]。今足下不称楚王之德厚，而盛推云梦以为高，奢言淫乐而显侈靡，窃为足下不取也[3]。必若所言，固非楚国之美也；无而言之，是害足下之信[4]也。彰君恶、伤私义，二者无一可，而先生行之，必且轻于齐而累于楚矣[5]。"

译文 楚王派子虚出使齐国，齐王派出全部战车骑兵，随使者一同出猎。猎罢，子虚过访乌有先生，要夸夸口，亡是公也在座。宾主坐定，乌有先生问："今日打猎愉快吗？"子虚回答："愉快。"乌有又问："收获的猎物多吗？"回答："不多。"乌有问："那么愉快从何谈起？"子虚答道："我高兴齐王本要借此向我夸耀齐国车骑之多，而我却向他讲述了在楚国云梦泽打猎的情形。"乌有说："能把你们的对话说来让我们听听吗？"

子虚说："当然可以。齐王发动千辆战车、上万精壮骑兵，到海滨打猎。士卒列满川泽，兽网遍布山峦，于是网捉兔、车碾鹿、箭射麋、绳绊麟。车骑在盐浦驰骋，割取兽肉时血染车轮。齐王射得准，收获多，自鸣得意，回头对我说：'楚国也有像齐国这样可作游猎场、饶有乐趣的平原大泽吗？楚王打猎和我比如何呢？'我下车回答说：

---

1 贶（kuàng）：惠赐。这里是谦词。勍力：并力。致获：有所收获。左右：这里是指楚使。夸：夸张。

2 风烈：风俗业绩。先生之余论：指楚国先贤遗留的美谈高论。

3 称：称颂。推：推奖，夸耀。奢言：大谈。窃为足下不取也：（我）私下认为您的做法不足效法。不取，不足效法。

4 信：诚信。

5 伤私义：有损（子虚）个人的信义。轻于齐：被齐国轻视、小看。累：带累，拖累。

'我是楚国的鄙陋之人，侥幸（受信任）宿卫楚王十多年，不时跟从楚王出游，只在皇家的后园来往，所见事物有限，然而单是这一处后园，我也没能遍览，又何能讲说外面的川泽情形呢！'齐王说：'即便如此，你就大概讲讲你的见闻吧。'我回答说：'是。我听说楚国有七个大泽，我曾见过一个，其他的没见过。我所见的这个，只是其中最小的一个罢了，名叫云梦泽。云梦泽方圆九百里，中间有山。山势曲折回环，重叠高峻，参差之间，日月为之遮蔽。山峦交错，上摩云霄。山坡倾斜延展，下连江河。山间土石矿物有丹砂、石青、赭石、白垩、雌黄、石灰，锡碧、金银等，五色缤纷，灿烂如龙鳞。山中的玉石则有红玉、紫玉、琳珉、昆吾，瑊玏、玄厉、碝石、碔砆等。"（省略部分为子虚对云梦泽丰富物产的介绍以及对楚王在云梦泽田猎盛况的描述，最后说齐王听了他的介绍，深感震撼，无言以对。）

　　乌有先生说："您为何言过其实！您不远千里屈尊来到齐国，齐王发动全境士卒，动员了众多车辆骑乘，陪着您去打猎，想要尽力猎取禽兽，让您开心，怎么说这是有心夸耀呢！齐王问您楚国的情况，也是希望听听大国的风俗业绩以及贵国先贤所遗留的美谈高论。而今您不称颂楚王的德政丰厚，却夸说云梦泽的宏大并以此为高，侈谈过分的享乐以显示楚王的奢靡，我私下认为您的做法不足效法。如果您说的是事实，本来也不是楚国真正值得赞美的地方；如果没这么回事，那就更是有损您的诚信了。彰显君王的恶行，有损您私人的信义，这两者没一样是值得认可的。而您仍做了，您必然被齐国所鄙视，同时又牵累了楚国。"

司马迁

　　司马迁（约前145或前135—？），字子长，西汉夏阳龙门（今陕西韩城）人。汉代史学家。因得罪汉武帝而遭受宫刑，忍辱负重，发愤著书，终于完成一百三十卷纪传体史书《史记》。为人熟知的篇章有《项羽本纪》《魏公子列传》《廉颇蔺相如列传》《魏其武安侯列传》《李将军列传》《刺客列传》等。另有《报任安书》，载于《汉书》。

项羽本纪¹（节录）

　　沛公军霸上²，未得与项羽相见。沛公左司马曹无伤使人言于项羽曰："沛公欲王关中，使子婴为相，珍宝尽有之³。"项羽大怒曰："旦日飨士卒⁴，为击破沛公军！"当是时，项羽兵四十万，在新丰鸿门⁵；沛公兵十万，在霸上。范增⁶说项羽曰："沛公居山东时，贪于财货，好美姬。今入关，财物无所取，妇女无所幸⁷，此其志不在小。吾令人望其气⁸，皆为龙虎，成五采，此天子气也。急击勿失！"……

1　★本篇引自《史记》，讲述秦亡之后刘邦、项羽一次剑拔弩张的会见，史称"鸿门宴"。
2　沛公：即刘邦。军：驻扎。霸上：地名，一作"灞上"在今陕西西安东。
3　左司马：官名，参掌军政。王（wàng）：称王。子婴：即秦王子婴，是秦二世胡亥的侄子，投降了刘邦。尽有之：全部占据。
4　旦日：明日。飨（xiǎng）：用酒肉犒劳。
5　新丰鸿门：古地名，在今陕西临潼东北。
6　范增：项羽谋士，被项羽尊为"亚父"。
7　幸：（君主）宠爱（女人）。
8　气：指天象的变化；古人认为"气"是人间政治走向的征兆。气呈现龙虎图案及五彩，是天子降临的象征。采：同"彩"。

沛公旦日从百余骑来见项王，至鸿门，谢曰[1]："臣与将军戮力而攻秦，将军战河北，臣战河南，然不自意能先入关破秦[2]，得复见将军于此。今者有小人之言，令将军与臣有郄[3]。"项王曰："此沛公左司马曹无伤言之；不然，籍何以至此[4]？"项王即日因留沛公与饮。项王、项伯东向坐，亚父南向坐。亚父者，范增也。沛公北向坐，张良西向侍[5]。范增数目项王，举所佩玉玦以示之者三[6]，项王默然不应。

范增起，出，召项庄[7]，谓曰："君王为人不忍[8]。若入前为寿，寿毕，请以剑舞，因击沛公于坐[9]，杀之。不者，若属皆且为所虏[10]。"庄则入为寿。寿毕，曰："君王与沛公饮，军中无以为乐，请以剑舞。"项王曰："诺[11]。"项庄拔剑起舞，项伯亦拔剑起舞，常以身翼蔽[12]沛公，庄不得击。

于是张良至军门见樊哙[13]。樊哙曰："今日之事何如？"良曰："甚急！今者项庄拔剑舞，其意常在沛公也。"哙曰：

---

1 从（百余骑）：使（百余骑）跟随。谢：谢罪。
2 臣：刘邦自称。将军：称呼项羽。戮力：合力，并力。河北：黄河以北。不自意：不自料，没想到。
3 郄（xì）：同"隙"，隔阂。
4 籍：项羽名籍，这里是他自称，相当于"我"。至此：来到这里。一说，到这个地步。
5 东（南、北、西）向：面朝东（南、北、西）。侍：陪侍。
6 数（shuò）：多次。目：看，使眼色。玉玦（jué）：半环形的玉质佩饰。按，这是示意项羽快下决心。三：多次。
7 项庄：楚将，项羽的堂弟。
8 君王：指项羽。不忍：有不忍之心，仁慈。
9 若：你。为寿：祝酒。因：趁机。坐：座位。
10 不者：否则。若属：你们这些人。且：将。为所虏：被（他）俘虏。
11 诺：表同意之词。
12 翼蔽：遮蔽，掩护。
13 樊哙（kuài）：刘邦的部下，随刘邦起兵，屡建战功，后封侯拜相。

"此迫矣！臣请入，与之同命[1]。"哙即带剑拥[2]盾入军门。交戟之卫士欲止不内，樊哙侧其盾以撞，卫士仆地[3]。哙遂入，披帷西向立，瞋目视项王，头发上指，目眦尽裂[4]。项王按剑而跽[5]曰："客何为者？"张良曰："沛公之参乘[6]樊哙者也。"项王曰："壮士，赐之卮[7]酒。"则与斗卮酒。哙拜谢，起，立而饮之。项王曰："赐之彘肩[8]。"则与一生彘肩。樊哙覆其盾于地，加彘肩上，拔剑切而啖之[9]。项王曰："壮士！能复饮乎？"樊哙曰："臣死且不避，卮酒安足辞[10]！夫秦王有虎狼之心，杀人如不能举，刑人如恐不胜[11]，天下皆叛之。怀王[12]与诸将约曰：'先破秦入咸阳者王之。'今沛公先破秦入咸阳，毫毛不敢有所近，封闭宫室，还[13]军霸上，以待大王来。故遣将守关者，备他盗出入与非常也[14]。劳苦而功高如

---

1 迫：紧迫。与之同命：跟他们拼命。

2 拥：持，拿。

3 交戟：将戟交叉拿着（以封锁道路或门户）。不内：不让进。内，同"纳"。仆：脸朝下倒地。

4 披：用手分开。帷：这里指帐篷的帷幕。瞋（chēn）目：瞪圆双眼。目眦（zì）：眼角，眼眶。

5 跽（jì）：直腰而跪的姿势。古人以跪为坐，坐时臀部压在脚跟上。"跽"是指挺直身子，也叫"长跪"。

6 参乘（cānshèng）：也作"骖乘"，战车三人中在右边任警卫者。

7 卮（zhī）：酒杯。下面的"斗卮"是大酒杯。

8 彘（zhì）肩：猪前腿。

9 覆：翻过来。啖（dàn）：吃。

10 辞：推辞，推让。

11 "杀人"二句：杀人、酷刑折磨人，唯恐不够多。举、胜，都有尽的意思。

12 怀王：刘邦、项羽在秦二世二年（前208）共同拥立的义军领袖，原为怀王的孙子（名心），袭称楚怀王。后为项羽所杀。

13 还（huán）：返回。

14 备：防备。他盗：其他有野心者。非常：不可预测的情况。

此，未有封侯之赏，而听细说[1]，欲诛有功之人。此亡秦之续耳，窃为大王不取也[2]！"项王未有以应，曰："坐。"樊哙从良坐[3]。坐须臾，沛公起如厕[4]，因招樊哙出。……

沛公已去，间[5]至军中。张良入谢，曰："沛公不胜杯杓，不能辞[6]。谨使臣良奉白璧一双，再拜献大王足下；玉斗一双，再拜奉大将军足下[7]。"项王曰："沛公安在[8]？"良曰："闻大王有意督过[9]之，脱身独去，已至军矣。"项王则受璧，置之坐上。亚父受玉斗，置之地，拔剑撞而破之，曰："唉！竖子[10]不足与谋。夺项王天下者必沛公也。吾属[11]今为之虏矣！"沛公至军，立诛杀曹无伤。

译文 刘邦的军队驻扎在霸上，还没与项羽相见。刘邦手下左司马曹无伤暗地派人报告项羽说："沛公打算在关中称王，让子婴当宰相，占有（秦朝留下的）所有珍宝。"项羽大怒，说："明天就犒劳士兵，攻破刘邦的军队！"在此时，项羽有兵四十万，驻扎在新丰的鸿门；刘邦的兵只有十万，驻扎在霸上。范增向项羽建议说："刘邦在山东时，贪财爱货，喜欢美女。如今进了关，财物一毫不取，女人也

1　细说：小人之言，谗言。

2　亡秦之续：亡秦（做法）的延续。不取：不会效法。

3　从良坐：坐在张良旁边。

4　如厕：上厕所。

5　间：抄小道。

6　不胜杯杓（sháo）：不能再多喝（酒）。杯杓，都是饮酒用的器皿，亦代指酒。辞：（当面）告辞。

7　谨：郑重地。奉：献。再拜：拜两次，这是隆重的礼节。大将军：指范增。

8　安在：（现在）在哪儿。

9　督过：责备。

10　竖子：轻蔑语，如言"小子"，这里当指项庄。

11　吾属：我们。

不亲近，看来他的志向不小。我让人观察刘邦的'气'，都呈龙虎图案，五彩缤纷，这是天子之气，应该急速攻击，不可迟缓！"［以下为省略内容梗概：项羽的季父（叔父）项伯连夜赴霸上向旧友张良通风报信。张良是刘邦的谋士，他引项伯见刘邦。刘邦与项伯"约为婚姻"，一再表白不敢背叛项羽，并答应第二天亲自赴鸿门向项羽赔礼。项伯回去后，替刘邦向项羽解释，项羽的敌意有所缓解。］

　　第二天，刘邦带着百多名骑兵来见项羽，到了鸿门，向项羽赔礼解释说："我和将军全力攻打秦朝，将军在河北作战，我在河南作战，然而我也没料到能率先攻入咸阳灭掉秦朝，能跟您在这里再次见面。如今有小人散布谣言，让将军和我产生了隔阂。"项羽说："这都是你手下的左司马曹无伤说的，否则我怎么会到这儿来呢。"项羽于是留下刘邦一同饮酒。项羽和项伯朝东坐，亚父朝南坐——亚父就是范增。刘邦朝北坐，张良面朝西陪侍。范增多次向项羽使眼色，并举起佩戴的玉玦几次向项羽示意。项羽只是沉默不理。范增于是起身出帐，招来项庄，对他说："项王为人太心软，你进去上前祝酒，祝酒完毕，你请求舞剑，趁机到座位上剑刺刘邦，把他杀掉。否则，你们都将被他所俘获！"项庄于是入帐祝酒。祝罢酒，说："大王与沛公饮酒，军中没啥娱乐，我请求舞剑为乐。"项羽说："好。"项庄于是拔剑起舞。项伯也拔出剑一同起舞，随时用身体护着刘邦，项庄找不到刺杀的机会。

　　（见势不妙）张良来到军营门外，来见刘邦的部下樊哙。樊哙问："今天的情形怎样？"张良回答："非常紧急！眼下项庄拔剑起舞，他的心思却总在沛公身上。"樊哙说："这太紧迫了，我请求进去，跟他们拼命！"樊哙随即持剑带盾要闯军营，守门的卫士以戟交叉，拦住樊哙不准进入。樊哙侧过盾牌一撞，卫士扑倒在地，樊哙于是闯入，手拉开军帐的帷幕，面朝西站着，圆睁双眼瞪着项羽，头发向上竖起，眼眶都要瞪裂了。项羽手按剑柄，挺起上身，问："来客是干什么的？"张良回答："这是沛公的陪乘将士樊哙。"项羽称赞："好一个壮士！赐他一杯酒。"项羽手下拿一大杯酒赏给樊哙，樊哙下跪拜谢，起身站着把酒一饮而尽。项羽又吩咐："赐他一只猪腿。"手下人拿一只生猪腿给樊哙。樊哙把盾牌扣在地上当砧板，拿猪腿放在盾牌上，拔剑切着吃起来。项羽又称赞："真乃壮士！还能再饮吗？"樊哙回答："我死都不怕，一杯酒还值得推辞吗？话说秦王心如虎狼，杀人唯恐不够多，用刑惩罚唯恐有遗漏，天下人无不背叛他。怀王与义军诸将约定：先攻破秦人进入咸阳的可以封王。如今沛公率先破秦进入咸阳，对秦国遗留的财物丝毫不敢动，封闭了宫殿，撤军驻扎在霸上，只等大王您来。之所以派兵把守函谷关，是防备别的野心家进出以及不测之事。沛公如此劳苦功高，没得到封侯赏赐，您反倒听信谗言，要杀掉有功之人。这做法简直就是秦朝暴政的继续，我私下认为大王是不会出此下策的。"项羽无言以对，说："请坐。"樊哙挨着张良坐下。坐了不大工夫，刘邦起身去厕所，趁便招呼樊哙一同出帐。（以下为省略内容梗概：刘邦离席后，与樊哙、张良合计，决定不辞而别。刘邦放弃车子，独自骑马，由樊哙、夏侯婴、靳强、纪信等四人徒步保护，抄小道返回霸上军营。留下张良应付项羽。）

刘邦离去，从小路回军营。张良（估摸刘邦到了）进去替刘邦道歉说："沛公喝得受不了，不能当面向您告辞。让我奉上白璧一对，恭敬地献给大王；玉斗一对，恭敬地献给大将军。"项王问："沛公现在哪里？"张良说："听说大王有意责备他，他独自脱身，眼下已经回到军营了。"项羽接受了玉璧，把它放在座位上。范增接过玉斗，放到地上，拔剑把它们击碎，说："咳！项庄这小子不足以谋大事！夺取项王天下的，一定就是刘邦了。我们今后都将被他俘虏了！"——这边刘邦回到军中，立刻把曹无伤杀掉了。

周亚夫军细柳[1]

文帝之后六年，匈奴大入边[2]。乃以宗正刘礼为将军，军霸上[3]；祝兹侯徐厉为将军，军棘门[4]；以河内守亚夫为将军，军细柳：以备胡[5]。

上自劳军[6]。至霸上及棘门军，直驰入，将以下骑送迎[7]。已而之细柳军，军士吏被甲，锐兵刃，彀弓弩持满[8]。天子先驱[9]至，不得入。先驱曰："天子且[10]至！"军门都尉[11]曰："将

---

1 ★本篇引自《史记·绛侯周勃世家》。西汉开国功臣周勃受封绛侯，周亚夫是他的儿子，在文帝、景帝朝历任河内郡太守、中尉、太尉、丞相等职。周亚夫善于带兵，这里记载他驻军河内细柳营时的事迹。

2 文帝之后六年：即汉文帝刘恒后元六年（前158）。匈奴：古代北方民族之一，下文又称"胡"。大入边：大规模侵犯边境。

3 宗正：掌管皇族事务的官员。军：驻扎。霸上：地名，一作"灞上"，在今陕西西安东。

4 祝兹侯：侯爵名称。棘门：地名，在今陕西咸阳东北。

5 河内：汉代郡名，治所在今河南武陟。守：官名，郡守。细柳：古地名，在今陕西咸阳西南，渭水北岸。备：防备，戒备。

6 上：这里指皇帝。劳军：慰问、犒劳军队。

7 直驰入：径直驾着车跑进营门。将以下骑送迎：将军下马迎送。按，将军下马，是放松戒备的姿态。

8 已而：不久。之：到。被甲：穿戴盔甲。被，同"披"。锐兵刃：这里指亮出刀。彀（gòu）：拉开弓弩。持满：把弦拉满。

9 先驱：这里指引导卫队。

10 且：将要。

11 军门都尉：守卫军营的军官。

军令曰：'军中闻将军令，不闻天子之诏[1]！'"居无何[2]，上至，又不得入。于是上乃使使持节[3]诏将军："吾欲入劳军。"亚夫乃传言开壁[4]门。壁门士吏谓从属车骑曰："将军约，军中不得驱驰[5]。"于是天子乃按辔徐行[6]。至营，将军亚夫持兵揖[7]曰："介胄之士不拜[8]，请以军礼见。"天子为动，改容式车[9]。使人称谢[10]："皇帝敬劳将军。"成礼[11]而去。

既[12]出军门，群臣皆惊。文帝曰："嗟乎[13]，此真将军矣！曩者霸上、棘门军，若儿戏耳，其将固可袭而虏也[14]。至于亚夫，可得而犯[15]邪！"称善者久之。

译文 汉文帝后元六年，匈奴大规模入侵汉朝边境。朝廷于是派宗正刘礼做将军，驻扎在霸上；派祝兹侯徐厉做将军，驻扎在棘门；派河内郡守周亚夫做将军，驻扎在细柳，以防备匈奴来侵。

皇上亲自慰劳军队。来到霸上和棘门的军营，都长驱直入。将

1　将军：这里指周亚夫。诏（zhào）：皇帝发布的命令。

2　居无何：过了没一会儿。

3　节：符节，是皇帝派遣使者、调动军队的凭证。

4　壁：营垒。

5　驱驰：打马疾驰。

6　按辔徐行：控制着缰绳，让马慢慢走。辔，马缰绳。

7　持兵揖（yī）：手持兵器行礼。揖，拱手行礼。

8　介胄之士：穿戴着盔甲的将士。拜：跪拜。

9　为动：被感动。改容式车：表情变得郑重，扶着车前横木俯身示敬。式，同"轼"，本指车前横木，这里作动词，表示扶着轼木。

10　称谢：表示问候、致意。敬劳：带着敬意慰劳。

11　成礼：完成慰劳的仪式。

12　既：表示动作完成之后。

13　嗟乎：叹词，表示慨叹。

14　曩（nǎng）者：先前。固：本来。袭而虏也：袭击并俘虏。

15　犯：侵犯。

军下了马迎送皇帝。不久来到了细柳军营，官兵都披戴盔甲，亮出兵器，把弓弩拉满（严阵以待）。皇上的先导卫队到来，被拒之门外。先导卫队说："皇上就要到了！"守门的军官说："将军有令：'军中只听从将军的军令，不听从天子的诏命！'"不大工夫，皇上驾到，依然不能进入。于是皇上派使者拿着符节去诏告周亚夫："我要进军营慰劳军队。"周亚夫于是传令打开军营大门。守卫营门的官兵对皇帝的随行车马人员说："将军规定，军营中不准驱车奔驰。"于是皇上就控制着缰绳，让马慢慢前行。到了中军帐，将军周亚夫手持兵器，作揖行礼说："甲胄在身的武士不便行跪拜大礼，请允许我按军礼拜见。"皇上受了感动，改变了面容，扶着轼木俯身示敬，让人致意说："皇帝诚心诚意慰劳将军！"举行仪式后离去。

出了细柳营门，随行的大臣们纷纷表示惊诧。义帝说："哎！这才是真正的大将军！先前霸上、棘门的军营，简直就像是儿戏，那儿的将军完全可以被偷袭、俘虏。至于周亚夫，又怎么能侵犯得了呢！"连连称赞，感叹良久。

报任安书[1]（节录）

夫人情莫不贪生恶死，念父母，顾妻子；至激于义理者不然，乃有不得已也[2]。今仆不幸，早失父母，无兄弟之亲，

---

1 ★本篇引自《汉书·司马迁传》，是司马迁写给任安的一封书信。任安，字少卿，武帝时官员，是司马迁的朋友。此前曾写信给司马迁，希望他能向皇帝推荐贤士。司马迁此信是对前信的回复，因称"报"。这里节选司马迁自述心志的一段。

2 夫：发语词。恶（wù）死：厌恶死亡。激于义理者：被高尚的义理激励的人。不得已：不得不如此。

独身孤立，少卿视仆于妻子何如哉[1]？且勇者不必死节，怯夫慕义，何处不勉焉[2]！仆虽怯懦，欲苟活，亦颇识去就之分矣，何至自沉溺缧绁之辱哉[3]！且夫臧获婢妾，犹能引决[4]，况若仆之不得已乎？所以隐忍苟活，幽于粪土之中而不辞者，恨私心有所不尽，鄙陋没世，而文采不表于后也[5]。

古者富贵而名摩灭，不可胜记，唯倜傥非常之人称焉[6]。盖西伯拘而演《周易》[7]；仲尼厄而作《春秋》；[8]屈原放逐，乃赋《离骚》；左丘失明，厥有《国语》[9]；孙子膑脚，《兵法》修列[10]；不韦迁蜀，世传《吕览》[11]；韩非囚秦，《说难》《孤愤》[12]；《诗》三百篇，大氐圣贤发愤之所为作也[13]。此人皆意有所郁结，不得通其道，故述往事、思来者[14]。乃如左丘明无

---

1 仆：我。这里是谦辞。于妻子何如：对妻子、孩子的感情如何。意思是对他们也无所留恋。

2 死节：以死殉名节。怯夫：怯懦的人。慕义：仰慕节义之举。勉：努力。

3 苟活：苟且偷生。去就之分：舍生就义的界限。缧绁（léi xiè）：束缚囚犯的刑具，引申为牢狱。

4 且夫：况且。臧获：奴婢。引决：自杀。

5 所以……者，……也：文言文常用的表示因果关系的句式。隐忍苟活：忍受屈辱勉强存活。幽：幽禁，身陷。粪土之中：污秽的环境（如牢狱）中。私心：这里指内心的目标。鄙陋没（mò）世：丑陋地死去。鄙陋，丑陋，指自己受宫刑。文采：文章。

6 摩灭：磨灭。不可胜记：数量很多，记不过来。倜傥（tìtǎng）：才气豪迈，不受约束。

7 盖：句首助词，引起议论。西伯：周文王姬昌，相传他被商纣王囚禁在羑（Yǒu）里（在今河南汤阴），推演出六十四卦，终成《周易》。

8 厄：穷困。

9 "左丘"二句：相传左丘明失明后创作《国语》。厥，乃，因而。

10 孙子：这里指孙膑。膑脚：削去膝盖骨的酷刑。修列：编著。

11 不韦：即秦相吕不韦。《吕览》：即《吕氏春秋》。按，秦始皇十年，令吕不韦举家迁蜀，吕不韦自杀。

12《说难》《孤愤》：都是韩非子所撰名篇。

13 大氐：大抵。发愤：抒发愤懑。

14 郁结：内心抑郁不舒。通其道：行其道。思来者：启迪后人。

目，孙子断足，终不可用，退论书策，以舒其愤，思垂空文以自见[1]。

仆窃不逊，近自托于无能之辞，网罗天下放失旧闻，考之行事，稽其成败兴坏之理[2]，上计轩辕，下至于兹，为十表，本纪十二，书八章，世家三十，列传七十，凡百三十篇[3]。亦欲以究天人之际，通古今之变，成一家之言[4]。草创未就，会遭此祸，惜其不成，是以就极刑而无愠色[5]。仆诚已著此书，藏之名山，传之其人，通邑大都，则仆偿前辱之责，虽万被戮[6]，岂有悔哉？然此可为智者道，难为俗人言也！

译文 按人之常情，没有不贪生厌死、不顾念父母妻儿的；只有那些激于高尚义理的人除外，然而他们又各有不能不死的理由。而今我很不幸，早早失去了父母，又没有兄弟亲人，孑然一身，孤独无友，少卿你看我对妻子儿女还有啥顾念吗？况且就是勇敢者，也不一定以死立名节；怯懦者若仰慕大义，又以何种方式不能努力呢？我纵然怯懦软弱，贪恋生命，却也充分认识舍生取义的界限，何至于选择

1　"思垂"句：想让文章流传后世，以表达自己的见解。垂，流传。空文，指文章。与建立功业的实绩相对，故称空文；这里是自谦之语。自见：表达自己的思想。见，同"现"。

2　不逊：不谦逊，不自量。无能之辞：拙劣的文字，这里是谦辞。网罗：搜罗。放失（yì）旧闻：散乱失传的文献。失，同"佚"，散失。稽：考察。理：规律。

3　轩辕：即黄帝。兹：此刻，现在。凡：总共。

4　"亦欲以"三句：也是打算用来探究天道与人事的关系，弄通古今变化的规律，成就自己一套历史观念。究，探究。通，通达，疏通。

5　草创未就：还在创建，尚未完成。极刑：这里指作者所遭受的宫刑。愠（yùn）色：怨怒之色。

6　其人：这里指能认识此书价值并予以传播的人。通邑大都：指四通八达、人口众多的城邑都市。责：同"债"。戮：羞辱。

在牢狱中受辱？奴婢下人还懂得自杀免辱呢，何况到了我这样不得不死的地步！我之所以忍辱活命，身陷粪土之境还不肯死，只因抱憾我心中的目标还没实现，耻于人死了，文章却不能彰显于后世。

古人活着时富贵显达、死后名字磨灭的，数不胜数。唯有那些特立独行、不同流俗的人，才能扬名后世。如西伯姬昌被拘禁后推演《周易》；孔子遭困而作《春秋》；屈原被流放，于是写了《离骚》；左丘明失明，才有了《国语》；孙子受了膑刑，《孙子兵法》得以纂修；吕不韦被迫迁蜀，他的《吕氏春秋》才广为流传；韩非在秦国被囚禁，才写了《说难》《孤愤》等名篇；《诗经》三百篇，大多是圣贤为抒发愤懑所作。这都是人们情绪有所压抑，没有发泄的途径，所以要追述往事，启迪来者。比如左丘明丧失视力，孙子被砍断脚，导致不能被任用，于是回家著书立说，以此抒发愤懑，想着拿（看似无用的）文章传之后世，借此显示自己的见解。

我私下不自量力，近来借助于拙劣的文字，搜罗天下散乱失传的文献，考订历史事实，综述事件的本末，考察其成功与失败的规律。最早从黄帝开始，直至当下，编撰为十篇"表"，十二篇"本纪"，八篇"书"，七十篇"列传"，总共一百三十篇。也打算借此探究天与人的关系，弄通古今变化的规律，成就自己一套独到的历史观念。可是草稿还没完成，恰便遭遇此祸。顾惜这书还没完成，因而遭受酷刑却没有怨怒之色。如果我真能著成此书，预备先藏于名山，传给可靠的人，（期待将来有一天能）传播于大都邑，便可补偿我此前所遭受的屈辱，（为了这个目标）即便再受辱万回，我又有啥可悔恨的呢？但是这些话只能对明白人讲，却难以向世俗愚昧的人言说！

汉乐府

　　乐府是管理音乐的朝廷官署，最早设于秦代，汉武帝时扩建，主要负责训练乐工、采集民歌、配置乐曲，并在祭祀及宴饮等场合演奏。这些由民间搜集来的民歌，因称"乐府诗"或"乐府"。宋人郭茂倩辑有《乐府诗集》，内收宋以前历代乐府诗五千余首。汉代乐府诗以五言为主，间有杂言。代表作有《东门行》《十五从军征》《战城南》《长歌行》《陌上桑》《上邪》《孔雀东南飞》等。

东门行[1]

出东门，不顾归[2]。

来入门，怅欲悲[3]。

盎中无斗米储[4]，还视架上无悬衣。

拔剑东门去，舍中儿母牵衣啼：

"他家但愿富贵，贱妾与君共铺糜[5]。

上用仓浪天故，下当用此黄口儿。今非[6]！"

"咄，行！吾去为迟！白发时下难久居[7]！"

1　★本篇引自《乐府诗集》，属"相和歌辞·瑟调曲"。诗中以一寒士的口吻，写东汉末年百姓生活的困苦凄惨。

2　"出东门"二句：说男子出了城邑东门，不再顾念其家。以下倒叙离家出走的原因。

3　怅欲悲：由惆怅转为悲痛。

4　盎（àng）：盛米的容器。斗米储：一斗米的储存。悬衣：挂着的衣服。

5　贱妾：旧时妻子自称。共铺糜（būmí）：一同吃粥。铺，吃。

6　用：因，为了。仓浪天：青天。黄口儿：小儿。今非：现在的做法是不对的。

7　"咄行"句：诗中男子对妻子说的话。咄，呵斥责骂声。行，走开。吾去为迟，我现在走已经晚了。"白发"句：我的白头发频频脱落，这日子过不下去了。

十五从军征[1]

十五从军征，八十始得归。

道逢乡里人，"家中有阿谁？"[2]

"遥看是君家，松柏冢累累[3]。"

兔从狗窦入，雉从梁上飞[4]。

中庭生旅谷，井上生旅葵[5]。

舂谷持作饭，采葵持作羹[6]。

羹饭一时熟，不知饴[7]阿谁。

出门东向看，泪落沾我衣。

战城南[8]

战城南，死郭北，野死不葬乌可食[9]。

为我谓乌："且为客豪[10]！

野死谅不葬，腐肉安能去子逃[11]？"

1　★本篇引自《乐府诗集》，属"横吹曲辞·梁鼓角横吹曲"。写一退伍老兵的凄凉生活，带有反战情绪。

2　阿谁：谁。

3　冢累累：坟墓连成片。

4　狗窦：狗洞。雉：野鸡。

5　旅谷、旅葵：野生的谷子和葵菜。旅，野生。

6　舂（chōng）谷：用石臼舂谷物去皮。羹：菜羹。

7　饴：同"贻"，送。

8　★本篇引自《乐府诗集》，属"横吹曲辞·汉铙歌十八首"。全诗在同情、歌颂战死者的同时，也带有反战的倾向。

9　郭：外城。乌：乌鸦。

10　豪：同"嚎"，嚎叫。

11　"野死谅不葬"二句：这是死者对乌鸦说的话：死于野外料想无人埋葬，（你要吃的）腐肉又哪里会离开你逃走呢？（所以还是先为我叫几声吧。）谅，料想。子：你，指乌鸦。

水深激激，蒲苇冥冥¹；

枭骑战斗死，驽马徘徊鸣²。

梁筑室，何以南？何以北³？

禾黍不获君何食？愿为忠臣安可得⁴？

思子良臣，良臣诚可思：

朝行出攻，暮不夜归⁵！

长歌行⁶

青青园中葵，朝露待日晞⁷。

阳春布德泽，万物生光辉⁸。

常恐秋节至，焜黄华叶衰⁹。

百川东到海，何时复西归？

少壮不努力，老大徒¹⁰伤悲。

1　激激：水清澈貌。冥冥：深远暗昧貌。

2　枭骑（xiāoqí）：勇猛的骑兵。驽马：驽钝的马。

3　"梁筑室"三句：在桥上盖筑营垒，阻断交通，无法南来北往。梁，桥梁。这里是写战争带来的影响。

4　"禾黍"二句：庄稼没有收获，君主吃什么？我们想当忠臣也当不成。禾黍，泛指田间谷物。

5　"思子"四句：怀念你们这些好臣民，你们实在值得我们怀念。你们早上上战场，晚上却再没回来。思，怀念。这几句赞美牺牲者（称他们谓"良臣""忠臣"），意谓他们的死有价值，使君主得食，交通恢复，百姓安居。

6　★本篇引自《乐府诗集》，属"相和歌辞·平调曲"，诗中吟咏光阴易逝，激励人惜时奋进，末尾两句成为千古流传的励志名句。

7　葵：古代一种常见蔬菜。晞（xī）：晒干。

8　布：散布。德泽：恩惠。生光晖：这里形容生机盎然的样子。

9　焜（kūn）黄：颜色衰败貌。华：同"花"。

10　徒：徒然。

上邪[1]

上邪！

我欲与君相知，长命无绝衰[2]。

山无陵，江水为竭[3]；

冬雷震震，夏雨雪[4]；

天地合，乃敢与君绝[5]！

陌上桑[6]

日出东南隅[7]，照我秦氏楼。

秦氏有好女，自名为罗敷。

罗敷喜蚕桑，采桑城南隅。

青丝为笼系[8]，桂枝为笼钩。

头上倭堕髻[9]，耳中明月珠。

缃绮为下裙，紫绮为上襦[10]。

行者见罗敷，下担捋髭须。

1　★本篇引自《乐府诗集》，属"横吹曲辞·汉铙歌十八首"。诗中借女子口吻发出爱情誓言，感情热烈奔放，是情歌中的经典之作。上邪（yé），天哪。

2　相知：相亲相爱。"长命"句：让我们感情永不破裂、不衰减。

3　山无陵：犹言高山变平地。竭：干枯。

4　震震：雷声。雨（yù）雪：下雪。

5　绝：分手，结束恋情。

6　★本篇引自《乐府诗集》，属"相和歌辞·相和曲"。这是一首叙事诗，讲述美女罗敷拒绝丑陋高官的引诱，高度赞美这位女性的勇敢、自信与智慧。

7　隅：方，角落。

8　笼系：拴笼筐的绳子。

9　倭堕髻（jì）：一种时尚的发髻样式，也叫"堕马髻"。

10　缃绮：浅黄色带花纹的绫缎。襦：短袄。

少年见罗敷，脱帽著帩头。

耕者忘其犁，锄者忘其锄。

来归相怨怒，但坐观罗敷。[1]

使君从南来，五马立踟蹰[2]。

使君遣吏往，问是谁家姝[3]？

"秦氏有好女，自名为罗敷。"

"罗敷年几何？""二十尚不足，十五颇有余。"

使君谢罗敷："宁可共载不[4]？"

罗敷前致辞："使君一何愚[5]！

使君自有妇[6]，罗敷自有夫。

东方千余骑，夫婿居上头[7]。

何用识夫婿？白马从骊驹[8]；

青丝系马尾，黄金络马头[9]；

腰中鹿卢剑[10]，可值千万余。

---

1 "行者"八句写众人面对罗敷的反应：过路人见到她，放下肩上的担子，捋着胡须（欣赏）。年轻人见了她，摘下帽子，整理裹头的纱巾。耕地的、锄草的，都停下手中的农活。众人回家后都对妻子抱怨（嫌她们貌丑），这都是因为观看罗敷的缘故。帩（qiào）头，古代男子裹头的纱巾。坐，因。

2 使君：汉代的太守或刺史称使君。踟蹰（chíchú）：徘徊不前。

3 姝（shū）：美女。

4 谢：（冒昧地）问。宁：犹言岂不，难道不。共载：共乘一车，暗含迎娶之意。

5 置辞：致辞，答话。一何：何其，多么。

6 妇：这里指妻子。

7 上头：前列。

8 何用：何以。"白马"句：白马后面跟着黑马。骊驹，纯黑色的马。

9 黄金络马头：用黄金装饰着马笼头。

10 鹿卢剑：宝剑名。

十五府小吏，二十朝大夫，

三十侍中郎，四十专城居。[1]

为人洁白皙，鬑鬑颇有须[2]。

盈盈公府步，冉冉府中趋[3]。

坐中数千人，皆言夫婿殊[4]。"

孔雀东南飞[5]

孔雀东南飞，五里一徘徊[6]。"十三能织素[7]，十四学裁衣。十五弹箜篌[8]，十六诵诗书。十七为君妇，心中常苦悲。君既为府吏，守节[9]情不移。贱妾留空房，相见常日稀。鸡鸣入机织，夜夜不得息。三日断五匹，大人故嫌迟[10]。非为织作迟，君家妇难为！妾不堪驱使，徒留无所施。便可白公姥，

---

1 "十五"四句：这里所说是罗敷"夫婿"的升迁历程。侍中郎：官名，常常陪侍皇帝左右。专城居，一城之主，相当于太守、刺史一类高官。

2 洁白皙（xī）：肤色洁白。鬑（lián）鬑：鬓发稀疏貌。须：胡须。

3 盈盈：与"冉冉"都是从容舒缓貌。公府步：官员特有的步态。

4 殊：特殊，出类拔萃。

5 ★本篇最早见于《玉台新咏》，题为《古诗为焦仲卿妻作》，《乐府诗集》载入"杂曲歌辞"，称"古辞"，题为《焦仲卿妻》。诗前有小序："汉末建安中，庐江府小吏焦仲卿妻刘氏，为仲卿母所遣，自誓不嫁。其家逼之，乃没水而死。仲卿闻之，亦自缢于庭树。时人伤之，而为此辞也。"庐江：汉代郡名，府治在今安徽庐江西南。遣：这里指休妻。

6 "孔雀"二句：以孔雀徘徊不去、难舍难离起兴。

7 从"十三能织素"至"及时相遣归"，是仲卿妻刘兰芝的自诉之词。素：白色的丝绢。

8 箜篌（kōnghóu）：古代乐器，有二十三弦。

9 守节：指丈夫忠于职守，不能顾家。另一版本无下面的"贱妾"二句，"守节"当指新妇忠于爱情。

10 断：指织成一匹后截断织物。大人：这里指婆婆。

及时相遣归。¹"……²

府吏默无声，再拜还入户³。举言谓新妇⁴，哽咽不能语："我自不驱卿，逼迫有阿母⁵。卿但暂还家，吾今且报府⁶。不久当归还，还必相迎取⁷。以此下心意，慎勿违吾语⁸。"

新妇谓府吏："勿复重纷纭。往昔初阳岁，谢家来贵门。奉事循公姥，进止敢自专？昼夜勤作息，伶俜萦苦辛。谓言无罪过，供养卒大恩；仍更被驱遣，何言复来还！⁹妾有绣腰襦，葳蕤自生光；红罗复斗帐，四角垂香囊；箱帘六七十，绿碧青丝绳，物物各自异，种种在其中¹⁰。人贱物亦

---

1 "非为"等六句：不是因为织得慢，实在是给你家做媳妇太难。看来我不能胜任婆婆的使唤，留我没什么用，不如禀告婆婆，马上打发我回娘家算了。妇，这里指儿媳。不堪，不能胜任。驱使，支使，使唤。施，用。白，禀告。公姥（mǔ），公公婆婆，这里偏指婆婆。遣归，指休妻。

2 省略的部分，讲述焦母无端指责刘兰芝"无礼节""举动自专由（自作主张）"，要将她赶走，为儿子另娶。儿子哀求无效，反而引得焦母捶床大怒。

3 府吏：这里指焦仲卿。再拜：（对母亲）连拜两次。入户：回内室。

4 举言：开口说。新妇：指妻子。

5 卿：你，指新妇。阿母：母亲。

6 报府：到衙门去报到。

7 "不久"二句：我不久就会回来，回来后一定把你接回来。

8 下心意：放宽心。慎勿违吾语：千万别违背我的嘱咐。

9 "勿复重纷纭"至"何言复来还"诸句是新妇对府吏叮嘱的回答：不要再反复麻烦了。还记得那个冬至过后，我辞别自家来到你家。恭谨地侍奉公婆，一进一退哪敢自己做主？日夜辛勤劳作，孤苦伶仃承受辛苦。自认为没啥过错，一心供养公婆来报他们的大恩。但仍被驱赶休却，还谈什么将来再回来。纷纭，麻烦。初阳岁，冬至过后。谢家，辞别自家。贵门，你家。奉事，侍奉，伺候。循，顺着。进止，进退。自专，自己做主。伶俜（língpīng），孤单貌。萦苦辛，被辛苦所牵扰。谓言，自认为。卒大恩，尽力报答公婆的恩德。

10 "妾有"以下八句是新妇交代自己的陪嫁财物：我有一件绣花短袄，花枝图案光彩照人。陪嫁里还有红罗的床帐，四角垂着香囊。大小箱奁六七十件，都用青绿丝绳捆扎着。里面各种用品十分齐全（那全是为了长久过日子准备的呢）。腰襦（rú），一种短袄。葳蕤（wēiruí），枝叶繁盛貌，这里指所绣图案很美。红罗复斗帐，用红色的罗绢缝制的夹层床帐。复，夹层。斗帐，因状如倒扣的斗而得名。箱帘，箱奁，这里指陪嫁。

鄙，不足迎后人。留待作遗施，于今无会因。时时为安慰，久久莫相忘[1]！"

鸡鸣外欲曙，新妇起严妆[2]。著我绣夹裙，事事四五通[3]：足下蹑丝履，头上玳瑁光[4]。腰若流纨素，耳著明月珰[5]。指如削葱根，口如含朱丹[6]。纤纤作细步，精妙世无双。上堂拜阿母，阿母怒不止。"昔作女儿时，生小出野里。本自无教训，兼愧贵家子。受母钱帛多，不堪母驱使。今日还家去，念母劳家里。[7]"却与小姑别，泪落连珠子。"新妇初来时，小姑始扶床；今日被驱遣，小姑如我长。勤心养公姥，好自相扶将。初七及下九，嬉戏莫相忘[8]。"出门登车去，涕落百余行。

府吏马在前，新妇车在后。隐隐何甸甸[9]，俱会大道口。

1　"人贱"六句：因为我被看轻，我的东西也不值钱。这些陪嫁不值得用来迎娶后来者，留着随便送人吧。我们再也没有见面的机会了。不时看一看，也可作为一种慰藉，（只盼着能睹物思人）永远不相忘。鄙，鄙贱，不值钱。后人，新娶的妻子。遗（wèi）施，赠送。会因，见面的机会。

2　严妆：隆重地装扮。

3　"事事"句：指穿衣、戴首饰，每件事都反复整理，唯恐不精致。

4　蹑（niè）：穿（鞋）。丝履：丝质的鞋子。玳瑁：一种似龟的爬行动物，甲壳有光泽，古人常用来制作饰品。这里指玳瑁制作的簪饰。

5　"腰若"二句：腰间束着素帛，光彩流动。耳朵上戴着用明珠做的耳饰。纨素，精致的白绢。珰：耳环耳坠等首饰。

6　削葱根：纤细白嫩的葱根，这里用来形容女子的纤纤手指。朱丹：一种红色宝石。

7　"昔作女儿时"以下八句是新妇辞别焦母说的话：从前我做女儿时，从小生长在陋巷小户，本来没受过好的训导，嫁过来，愧对大家公子，接受了您的丰厚彩礼，却不能胜任您的驱使，今天我就要回娘家去了，仍不放心您在家独自操劳。野里，这是自谦的话，指微贱门第。贵家子，这里指焦仲卿。

8　"新妇初来时"以下八句是新妇对小姑（夫妹）说的话：我初来你家，你年岁还小，刚会扶床站立。如今我被驱赶，你已经与我一般高了。你要尽心侍奉父母，好好待他们。每年七夕及每月十九日玩耍时，可别忘了我。扶将，照应。初七及下九，指七夕及每月的十九日，七夕是妇女乞巧的日子，每月十九日在汉代是妇女欢聚的日子。

9　隐隐、甸甸：都是形容车声的象声词。

下马入车中，低头共耳语："誓不相隔卿，且暂还家去。吾今且赴府，不久当还归。誓天不相负[1]！"新妇谓府吏："感君区区怀[2]！君既若见录[3]，不久望君来。君当作磐石，妾当作蒲苇[4]。蒲苇纫如丝，磐石无转移。我有亲父兄[5]，性行暴如雷。恐不任我意，逆以煎我怀[6]。"举手长劳劳，二情同依依[7]。……[8]

府吏闻此变，因求假暂归。未至二三里，摧藏[9]马悲哀。新妇识马声，蹑履相逢迎。怅然遥相望，知是故人来。举手拍马鞍，嗟叹使心伤："自君别我后，人事不可量[10]。果不如先愿，又非君所详[11]。我有亲父母，逼迫兼弟兄。以我应他人[12]，君还何所望！"府吏谓新妇："贺卿得高迁[13]！磐石方且厚，可以卒千年；蒲苇一时纫，便作旦夕间[14]。卿当日胜贵，

---

1 "誓天"句：向天发誓不会辜负你。

2 区区怀：这里指执着的情怀。

3 见录：被（君）记挂在心。

4 磐石：大石头。蒲苇：一种水草，柔弱而坚韧。下文的"纫如丝"，纫，同"韧"。

5 亲父兄：同胞兄。

6 "恐不"二句：（我的脾气暴躁的哥哥）恐怕不会容我自己拿主意，料想会令我心如火煎。逆，预计，逆料。

7 劳劳：忧伤不已。依依：恋恋不舍。

8 省略的部分，讲述兰芝回到娘家，在母亲和哥哥劝说逼迫之下，答应改嫁太守的公子。太守送来丰厚彩礼，准备大办婚事。

9 摧藏（zàng）：指伤心。摧，摧折；藏，脏，脏腑。一说同"凄怆"。

10 不可量：不可逆料。

11 "果不"二句：果然不能如愿，这一切又是您不能详知、一言难尽的。

12 应他人：许给他人。

13 "贺卿"句：祝贺你攀上高枝。这是气话。

14 "磐石"四句：（我这）磐石方正坚厚，可以千年不变；（你那）蒲苇却只能坚持一时，一昼夜的工夫就变了。卒千年，千年到底。旦夕间，形容时间短暂。

吾独向黄泉¹！"新妇谓府吏："何意出此言！同是被逼迫，君尔妾亦然²。黄泉下相见，勿违今日言！"执手分道去，各各还家门。生人作死别，恨恨那可论³？念与世间辞，千万不复全⁴！

府吏还家去，上堂拜阿母："今日大风寒，寒风摧树木，严霜结庭兰。儿今日冥冥，令母在后单。故作不良计，勿复怨鬼神！命如南山石，四体康且直！⁵"阿母得闻之，零泪⁶应声落："汝是大家子，仕宦于台阁。慎勿为妇死，贵贱情何薄！东家有贤女，窈窕艳城郭，阿母为汝求，便复在旦夕⁷。"府吏再拜还，长叹空房中，作计乃尔立⁸。转头向户里，渐见愁煎迫⁹。

其日牛马嘶，新妇入青庐¹⁰。奄奄黄昏后，寂寂人定初¹¹。

1 "卿当"二句：你将一天比一天富贵，我只有独自去死了。黄泉，阴间。

2 君尔妾亦然：你是这样（指受逼迫），我也是这样。尔，这样。

3 生人：活人。那可论：哪能描述。

4 "千万"句：这里是说决心一死，千思万想也不会改变。

5 "今日大风寒"以下九句是焦仲卿与母亲诀别时说的话：今天刮大风，冷风摧折了树木，庭院的兰草也结了寒霜。儿子我今天生命将尽，留下母亲日后受孤单。是我有意寻死，不要怨恨鬼神。唯愿母亲寿比南山，身体康健顺遂。日冥冥，像太阳到了黄昏。这里比喻生命将尽。不良计，这里指寻死的念头。直，顺遂。

6 零泪：眼泪断续而落。

7 "汝是大家子"以下八句是焦母劝儿子的话：你是大家出身，先世做过台阁之臣。你千万别为这个女人寻短见，你们本来贵贱有别，况且她又是个薄情女。东家邻居有个好姑娘，人俏心好全城最漂亮。我替你去提亲，这早晚就有回信儿了。台阁，尚书台，这里泛指高官。情何薄，这里指新妇将要改嫁。艳城郭，全城最漂亮。

8 "作计"句：寻死的打算就这样定了。乃尔，就这样。

9 "渐见"句：慢慢感受着内心忧愁的煎熬逼迫。

10 其日：指兰芝出嫁这天。青庐：用青布搭成的喜棚。

11 奄奄：昏暗不明。人定初：指亥时初刻，即夜间九时。

"我命绝今日，魂去尸长留！"揽裙脱丝履，举身[1]赴清池。府吏闻此事，心知长别离。徘徊庭树下，自挂东南枝。两家求合葬，合葬华山[2]傍。东西植松柏，左右种梧桐。枝枝相覆盖，叶叶相交通[3]。中有双飞鸟，自名为鸳鸯。仰头相向鸣，夜夜达五更。行人驻足听，寡妇起彷徨。多谢后世人，戒之慎勿忘[4]。

1　举身：纵身。
2　华山：应指安徽舒城南的华盖山。
3　交通：交接。
4　"多谢"二句：再三嘱告后世人，如此教训，要引以为戒，千万不可忘！谢，告诫，嘱告。

古诗十九首

汉末无名文人的五言诗，被南朝萧统选入《文选》，取名《古诗十九首》；依次为《行行重行行》《青青河畔草》《青青陵上柏》《今日良宴会》《西北有高楼》《涉江采芙蓉》《明月皎夜光》《冉冉孤生竹》《庭中有奇树》《迢迢牵牛星》《回车驾言迈》《东城高且长》《驱车上东门》《去者日以疏》《生年不满百》《凛凛岁云暮》《孟冬寒气至》《客从远方来》和《明月何皎皎》，被刘勰誉为"五言之冠冕"（《文心雕龙》）。诗中反映的文人思想情趣，与乐府民歌有所不同。

行行重行行[1]

行行重行行，与君生别离。相去万余里，各在天一涯。道路阻且长，会面安可知。胡马依北风，越鸟巢南枝[2]。相去日已远，衣带日已缓[3]。浮云蔽白日，游子不顾反[4]。思君令人老，岁月忽已晚。弃捐勿复道，努力加餐饭[5]。

1　★本篇是《古诗十九首》中的第一首。写女子思念离别在外的情人，心绪复杂。行行重行行，走了又走。

2　"胡马"二句：北方的马（到了南方）仍依恋北风，南方的鸟（到了北方）仍在朝南的树枝上筑巢。这里是说禽兽尚且依恋故土，人更应如此。胡马，北地所产之马。越鸟，南方越地的鸟。

3　"衣带"句：衣带日渐宽缓；这里形容人因思念而消瘦。

4　"浮云"二句：以浮云遮挡太阳为喻，暗示游子在外为人情物欲所迷惑，乐而不返。反，同"返"。

5　"弃捐"二句：把这些不快的情绪都抛弃吧，还是多吃一点，保重身体吧。弃捐，抛弃。道，说。这应是思妇自我宽慰的话，与前面的"衣带日以缓"相呼应。

迢迢牵牛星[1]

迢迢牵牛星，皎皎河汉女[2]。纤纤擢素手，札札弄机杼[3]。终日不成章，泣涕零如雨[4]。河汉清且浅，相去[5]复几许? 盈盈一水间，脉脉不得语[6]。

去者日以疏[7]

去者日以疏，生者日以亲[8]。出郭门直视，但见丘与坟[9]。古墓犁为田，松柏摧为薪[10]。白杨多悲风，萧萧[11]愁杀人。思还故里闾，欲归道无因[12]。

1　★本篇是《古诗十九首》中的第十首。借吟咏牛郎织女神话，写男女情深又不得相见之苦。

2　迢迢：辽远貌。牵牛星：天鹰座的主星。皎皎：明亮貌。河汉女：即织女星，是天琴座的主星，从地面上看，与牵牛星隔银河相对。河汉：银河。

3　纤纤：柔长纤细貌。擢（zhuó）：摆动。札札：织机发出的声音。杼：织布机上的梭子。

4　章：（布帛上的）纹章、花纹。零：落。

5　相去：相离，相距。

6　盈盈：水清浅貌。脉脉：相视无言貌。

7　★本篇是《古诗十九首》中的第十四首。诗中感慨光阴易逝，夹杂着游子离愁，在诗坛上影响深远。

8　"去者"二句：死去的人一天天疏远，活着的人一天天亲近。

9　郭门：城门。郭，外城。丘与坟：即坟墓。

10　"古墓"二句：指坟墓年代久远，被农夫犁为田地，墓边栽种的松柏也被当作柴薪摧折。

11　萧萧：树木被风吹所发出的声音。

12　故里闾：指故乡。道无因：无由找到归去的路径。

魏晋南北朝文学

曹　操

曹操（155—220），字孟德，小字阿瞒，汉魏间沛国谯县（今安徽亳州）人。曾为汉相，毕生从事国家统一大业。他是建安文学领袖之一，与儿子曹丕、曹植合称"三曹"。诗文代表作有《薤露行》、《蒿里行》、《苦寒行》、《步出夏门行》(《观沧海》)(《龟虽寿》)、《对酒》、《短歌行》及《让县自明本志令》等。明人辑有《魏武帝集》。

短歌行[1]

对酒当歌[2]，人生几何！譬如朝露，去日苦多[3]。

慨当以慷[4]，忧思难忘。何以解忧？唯有杜康[5]。

青青子衿，悠悠我心。但为君故，沉吟至今。[6]

呦呦鹿鸣，食野之苹。我有嘉宾，鼓瑟吹笙。[7]

明明如月，何时可掇[8]？忧从中来，不可断绝。

越陌度阡，枉用相存。契阔谈讌，心念旧恩。[9]

1　★本篇引自《乐府诗集》，属"相和歌辞·平调曲"。诗中抒写了光阴易逝的感叹，也表达了礼贤下士、建功立业的雄心。

2　对酒当歌：面对美酒和欢歌。当，也有"对"的意思。

3　朝露：早上的露水，譬喻容易消逝。去日：过去的日子。苦多：太多。苦，甚。

4　慨当以慷：即慷慨。

5　杜康：传说中最早造酒的人，这里指酒。

6　"青青"四句：前两句是《诗经·郑风·子衿》中形容男女爱恋的诗句，这里借用表达对人才的爱慕。子衿，你的衣襟。沉吟，思念。

7　"呦呦"四句：前两句是《诗经·小雅·鹿鸣》中形容宴客的诗句，这里借用来表达对贤士的欢迎。苹，艾蒿。瑟、笙，两种乐器名。

8　掇（duō）：摘取。

9　"越陌"四句：是说老朋友远路而来，屈尊前来访问。大家久别重逢，欢宴交谈，聊着旧日的友谊。陌、阡，指田间小路。枉，枉驾，屈尊。用，以。存，存问，问候。契（qiè）阔，这里指久别的情怀。谈讌（yàn），欢宴交谈。讌，同"宴"。旧恩，旧谊。

月明星稀，乌鹊南飞。绕树三匝，何枝可依？[1]
山不厌[2]高，海不厌深。周公吐哺，天下归心[3]。

观沧海[4]

东临碣石[5]，以观沧海。水何澹澹，山岛竦峙[6]。树木丛生，百草丰茂。秋风萧瑟，洪波[7]涌起。日月之行，若出其中。星汉[8]灿烂，若出其里。幸甚至哉，歌以咏志[9]！

龟虽寿[10]

神龟虽寿，犹有竟时[11]。螣蛇[12]乘雾，终为土灰。老骥伏枥[13]，志在千里；烈士暮年，壮心不已[14]。盈缩之期，不但在天；养怡之福，可得永年[15]。幸甚至哉，歌以咏志。

---

1 "月明"四句：以乌鹊无枝可依，喻人才择主而事而犹豫不定的情况。乌鹊，乌鸦，一说喜鹊。匝，圈。

2 厌：满足。

3 "周公"二句：诗人以周公自比，希望天下贤士都来相助。吐哺，吐出嘴里的食物。《史记·鲁国公世家》记载，周公为求贤才，一饭三吐哺，一沐三握发。

4 ★本篇引自《乐府诗集》"相和歌辞·瑟调曲"之《步出夏门行》，是东汉建安十二年（207）曹操北征乌桓凯旋时所作。共五首，这里是第二首，写登临碣石山的所见所感。

5 碣石：碣石山，在今河北昌黎境内。

6 澹澹（dàn）：水波摇荡貌。竦峙（sǒngzhì）：耸立。

7 洪波：大浪。

8 星汉：银河。

9 "幸甚"二句：这两句是合乐时所加，与诗的内容无关。

10 ★本篇是《步出夏门行》的第五首，抒发了诗人老当益壮、积极奋发的情怀。

11 "神龟"二句：龟是古人心目中长寿的动物。竟，终了，完结。这里指死去。

12 螣（téng）蛇：又作腾蛇，是传说中的神物，与龙同类。

13 骥：千里马。枥（lì）：马槽。

14 烈士：指重义轻生或积极建功立业的人。暮年：晚年。不已：不止。

15 "盈缩"四句：是说寿命长短期限，虽然有先天的因素，但人为保养，同样可以延年益寿。盈缩，指寿命长短。养怡，保养身心。永年，长寿。

陈　琳

陈琳（？—217），字孔璋，汉末广陵射阳（今江苏宝应）人。"建安七子"之一。先后入何进、袁绍、曹操幕府。代表诗文作品有《饮马长城窟行》《为袁绍檄豫州文》等。明人辑有《陈记室集》。

饮马长城窟行¹

饮马长城窟，水寒伤马骨。往谓长城吏："慎莫稽留太原卒！"²"官作自有程，举筑谐汝声！"³"男儿宁当格斗死，何能怫郁筑长城⁴。"长城何连连⁵，连连三千里。边城多健少，内舍多寡妇⁶。作书与内舍："便嫁莫留住⁷。善事新姑嫜，时时念我故夫子⁸！"报书往边地："君今出语一何鄙⁹？""身

1　★本篇引自《乐府诗集》，属"相和歌辞·瑟调曲"。作者用旧题赋新词。长城窟，即长城边的泉眼。

2　"往谓"二句：这里是借太原卒（太原籍的征夫）之口，向长城吏（管理筑城的官吏）倾诉：千万别把太原籍的征夫留住不放。稽留，留住不放。

3　"官作"二句是长城吏的回答：官府的工程自有期限，你们还是赶紧夯土吧，把号子喊齐了。筑，夯土工具。谐，和谐，整齐。

4　"男儿"二句是太原卒的回应：男子汉宁可上阵格斗而死，怎能心情烦闷天天修长城呢。怫（fú）郁，烦闷。

5　连连：连绵不断。

6　健少：健壮的年轻人。内舍：戍卒在内地的家中。下文中的"内舍"代指妻子。寡妇：这里指已婚独居的女人。

7　"便嫁"句是太原卒写给妻子的话：你改嫁好了，别留在家中等我。

8　"善事"二句仍是太原卒书信中的话：好好侍奉新公婆，能时时想起我（我也就知足了）。姑嫜，公婆。故夫子：前任丈夫，这里指太原卒自己。

9　报书：指妻子回信。一何：多么。鄙：见识低。

在祸难中，何为稽留他家子？生男慎莫举，生女哺用脯。君独不见长城下，死人骸骨相撑拄。[1]""结发行事君，慊慊心意关。明知边地苦，贱妾何能久自全？[2]"

王 粲

王粲（177—217），字仲宣，汉魏间山阳高平（今山东微山）人。"建安七子"之一。曾投刘表，后归曹操。诗赋代表作有《七哀诗》及《登楼赋》等。有《王侍中集》。

七哀诗[1]

西京乱无象，豺虎方遘患[2]。复弃中国去，远身适荆蛮[3]。亲戚对我悲，朋友相追攀[4]。出门无所见，白骨蔽[5]平原。路有饥妇人，抱子弃草间。顾闻号泣声，挥涕独不还。"未知身死处，何能两相完？"[6]驱马弃之去，不忍听此言。南登霸陵[7]岸，回首望长安，悟彼《下泉》人，喟然伤心肝[8]。

1　★王粲《七哀诗》有三首，本篇是第一首，应是作者初离长安时所作。七哀，极言哀痛之深。

2　西京：长安。乱无象：乱得不成样子。这里是指东汉初平三年（192），董卓部将李傕（jué）、郭汜（sì）攻入长安，纵兵掳掠。王粲只好离开长安，前往荆州。豺虎：即指李、郭之徒。方：正。遘（gòu）患：制造灾难。遘，同"构"，制造，构造。

3　中国：这里指西京长安。远身：抽身而去，躲开。适：前往。荆蛮：荆州。

4　追攀：追着拉着，携手而行。攀，拉。

5　蔽：遮盖。

6　"路有"六句：路上见到一个饥饿的妇女，把怀抱中的孩子扔到草丛中。听到孩子的号哭声回头看看，却擦着眼泪并不回身。她说："我自己死在哪儿都不知道，又如何让母子两个都活命呢？"顾，回头。完，完整，保全。

7　霸陵：汉文帝陵墓，在长安东南。

8　"悟彼"二句：领悟了《下泉》诗作者的用意，伤心叹气、肝肠寸断。《下泉》是《诗经·曹风》中的诗，内容是思念"明王贤伯"。喟（kuì）然，叹息貌。

蔡 琰

蔡琰（约178—？），字文姬。女，汉魏间陈留圉县（今河南杞县）人。是汉代学者蔡邕之女，曾被匈奴所掳，后为曹操赎回。代表诗作有《悲愤诗》《胡笳十八拍》等。

悲愤诗[1]（节录）

汉季失权柄，董卓乱天常[2]。志欲图篡弑，先害诸贤良[3]。逼迫迁旧邦[4]，拥主以自强。海内兴义师，欲共讨不祥[5]。卓众来东下[6]，金甲耀日光。平土人脆弱，来兵皆胡羌[7]。猎野[8]围城邑，所向悉破亡。斩截无孑遗，尸骸相撑拒[9]。马边县男头，马后载妇女[10]。长驱西入关，迥路险且阻[11]。……[12]

---

1 ★《悲愤诗》是作者自述生平的长诗。后汉献帝兴平年间（194—195），蔡琰被匈奴人所掳，嫁给匈奴左贤王，生二子。十二年后，曹操重金将她赎回。诗中揭露了战争的残酷。

2 汉季：汉末。失权柄：指汉帝失去了权力。董卓：西北军阀，他曾废掉汉少帝，杀死何太后，拥立汉献帝。天常：封建时代的君臣秩序。

3 篡弑：杀死在上者，篡夺高位。弑，杀，专指臣杀死君主或子女杀死父母。诸贤良：董卓曾杀死大臣丁原、袁隗（wěi）等。

4 迁旧邦：指董卓逼迫献帝由洛阳迁至长安。

5 "海内"二句：是指关东州郡的军阀起兵讨伐董卓。不祥，恶人，即董卓。

6 "卓众"句：董卓的军队从西向东而来。

7 "平土"二句：中原百姓比较柔弱，而董卓的队伍多是强悍的羌人、胡人。平土，平原，这里指中原。

8 猎野：在田野打猎，这里指战争、屠杀。

9 无孑（jié）遗：一个不剩。孑，单独。撑拒：形容尸骸乱堆的样子。

10 "马边"二句：写董卓兽兵虐杀平民，将男人杀掉，头颅挂在马边，抢夺妇女，载于马后。县，同"悬"。

11 "长驱"二句：写诗人被虏，随胡人军队入函谷关，路途遥远难行。迥（jiǒng）路，长途。

12 诗歌省略部分，写诗人随胡军西进，一路遭受屈辱打骂，求生不得，求死不能。

边荒与华异，人俗少义理[1]。处所多霜雪，胡风春夏起。翩翩吹我衣，肃肃[2]入我耳。感时念父母，哀叹无穷已[3]。有客从外来，闻之常欢喜。迎问其消息，辄复非乡里[4]。邂逅徼时愿，骨肉来迎己[5]。己得自解免，当复弃儿子[6]。天属缀人心，念别无会期[7]。存亡永乖隔，不忍与之辞[8]。儿前抱我颈，问母"欲何之？人言母当去，岂复有还时？阿母常仁恻，今何更不慈？我尚未成人，奈何不顾思！"[9]见此崩五内，恍惚生狂痴[10]。号泣手抚摩，当发复回疑[11]。兼有同时辈[12]，相送告离别。慕我独得归，哀叫声摧裂[13]。马为立踟蹰[14]，车为不转辙。观者皆欷歔，行路亦呜咽[15]。……[16]

---

1 "边荒"二句：自此写定居匈奴的生活。荒凉的边地与中原大不相同，民俗中缺乏义理观念。人俗，民俗。义理，指汉族的伦理道德。

2 肃肃：形容风声。

3 穷已：穷尽。

4 "辄复"句：（来客）常常不是同乡（因而得不到亲人的消息）。辄复，总是，又，表示不止一次。

5 "邂逅"二句：意外地如愿以偿，有亲人来接我回去。邂逅（xièhòu），意外。徼（jiǎo），侥幸。时愿，平日的愿望。骨肉，亲人。这里指曹操派人假托亲戚之名，来赎取老友蔡邕之女。

6 "己得"二句：是说自己可以免除离乡之苦，但却要抛弃儿子。

7 天属：天然的骨肉之情。缀：连缀。无会期：没有再会的机会。

8 "存亡"二句：无论生死，永相隔绝，因而不忍心跟儿子道别。乖隔，背离。

9 "问母"以下七句是儿子的责难之语，大致是问：母亲要到哪里去？听人说母亲要离开了，还回来吗？母亲从来那样富于仁爱心，为什么变得不仁慈了？我还没长大成人，您为什么不顾念我呢？仁恻，仁慈。

10 "见此"二句：见此情景，我五脏欲裂，神情恍惚，如痴如狂。五内，五脏。

11 "当发"句：当登车要上路时，又回头迟疑。

12 同时辈：指一同被掳的人。

13 摧裂：（哭叫声）撕心裂肺。

14 踟蹰（chíchú）：徘徊不前。转辙：这里意为转轮。

15 观者：旁观者。欷歔：悲泣抽噎。行路：路人。

16 "行路亦呜咽"之后尚有二十八句，写诗人对儿子的思念及回家后所见国家破败、亲人亡故的惨状。诗人虽然重组家庭，但半生离乱的阴影挥之不去，终难振作。

诸葛亮

诸葛亮（181—234），字孔明，汉魏间琅邪阳都（今山东沂南）人。三国时先后辅佐刘备、刘禅父子，为蜀汉宰相，曾多次出师北伐曹魏。文章代表作有《出师表》《建兴六年上言》（又称《后出师表》）等。后人辑有《诸葛亮集》。

出师表[1]（节录）

先帝创业未半，而中道崩殂[2]。今天下三分，益州疲弊[3]，此诚危急存亡之秋也。然侍卫之臣不懈于内，忠志之士忘身于外者，盖追先帝之殊遇，欲报之于陛下也[4]。诚宜开张圣听，以光先帝遗德，恢弘志士之气[5]；不宜妄自菲薄，引喻失义，以塞忠谏之路也[6]。……

臣本布衣，躬耕于南阳，苟全性命于乱世，不求闻达于诸侯[7]。先帝不以臣卑鄙，猥自枉屈，三顾臣于草庐之中，咨

1　★本篇引自《三国志·诸葛亮传》。《出师表》有两篇，此为前《出师表》，是蜀汉后主建兴五年（227）作者率军北伐前写给刘禅的奏章，对后主提出希望，并自表北伐中原的坚定意志，其忠诚感人肺腑。表，臣子对君主有所陈请的一种奏章。

2　先帝：指刘备。崩殂（cú）：帝王之死称"崩""殂"。

3　天下三分：指蜀、魏、吴三政权鼎足而立。益州：汉代益州包括今四川及陕西、云南、贵州等省的部分区域。疲弊：困乏。

4　内、外：指朝廷和地方、边疆。盖：虚词，表原因。殊遇：特别优渥的待遇。陛下：这里指后主刘禅。

5　诚宜：实在应该。开张圣听：开启圣明的听闻。光：光大。恢弘：发扬扩大。

6　妄自菲薄：看轻自己。引喻失义：这里指说话不合义理。塞：堵塞。忠谏之路：进谏的渠道。此句与前面的"开张圣听"相呼应。

7　布衣：平民。躬耕：亲自耕种。南阳：东汉郡名，治所在今河南南阳。这里指南阳郡邓县的隆中（在今湖北襄阳境内）。苟全性命于乱世：在乱世勉强保命。闻达：闻名显达。

臣以当世之事，由是感激，遂许先帝以驱驰[1]。后值倾覆，受任于败军之际，奉命于危难之间，尔来二十有一年矣[2]。

先帝知臣谨慎，故临崩寄臣以大事也。受命以来，夙夜忧叹，恐托付不效，以伤先帝之明，故五月渡泸，深入不毛[3]。今南方已定，兵甲已足，当奖率三军，北定中原，庶竭驽钝，攘除奸凶，兴复汉室，还于旧都[4]。此臣所以报先帝而忠陛下之职分也。至于斟酌损益[5]，进尽忠言，则攸之、祎、允之任也。愿陛下托臣以讨贼兴复之效，不效[6]，则治臣之罪，以告先帝之灵。若无兴德之言，则责攸之、祎、允等之慢，以彰其咎[7]；陛下亦宜自谋，以咨诹善道，察纳雅言[8]。深追先帝遗诏，臣不胜受恩感激[9]。今当远离，临表涕零，不知所言[10]。

译文 先帝开创大业未及　半就中途去世了。如今天下一分为三，

1　卑鄙：出身低微，见识浅陋。这里是谦辞。猥自枉屈：这里有屈尊之意。猥，辱。三顾：多次下顾，访问。咨：咨询。驱驰：奔走效劳。

2　倾覆：覆灭。这里指兵败。建安十三年（208）曹操大败刘备于当阳，之后诸葛亮出使吴国，联合孙权抗曹，也就是下文所说的"受任于败军之际，奉命于危难之间"。尔来：自那以来。

3　夙（sù）夜：早晚。夙，早。不效：没有功效。泸：水名，指今日雅砻江下游及与金沙江汇合以后的一段。不毛：这里指不种庄稼的蛮荒之地。

4　南方已定：此前诸葛亮率军平定了南方诸郡的叛乱。奖率：犒赏并率领。庶：庶几，有望。竭：竭尽。驽钝：谦辞，低下的能力。驽，劣马。钝，不快的刀子。攘除：排除。奸凶：指曹魏政权。旧都：这里指长安、洛阳，两汉在那里建都。

5　斟酌损益：（对政事）掂量考虑，或加或减。攸之、祎（yī）、允：指官居侍中的郭攸之、费祎和董允。

6　效：功效，结果。

7　兴德之言：使君王振兴德政的言论。责……之慢：责罚……的懈怠。以彰其咎：暴露他们的过失。

8　咨诹（zōu）：咨询。善道：好的道理及方法。察纳：审察采纳。雅言：正言。

9　追：追念。遗诏：遗令。不胜：不能承受。表示（感激的）程度很深。

10　临表：面对奏章。不知所言：不知自己说些什么。这是暗含自己可能失言的谦辞。

益州民力困乏，这实在是危急存亡的时刻。然而宫中的侍从护卫之臣不敢懈怠，外面的忠臣志士也都为国忘身，只因大家追念先帝的知遇之恩，想要回报在陛下身上。陛下实应扩大听闻，光大先帝遗留的美德，振奋忠贞之士的士气；而不应看轻自己，说话随意，以致阻塞了忠言劝谏的渠道。（以下省略部分，诸葛亮又对朝政提出具体的看法和希望，做了人事安排，并从历史教训出发，劝后主"亲贤臣，远小人"。）

我本是一介平民，在南阳务农种田，当此乱世，只求保全性命而已，并不奢望名扬诸侯、出人头地。先帝却不因我位卑识浅，屈尊枉顾，多次来草堂过访，向我咨询对时局的看法。我因此十分感动，于是答应为先帝奔走效劳。此后遇覆灭之危，我在兵败危难之时接受任命，从那时到今日，已有二十一个年头了。

先帝知道我为人严谨慎重，所以临终把国家大事托付给我。接受遗命以来，我早晚忧虑，只恐先帝委托的重任不见成效，由此损伤先帝的知人之明。我（因而全力以赴），五月渡过泸水，深入蛮荒之地。而今南方已经平定，军队器甲充足，正应犒赏三军，率队北进以平定中原，但愿竭尽我的平庸之力，铲除奸邪，复兴汉室，将国都迁回旧日京城。这是我报答先帝、尽忠陛下的本分职责。至于斟酌朝政，有所兴革，对陛下进谏献策、言无不尽，那是朝臣郭攸之、费祎、董允等人的责任。我请求陛下把讨伐曹贼、恢复汉室的功效责成于我，如果不成功，就惩罚我，以祭告先帝的在天之灵。如果没有振兴圣德的建议，就责罚郭攸之、费祎、董允等人的懈怠，公开他们的过失。陛下也应独立思考，主动向臣下征询治国良方，采纳他们的正确意见，深刻追思先帝的临终教诲，我将对您的恩泽而感激不尽！今天我就要离您远行，面对奏表涕泪纵横，连自己说些什么都不知道了。

曹 丕

曹丕（187—226），字子桓，汉魏间沛国谯县（今安徽亳州）人，曹操次子，曾为汉相，后逼迫汉献帝禅位，建立魏朝，死谥魏文帝。他是建安文学作家之一，诗文代表作有《燕歌行》《杂诗》《与吴质书》《典论·论文》等。明人辑有《魏文帝集》。

论文[1]（节录）

盖文章，经国之大业，不朽之盛事[2]。年寿有时而尽，荣乐止乎其身，二者必至之常期[3]，未若文章之无穷。是以古之作者，寄身于翰墨，见意于篇籍[4]。不假良史之辞，不托飞驰之势[5]，而声名自传于后。故西伯幽而演《易》，周旦显而制《礼》[6]；不以隐约而弗务，不以康乐而加思[7]。夫然，则古人贱尺璧而重寸阴[8]，惧乎时之过已。而人多不强力，贫贱则慑于

1　★曹丕做太子时撰有专著《典论》，全书已佚，只留下《自叙》和《论文》二篇。本篇专谈文学，批评了两汉以来轻视文学的观点，把文学抬到前所未有的高度，影响颇大。

2　经国：治国。不朽：春秋时鲁国叔孙豹有"三不朽"说："太上有立德，其次有立功，其次有立言。"这里指立言可以不朽。

3　"二者"句：意为年寿和荣乐都有必然的局限。常期，一定的限度。

4　寄身：寄托于，从事。翰墨：笔和墨，这里指文章。见意：表达思想。

5　不假：不借助。下文的"不托"也是此意。良史之辞：史官的表彰。飞驰之势：腾达的权势。飞驰，飞黄腾达。

6　西伯幽而演《易》：周文王姬昌在商封为西伯；他曾被商纣王囚禁于羑里，推演出易象六十四卦。幽，囚禁。周旦显而制《礼》：周公旦身为摄政辅佐周成王，制定了周朝的礼制。显，荣显。

7　"不以"二句：不因穷困而放弃著述，不因安乐而改变著述的本心。隐约，穷困，困厄。弗务，不做。加，增益，这里有改变之意。

8　夫然：因此。尺璧：直径一尺的玉璧。寸阴：短暂的光阴。

饥寒，富贵则流于逸乐，遂营目前之务，而遗千载之功[1]。日月逝于上，体貌衰于下，忽然与万物迁化，斯志士之大痛也[2]！融等已逝，唯干著论，成一家言[3]。

译文 总的说来，文章是关乎国家治理、千古不朽的盛大事业。人的寿命总有尽头，荣华富贵也只能活着时享受。这两者都有必然的限度，不如文章可以永不过时。因而古代的著述者们，投身于笔墨创作，在文章著述中表达自己的见解，不必借助权威史官的颂扬，不必依赖飞腾权势的抬举，自己的大名、声望（靠着文章）自然流传于后世。因而西伯被囚禁，推演出《周易》八卦；周公显达，制定了《周礼》。这两人一个是不因困厄放弃著述，一个是不因康乐而改变写作的念头。这样看来，古代的贤人轻视直径一尺的玉璧而重视短暂的光阴，就是担心时间白白流逝。可是一般人大多不肯努力，贫贱时只忧惧受饥受冻，富贵时又纵情享乐，每日经营着眼前的小日子，放弃著述这样的千载功业。随着日月轮转光阴逝去，人的体貌也一天天衰老，时光瞬息而过，身体与万物一同变化消逝，这才是志士仁人最大的悲哀！眼下看来，孔融等人已经与世长辞（没留下啥东西），只有徐干撰写《中论》，成就一家之言（永存后世）。

1　强（qiǎng）力：奋发努力。慑：恐惧。流：放任，流荡。营：经营。遗：遗弃。

2　忽然：形容时光倏忽貌。迁化：迁移消逝。斯：这。

3　融：孔融，是建安七子之一。干：徐干，建安七子之一，著有《中论》二十篇。一家言：自成体系的学说见解。

曹　植

曹植（192—232），字子建，封陈王，谥"思"，世称"陈思王"。汉魏间沛国谯县（今安徽亳州）人。曹操第三子，建安文学重要作家。代表诗文有《白马篇》《赠白马王彪》《名都篇》《野田黄雀行》《泰山梁甫行》《七哀诗》《美女篇》及《洛神赋》《与杨德祖书》等。宋人辑有《曹子建集》。

白马篇¹

白马饰金羁，连翩西北驰²。借问谁家子，幽并³游侠儿。少小去乡邑，扬声沙漠垂⁴。宿昔秉良弓，楛矢何参差⁵。控弦破左的，右发摧月支⁶。仰手接飞猱，俯身散马蹄⁷。狡捷过猿猴，勇剽若豹螭⁸。边城多警急⁹，虏骑数迁移。羽檄从北来，厉马登高堤¹⁰。长驱蹈匈奴，左顾凌鲜卑¹¹。弃身¹²锋刃端，性命

1　★本篇引自《乐府诗集》，属"杂曲歌辞·齐瑟行"。诗中吟咏"幽并游侠儿"的身手及活动，借此表达诗人所追慕的生活，抒发了捐躯报国的豪迈之情。

2　羁：马笼头。连翩：翻飞不停貌。

3　幽并（Bīng）：二州名，相当于今河北、山西北部及内蒙古、辽宁一部分地方。

4　乡邑：家乡。扬声：扬名。垂：同"陲"，边陲。

5　宿昔：经常。秉：持。楛（hù）矢：楛木做杆的箭。

6　控弦：拉弓。的（dì）：目标。月支：一种箭靶。

7　"仰手"二句：迎面射中飞奔的猿猴，弯腰射碎箭靶。接，迎射。飞猱，一种体小而敏捷的猿猴。散，射碎。马蹄，箭靶。

8　狡捷：即矫捷，灵巧。剽：动作轻捷。螭（chī）：一种传说中的没有角的龙。

9　警急：危急。

10　羽檄（xí）：告急的军书。厉马：策马，打马。堤：这里指军事工事。

11　蹈：踏。凌：压制。匈奴、鲜卑：汉代侵犯中原的北方少数民族。

12　弃身：置身。

安可怀？父母且不顾，何言子与妻？名编壮士籍[1]，不得中顾私。捐躯赴国难，视死忽[2]如归！

野田黄雀行[3]

高树多悲风，海水扬其波。利剑不在掌，结友何须多[4]。不见篱间雀，见鹞自投罗[5]。罗家得雀喜，少年见雀悲[6]。拔剑捎[7]罗网，黄雀得飞飞。飞飞摩苍天[8]，来下谢少年。

泰山梁甫行[9]

八方各异气，千里殊风雨[10]。剧哉边海民，寄身于草野[11]。妻子象禽兽，行止依林阻[12]。柴门何萧条，狐兔翔我宇[13]。

---

1 壮士籍：指军人的名册。中：心中。

2 忽：忽视，不在乎。

3 ★本篇引自《乐府诗集》，属"相和歌辞·瑟调曲"。曹丕即位后，曹植的朋友丁仪、丁廙（yì）等遭到杀害，曹植不能救，因赋此诗，抒写悲愤之情。

4 "利剑"二句：自己没有权势，徒然结交许多朋友（却不能保护他们）。利剑，喻权势。

5 "不见"二句：没见到篱笆上的黄雀吗，见到鹞鹰，（为了躲避）自己钻到网罗中去了。鹞（yào），鹞鹰，是猎禽者驯养的捕鸟助手。罗，捕鸟的网罗。

6 罗家：张设网罗的捕鸟人。这里暗指曹丕。少年：诗人自指。

7 捎：除去，这里指划破。

8 飞飞：轻快高飞貌。摩：触及。

9 ★本篇又作《梁甫行》，引自《乐府诗集》，属"相和歌辞·楚调曲"。诗人感慨沿海边民生活的艰苦。

10 异气：气候不同。殊：不同。

11 剧：艰难。寄身：栖身。

12 "妻子"句：这里是说妻儿在山林险阻处栖止，跟野兽没啥两样。

13 萧条：寂寥冷清貌。翔：乱窜。我宇：我（贫民自称）的房屋。

阮 籍

阮籍（210—263），字嗣宗，三国陈留尉氏（今属河南）人。曾为步兵校尉，世称"阮步兵"。"竹林七贤"之一。诗文代表作有诗歌《咏怀》及散文《大人先生传》等。明人辑有《阮步兵集》。

咏怀（选二）

其一[1]

独坐空堂上，谁可与欢者[2]？出门临永路[3]，不见行车马。登高望九州，悠悠分旷野。孤鸟西北飞，离兽[4]东南下。日暮思亲友，晤言用自写[5]。

其二[6]

驾言发魏都，南向望吹台[7]。箫管有遗音，梁王安在哉[8]！

1　★诗人生活在魏晋易代之际，政治环境恶劣，因作《咏怀》诗八十二首，吟咏怀抱，抒发忧惧苦闷之情。本篇为《咏怀》诗第十七首，抒写思念亲友而不得见的孤独寂寞。

2　"谁可"句：谁可以与我欢会？

3　永路：长路。

4　离兽：离群之兽。

5　"晤言"句：在内心与朋友交谈来消解心中的愁烦。晤言，对坐而谈。用，以。写，泄，除。这里指解除忧愁。

6　★本篇为《咏怀》诗第三十一首，借咏史讽刺在位者的腐败昏庸、贤愚不分，表达了对现实的不满。

7　"驾言"二句：魏王从魏都驾车出发，向南前往吹台。言，语助词。魏都，战国时魏都大梁，即今河南开封。吹台，魏王饮宴之所，在今开封东南。

8　"箫管"二句：当时的乐曲至今流传，可魏王又到哪里去了！箫管，乐器，这里代指音乐。梁王，即魏王。

战士食糟糠，贤者处蒿莱[1]。歌舞曲未终，秦兵已复来。夹林非吾有，朱宫生尘埃[2]。军败华阳下，身竟为土灰[3]。

1　蒿莱：指草野，与朝廷对言。
2　夹林、朱宫：都是魏王当年的游览之所。
3　华阳：在今河南新郑，魏王兵败于此。竟：终于；终究。

嵇　康

嵇康（224—263），字叔夜，三国时谯郡铚县（今安徽濉溪）人。曾为中散大夫，世称"嵇中散"。"竹林七贤"之一。诗文代表作有《幽愤诗》《赠秀才入军》及《与山巨源绝交书》等。明人辑有《嵇中散集》。

与山巨源绝交书[1]（节录）

又人伦有礼，朝廷有法，自惟至熟，有必不堪者七，甚不可者二[2]：卧喜晚起，而当关呼之不置[3]，一不堪也。抱琴行吟，弋[4]钓草野，而吏卒守之，不得妄动，二不堪也。危坐一时，痹不得摇，性复多虱，把搔无已，而当裹以章服[5]，揖拜上官，三不堪也。素不便书，又不喜作书，而人间多事，堆案盈机，不相酬答，则犯教伤义[6]，欲自勉强，则不能久，四不堪也。不喜吊丧，而人道以此为重，已为未见恕者所怨，至欲见中伤者[7]；虽瞿然自责，然性不可化，欲降心顺

1　★本篇是嵇康写给山涛的绝交信。山巨源即山涛，"竹林七贤"之一。他出山做了高官，在升迁之际，又举荐作者替代自己。作者鄙视他的为人，写信拒绝，笔含讥讽。这里节录书中一段。

2　自惟：自思。至熟：非常熟悉。不堪：受不了。

3　当关：守门的差役。呼之不置：叫个不停。

4　弋（yì）：系有绳子的箭，这里指用箭射鸟。

5　危坐：端端正正地坐着。痹（bì）：麻木。性：身体。把（pá）搔：搔痒。把，同"爬"，搔。章服：官服。

6　不便：不习。书：写字。作书：写信。堆案盈机：（公文）堆满大案小桌。机，同"几"，小桌。酬答：往来应答。犯教伤义：触犯礼教，有伤义理。

7　未见恕者：不肯原谅的人。中伤：无中生有，恶语攻击。

俗，则诡故不情，亦终不能获无咎无誉如此[1]，五不堪也。不喜俗人，而当与之共事，或宾客盈坐，鸣声聒耳，嚣尘臭处，千变百伎[2]，在人目前，六不堪也。心不耐烦，而官事鞅掌，机务缠其心，世故繁其虑[3]，七不堪也。

又每非汤、武而薄周、孔[4]；在人间不止，此事会显，世教所不容[5]，此甚不可一也。刚肠疾恶，轻肆直言[6]，遇事便发，此甚不可二也。以促中小心[7]之性，统此九患，不有外难，当有内病，宁可久处人间邪？又闻道士遗言，饵术黄精[8]，令人久寿，意甚信之；游山泽，观鱼鸟，心甚乐之；一行[9]作吏，此事便废，安能舍其所乐而从其所惧哉！

译文 此外，各种人伦关系有礼教约束，朝廷也有法度制约，我自思对此知之甚详。（正因如此，如果我做了官）有七件事是我肯定受不了的；又有两件事，是（当官者）一定不可以有的：我睡觉喜欢赖床，而当官后守门的差役（因有客来）呼叫不停，这是头一件我受不了的。我喜欢没事抱着琴边走边唱，或到野外射鸟钓鱼，吏卒老守

1 瞿（qú）然：惊惧的样子。降心：压抑自己的情感。诡故：违背本性。不情：有悖真情。无咎无誉：既没有过错，也不受赞誉（这是作者所追求的无荣无辱的境界）。
2 聒（guō）耳：噪耳，吵人。嚣尘臭处：与喧闹扬尘肮脏地混处。臭，污秽之气。处，共处。千变百伎：变化百端的各种伎艺表演。
3 鞅（yāng）掌：忙乱。机务：官府事务。世故：世俗应酬。
4 非：非难，否定。汤、武：商汤、周武。薄：鄙薄。周、孔：周公和孔子。汤、武、周、孔都是儒家推崇的圣人。
5 "在人间"三句是说作者"非汤武、薄周孔"的态度和言行，在公众间也不停止、掩饰，此事将显露，并为世俗礼教所不容。
6 刚肠：刚毅的心性。轻肆：轻率、不加约束。
7 促中小心：心胸狭隘。这是作者自讽之词，是反话。
8 饵（ěr）：服食。术（zhú）：即白术，与黄精是两种中草药。
9 一行：一经，一旦。

在我身边，令我不能随便走动，这是第二件受不了的。当官就得正襟危坐，半天不动，腿脚坐麻了也不能活动活动，我日常身上虱子又多，总是搔个没完，这时要我穿好官服，给上级长官揖拜行礼，这是第三件受不了的事。我一向写不好字，又不爱写信，当了官，就要有许多人事往来，公文信札堆满桌案，不去酬答，则触犯礼教，有失义理，想勉强自己做，又肯定不能持久，这是第四件受不了的事。我又不喜欢参加吊丧活动，可世俗对此最为重视，我因而被不肯谅解的人所怨恨，甚至有人要对我中伤诬陷；尽管我也警惕自责，但本性难以驯化，想要压抑内心，屈从世俗，势必扭曲本性，有违性情，终归不能再像现在这样无荣无辱地过日子，这是第五件我受不了的事。我又不喜欢俗人，可当了官又得跟他们共事，或是宾客满座，嘈杂刺耳，喧嚣尘杂，秽恶污浊，各种伎艺表演变化百端，晃动在眼前，这是第六件不能忍受的。我心无耐性，做了官，公务繁杂，政务整天萦绕心头，种种世俗交往令人烦不胜烦，这又是第七件让我受不了的。

我又每每非难商汤、周武，鄙薄周公、孔子，在人群中也不懂得避讳，这类事总会显露发酵，为礼教所不容。这是当官者必不可容的第一件事。我的性情刚直，疾恶如仇，讲话随便放肆，直言不讳，遇事点火就着，这是第二件不可容的事。以我这种心胸狭隘的性格，再加上前边所说的九种毛病，没有外患，也得有内忧，又怎么能长久活在人间呢？我又听道士传言，服食白术、黄精，可以使人长寿，我十分相信这话；游山玩水，赏鱼观鸟，是我发自内心喜欢的事；一旦做了官，这种乐趣也就失去了，我又怎能舍弃自己所爱的，去从事自己所惧怕的事呢！

左 思

左思（约250—305），字太冲，西晋临淄（今属山东）人。他出身寒门，因博学能文，被征为秘书郎。他不肯攀附权贵，因而仕途不畅。诗赋代表作有《咏史》《招隐》及《三都赋》等。近人辑有《左太冲集》。

咏史（选三）

其一[1]

弱冠弄柔翰，卓荦观群书[2]。著论准《过秦》，作赋拟《子虚》[3]。边城苦鸣镝，羽檄飞京都[4]。虽非甲胄士，畴昔览穰苴[5]。长啸激清风，志若无东吴[6]。铅刀贵一割，梦想骋良图[7]。左眄澄江湘，右盼定羌胡[8]。功成不受爵，长揖归田庐[9]。

1　★作者有《咏史》八首，本篇是第一首，借古人的事迹抒发自己的怀抱，有自矜之意。

2　弱冠：古代男子二十岁成人，行冠礼，身体未壮，故称"弱冠"。柔翰：毛笔。卓荦（luò）：超然不群。

3　准：以……为准则。《过秦》：汉代贾谊《过秦论》。拟：模拟，模仿。《子虚》：汉代司马相如《子虚赋》。

4　苦：为……所苦。鸣镝（dí）：响箭。这里指战争。羽檄：紧急军事文书。上插羽毛，以示紧急。

5　"虽非"二句：我虽然不是战士，但从前曾读过兵书。畴昔，往日。穰苴（rángjū），春秋时齐国大将田穰苴，有兵书收于《司马穰苴兵法》。

6　激：激荡。无东吴：眼中没有东吴，形容其志向远大。

7　"铅刀"句：铅刀不堪用，割一下就钝了。诗人渴望为国效力，谦虚地把自己比作不中用的铅刀，说哪怕只用一下，也是可贵的。骋良图：实现好的计划、目标，具体内容见下联。

8　"左眄"二句：向左平定东吴，向右平定羌胡。眄（miǎn，又读miàn），斜视。澄江湘，澄清长江下游及湘水流域，那里属东吴。盼，看。定羌胡，平定西北的羌胡势力。羌胡，泛指西北的游牧民族。

9　"功成"二句：成功后不愿受爵当官，只愿归田隐居。

其二[1]

郁郁涧底松，离离山上苗[2]。以彼径寸茎，荫此百尺条[3]。世胄蹑高位，英俊沉下僚[4]。地势使之然，由来非一朝。金张籍旧业，七叶珥汉貂[5]。冯公岂不伟，白首不见招[6]。

其三[7]

荆轲饮燕市，酒酣气益震。[8]哀歌和渐离，谓若傍无人。[9]虽无壮士节，与世亦殊伦。[10]高眄邈四海，豪右何足陈。[11]贵者虽自贵，视之若埃尘。贱者虽自贱，重之若千钧。[12]

1　★本篇为《咏史》第二首，对当时重门第不重才能的制度，表达了极度不满。

2　郁郁：草木苍翠茂盛貌。离离：茂盛而下垂貌。

3　径寸茎：直径一寸的树干。荫：遮蔽。条：树干。

4　世胄（zhòu）：世家子弟。蹑（niè）：登。下僚：小官。

5　金张：金日磾（mìdī）、张安世，分别是汉昭帝、汉宣帝时的高官。这里指他们的家族。籍（jiè）：同"藉"，凭借。旧业：先人遗业。七叶：七世。珥汉貂：做汉代高官。珥貂，指冠旁插貂鼠尾，是汉代贵官的装饰。

6　冯公：冯唐，汉文帝时人，有才能，但老年仍居郎官。伟：奇伟。不见招：不被重用。

7　★本篇为《咏史》第六首，表达了对荆轲、高渐离等平民豪士的仰慕，以及对"豪右"、权贵的蔑视。

8　酣：酒喝得畅快，半醉。震：威。

9　和（hè）：与人合唱。渐离：高渐离，是荆轲的朋友，善击筑（筑是一种乐器）。谓若：犹如，好像。

10　"虽无"二句：（荆轲）虽然没有树立壮士的节操，但所作所为还是不同于凡俗之辈。按，这里的"虽无壮士节"，实指没能完成刺杀秦王的任务，实现志向。节，志操。殊伦，不同常人。

11　邈：小看。豪右：豪门贵族。何足陈：哪里值得一提。陈，说，提及。

12　"贵者"四句：高贵者自视高贵，在我眼里不过与尘土相似；卑贱者即便自己谦卑，在我眼中却重若千钧。钧：古代重量单位，一钧为三十斤。

陶渊明

陶渊明（约365—427），字元亮；一说名潜，字渊明；私谥"靖节"。东晋浔阳柴桑（今江西九江）人。曾任江州祭酒、彭泽令等职，后退隐还乡，农耕以终。代表作有诗歌《归园田居》《移居》《和郭主簿》《癸卯岁始春怀古田舍》《饮酒》《读山海经》《杂诗》《咏荆轲》《拟挽歌辞》以及辞赋文章《归去来兮辞》《闲情赋》《感士不遇赋》《桃花源记》《五柳先生传》等。后人编有《陶渊明集》。

归园田居（选三）

其一[1]

少无适俗韵，性本爱丘山[2]。误落尘网中，一去三十年[3]。羁鸟恋旧林，池鱼思故渊[4]。开荒南野际，守拙[5]归园田。方宅[6]十余亩，草屋八九间。榆柳荫后檐，桃李罗堂前[7]。暧暧远人村，依依墟里烟[8]。狗吠深巷中，鸡鸣桑树巅[9]。户庭无尘杂，虚室有余闲。久在樊笼[10]里，复得返自然。

1　★诗人有《归园田居》五首，本篇是第一首。写归隐生活的愉悦与乡居的趣味。
2　适俗：适应世俗，随波逐流。韵：气质。丘山：这里指大自然。
3　尘网：尘世，这里指仕途。三十年：一说应为十三年，指作者此前做官的时间。
4　羁鸟：笼子里的鸟。池鱼：养在小池中的鱼。故渊：从前生活的江湖水域。
5　守拙：这里指固守节操，不随波逐流。拙，愚拙，质朴。
6　方宅：宅地方圆。或说方同"傍"，依傍。
7　荫：遮挡，遮阴。罗：罗列。
8　暧（ài）暧：昏昧貌。依依：轻柔貌。墟里：村落。
9　巅：顶。
10　樊笼：本为鸟笼，喻不自由的境地。

其二[1]

野外罕人事，穷巷寡轮鞅[2]。白日掩荆扉，虚室绝尘想[3]。
时复墟曲中，披草共来往。相见无杂言，但道桑麻长。[4]桑
麻日已长，我土日已广。常恐霜霰至，零落同草莽。[5]

其三[6]

种豆南山[7]下，草盛豆苗稀。晨兴理荒秽，带月荷锄归[8]。
道狭草木长，夕露沾我衣。衣沾不足惜，但使愿无违[9]。

乞食[10]

饥来驱我去，不知竟何之[11]。行行至斯里，叩门拙言辞[12]。
主人解余意，遗赠岂虚来[13]。谈谐终日夕，觞至辄倾杯[14]。情欣

1　★本篇为《归园田居》第二首，写乡居生活的宁静，以及心系农耕的心理状态。

2　"野外"二句：谓乡村里人与人交往少，偏僻的巷子少有车马来到。穷巷，偏僻的巷子。
　　轮鞅（yāng），指车马。鞅，马颈上的皮绳。

3　尘想：世俗的念头。

4　"时复"四句：不时到偏僻的村子里，拨开野草找人交谈。见了面不谈别的，话题只关
　　注桑麻的长势。墟曲：墟里，山村偏僻的角落。披：拨开。长（zhǎng）：生长，长势。

5　"桑麻日已长"四句：桑麻每天都在生长，我开垦的土地也一天天扩大。但常常担心霜
　　冻灾害降临，让庄稼凋残，农田变荒地。霜霰（xiàn），这里指霜冻灾害。霰，一种小
　　冰晶。草莽：荒地。

6　★本篇为《归园田居》第三首，记录诗人亲自耕耘的生活及感受。

7　南山：指庐山。

8　兴：起床。荒秽：杂草。荷锄：扛着锄头。

9　愿无违：不违背隐居的心愿。

10　★诗人一度遭遇火灾，不得不去乞讨、借贷。此诗记录了被迫乞食的情景。

11　之：前去。

12　行行：犹言走啊走啊。斯里：这处里巷。拙言辞：不知说啥好。

13　遗（wèi）赠：赠送。岂虚来：怎好让我白来。

14　谈谐：聊得很融洽。觞：酒杯，这里指酒。倾杯：干杯。

新知欢，言咏遂赋诗[1]。感子漂母惠，愧我非韩才[2]。衔戢知何谢，冥报以相贻[3]。

移居

其一[4]

昔欲居南村，非为卜其宅。闻多素心人，乐与数晨夕。[5]
怀此颇有年，今日从兹役[6]。弊庐何必广，取足蔽床席[7]。邻曲
时时来，抗言谈在昔[8]。奇文共欣赏，疑义相与析[9]。

其二[10]

春秋多佳日，登高赋新诗。过门更相呼，有酒斟酌之[11]。

1　新知：新朋友。言咏遂赋诗：说到动情处，即席赋诗（表达感激之情）。

2　"感子"二句：这里用典，表示对对方的感谢。韩信贫贱时，有洗衣老妇曾给他饭吃。
　　韩信发迹后，拿千金报答老妇。漂母，漂洗织物的妇人。惠，恩惠。韩才，韩信的
　　才能。

3　衔戢（jí）：藏敛，藏于心中。冥报：指死后报答。相贻，相赠，报答。

4　★诗人四十六岁时迁居到南村，并以《移居》为题作诗二首，本篇为第一首。诗中表
　　示新居虽不够宽敞，但邻居多为"素心人"，这令诗人很满足。

5　"昔欲"四句：当年想要移居南村，不是因为这里风水好（而是因为邻居素质高）。听
　　说这里有很多质朴纯真的人，与他们朝夕相处，应是乐事。卜，这里指通过占卜确定
　　吉凶。素心人，心地质朴纯真的人。数晨夕，数过了几朝几夕，犹言过日子。

6　从兹役：做此事。指移居。

7　弊庐：破旧的房子。这里是谦辞。弊，同"敝"，破旧。"取足"句：只要能摆下一张
　　床，也就够了。

8　邻曲：邻居。抗言：高谈阔论。在昔：往古之事。

9　"奇文"二句：大家共同欣赏讨论诗文佳作。相与，相互。析，剖析，探讨。

10　★本篇是《移居》第二首，写邻里间的交游之乐，流露出对力耕生活的满足。

11　过门：到门相访。斟酌：倒酒、饮酒。

农务各自归，闲暇辄[1]相思。相思则披衣，言笑无厌时[2]。此理将不胜，无为忽去兹[3]。衣食当须纪，力耕不吾欺[4]。

饮酒[5]（选一）

结庐在人境[6]，而无车马喧。问君何能尔，心远地自偏[7]。采菊东篱下，悠然见南山。山气日夕佳，飞鸟相与还[8]。此中有真意，欲辨已忘言[9]。

咏荆轲[10]

燕丹善养士，志在报强嬴[11]。招集百夫良，岁暮得荆卿[12]。君子死知己[13]，提剑出燕京；素骥鸣广陌[14]，慷慨送我行。雄发

1　辄：就，总是。
2　披衣：这里指披上衣服去拜访朋友。无厌时：没有满足的时候。
3　"此理"二句：这种生活中的意趣美不胜收，没理由轻易放弃。此理，这种生活中的意趣。将，这里有美的意思。（《诗经·豳风·破斧》："哀我人斯，亦孔之将。"）不胜，不尽，十分丰富。无为，不须，不用。忽，很快，这里有轻易之意。兹，这种日子。
4　"衣食"二句：穿衣吃饭就该自己经营打理，努力耕作是不会辜负自己的。纪，经营。不吾欺，"不欺吾"的倒装。
5　★诗人有《饮酒》二十首，本篇是第五首。其中"采菊东篱下，悠然见南山"一联脍炙人口，传为佳句。
6　人境：人类聚居的地方。
7　尔：这样。远，偏：都有远离人境的意思。
8　日夕：黄昏时分。相与：结伴。
9　"此中"二句：用《庄子》"得意而忘言"语，意为从大自然的启示领会到的真意，不可言说，也不必言说。
10　★荆轲刺秦王的史实，见于《战国策》及《史记》。本篇以诗的形式歌咏此事，表达了诗人对荆轲的仰慕与歌颂。
11　燕丹：战国时燕国的太子，名丹。报：报复。强嬴（yíng）：指秦国，秦王族姓嬴。
12　百夫良：众人中的杰出者。荆卿：荆轲。他本是卫国人，客居燕地。
13　死知己：为知己而死。
14　素骥：白马。广陌：大路。

指危冠，猛气冲长缨[1]。饮饯[2]易水上，四座列群英。渐离击悲筑，宋意唱高声[3]。萧萧哀风逝，淡淡寒波生[4]。商音更流涕，羽奏壮士惊[5]。心知去不归，且有后世名。登车何时顾，飞盖入秦庭[6]。凌厉越万里，逶迤过千城[7]。图穷事自至，豪主正怔营[8]。惜哉剑术疏[9]，奇功遂不成。其人虽已没，千载有余情[10]。

读山海经（选二）

其一[11]

孟夏草木长，绕屋树扶疏[12]。众鸟欣有托[13]，吾亦爱吾庐。

---

1 "雄发"二句：形容荆轲及送行者心情激动，怒发冲冠，豪壮之气把系帽子的缨带都冲断了。指，撑起。危冠，高冠。长缨，系帽缨带。或说"长缨"指捆绑敌人的绳子，亦通。

2 饮饯：饮酒饯行。

3 渐离：高渐离，荆轲的好友，善击筑（一种敲击乐器）。宋意：人名，据说也曾击筑高歌，送别荆轲。

4 逝：这里意为刮过、吹过。淡淡：水波摇动貌。

5 "商音"二句：是说击筑高歌，人们心情激动。商、羽，都是古代音调名。

6 何时顾：何曾顾。顾，回头。飞盖：飞驰而去的车子。盖，车盖，这里指车。

7 凌厉：形容气势迅而猛，一往无前。逶迤：曲折绵延。

8 图穷：史载荆轲入秦庭，以献地图为名接近秦王，图卷中藏着匕首，地图展开至末尾（"图穷"）现出匕首，荆轲于是持匕首刺秦王。穷，尽。事，行刺之事。豪主：指秦王。怔营：受惊发愣。

9 剑术疏：剑术不精（导致行刺失败）。疏，疏陋不精。

10 没（mò）：同"殁"，死。"千载"句：千年以来，荆轲留下的精神仍然令人感动。

11 ★《山海经》是一部记述古代神话及海内外山川风物的书。诗人对此书颇感兴趣，写有《读山海经》十三首，本篇是第一首，写读书的环境和心情，表达了内心的满足。

12 孟夏：初夏。扶疏：枝叶繁密四布貌。

13 托：托身之所。指绕屋的树木。

既耕亦已种，时还读我书。穷巷隔深辙，颇回故人车[1]。欢然酌春酒，摘我园中蔬。微雨从东来，好风与之俱。[2]泛览《周王传》，流观《山海图》[3]。俯仰终宇宙[4]，不乐复何如。

其二[5]

精卫[6]衔微木，将以填沧海。刑天舞干戚[7]，猛志固常在。同物既无虑，化去不复悔[8]。徒设在昔心，良辰讵可待[9]。

拟挽歌辞[10]（选一）

荒草何茫茫，白杨亦萧萧。严霜九月中，送我出远郊。四面无人居，高坟正嶕峣[11]。马为仰天鸣，风为自萧条。

---

1 "穷巷"二句：我住的偏僻巷子与大道相隔绝，旧友常常因道路不通而返回。穷巷，深巷，偏远的小巷。深辙，指车马来往的要道。辙是车轮轧出的轨迹。回，掉转方向，使回去。

2 "欢然"四句：高兴地自斟自饮，从自家菜园里摘了新鲜蔬菜佐酒。小雨如酥，随着轻柔的东风飘洒而至。

3 《周王传》：《穆天子传》，是一部讲述周穆王巡游天下的传记，属于野史神话一类。《山海图》：早期的《山海经》附有图画，称《山海经图》。

4 俯仰：形容很短的时间。终宇宙：遍游宇宙。

5 ★本篇是《读山海经》的第十首，吟咏两个神话人物，结句隐含着诗人壮志难酬的感慨。

6 精卫：鸟名，传说是炎帝小女儿，溺死于东海，化身为鸟，衔西山之木以填东海。事见《山海经·北山经》。

7 刑天：兽名。传说刑天与天帝争位，被断首后，以乳为目，以脐为口，手舞盾牌大斧，不肯屈服。事见《山海经·海外西经》。干：盾。戚：大斧。

8 "同物"二句：是说精卫、刑天死后，无虑无悔，仍保持斗志。同物，即物化，与"化去"都是死的意思。

9 "徒设"二句：空有昔日的雄心，实现壮志的日子怎可期待。讵（jù），岂。

10 ★诗人有《拟挽歌辞》三首，本篇是第三首。设想死后的情景，自伤之余，也体现了达观的心态。

11 嶕峣（jiāoyáo）：突兀高耸貌。

幽室一已闭，千年不复朝[1]。千年不复朝，贤达无奈何。向来相送人，各自还其家。亲戚或余悲，他人亦已歌。死去何所道，托体同山阿[2]。

归去来兮辞[3]

归去来兮，田园将芜，胡不归[4]？既自以心为形役，奚惆怅而独悲[5]？悟已往之不谏，知来者之可追[6]。实迷途其未远，觉今是而昨非[7]。舟遥遥以轻飏[8]，风飘飘而吹衣。问征夫以前路，恨晨光之熹微[9]。

乃瞻衡宇，载欣载奔[10]。僮仆欢迎，稚子候门[11]。三径就

---

1. 幽室：墓穴。朝（zhāo）：早上，天亮。

2. 山阿（ē）：山的曲折处。

3. ★本篇是作者辞去彭泽令还家后所作。文前有序，叙说自己家贫，子女多，亲戚引荐他做彭泽令以糊口，但不久就产生归隐的念头。这是因为他天性向往自由，讨厌矫揉造作；宁愿受冻挨饿，也不愿违背本性，搞得身心俱疲。并且"口腹自役"（为吃饱肚子而役使自己的身心），也不符自己的"平生之志"。于是他以妹妹病逝为由，借口吊丧，弃官而还，在任仅八十余天。此文写他如愿以偿的愉悦心情以及隐居之乐，也记录下人生思考。

4. 归去来：即归去。来，语气助词，表示祈使语气。芜：荒芜。胡：为什么。

5. "既自"二句：既然是自己让心灵为形体服役，干吗还要感伤悲哀呢。心，心灵。形，身体。役，役使。奚，为什么。

6. "悟已往"二句：省悟过去的事（即使做错）已不可挽回，知晓未来还是可以补救的。悟，觉悟。谏，劝止，也有挽回的意思。追，补救。

7. "实迷途"二句：实情是在歧路上走得还不算远，感到现在（归隐）是对的，昨天（做官）是错的。是，对。非，错。

8. 遥遥：漂流摇荡貌。轻飏：这里形容船轻快如飞。飏，飞扬。

9. 征夫：路上行人。"恨晨光"句：恼恨天还不快点亮。这里表达诗人急于赶路、归心似箭。熹微：晨光微明貌。

10. 瞻：望。衡宇：衡门，这里指旧宅。载欣载奔：且欣且奔。载，助词，加强语气。

11. 僮仆：奴仆。稚子：小孩子，小儿女。

荒[1]，松菊犹存。携幼入室，有酒盈樽[2]。引壶觞以自酌，眄庭柯以怡颜[3]。倚南窗以寄傲，审容膝之易安[4]。园日涉[5]以成趣，门虽设而常关。策扶老以流憩，时矫首而遐观[6]。云无心以出岫[7]，鸟倦飞而知还。景翳翳以将入，抚孤松而盘桓[8]。

归去来兮，请息交以绝游[9]。世与我而相违，复驾言兮焉求[10]？悦亲戚之情话[11]，乐琴书以消忧。农人告余以春及，将有事于西畴[12]。或命巾车，或棹孤舟[13]。既窈窕以寻壑[14]，亦崎岖而经丘。木欣欣以向荣，泉涓涓而始流[15]。善万物之得时，感吾生之行休[16]。

已矣乎[17]！寓形宇内复几时？曷不委心任去留[18]？胡为遑

1　三径·汉朝人蒋诩（xǔ）隐居时，在舍前竹林下开辟三条小路，只与两位好友来往。"三径"遂成隐士居所的代称。就荒：变荒芜。

2　樽：与下面的"壶觞"都是酒器。

3　酌：斟酒，饮酒。眄：斜视，看。庭柯：庭院里的树木。柯，树枝。怡颜：使高兴。

4　寄傲：寄托孤傲之情。审：明白，知道。容膝：仅容双膝。形容空间狭小。易安：容易安身。

5　日涉：每天都涉足游逛。

6　策：持。扶老：手杖。流：周游。憩：休息。矫首：举首。遐观：远望。

7　岫（xiù）：泛指山峦。

8　景：日光。翳翳：昏暗貌。入：这里指太阳落山。盘桓（huán）：徘徊不去。

9　请：表示未来意愿。息交以绝游：断绝与朋友往来。

10　驾言：驾车远行。言，语助词。焉求：何求。

11　情话：包含着亲情的话语。

12　春及：春天（农耕季节）来到。有事：有农事，有农活。畴：田地。

13　命：驾。巾车：带布篷的车子。棹：船桨；这里作动词用，划着。

14　窈窕：原用来形容女性的（体态）美好，这里用以形容山路曲折幽深。壑：山沟，沟壑。

15　欣欣：草木长势旺盛貌。荣：草木茂盛。涓涓：水流细小不绝貌。

16　善：喜，羡。得时：得农时。行休：将要完结。

17　已矣乎：算了吧。已，完结。

18　寓形：寄寓形体，犹如说"活在世上"。曷（hé）不：何不。委心：随心。去留：辞官或留任。一说死生。

遑欲何之[1]？富贵非吾愿，帝乡不可期[2]。怀良辰以孤往，或植杖而耘耔[3]。登东皋以舒啸[4]，临清流而赋诗。聊乘化以归尽，乐夫天命复奚疑[5]！

译文 回去吧，田园就要荒芜了，为什么还不回去啊？既然自己让心灵被形体所主宰，又何必感伤悲哀呢？好在认识到过去的事已不可挽回，又知道未来是可以补救的。其实步入歧途还不算远，而且醒悟今天做对了，从前做错了。小船轻快地在水上漂流，风儿飘飘吹起我的衣襟。向路人打听还有多远，只恨晨光熹微，天亮得太迟。

远远已经看到家门了，内心欢喜，几乎跑起来。家中的僮仆和孩子们早在门前等候欢迎。进门发现，园中小路已经荒芜，幸好松树和菊花还在。拉着幼子进了屋，酒樽已经倒满了酒。端起酒壶自斟自饮，闲看庭中的树木，令我开颜。倚在南窗酝酿我的孤傲，深深感知安宁的日子只需容膝之地就足够了。每天到园中散步，领会着生活的乐趣，（既不出去，也无客来，）紧闭的园门形同虚设。拄着手杖或行或止，不时抬头看看远方。山中随意飘出的云，刚好呼应我毫无欲念的心；鸟飞累了还知道回巢（，何况在官场上倍感疲倦的人）。日光昏暗，太阳就要落山时，我手扶园中的孤松，徘徊不愿离去。

回去吧，断绝一切交游。既然世道与我格格不入，我还驾着车去寻求什么？跟亲友深情交谈令我愉悦，弹琴读书也让我乐而忘忧。农

1　胡为：为什么。遑遑：惊慌匆忙、心神不定貌。欲何之：想去哪儿。

2　帝乡：仙乡。不可期：没指望。

3　怀：依恋，爱惜。良辰：美好时光。植杖：拄着手杖。耘耔：耕种。耘，除草。耔，给苗培土。

4　皋：高地。舒啸：放声长啸。

5　聊：姑且。乘化：随顺大自然的运化。尽：尽头，这里指死。奚：何。

夫告诉我春日农时已至，早做准备到西边田地去耕种。于是有的驾车，有的划船。沿着幽深的山谷寻路而前，又经过崎岖的山丘。春天的草木欣欣向荣，路旁的泉水细流也开始流淌。万物逢春，令我欣喜，同时也感到（光阴迅速），生命将尽。

算了吧！人来世上，寄身宇宙，能有多久？何不听凭内心的召唤，来去自由？为什么要心神不定地奔走，究竟要到哪里去？我对富贵不感兴趣，长生不老的仙乡又盼不到。喜爱良辰美景，独自去游赏，或是扶着农具到田间除草、培苗。登上东边的山冈放声长啸，面对清泠的溪流赋诗，且让我顺从大自然的运转规律走向人生归途吧，乐天知命，又有啥疑惑呢？

桃花源记[1]

晋太元中，武陵人捕鱼为业。缘[2]溪行，忘路之远近。忽逢桃花林，夹岸数百步，中无杂树，芳草鲜美，落英[3]缤纷。渔人甚异之，复前行，欲穷[4]其林。

林尽水源，便得一山，山有小口，仿佛若有光[5]。便舍船[6]，从口入。初极狭，才通人。复行数十步，豁然开朗[7]。土

1　★本篇貌似一篇纪实散文，实出于虚构。作者在文中描绘了一个远离战争及压迫的理想社会，侧面表达了作者对现实社会的不满和批判。

2　太元：东晋孝武帝的年号（376—396）。武陵：郡名，在今湖南常德一带。缘：沿着。

3　落英：落花。英，花。

4　穷：穷尽。

5　林尽水源：桃花林结束于溪水源头。仿佛：隐隐约约，看不真切的样子。

6　舍船：下了船。

7　豁然开朗：形容开阔敞亮的样子。开朗，开阔明亮。

地平旷，屋舍俨然，有良田美池桑竹之属[1]。阡陌交通，鸡犬相闻。其中往来种作，男女衣着，悉如外人[2]。黄发垂髫，并怡然自乐[3]。

见渔人，乃大惊，问所从来，具答之[4]。便要[5]还家，设酒杀鸡作食。村中闻有此人，咸来问讯[6]。自云先世避秦时乱，率妻子邑人来此绝境[7]，不复出焉，遂与外人间隔。问今是何世，乃不知有汉，无论魏晋[8]。此人一一为具言所闻，皆叹惋[9]。余人各复延[10]至其家，皆出酒食。停数日，辞去。此中人语云："不足[11]为外人道也。"

既出，得其船，便扶向路，处处志之[12]。及郡下，诣太守[13]，说如此。太守即遣人随其往，寻向所志[14]，遂迷，不复得路。

南阳刘子骥，高尚士也，闻之，欣然规往[15]。未果，寻病

---

1 平旷：平坦宽阔。俨（yǎn）然：整齐貌。属：类。

2 阡陌：田间小路。南北走向的叫阡，东西走向的叫陌。交通：交错相通。外人：桃花源以外的世人。

3 黄发垂髫（tiáo）：老人和小孩。黄发，这里代指老人。垂髫，垂下来的短发，用来指代小孩子。怡然：愉快、高兴貌。

4 从来：来的地方。具：详细。

5 要（yāo）：同"邀"，邀请。

6 咸：都，全。问讯：问候，打听。

7 妻子：指妻室和子女。邑人：同乡（县）之人。绝境：与世隔绝的地方。

8 "乃不知"二句：竟然不知道（秦以后）还有汉朝，更甭提随后的魏和晋。

9 具言：详细言说。叹惋：感叹惊讶。

10 延：延请，邀请。

11 不足：不必，不值得。

12 便扶向路：就顺着旧的路（回去）。扶，沿着。向，原来的。志：做标记。

13 郡下：指武陵郡城。诣：到，造访，特指到尊长处。

14 寻向所志：寻找先前所做的标记。

15 规往：计划前往。

终[1]。后遂无问津[2]者。

译文 东晋太元年间，有个武陵郡的百姓以打鱼为生。（一天）他顺着溪水行船，忘记路程远近，忽然遇到一片桃花林，生在溪水两岸，有几百步远，中间没有别的树。地上芳草鲜美，花瓣纷纷飘落。渔人很惊奇，继续向前划，想找到林子的尽头。林子尽头恰是溪水的源头，见到一座山，山上有个小洞，洞里隐约有亮光透出。于是渔人舍舟登岸，从洞口进去了。刚进时很狭窄，仅能容一人通过。走了几十步，突然变得开阔明亮起来。但见一片平坦宽广的田野，屋舍盖得整整齐齐。还有肥沃的农田、美好的池沼以及桑竹林木之类。田间小路纵横交错，鸡鸣狗叫之声此起彼落。人们在田间往来劳作，男女的穿戴，跟桃花源以外的世人没啥两样。然而从老人到孩子，个个都安适快活，自得其乐。

这里的人见到渔人，都感到非常惊讶，问他从哪儿来。渔人详细作答。便有人邀请他到家中，摆酒杀鸡做饭款待他。村中人听说来了此人，都来问候打听。他们自我介绍，说祖上为了躲避秦末的战乱，领着妻子儿女和乡邻来到这个与世隔绝的地方，不再出去，因而跟外面的世人断了来往。问现今是什么时代，竟不知有汉朝，更别说魏和晋了。渔人把自己所知的事一五一十告诉他们，他们听后感叹惊讶。村中其他人又各自把渔人请回家中，拿出酒饭款待他。渔人停留了几天，向村里人告辞离开。村中人对他说："（这里的情形）不值得对外面的人讲。"

1　未果：没有实现。果，实现。寻：不久。

2　问津：问路，这里指访求。津，渡口。

　　渔人出来后找到了他的小船，就顺着旧路返回，还处处做了标记。来到郡城，去见太守，报告了这番经历。太守立即派人跟着他去，寻找先前所做的标记，却迷失了方向，再也找不到路。南阳人刘子骥，是个志趣高尚的人，听说这件事，兴致勃勃地计划着去寻访，结果没去成，不久就病死了。以后再也没有探访的人。

谢灵运

谢灵运（385—433），名公义，字灵运，小名客儿。南朝宋人，祖籍陈郡阳夏（今河南太康），生于会稽始宁（今浙江上虞）。东晋贵族，入宋后封康乐侯，后辞官隐居。世称"谢康乐"。代表诗作有《石壁精舍还湖中作》《石门岩上宿》《登池上楼》等。明人辑有《谢康乐集》。

石壁精舍还湖中作[1]

昏旦变气候，山水含清晖[2]。清晖能娱人，游子憺忘归[3]。出谷日尚早，入舟阳已微[4]。林壑敛暝色，云霞收夕霏[5]。芰荷迭映蔚，蒲稗相因依[6]。披拂趋南径，愉悦偃东扉[7]。虑澹物自轻，意惬理无违[8]。寄言摄生客，试用此道推[9]。

1　★本篇记述诗人从石壁精舍到湖中游玩的所见所感。石壁精舍在今浙江上虞。精舍，佛寺。湖，指巫湖，在浙江上虞，今不存。

2　昏旦：黄昏和早晨。清晖：明净的光辉。

3　娱人：使人娱悦。憺（dàn）：安闲。

4　阳已微：日光已经昏暗。

5　"林壑"二句：树林山谷聚拢着暮色，天上的云也收敛起傍晚的余光。林壑，树林和山谷。敛，聚集。暝色，暮色。夕霏，傍晚的云霞余光。

6　"芰（jì）荷"二句：芰叶与荷叶相互映照，菖蒲和稗草相互依倚。芰，菱，与荷及蒲（菖蒲）、稗都是水生植物。迭映蔚，相互映照，葱郁茂盛。因依，依倚。

7　披拂：用手分开草木。偃：仰卧。扉：门。

8　"虑澹"二句：思虑淡薄，对外物也就看轻了；内心常感满足，才不违背养生之道。澹，同"淡"。物，外物。意惬，内心满足。理，养生之道。

9　摄生客：注重养生的人。"试用"句：可以尝试以此（即诗人的上述心得）推究养生之道。

石门岩上宿[1]

朝搴苑中兰，畏彼霜下歇[2]。暝还云际宿，弄此石上月[3]。鸟鸣识夜栖，木落知风发[4]。异音同至听，殊响俱清越[5]。妙物莫为赏，芳醑谁与伐[6]。美人竟不来，阳阿徒晞发[7]。

1　★这是诗人夜宿石门山所写。石门山在今浙江嵊州。
2　"朝搴"二句：早上拔取花园里的兰草，怕它们逢霜衰败。搴（qiān），拔。歇，衰败。
3　"暝还"二句：黄昏回来在高入云端的石门山顶过夜，赏玩近在石边的月亮。暝，黄昏。弄，赏玩。
4　"鸟鸣"二句：听到鸟叫声，知道它已经栖息。看见叶落，知道风起了。木落，树叶飘落。
5　"异音"二句：山中各种声音（指鸟声、风声等）合成最美妙的音乐，不同的空谷回音清亮而悠扬。至听，最美的声音。殊响，不同的回音。清越，清亮悠扬。
6　妙物：美妙的景物。莫为赏：没人与我同赏。芳醑（xǔ）：美酒。伐：称赞。
7　"美人"二句：盼望中的美人竟没有来，我徒然沐浴，在神话中的日出之地旸（yáng）谷晒干了头发。这里用《楚辞·九歌·少司命》典："与女（汝）沐兮咸池，晞女发兮阳之阿；望美人兮未来，临风怳（huǎng，失意貌）兮浩歌。"美人，指知心朋友。阳阿（ē），旸谷。晞（xī），晒干。

鲍　照

鲍照（约414—466），字明远，南朝宋东海（今江苏连云港）人，曾做过参军，世称"鲍参军"。因受门阀制度压抑，一生不得志。诗赋代表作有《代出自蓟北门行》《拟行路难》《拟古》《梅花落》及《芜城赋》等。明人辑有《鲍参军集》。

拟行路难（选二）

其一[1]

泻水置平地，各自东西南北流。人生亦有命，安能行叹复坐愁[2]。酌酒以自宽，举杯断绝歌路难[3]。心非木石岂无感？吞声踯躅不敢言[4]。

其二[5]

对案[6]不能食，拔剑击柱长叹息。丈夫生世会几时，安能蹀躞垂羽翼[7]？弃置[8]罢官去，还家自休息。朝出与亲辞，暮

1　★诗人有《拟行路难》十八首，本篇是第四首。抒发了诗人不安于命运却又无路可走的悲苦心情。

2　行叹复坐愁：这里运用了互文手法，相当于说行动坐卧总是发愁叹气。

3　自宽：自己为自己宽解。断绝：断绝愁思。一说停止唱歌。

4　吞声：欲言又止。踯躅（zhízhú）：徘徊。

5　★本篇是《拟行路难》第六首。表达了诗人怀才不遇、愤世嫉俗的内心情感。

6　案：放食器的小几。

7　生世：在世。蹀躞（diéxiè）：小步行走貌。垂羽翼：以鸟喻人，形容颓唐的样子。

8　弃置：抛弃，放弃。这里指辞官。

还在亲侧。弄儿床前戏，看妇机中织，自古圣贤尽贫贱，何况我辈孤且直！[1]

代出自蓟北门行[2]

羽檄起边亭，烽火入咸阳[3]。征师屯广武，分兵救朔方[4]。严秋筋竿劲，虏阵精且强[5]。天子按剑怒，使者遥相望[6]。雁行缘石径，鱼贯度飞梁[7]。箫鼓流汉思，旌甲被胡霜[8]。疾风冲塞起，沙砾自飘扬。马毛缩如猬，角弓不可张[9]。时危见臣节，世乱识忠良。投躯报明主，身死为国殇[10]。

---

1 "朝出"六句：这里叙述归家后的适意生活，但内心依旧愤懑不平。大意是：早上出门向父母告辞，晚上回来在父母身边伺候。有的是闲暇时间，或在床前与儿女玩耍，或看妻子在织机上织布。想想自古圣贤全都遭遇贫贱，何况我这样孤僻高傲、脾气耿直的人！孤，孤傲。

2 ★汉乐府"杂曲歌辞"有《出自蓟北门行》旧题，这是诗人的模拟之作，故题前加"代"字。蓟是古代燕国都城，在今北京西南。诗中描写边塞战斗生活，抒发了诗人的报国情怀。

3 羽檄：紧急军事公文，上插羽毛。边亭：边境瞭望哨所。烽火：古代边防发现敌情，在高台燃烽火以报警。咸阳：秦国都城，这里借指京城。

4 征师：征集军团。一作"征骑"。屯：屯守，驻扎。广武：地名，在今山西山阴。朔方：汉郡名，在今内蒙古河套一带。

5 严秋：肃杀的秋天。筋：弓弦。竿：箭杆。劲：（因秋天干燥而变得）强劲。虏阵：敌方的军阵。

6 遥相望：这里形容使者往来频繁，络绎于途，前后相望。

7 "雁行"二句：形容军队行军，如天上大雁、水中游鱼排列有序。缘，沿着。飞梁：凌空飞架的桥梁。

8 箫鼓：此处指军乐。流汉思：流露出对汉地的思念。一说"思"同"飔"，即凉风。是说军乐声在风中流播。旌（jīng）甲：旗帜、盔甲。被：盖着。

9 "马毛"二句：（因天冷）马毛收缩，如刺猬身上的刺；角弓也硬得拉不开。角弓，用角装饰的弓。

10 投躯：投身，献身。国殇（shāng）：为国牺牲者。

芜城赋[1]（节录）

当昔全盛之时，车挂轊，人驾肩[2]。廛闬扑地，歌吹沸天[3]。孳货盐田，铲利铜山[4]；才力雄富，士马精妍[5]。……观基扃之固护，将万祀而一君[6]。出入三代，五百余载，竟瓜剖而豆分[7]。

泽葵依井，荒葛罥涂[8]。坛罗虺蜮，阶斗麏鼯。[9]木魅山鬼，野鼠城狐，风嗥雨啸，昏见晨趋[10]。饥鹰厉吻，寒鸱吓雏[11]。伏虣藏虎，乳血飧肤[12]。崩榛塞路，峥嵘古馗[13]。白杨早落，塞草前衰[14]。稜稜霜气，簌簌风威[15]。孤蓬自振，惊沙坐飞[16]。灌莽杳

1　★本篇是鲍照的赋体名篇，写广陵（故城在今江苏江都东北）在竟陵王刘诞叛乱后的前后变化。赋体铺陈夸张的特点，在此得到允分发挥。芜城，荒芜的城池。

2　车挂轊（wèi）：车子多，车轊（车轴的外端）相互碰撞。人驾肩：人多拥挤，胳膊举起都放不下。

3　廛（chán）闬（hàn）扑地：民宅稠密。廛，宅院。闬，里门。扑地：遍地。沸天：乐声鼎沸，响彻云霄。

4　"孳货"二句：盐田、铜矿带来财富。孳，滋生。货，钱财。铲利，取利。

5　才力：人才物力。士马：兵马。精妍（yán）：这里指士兵训练有素、装备精良。

6　基扃（jiōng）：指城阙。扃，门闩。固护：牢固。万祀：万年。一君：一姓为君。

7　三代：这里指汉、魏、晋三朝代。瓜剖豆分：切瓜散豆，形容广陵城的崩毁。

8　泽葵：莓苔一类的植物。葛：泛指蔓草。罥（juàn）：挂绕。涂：同"途"。

9　坛：祭祀的台子。罗：列。虺（huǐ）：毒蛇。蜮：传说中一种能含沙射人的兽，名短狐或射工。麏（jūn）：同"麇"，獐子，似鹿而小。鼯（wú）：一种昼伏夜出的飞鼠。

10　魅（mèi）：传说物老变成的精怪。城狐：栖息于城墙的狐狸。昏见晨趋：黄昏出现，清晨奔离。

11　厉吻：磨嘴。鸱（chī）：鹞鹰。吓（hè）：怒叱威胁。雏：泛指小鸟。

12　虣（bào）：猛兽，或谓白虎。乳血：饮血。飧，同"餐"。

13　"崩榛"二句：崩坏的丛木堵塞道路，横七竖八地堆在古道上。榛（zhēn），丛生的树木。峥嵘，这里形容横七竖八的样子。馗（kuí）：同"逵"，大路。

14　塞草：这里指城墙上的草。前衰：提前衰败。

15　稜（léng）稜：严寒貌。簌（sù）簌：形容风声。

16　孤蓬：枯后断根随风飘飞的蓬草。振：拔起。坐飞：无故自飞。

而无际，丛薄纷其相依[1]。通池既已夷，峻隅又以颓[2]。直视[3]千里外，唯见起黄埃。凝思寂听，心伤已摧[4]。

若夫藻扃黼帐，歌堂舞阁之基[5]；璇渊碧树，弋林钓渚之馆[6]；吴蔡齐秦之声，鱼龙爵马之玩[7]；皆薰歇烬灭，光沉响绝[8]。东都妙姬，南国丽人，蕙心纨质，玉貌绛唇，莫不埋魂幽石，委骨穷尘[9]。岂忆同舆之愉乐，离宫之苦辛哉[10]？天道如何，吞恨者多[11]。抽琴命操[12]，为芜城之歌。歌曰：边风急兮城上寒，井径灭兮丘陇残[13]。千龄兮万代，共尽兮何言[14]。

译文 （广陵城）当年全盛之时，车轴碰撞，行人挨肩，遍地是里巷民居，乐声鼎沸，直冲云霄。盐田、铜山，获利无算。人才济济，兵马雄强。……看城池如此牢固，（谁不信）这里将会万年永属一姓！哪知经历了汉魏晋三代五百多年，竟然四分五裂！

---

1 灌莽：丛生的草木。杳（yǎo）：深远。丛薄：草木丛生。

2 通池：护城河。夷：平。峻隅：高城。颓：倒塌。

3 直视：极目远视。

4 寂听：静听。摧：极度悲伤。

5 藻扃：彩绘的门。黼（fǔ）帐：绣花的帷帐。基：台。与下面的"馆"相对。

6 璇（xuán）渊：玉池。碧树：玉树。弋林：射鸟之林。钓渚：钓鱼之洲。

7 吴蔡齐秦之声：吴、蔡之女善歌，齐、秦之女善奏，这里形容美好的音乐。鱼龙、爵（què）马：古代杂技名。

8 薰歇烬灭：香气止歇，化为灰烬而灭失。光沉响绝：光彩失色，乐声止歇。

9 东都：洛阳。妙姬、丽人：都指美女。蕙心纨（wán）质：心性如兰蕙芳香，肌肤如纨素洁白。纨素，洁白的细绢。绛唇，红唇。委骨穷尘：这里指死后委身尘土。委，弃。

10 "岂忆"二句：（这些美女都死了）无论与君王同车的愉悦，还是被君王遗弃的痛苦，都不重要了。岂忆，哪里还记得。离宫，打入冷宫。

11 天道：这里指命运、造化。吞恨：含恨。

12 命操：奏曲，谱曲。操，琴曲名。

13 井径：田间小路。丘陇：坟墓。

14 共尽：同归于尽。何言：无话可说。

（而今的广陵城）莓苔井边生，葛藤长满路。毒蛇、短狐盘踞在祭坛，野鹿、飞鼠争斗于阶前。树精山鬼，野鼠城狐，风雨嗥叫，晨昏出没。饥鹰研磨利嘴，寒鸱恐吓鸟群。怪兽猛虎在隐伏处饮血食肉。断折的丛木堵塞了小路，横七竖八堆在古道上。白杨提前落叶，城草遇寒早衰。寒霜凛凛，疾风嗖嗖。蓬草无风自起，沙石无因飞扬。灌木蔓延望无边，杂草纷纷相缠绕。护城河已被填平，高城也已崩塌。极目一望，千里唯见黄尘；凝神静听，心如刀绞！

至于广陵城贵族之家的彩门绣帐，歌台舞榭，玉池碧树，猎苑钓馆，以及吴、蔡、齐、秦的优美音乐，各种高超的伎艺表演，也全都随之香熄火灭，声光全无。洛阳的美女、吴越的佳人，她们的兰心与美貌也都香消玉殒，埋骨尘埃。哪里还会回想与帝王同车受宠或遭遗弃打入冷宫的荣辱际遇呢？命运难测，含恨者多。于是我取琴谱曲，弹一曲《芜城之歌》，歌词是：边风吹来城上寒，田土荒废坟墓残。千秋万代成一梦，同归于尽复何言！

谢 朓

谢朓（464—499），字玄晖，世称"小谢"，又因曾出任宣城太守，因称"谢宣城"。南朝齐陈郡阳夏（今河南太康）人。诗歌代表作有《暂使下都夜发新林至京邑赠西府同僚》《晚登三山还望京邑》《之宣城郡出新林浦向板桥》《玉阶怨》等。明人辑有《谢宣城集》。

暂使下都夜发新林至京邑赠西府同僚[1]

大江流日夜，客心悲未央[2]。徒念关山近，终知反路长[3]。秋河曙耿耿[4]，寒渚夜苍苍。引领见京室，宫雉正相望[5]。金波丽鳷鹊，玉绳低建章[6]。驱车鼎门外，思见昭丘阳[7]。驰晖不可接，何况隔两乡[8]？风云有鸟路，江汉限无梁[9]。常恐鹰隼击，

1　★诗人一度在荆州任随王萧子隆的文学侍从，被人诬告，奉诏回京。这是他奉命连夜出发，经新林浦（在今江苏南京西南）到京邑（南齐都城建康，即今南京），写诗寄赠荆州随王府（西府）的同僚。诗中的气氛是压抑的。

2　大江：长江。未央：不尽。

3　"徒念"二句：只说离京城不远，终于醒悟归路太长。暗示很难再回荆州了。关山，这里代指京城。

4　秋河：秋夜的银河。耿耿：明亮。渚（zhǔ）：水中陆地。

5　引领：伸颈而望。宫雉：宫墙。

6　金波：金色的月光。丽：附着，照在。鳷（zhī）鹊：汉代宫观名。玉绳：星名。建章：汉宫名。鳷鹊、建章，这里都是借指。

7　"驱车"二句：意思是自己车到京城，仍想着荆州。鼎门：这里指京城南门。昭丘：楚昭王墓，在荆州当阳东南。阳：山丘之南曰阳。

8　"驰晖"二句：意思是太阳尚且（有出有入）不可接续，何况我与荆州同僚远隔两地（友谊更难赓续）。驰晖，指太阳。

9　"风云"二句：是说飞鸟还可伴风云飞翔，人无桥梁则受限于江汉。梁，桥梁。

时菊委严霜[1]。寄言罻罗者，寥廓已高翔[2]。

晚登三山还望京邑[3]

灞涘望长安，河阳视京县[4]。白日丽飞甍，参差皆可见[5]。余霞散成绮，澄江静如练。喧鸟覆春洲，杂英满芳甸。[6]去矣方滞淫，怀哉罢欢宴[7]。佳期怅何许，泪下如流霰[8]。有情知望乡，谁能缜不变[9]？

---

1 鹰隼（sǔn）：鹰的一种，这里喻恶人。时菊：盛开的菊花。委，枯萎。

2 "寄言"二句：告知那些张网捕鸟的恶人，我像鸟儿一样早已远走高飞。罻（wèi）罗者，张网捕鸟的人。罻、罗，都是网。寥廓，高远广阔。

3 ★本篇写诗人离京到宣城做官，出发后回望京城，心怀眷恋。三山，在今南京西南。京邑，即今南京。

4 "灞涘（sì）"二句：是说（从三山回望京城，就如同）从灞水岸边回望长安，从河阳回望洛阳。灞涘，灞水之岸，灞水流经长安。河阳，县名，在今河南孟州。京县，这里指洛阳。

5 "白日"二句：这里写阳光照耀下的京城宫殿。飞甍（méng）：飞耸的屋檐。参差（cēn cī）：高下不齐貌。

6 "余霞"四句：写所见江上美景：晚霞散开，天空如同美丽的锦缎；远处水色澄清的长江，平静得像一匹白色的绸缎。春日的水洲满是喧叫的鸟儿，各种花朵长满芳草遍地的郊原。余霞，晚霞。绮，锦缎。练，白绸子。覆，盖，此处言鸟多。英，花。甸，郊野。

7 去：离开。方：将。滞淫：久留，淹留。怀：怀念。欢宴：指京城奢华美好的生活。

8 佳期：归来的日期。怅：惆怅。何许：何时。霰（xiàn）：一种颗粒细小的冰雹。

9 "有情"二句：有情之人都会怀念家乡，有哪个不因此黑发变白发呢？缜（zhěn）：同"鬒"，头发黑而密。

丘 迟

丘迟（464—508），字希范，南朝梁吴兴乌程（今浙江吴兴）人。初仕南齐，后仕梁朝。诗文代表作有《旦发渔浦潭》《与陈伯之书》等。明人辑有《丘司空集》。

与陈伯之书¹

迟顿首：陈将军足下无恙²，幸甚幸甚。将军勇冠三军，才为世出³；弃燕雀之小志，慕鸿鹄以高翔⁴。昔因机变化，遭遇明主⁵；立功立事，开国称孤⁶。朱轮华毂，拥旄万里⁷，何其壮也！如何一旦为奔亡之虏，闻鸣镝而股战，对穹庐以屈膝⁸，又何劣邪！

1　★本篇是一封书信，用骈体写成。陈伯之原为齐将，归梁后授江州刺史。后又叛梁，投降北魏。梁武帝天监四年（505），临川王萧宏奉命北伐，与陈伯之相敌。丘迟时为萧宏记室，写了这封书信给陈伯之，动之以情，晓之以理。陈伯之被打动，重归梁朝。

2　顿首：叩拜。这是古人书信中常用的客套语。足下：犹称您。无恙：古人常用问候语。恙，病。

3　冠（guàn）：第一。才为世出：才能杰出，超过当世之人。

4　"弃燕雀"二句：喻陈伯之志向远大。语出《史记·陈涉世家》："陈涉太息曰：嗟乎！燕雀安知鸿鹄之志哉！"鸿鹄，天鹅。

5　"昔因"二句：指陈伯之当年弃齐归梁，受梁武帝器重。因机，顺应时机。明主，指梁武帝。

6　"立功"二句：指陈伯之曾助梁灭齐，因功封丰城县公。开国，梁时封爵，比之于分封诸侯。孤，古代王侯自称。

7　"朱轮"二句：写高官威仪及权势。朱轮华毂（gǔ），华美的车子。毂，车轮中央与车轴相接部分。拥旄（máo），古代武官持节统制一方，称"拥旄"。旄，指旄节，以牦牛尾装饰、象征权力的节杖。

8　虏：叛逆，叛徒。鸣镝（dí）：响箭。股战：大腿颤抖。穹庐：北方民族的毡帐，这里指北魏政权。

　　寻君去就之际，非有他故，直以不能内审诸己，外受流言，沉迷猖獗[1]，以至于此。圣朝赦罪责功，弃瑕录用，推赤心于天下，安反侧于万物[2]；将军之所知，不假仆一二谈也[3]。朱鲔涉血于友于，张绣剚刃于爱子，汉主不以为疑，魏君待之若旧[4]。况将军无昔人之罪，而勋重于当世。夫迷涂知反，往哲是与[5]；不远而复，先典攸高[6]。

　　主上屈法申恩，吞舟是漏[7]。将军松柏不翦，亲戚安居，高台未倾[8]，爱妾尚在；悠悠尔心[9]，亦何可言！今功臣名将，雁行有序[10]。佩紫怀黄，赞帷幄之谋；乘轺建节，奉疆埸之

1　寻：追寻（原因）。去就：指陈伯之弃梁投魏。直以：只因。内审诸己：内心明察自己（所处的势位及利益等）。审，反复思考。诸，"之于"合词。沉迷猖獗：受迷惑而狂乱。

2　圣朝：指梁朝。赦罪责功：即立功赎罪。赦，赦免。责，督责，要求。弃瑕：不计较过失。瑕，玉石上的斑点。"推赤心"二句：梁朝以诚心对待天下人，对曾有过错的人既往不咎。赤心，诚心，真心。反侧：因有过错而不安貌。

3　假：借。仆：作者谦称。

4　"朱鲔"句：朱鲔（wěi）是王莽末年绿林军将领，与刘秀有杀兄之仇。刘秀攻洛阳，朱鲔拒守，刘秀派人劝降，说建大功业者不计小恩怨，如能投降，能保住官爵。朱鲔乃降。涉（dié）血，同"喋血"。友于，即兄弟。这里指刘秀之兄刘縯（yǎn）。此句下接"汉主（即刘秀）不以为疑"句。"张绣"句：据《三国志·魏书·武帝纪》载，军阀张绣与曹操战于宛城，降而复叛，曹操的儿子和侄子都死于此役。后张绣再度投降，被封侯。剚（zì）刃，用刀刺入。此句下接"魏君（即曹操）待之若旧"句。

5　往哲：先贤。是与：对此赞许。与，赞许。

6　不远而复：在歧途上没走远而返回。复，回来。先典：古代典籍，指《易经》。中有"不远复，无祗（zhǐ）悔（起步不远就返回正道，必无实祸）"句。攸：所。高：嘉许，以为高。

7　屈法申恩：放宽刑罚，加大恩惠。吞舟是漏：可以吞舟的大鱼都容它漏网，这里指法网宽大。

8　松柏不翦：指祖坟未受破坏。古人常在墓地栽植松柏。高台：这里指陈伯之在梁朝的住宅。

9　悠悠：这里有意味深长的意思。尔：如此，这样。

10　雁行有序：文武群臣排列有序，如整齐的大雁行列。

任[1]。并刑马作誓，传之子孙[2]。将军独靦颜借命[3]，驱驰毡裘之长，宁不哀哉[4]！

夫以慕容超之强，身送东市[5]；姚泓之盛，面缚西都[6]。故知霜露所均，不育异类[7]；姬汉旧邦，无取杂种[8]。北虏僭盗中原，多历年所，恶积祸盈，理至燋烂[9]。况伪孽昏狡，自相夷戮[10]；部落携离，酋豪猜贰[11]。方当系颈蛮邸，悬首藁街[12]。而将军鱼游于沸鼎之中，燕巢于飞幕之上[13]，不亦惑乎！

暮春三月，江南草长，杂花生树，群莺乱飞。见故国之旗鼓，感平生于畴日；抚弦登陴，岂不怆恨[14]。所以廉公之思

1　紫：官印上的紫色绶带。黄：黄金印。赞：佐助。帷幄：这里指中军萧宏的营帐。轺（yáo）：用一匹马拉的轻车，此指使节乘坐的车。建节：手持符节。疆场（yì）：边境。

2　刑马作誓：古代诸侯会盟，杀白马饮血设誓，以示隆重。传之子孙：指爵位可以世袭。

3　靦（tiǎn）颜借命：厚着脸皮苟活。靦，不知羞愧。

4　驱驰：奔走效力。毡裘之长（zhǎng）：指北魏君主。毡裘，以皮毛做成的衣袍，是北方民族的服装，这里代指胡人。宁：难道。

5　慕容超：南燕君主。晋末，刘裕北伐将他擒获，解至建康（今南京）斩首。东市：汉代长安处决犯人的场所，后泛指刑场。

6　姚泓：后秦君主。刘裕北伐破长安，姚泓出降。面缚：脸朝前，双手反绑于后。西都，指长安。

7　霜露所均：霜露所覆盖处，即天地间。异类：古代对少数民族的蔑称。下文中的"杂种""北虏"等称略同。

8　姬汉：汉族。姬为周天子的姓。旧邦：指北方中原一带。无取：不收。

9　僭（jiàn）：假冒帝号。多历年所：拓跋珪建立北魏，至此已有一百多年，故称。年所，年数。燋烂：溃败灭亡。燋，同"焦"。

10　伪孽（niè）：这里指北魏宣武帝。孽，庶子。北魏宣武帝是庶出。昏狡：昏聩狡诈。夷戮：诛杀。

11　携离：分裂。携，离。酋豪：酋长。猜贰：相互猜忌，不一心。

12　蛮邸：京城中接待外族人的馆舍。悬首：杀头示众。藁（gǎo）街：汉长安街坊名，为属国使节馆会所在地。

13　"而将军"二句：鱼在开水锅中游，鸟在飞动的帘幕上筑巢，这里喻危险的处境。

14　故国：这里指梁。畴日：昔日。陴（pí）：城上矮墙。怆恨（liàng），悲伤。

赵将[1]，吴子之泣西河[2]，"人之情也，将军独无情哉！想早励良规[3]，自求多福。

当今皇帝盛明，天下安乐。白环西献，楛矢东来[4]。夜郎滇池，解辫请职[5]；朝鲜昌海，蹶角受化。[6]唯北狄野心，掘强沙塞之间，欲延岁月之命耳。[7]中军临川殿下，明德茂亲，揔兹戎重[8]。吊民洛汭，伐罪秦中[9]。若遂不改，方思仆言，聊布往怀，君其详之[10]。丘迟顿首。

【译文】丘迟叩拜陈将军足下：听说您身体康健，实在值得庆幸！您勇冠三军，才能世间少有，鄙弃燕雀的狭小志向，追慕鸿鹄的远飞高翔。当年曾顺应时机，投奔英明君主，建功立业，得以封地称王。乘坐朱轮华车，坐拥旄节，统辖万里疆土，那是何等雄壮！怎么一下子成了奔走亡命的叛逆，听到响箭就两腿发抖，对着毡帐敌酋屈膝下

---

1 "所以"句：据《史记·廉颇蔺相如列传》，赵将廉颇一度居于魏国，魏国不能信任他，他也希望重为赵将。

2 "吴子"句：据《吕氏春秋·长见》，吴起为魏国守西河（今陕西韩城一带）。魏侯听信谗言，把他召回。吴起预料西河必为秦所夺，因此登车后望西河而流泪。这里含有希望继续为国效力之意。

3 早励良规：早日做出妥善安排。励，勉励，引申为做出。良规，好的规划、打算。

4 白环西献：相传虞舜时，西王母献白玉环。楛（hù）矢：肃慎族用楛木做的箭。

5 夜郎：古国名。在今贵州六盘水一带。滇池：在今云南昆明。解辫请职：解开发辫，请求官职。这里指放弃土俗，归顺梁朝。辫，指少数民族的发式。

6 昌海：蒲昌海，为西域国名。在今新疆罗布泊。蹶（jué）角受化：以额角叩地，接受教化。角，额头。

7 北狄：这里指北魏。掘强：倔强，顽固。沙塞：沙漠边塞。

8 中军临川殿下：指萧宏。当时临川王萧宏任中军将军。殿下，对王侯的尊称。茂亲：至亲，萧宏为梁武帝之弟。揔：同"总"。兹：这。戎重：军事重任。

9 吊民：抚慰百姓。洛汭（ruì）：洛河汇入黄河处，在洛阳附近，这里指代洛阳一带地区。汭，河流弯处或两水汇合处。秦中：关中，今陕西中部地区。

10 遂：竟，仍旧。按，洛汭、秦中当时属于北魏的势力范围。方：当。聊布往怀：姑且陈述往日的友情。详：详察，详思。

拜，那又是何等卑下！

推寻您背梁投魏的情势，没有其他缘故，只因对内没能审视自己，在外又轻信流言，于是迷惑狂乱，以至于走到这一步。如今梁朝对臣下的罪过一律赦免，要他们将功折罪，原谅其过失并加以任用，诚心对待所有人，让那些心怀疑惧者安心。这情况将军您是知道的，用不着我一一谈起。想当年朱鲔杀了刘秀的哥哥，刘秀（照样任用）不加猜忌；张绣杀死曹操的爱子，曹操待他像从前一样。何况将军并没有朱、张的罪过，而功勋又为当世所重。走错路能回头，是先贤们称许的；在歧路上走不远能回来，《易经》也有所赞誉。

当今圣主执法宽松，广施恩泽，法网宽松，乃至能放过吞舟大鱼。将军家的墓地松柏未伐，亲戚也都安居。故宅的高台仍在，您的爱妾也未嫁人。国家待您的这份深长的心意，还能怎么说呢？如今朝廷上的文臣武将，论功行赏，高低有序。或腰结紫绶，怀揣金印，在军帐中襄赞机谋，或乘坐节使轻车，手持旄节，身负守卫边疆的重任。主上宰杀白马郑重设誓，允诺所封爵位可以世袭。然而唯有将军厚颜苟活，替拓跋族的酋长奔走效力，难道不是太可悲了吗？

（看看历史）像南燕主慕容超那样强大的，最终也被解送刑场斩首；如后秦主姚泓那样强盛的，最终也在长安自缚出降。由此可见，虽然天地间霜露均分，却不养育"异类"；中原周汉故土，不收"杂种"。北魏冒称帝号，窃居中原，已有多年，恶贯满盈，理当溃败。更何况伪朝头领昏聩狡诈、自相残杀，部落内部分崩离析，头目相互猜忌，离心离德。这些人马上就要被绑缚到京城蛮邸，被斩首示众于藁街了。而将军您就像鱼在沸水锅中游，燕子在飘动的帘幕上筑巢（还不知危险），不是太糊涂了吗？

暮春三月之时，江南芳草丰茂，各色花开满枝头，成群的莺鸟飞来飞去。当您看到故国军队的旗鼓，必然想起往日的江南岁月，手持弓箭登上城头，又怎能不黯然伤神！也正因如此，廉颇才渴望重为赵将，吴起辞别西河时，才会悲伤落泪，这都是人之常情，难道唯独将军您无情吗？望您还是早做盘算，为自己求得更好的前景吧。

当今圣上英明无比，国中百姓都安居乐业。西王母献来玉环，东方的肃慎族贡来楛木箭。西南的夜郎、滇池等国，也都散开发辫，请求官爵。东北的朝鲜、西北的昌海，也都五体投地，接受教化。只剩北魏野心不死，逞强于沙漠边塞，还想苟延残喘。梁朝中军将军临川王萧宏，秉承英明之德，是武帝的至亲，身负军机重任，前来拯救洛水之滨的百姓，讨伐关中的贼酋。您若仍旧不肯改弦更张，应当认真想想我的话。（我写此信没别的目的）姑且谈谈咱们旧日的交情，望您详加考虑。丘迟叩拜。

郦道元

郦道元（约466—527），字善长，北魏范阳涿县（今河北涿州）人。曾任安南将军、御史中尉。著有《水经注》四十卷。

三峡[1]

自三峡七百里中，两岸连山，略无阙处[2]。重岩叠嶂[3]，隐天蔽日；自非停午夜分，不见曦月[4]。至于夏水襄陵，沿溯阻绝[5]。或王命急宣，有时朝发白帝，暮到江陵，其间千二百里，虽乘奔御风，不以疾也[6]！春冬之时，则素湍绿潭，回清倒影[7]；绝巘多生怪柏，悬泉瀑布，飞漱其间[8]；清荣峻茂，良多趣味[9]。每至晴初霜旦，林寒涧肃[10]；常有高猿长啸，属引凄异，空谷传响，哀转久绝[11]。故渔者歌曰："巴东三峡巫峡

1　★本篇引自《水经注·江水》。三峡即瞿塘峡、巫峡和西陵峡，位于长江上游四川、湖北两省间（古属巴东郡），如今已为三峡水库淹没。

2　略无阙处：全无空缺之处。阙，同"缺"，空缺。

3　重：重叠。嶂：如屏障般的峭壁。

4　"自非"二句：（因为两岸山高，人的视野受限）如果不是正午、半夜，就难见日月。停午，正午。停，同"亭"，正。夜分，午夜。曦（xī），日光，太阳。

5　襄陵：漫上山陵。襄，上。沿：顺流而下。溯：逆流而上。

6　王命急宣：君王的命令紧急传达。白帝：城名，在今重庆奉节东。江陵：今湖北江陵。乘奔御风：骑着奔马，驾着疾风。御，驾驶。不以疾：不如这个快。疾，快。

7　素湍（tuān）绿潭，回清倒影：可理解为"素湍回清，绿潭倒影"，即白色的急流回旋着清波，绿色的深潭倒映着山林的影像。素湍，白色的激流。回清，回旋的清波。

8　绝巘（yǎn）：极高的山。绝，极，最。漱：冲刷。

9　清：水清澈。峻：山高峻。荣、茂：形容草木茂盛。良：实在。

10　晴初霜旦：（秋）雨初晴或降霜的早晨。肃：肃杀寂静。

11　高猿：高处的猿猴。属（zhǔ）引：连续不断。凄异：异常凄凉。空谷：空荡的山谷。响：回声。哀转久绝：悲哀婉转，很久才消失。

长，猿鸣三声泪沾裳[1]。"

译文 在七百里三峡中，两岸山连着山，没一点空缺处。重重的山岩峭壁，遮蔽天日，如果不是正午或午夜，就看不见太阳或月亮。到了夏天，洪水漫上山陵，顺流而下、逆流而上的航道都被阻断了。此时若有君王的命令紧急传送，有时早上从白帝城出发，傍晚就到了江陵，其间一千二百里，即使骑着快马，驾着狂风，也赶不上这个快！春冬时节（水落），则见白色的激流回旋着清波，绿色的深潭倒映着山林的影像。高高的山峰上有许多形状奇特的古柏，悬挂着的泉水瀑布在山间飞泻而下。水清山高，草木茂盛，实在是很有意趣。而到秋天，每逢雨晴时分或严霜之晨，山涧林木间一派寒冷肃杀之气，此时常有高处的猿猴拉长声啸叫，声音接连不断，格外凄凉，空荡的山谷中荡来回声，哀伤婉转，经久不息。渔人因而唱道："巴东三峡，巫峡最长，猿鸣三声，泪湿衣裳！"

1　三声：此为虚数。裳（cháng）：古人穿的下衣。

吴 均

吴均（469—520），字叔庠，南朝梁吴兴故鄣（今浙江安吉）人。诗文有《赠王桂阳》《山中杂诗》及《与朱元思书》《与施从事书》等。明人辑有《吴朝请集》。

与朱元思书[1]

风烟俱净[2]，天山共色。从流飘荡，任意东西。自富阳至桐庐一百许里[3]，奇山异水，天下独绝。水皆漂碧[4]，千丈见底。游鱼细石，直视无碍[5]。急湍甚箭，猛浪若奔[6]。

夹岸高山，皆生寒树，负势竞上，互相轩邈，争高直指，千百成峰[7]。泉水激石，泠泠[8]作响；好鸟相鸣，嘤嘤成韵[9]。蝉则千转[10]不穷，猿则百叫无绝。鸢飞戾天者，望峰息心[11]；经纶

---

1 ★这是吴均写给朋友朱元思的书信，记述在富春江上行舟所见的山川秀丽景色，文为骈体，多用对偶句，描摹如画。

2 风烟俱净：意思是风息雾消，空气明净。

3 富阳、桐庐：在富春江下游，今属浙江杭州。许：表约数。

4 漂（piǎo）碧：青绿色。漂，浅青色（见《释名》）。

5 直视无碍：一眼看到底，毫无障碍。

6 急湍：湍急的流水。甚箭：比箭还快。奔：奔跑。

7 寒树：冷天带着寒意的树。负势竞上：（树木）凭借着山势争着向上长。互相轩邈：意指众树比着往高处、远处延展。轩，高。邈，远。千百成峰：千百株树木簇拥成山峰。按，有一种解释，认为"负势竞上……千百成峰"的主语是山峰，可供参考。

8 泠（líng）泠：清脆的流水声。

9 嘤嘤成韵：鸟鸣声带着韵律。

10 转：同"啭"，鸣。

11 鸢（yuān）飞戾（lì）天者：这里指有野心的人。鸢，一种类似鹰的猛禽。戾，到。"鸢飞戾天"是《诗经·大雅·旱麓》中的诗句。息心：平息利禄之心。

世务者，窥谷忘反[1]。横柯上蔽，在昼犹昏[2]；疏条[3]交映，有时见日。

译文 风住了，烟雾被吹散了，天空和远山变成相同的颜色。（我乘着船）随水漂荡，任凭江流载着船只时而向东时而向西。从富阳到桐庐一百多里水路，其间山奇水异，天下无敌。水全是碧绿的，深达千丈，却清澈见底。水中的游鱼、水底的石子，全能毫无妨碍地一眼看到。湍急的水流比箭还快，迅疾的浪头如同奔驰的骏马。

沿江两岸的高山险峰上，满是透着寒意的树木，它们凭借着山势争着向上，仿佛相互比赛，争着往上，直指天空，千百树木簇拥成奇峰。山间的泉水飞溅在石头上，响声泠泠可听。林间的鸟儿相互应和，嘤嘤之声和谐悦耳。蝉鸣千声，叫个不停；猿猴啼叫，永无止歇。（即使是）追求飞黄腾达的野心家，见到这葱茏的山峰，内心也会平静下来；终日忙于俗务的人，见到这些幽美的山谷，也会流连忘返。头上的横枝遮蔽着日光，白天也像黄昏；遇到枝条稀疏的地方，不时还能见到太阳。

---

1 经纶世务者：指用心于俗世事务的人。经纶，治理，操持。窥谷忘反：看到山谷而流连忘返。反，同"返"。
2 柯（kē）：树枝。在昼犹昏：（因树木遮蔽）即使白天也显得昏暗。
3 疏条：稀疏的枝条。

何　逊

何逊（约472—约519），字仲言，南朝梁东海郯（今山东郯城）人。代表诗作有《相送》《临行与故游夜别》等。明人辑有《何记室集》。

相送[1]

客心已百念，孤游重千里[2]。江暗雨欲来，浪白风初起。

1　★本篇是写给送行者的，借景抒情，写出游子离别时的惆怅心情与江上风景。

2　客心：在外做客的心情。百念：百感交集。孤游：独自奔走漂泊。重（chóng）：加上，更。

杨衒之

杨衒之（生卒年不详），北魏北平（今河北满城）人。曾任期城太守、抚军府司马等职。东魏时因行役路经洛阳，有感而作《洛阳伽蓝记》。

永宁寺塔[1]

永宁寺，熙平元年灵太后胡氏所立也[2]。……中有九层浮图一所，架木为之，举高九十丈[3]。有刹[4]，复高十丈；合去地一千尺[5]。去京师百里，已遥见之。……刹上有金宝瓶，容二十五石[6]。宝瓶下有承露金盘三十重，周匝皆垂金铎[7]。复有铁锁四道，引刹向浮图四角，锁上亦有金铎，铎大小如一石瓮子[8]。浮图有九级，角角皆悬金铎，合上下有一百二十铎。浮图有四面，面有三户六窗，户皆朱漆。扉[9]上有五行金钉，

1　★本篇引自《洛阳伽蓝记》，"伽蓝"为梵语，意为佛寺。永宁寺是洛阳第一大佛寺，文中不但记述了寺院的兴废，还记录了相关的历史事件。这里选取描述永宁寺佛塔的部分。

2　熙平元年：公元516年。熙平是北魏孝明帝年号。灵太后：孝明帝之母，姓胡。

3　浮图：即塔，又作浮屠。举：全。

4　刹（chà）：佛塔顶部的饰物，亦称刹柱。

5　合去地一千尺：（塔身及刹柱）加起来离地一千尺（百丈）。此数据恐有所夸张，《水经注》说此塔高四十九丈，比较准确。

6　石（dàn）：古代十斗为一石。

7　承露金盘：承接露水的金属盘。重（chóng）：层。周匝（zā）：四周。金铎：金属铃铛。下文也称"宝铎"。

8　铁锁：铁链。锁：金属环相连而成的链条。一石（dàn）瓮子：可容一石的容器。

9　扉：门扇。

合有五千四百枚。复有金环铺首[1]。殚土木之功，穷造形之巧[2]，佛事精妙，不可思议。绣柱[3]金铺，骇人心目。至于高风永夜[4]，宝铎和鸣，铿锵[5]之声，闻及十余里。……

永熙三年[6]二月，浮图为火所烧。帝登凌云台望火，遣南阳王宝炬、录尚书事长孙稚，将羽林一千捄赴火所[7]。莫不悲惜，垂泪而去。[8]火初从第八级中平旦大发。[9]当时雷雨晦冥，杂下霰雪。[10]百姓道俗，咸来观火，悲哀之声，振动京邑。[11]时有三比丘，赴火而死。[12]火经三月不灭。有火入地寻柱，周年犹有烟气。[13]

译文 永宁寺是北魏熙平元年灵太后胡氏所建造的。……寺中有九层佛塔一座，为木结构，塔身总高九十丈。上面有宝刹，又高十丈，塔身、宝刹共高一千尺。此塔距京城百里，已能遥遥望见。……宝刹上有个金宝瓶，有二十五石的容积。宝瓶下有承露金盘三十层，周围都缀着金铃铛。又有四条铁锁链，从宝刹拉向塔顶四角。锁链上

---

1 铺首：门环的底座。下文的"金铺"也指此。

2 殚（dān）、穷：都有穷尽的意思。

3 绣柱：雕绘花纹的柱子。

4 高风永夜：刮着风的深夜。永，长，这里有深的意思。

5 铿锵（kēngqiāng）：形容金玉等声音洪亮。

6 永熙三年：公元534年。永熙是北魏孝武帝年号。

7 帝：孝武帝。遣：派。将：率领。羽林：羽林军，是皇帝的卫队。捄（jiù）：同"救"。

8 去：离开。

9 平旦：平明，天亮。

10 晦冥：昏昧幽暗。霰（xiàn）：白色小冰粒。

11 道俗：宗教僧侣及世俗百姓。咸：都。

12 比丘：比丘尼，尼姑。

13 寻柱：据近年考古发现，塔基是由无数木柱夯入地下而成。这里的"寻柱"，当指火沿木柱向下燃烧。

也有金属铃铛，铃铛大小有一石瓮子那么大。塔共九级，每级檐角都挂着金属铃铛，合计上下有铃铛一百二十枚。塔身有四面，每面有三扇门六扇窗，门都漆成朱红色，门扇各有五行金钉，合计金钉五千四百枚。又有金色的铺首门环。整座塔无论土木工程的规模还是设计的精巧，都达到了顶峰。佛教艺术的精妙，真是不可思议啊。放眼一望，但见雕饰的梁柱，金光闪闪的门环铺首，惊心骇目。待到风高夜深（万籁俱寂），只听檐铃声响如合奏，铿铿锵锵，十几里外都能听到。……

永熙三年二月，佛塔失火，皇帝登上凌云台观望火势，派南阳王宝炬和录尚书事长孙稚，率领一千名羽林军士兵奔赴火场，却没法救，无不痛惜，流着泪撒下。火最初在早上从第八层猛烈烧起，当时雷雨交加，天昏地暗，雪中夹着冰霰。百姓无论僧俗，全来火场观看，悲呼之声震动了整个京城。当时有三个尼姑投火中而死。大火烧了三个月不灭。余火向下延着地基的木柱燃烧，过了一年还萦绕着烟气。

庾 信

庾信（513—581），字子山，北周南阳新野（今属河南）人。仕于梁，后出使西魏，被强留北方，官至大将军、开府仪同三司，因称"庾开府"。诗赋代表作有《拟咏怀》《寄王琳》及《哀江南赋》等。明人辑有《庾子山集》。

拟咏怀（选二）

其一[1]

摇落[2]秋为气，凄凉多怨情。啼枯湘水竹，哭坏杞梁城[3]。天亡遭愤战，日蹙值愁兵[4]。直虹朝映垒，长星夜落营[5]。楚歌饶恨曲，南风多死声[6]。眼前一杯酒，谁论身后名。

1　★诗人有《拟咏怀》二十七首，本篇是第十一首，借史事抒写梁朝为西魏所灭的悲愤之情。

2　摇落：形容秋天风吹叶落之状。

3　"啼枯"二句：形容自己的亡国之痛。"啼枯"句，相传舜出巡死于苍梧，两妃子望苍梧山而哭，泪洒竹上成斑纹。"哭坏"句，春秋时齐国大夫杞梁战死，其妻哭泣，城墙为之崩坏。

4　"天亡"二句：讲亡国的原因。"天亡"句，项羽败于垓下，称"此天之亡我，非战之罪也"。这里指梁朝覆亡缘于天意。"日蹙"句，《诗经·大雅·召旻》："今也日蹙国百里（如今国土每天缩减百里）。"蹙（cù），迫促，这里指缩小。

5　"直虹"二句：讲兵败早有预兆。"直虹"句，古人认为长虹映照营垒是兵败的象征。"长星"句，诸葛亮死前，有大星落入营中。

6　"楚歌"二句：讲兵败的过程。"楚歌"句，汉军包围项羽，令士兵唱楚歌，以动摇其军心。饶，多。"南风"句，《左传》载，襄公十八年晋楚相战，晋国师旷说：没问题，我先歌北风，又歌南风，"南风不竞（微弱），多死声"，楚国不会取胜。这里喻梁朝失败。

其二[1]

日晚荒城上，苍茫余落晖。都护楼兰返，将军疏勒归[2]。马有风尘气，人多关塞衣。阵云平不动，秋蓬卷欲飞[3]。闻道楼船战，今年不解围[4]。

寄王琳[5]

玉关道路远，金陵信使疏[6]。独下千行泪，开君万里书。

哀江南赋序[7]（节录）

粤以戊辰之年，建亥之月，大盗移国，金陵瓦解[8]。余乃窜身荒谷，公私涂炭[9]。华阳奔命[10]，有去无归。中兴道销，穷

---

1 ★本篇为《拟咏怀》第十七首，吟咏边塞氛围，表达对战事的担忧及对故国的关切。

2 "都护"二句：泛指边将出征。都护，官名，这里泛指将。楼兰、疏勒，汉时西域古国，这里泛指边塞。

3 阵云：传说大战时阵前有云如墙。蓬：蓬草，参见《芜城赋》"孤蓬"注释。

4 "闻道"二句：这里由塞外情景，联想到南方的战事，借典故表达对故国的怀念。楼船，高大的战船。汉时，武帝曾拜杨仆为楼船将军，统领水军。

5 ★王琳是庾信的好友，远在南朝为官。这是庾信接到南朝使者带来的好友书信，以诗代书，回复对方。

6 玉关：玉门关，在今甘肃敦煌。金陵信使：这里指南朝的传书人。金陵，南朝梁都城建康，今南京。

7 ★本篇是庾信的辞赋名作，哀悼梁朝的覆灭。"哀江南"一词出自《楚辞·招魂》"魂兮归来哀江南"。赋前有骈体序言，这里节选序言中一段。

8 粤：发语词。戊辰之年：梁武帝太清二年（548）。建亥之月：夏历十月。大盗：指侯景。他于太清二年起兵叛梁，十月攻陷梁都金陵。移国：篡国。

9 窜：逃匿。荒谷：楚地，这里指江陵（今属湖北）。公私：公室和私家。涂炭：泥淖和炭火，喻极恶劣环境。

10 华阳：这里指江陵，在华山之南，梁元帝平定侯景叛乱后定都江陵。奔命：奉命奔走。这两句指元帝承圣三年（554）庾信奉命由江陵出使西魏，这年十一月，江陵被西魏攻陷，庾信于是留在两魏都城长安。

于甲戌[1]。三日哭于都亭，三年囚于别馆[2]。天道周星，物极不反[3]。……

信年始二毛，即逢丧乱，藐是流离，至于暮齿[4]。《燕歌》[5]远别，悲不自胜；楚老相逢，泣将何及[6]。畏南山之雨，忽践秦庭[7]；让东海之滨，遂餐周粟[8]。下亭漂泊，皋桥羁旅[9]。楚歌非取乐之方，鲁酒无忘忧之用[10]。追为此赋，聊以记言[11]，不无

----

1 中兴道销：梁朝平定侯景叛乱后的"中兴"局面，至此消亡。穷于甲戌：甲戌即承圣三年，江陵陷落，梁元帝死。穷，完结，走投无路。

2 "三日"句：蜀将罗宪听到蜀亡的消息，率部下在都亭哭了三天。（见《晋书·罗宪传》）都亭，都城驿舍。"三年"句：是说诗人自己作为使者被囚禁多年。这里暗用春秋时鲁国叔孙婼（ruò）出使晋国遭囚禁的典故。（见《左传·昭公二十三年》）别馆，客馆。

3 天道周星：依照天象运行，岁星（又称周星，木星）十二年绕天一周，周而复始。物极不反：这里指梁朝（不符合"天道周星"的规律）一蹶不振，不曾复兴。

4 信：庾信自称。二毛：指头发黑中带白。丧乱：指侯景之乱及梁朝灭亡。藐：同"邈"，远。暮齿：暮年。按，梁亡时庾信四十二岁，此赋是他晚年所作。

5 《燕歌》：庾信的梁朝同僚王褒曾作乐府《燕歌行》，诸同撩和之。

6 "楚老"二句：东汉党锢之祸起，张升弃官，路遇友人，相抱哭泣。有老父在旁叹息说："网罗高县，去将安所？虽泣何及乎！"（罗网高悬，能躲到哪里去？哭也没有用啊！）（见《后汉书·逸民传》）楚老，指梁朝故老。

7 "畏南山"二句：说自己本打算像玄豹那样隐居避害，结果却奉命出使西魏，如羊入虎口。南山之雨，相传南山的玄豹为了保护自己的皮毛，下雨时隐藏洞中，不出来觅食。（见《列女传》）这里是说自己在南朝做官，受到猜忌，小心谨慎。秦庭，这里以虎狼之秦喻指西魏。

8 "让东海"二句：谓自己本来像伯夷、叔齐一样怀谦让之德，结果却在敌国做官拿俸禄。让东海之滨，伯夷、叔齐本为孤竹君二子，为了谦让君位，逃到海滨。后来武王灭纣，两人认为是不义之举，不食周粟，饿死在首阳山，以殉节义。（见《史记·伯夷列传》）庾信在北周当官，等于"食周粟"，因而心怀愧疚。

9 "下亭"二句：喻指自己漂泊路途、寄人篱下。下亭漂泊，后汉孔嵩应诏入京，在下亭过夜，马匹被盗。（见《后汉书·范式传》）皋桥羁旅，后汉梁鸿曾到皋伯通家帮工。（见《后汉书·梁鸿传》）皋桥，因皋家而得名。

10 "楚歌"二句：写内心愁苦，听歌饮酒都无法疏解。楚歌，用"四面楚歌"典故。（见《史记·项羽本纪》）鲁酒，相传鲁、赵两国向楚王献酒，赵国因得罪了楚国小吏，小吏故意将赵国所献好酒换成鲁国的薄酒，引得楚王大怒。（见许慎《淮南子注》）

11 记言：这里指记述史实。

危苦之辞，唯以悲哀为主。

日暮途远，人间何世¹！将军一去，大树飘零²；壮士不还，寒风萧瑟³。荆璧睨柱，受连城而见欺⁴；载书横阶，捧珠盘而不定⁵。钟仪君子，入就南冠之囚⁶；季孙行人，留守西河之馆⁷。申包胥⁸之顿地，碎之以首；蔡威公之泪尽，加之以血⁹。钓台移柳，非玉关之可望¹⁰；华亭鹤唳，岂河桥之可闻¹¹！

1　日暮途远：进入暮年，家乡邈远。人间何世：这是什么世道。《庄子》有《人间世》篇，"人间世"即人世。

2　"将军"二句：后汉冯异每当战后别人论功时，自己总独自坐在大树下，人称"大树将军"。（见《后汉书·冯异传》）诗人以冯异自比，说自己走后，大树就衰枯了（喻梁朝覆灭）。

3　"壮士"二句：荆轲易水送行时，曾高歌："风萧萧兮易水寒，壮士一去兮不复还！"（见《史记·刺客列传》）这里以荆轲喻指自己出使西魏，一去不返。

4　"荆璧"二句：用"蔺相如完璧归赵"典故。（见《史记·廉颇蔺相如列传》）荆璧，即和氏璧。睨：斜视。连城：秦国欺骗赵国，愿以十五城换和氏璧，因蔺相如据理力争，秦人没能得逞。这里暗示诗人虽有蔺相如之勇，但没能完成使命。见欺，被欺骗。

5　"载书"二句：说自己没能像毛遂那样，完成与西魏定盟的使命。这里用战国毛遂迫使楚王歃血为盟的典故。（见《史记·平原君虞卿列传》）载书，盟书。珠盘，用珍珠装饰的盘子，是诸侯盟誓用的器皿。不定，没能完成定盟。

6　"钟仪"二句：钟仪是楚国贵族，被郑人俘虏，献给晋国。晋侯见了问："南冠（楚人之冠）而絷（捆绑）者谁也？"官吏回答："郑人所献楚囚也。"晋人优待他，称他为"君子"。（见《左传·成公九年》）诗人这里以钟仪自比。

7　季孙：春秋鲁国大夫季孙意如。他随鲁君到卫国的平丘与诸侯会盟，被诸侯一度扣留。（见《左传·昭公十三年》）行人：使者。西河：在卫国的西边，今陕西东部。这里诗人自比季孙。

8　申包胥：春秋时楚国大夫，吴国伐楚国，申包胥到秦国求救兵，七日痛哭不食，如愿后"九顿首"。（见《左传·定公四年》）这里诗人借以说自己为救梁国尽心竭力。

9　"蔡威公"二句：春秋时，蔡威公知国家将亡，闭门哭泣三日夜，"泣尽而继以血"。（见刘向《说苑·权谋》）诗人借此写自己的亡国之痛。

10　钓台：在武昌，东晋陶侃镇守武昌时，曾命各军营移栽柳树。（见《晋书·陶侃传》）"非玉"句：这是说诗人自己身在北地，看不到南方景物。

11　华亭：在今上海松江，晋代陆机兄弟曾居此地。河桥：在今河南孟州，陆机在此兵败被诛。他临刑时感叹："欲闻华亭鹤唳，可复得乎！"（见《世说新语·尤悔》）这里是说诗人将身死异地，再也回不到故乡。

译文 梁武帝太清二年十月，叛贼篡国，金陵陷落。我于是逃到楚地，国家百姓全都遭难。我于江陵奉命出使，结果有去无回（羁留北方）。梁朝刚刚中兴有望，竟又断送于梁元帝承圣三年。我的悲伤如同蜀亡后在都亭痛哭三日的蜀将罗宪；我出使被拘，又像春秋时鲁国使者叔孙婼被晋国囚禁一样。按照天理，岁星循环，总能否极泰来，然而梁朝一旦灭亡，就再也没有复兴的机会。……

我年纪才到生出白发时，就遭遇了国家丧乱，流亡到异域远方，如今已至暮年。想到再也不能和旧日同僚歌诗唱和，就悲痛难忍。即便再与故国的父老们相会，痛哭也于事无补。本来想学玄豹，藏身远害，结果被委派出使西魏，如同踏入虎狼之秦。当年伯夷、叔齐为谦让君位而避迹东海，我却不能像他们那样为坚守气节不食周粟（竟吃上北周的官粮）。我也曾像孔嵩那样经历旅途的艰辛，又像梁鸿那样寄人篱下，吃尽苦辛。动听的楚歌只能勾起我的乡愁，淡薄的鲁酒也不能让我忘忧。我在暮年追想往事，写成此赋，用以记录历史，难免有危苦之辞，基调自然是感伤的。

人生来日无多，归乡之路依然漫长，这究竟是什么世道啊！冯异将军去后，他所依傍的大树也随之衰枯了。壮士荆轲一去不回，易水边依然寒风萧瑟。我本来有蔺相如的勇气和志向，却没能像他那样粉碎敌国连城换璧的骗局。又不能像毛遂那样在台阶前手捧珠盘逼对方订盟。我自己成了钟仪，做了南冠楚囚，只落个君子之名；又如鲁国使者季孙意如那样，被拘禁在西河的客馆。（当年我出使时竭尽全力）如同申包胥向秦国求救兵，叩头几乎磕破头颅；又像蔡威公国将亡而痛哭，泪珠哭尽，淌出鲜血。而今，被困玉门关的人，又哪能看见故乡的钓台春柳；在河桥丧命的陆机，再也听不到家乡华亭的鹤鸣！

颜之推

颜之推（531—约591），字介，北齐琅琊（今山东临沂）人。初仕梁，后仕于北齐、北周，入隋为学士。著有《颜氏家训》。

稼穑艰难[1]

古人欲知稼穑之艰难，斯盖贵谷务本之道也[2]。夫食为民天[3]，民非食不生矣。三日不粒，父子不能相存[4]。耕种之，莸鉏之，刈获之，载积之，打拂之，簸扬之[5]；凡几涉手而入仓廪，安可轻农事而贵末业哉[6]！

江南朝士，因晋中兴，南渡江，卒为羁旅[7]；至今八九世，未有力田，悉资俸禄而食耳[8]。假令有者，皆信僮仆为之，未尝目观起一坡土，耘一株苗[9]；不知几月当下，几月当收，安

1　★本篇引自《颜氏家训·涉务》，述说农耕之重要，批判江南士大夫轻视农事、不务正业。

2　"古人"二句：古人想要了解种田的艰难，（这是有原因的）缘于重视粮食生产，以此为本业的指导思想。按，这里说的"古人"云云，是指《尚书·周书·无逸》中周公的话，可参考本书《无逸》的相关内容。稼穑（sè），播种、收获。斯，这。盖，表原因。贵谷务本，重视农业。本，根本，指农业。

3　食为民天：吃饭是百姓天大的事。语出《汉书·郦食其传》："王者以民为天，而民以食为天。"

4　不粒：不沾米粒，不吃饭。相存：相互问候，相保。

5　莸（hāo）：同"薅"，除草。鉏：同"锄"。刈（yì）：割。载积：运输储藏。打拂、簸扬：脱粒、扬场。

6　凡几涉手：要经过好几道工序。仓廪：粮仓。末业：指手工业、商业。

7　江南朝士：这里指南朝的官员。晋中兴：东晋继西晋而兴，称中兴。卒：终。羁旅：久在他乡为客。

8　力田：致力于农田劳作。资：依靠。

9　信：听凭。僮仆：奴仆。坡（fá）：用犁耕起的土块。耘：除草。

识世间余务[1]乎？故治官则不了[2]，营家则不办，皆优闲之过也。

译文 古人想要了解农耕的艰辛不易，这是缘于古人以粮为重、以农为本的思想。粮食对于百姓是天大的事，没有粮食，百姓也就不能生存。三天水米不进，父子都不能相顾了。（从事农业不简单）要耕地下种，除草管理，然后收割、储运、脱粒、扬场，总共经过好几道工序才能入库，人们又怎能轻视农耕而重视手工商贸这些末业呢！

南朝的官员，都是东晋建立时从江北南渡而来的，（因回不去）终于成了羁留异乡的客籍。至今有八九代人了，却没人致力于农耕，全都靠着官俸吃饭罢了。即令有务农的，也都是任凭奴仆们去耕作，他们自己不曾看着耕起一块土，锄一株苗，也不知几月当播种，几月当收割，（连这些都不了解）又怎能了解世间其他实务呢？所以这些人当官则不能胜任，治家也一塌糊涂，这都是优游闲散、无所事事所导致的。

---

1 余务：其他实务。

2 不了（liǎo）：不能胜任。不办：干不好。优闲：优游闲散，无所事事。过：过错。

王 褒

王褒（约513—约576年），字子渊，琅琊（今山东临沂）人，原在南朝梁为臣，后到北周为官，颇受器重。诗有《渡河北》《关山月》等。明人辑有《王司空集》。

渡河北[1]

秋风吹木叶，还似洞庭波[2]。常山临代郡，亭障绕黄河[3]。
心悲异方乐，肠断《陇头歌》[4]。薄暮临征马，失道北山阿[5]。

---

1 ★本篇写诗人在秋天北渡黄河时所见所感。河北，黄河以北。
2 "秋风"二句：化用屈原《九歌·湘夫人》"嫋（niǎo）嫋兮秋风，洞庭波兮木叶下"句，这里以洞庭波比黄河水，有思乡之意。
3 常山：关名，在今河北唐县西北。代郡：在今河北蔚县。亭障：边塞的堡垒。
4 异方乐：这里指北地的音乐。肠断：极度忧伤。《陇头歌》：乐府横吹曲名，内容多写戍边生活。
5 "薄暮"二句：是说傍晚骑着马，在山坳中迷了路。实写心情的迷惘。失道，迷路。山阿（ē），山的拐弯处。

南北朝民歌

南朝民歌多收于《乐府诗集·清商曲辞》中，代表作有《子夜歌》四十二首、《读曲歌》八十九首、《西洲曲》。北朝民歌多收于《乐府诗集·横吹曲辞》内，代表作有《企喻歌·男儿欲作健》《折杨柳枝歌·门前一株枣》《敕勒歌》《木兰诗》等。

老女不嫁[1]

驱羊入谷，白羊在前。老女不嫁，蹋地唤天[2]！

企喻歌（选二）

其一[3]

男儿欲作健[4]，结伴不须多。鹞子经天飞，群雀两向波[5]。

其二[6]

男儿可怜虫，出门怀死忧[7]。尸丧狭谷中，白骨无人收。

---

1 ★本篇引自《乐府诗集》，属"横吹曲辞·梁鼓角横吹曲·地驱歌乐辞"。写北方女性的强悍，连爱情诉求也是那样坦率直白。

2 老女：这里指过了嫁龄的女子。蹋：同"踏"。

3 ★本篇引自《乐府诗集》，属"横吹曲辞·梁鼓角横吹曲"。《企喻歌》共四首，这是第一首。

4 作健：做健儿。

5 鹞（yào）子，雀鹰。两向波：向左右逃散。波，逃散，逃奔。

6 ★本篇是《企喻歌》第四首，写战争的残酷，是士卒心理的真实写照。

7 死忧：死亡的恐惧。

敕勒歌[1]

敕勒川，阴山[2]下，天似穹庐[3]，笼盖四野。天苍苍，野茫茫，风吹草低见[4]牛羊。

琅琊王歌（选二）

其一[5]

新买五尺刀，悬著[6]中梁柱。一日三摩挲，剧于十五女[7]。

其二[8]

憧马高缠鬃，遥知身是龙[9]。谁能骑此马，唯有广平公[10]。

1　★本篇引自《乐府诗集》，属"杂歌谣辞·歌辞"，写边塞风味及游牧民族生活，十分传神。敕勒，北方少数民族名，北朝时居住在今山西北部及内蒙古一带。

2　阴山：山名，在今内蒙古境内。

3　穹庐：毡帐，即蒙古包。

4　见（xiàn）：同"现"，现出，露出。

5　★本篇引自《乐府诗集》，属"横吹曲辞·梁鼓角横吹曲"。《琅琊王歌》共八首，这是第一首。写出壮士对武器的喜爱。

6　悬著（zhuó）：悬挂于。

7　"一日"二句：每天对宝刀再三抚摩，喜爱宝刀胜过爱姑娘。剧，于，甚于，超过。十五女，十五岁的花季少女。

8　★本篇为《琅琊王歌》第八首，内容是赞马，更是赞人。

9　憧（wèi）：这里同"快"。高缠鬃：指将马的鬃毛梳理缠绕。龙：古人称高八尺以上的骏马为龙。

10　广平公：后秦皇帝姚泓的弟弟弼，封广平公。

木兰诗[1]

唧唧[2]复唧唧，木兰当户织。不闻机杼[3]声，唯闻女叹息。

问女何所思，问女何所忆。女亦无所思，女亦无所忆。

昨夜见军帖，可汗大点兵，军书十二卷，卷卷有爷名[4]。

阿爷无大儿，木兰无长兄，愿为市鞍马[5]，从此替爷征。

东市买骏马，西市买鞍鞯，南市买辔头[6]，北市买长鞭。

旦辞爷娘去，暮宿黄河边，不闻爷娘唤女声，但闻黄河流水鸣溅溅[7]。

旦辞黄河去，暮至黑山头，不闻爷娘唤女声，但闻燕山胡骑鸣啾啾[8]。

万里赴戎机，关山度若飞[9]。朔气传金柝，寒光照铁衣[10]。

将军百战死，壮士十年归。归来见天子，天子坐明堂[11]。策勋十二转，赏赐百千强[12]。

1　★本篇引自《乐府诗集》，属"横吹曲辞·梁鼓角横吹曲"，约作于北朝后期，原诗二首，这是第一首。诗中歌颂了女扮男装、替父从军的女英雄木兰。

2　唧唧：叹息声。

3　机杼（zhù）：指织布机。杼，织梭。

4　军帖：征兵的公文。下文又作"军书"。可汗（kèhán）：北方少数民族对最高统治者的称呼。爷：即"阿爷"，父亲。

5　市：买。鞍马：泛指马和马具。

6　鞯（jiān）：马鞍下的衬垫。辔（pèi）头：马嚼子和缰绳。

7　溅溅：水流声。

8　黑山：当时北方山名。啾（jiū）啾：马鸣声。

9　戎机：军事行动。"关山"句：飞一样经过山峦关隘。

10　朔气：北方的寒气。金柝（tuò）：即军中刁斗，形似锅，白天用来烧饭，夜间可用来敲击打更。寒光：冰冷的月光。铁衣：用铁片编成的战衣。

11　明堂：朝堂。

12　策勋：记功。十二转：多次升迁。十二为虚数。强：有余，多。

可汗问所欲，木兰不用尚书郎[1]；愿驰千里足[2]，送儿还故乡。

爷娘闻女来，出郭相扶将[3]；阿姊闻妹来，当户理红妆[4]；小弟闻姊来，磨刀霍霍[5]向猪羊。

开我东阁门，坐我西阁床，脱我战时袍，著我旧时裳。当窗理云鬓，对镜帖花黄[6]。

出门看火伴，火伴皆惊忙[7]：同行十二年，不知木兰是女郎！

雄兔脚扑朔，雌兔眼迷离；双兔傍地走，安能辨我是雄雌[8]？

子夜四时歌（选二）

其一[9]

春林花多媚，春鸟意多哀[10]。春风复多情，吹我罗裳[11]开。

1　用：做。尚书郎：泛指朝官。

2　千里足：千里马。

3　郭：外城。扶将：搀扶。

4　当户：在门前。与下文的"当窗"（在窗前）为互文关系，泛指门窗亮处。理红妆：（女性）梳妆打扮。

5　霍霍：磨刀声。

6　著（zhuó）：穿。云鬓：如云之鬓。帖：同"贴"。花黄：古代女性在额上贴黄纸剪成的图案，以作装饰。

7　火伴：伙伴，战友。惊忙：惊奇，惊讶。

8　"雄兔"四句：是说静态情形下兔子的雌雄容易分辨，但跑起来就雄雌莫辨了。有人撰文说，辨别兔之性别，可手提兔耳，脚扑腾（"脚扑朔"）者为雄，眼半闭（"眼迷离"）者为雌，仅作参考。傍地，贴地面。

9　★本篇引自《乐府诗集》，属"清商曲辞·吴声歌曲"。《子夜四时歌》中《春歌》共二十首，这是第十首，以春花、春鸟、春风衬托少女的情怀。

10　"春鸟"句：这里是说春鸟因孤独而叫声凄切。

11　罗裳：用罗绢缝制的裙子。

其二[1]

别在三阳初，望还九秋暮[2]。恶见东流水，终年不西顾[3]。

子夜歌（选二）

其一[4]

高山种芙蓉，复经黄檗坞[5]。果得一莲时，流离婴辛苦[6]。

其二[7]

侬作北辰星，千年无转移[8]。欢行白日心，朝东暮还西[9]。

1　★《子夜四时歌》中《秋歌》共十八首，这是第十八首，写少女思念情郎，盼其早归的心情。

2　三阳：指春天。九秋：指秋天。

3　"恶见"二句：我讨厌看到这东流水，因为它（像情郎一样）一去整年不回头。恶（wù），厌恶。顾，回头。

4　★本篇引自《乐府诗集》，属"清商曲辞·吴声歌曲"。《子夜歌》共四十二首，这是第十一首，用象征手法及谐音写爱情之得来不易。

5　芙蓉：荷花。黄檗（bò）：一种乔木，皮黄而苦，可以入药。坞：四面高、中央凹下的地方。

6　莲：莲子，荷的果实。这里用作谐音"怜"（怜爱）。婴：加。

7　★本篇是《子夜歌》第三十六首，模拟女子口吻，以北极星喻指自己，以东升西落的太阳，喻指朝秦暮楚、用情不专的情郎，带有怨恨之意。

8　侬：我。北辰星：北极星。在地面看来，北极星悬于北方天空不动。这里喻指爱情的坚贞不渝。

9　欢：即情郎。白日心：指心如太阳，东升西降，不停移动。喻用情不专。

攀杨枝[1]

自从别君来，不复著[2]绫罗。画眉不注口，施朱当奈何[3]？

拔蒲[4]

朝发桂兰渚[5]，昼息桑榆下。与君同拔蒲，竟日[6]不成把。

1　★本篇引自《乐府诗集》，属"清商曲辞·西曲歌"，"攀杨枝"是乐府旧题。诗中写女性思念心上人，魂不守舍的情态。

2　著：穿。

3　"画眉"二句：意谓不要把画眉用的黛色抹在嘴唇上，那样的话，红唇膏又涂在哪里？不，别。注，涂抹。施朱，指涂唇膏。

4　★本篇引自《乐府诗集》，属"清商曲辞·西曲歌"。写恋爱中的女子心不在焉，劳动效率不高。蒲，一种水草。

5　渚（zhǔ）：水中小洲。

6　竟日：终日。

干　宝

干宝（？—336），字令升，东晋新蔡（今属河南）人。在两晋担任过史官，著有《晋纪》，已佚。今存志怪小说集《搜神记》20卷，著名篇章有《干将莫邪》等。

干将莫邪[1]

楚干将、莫邪为楚王作剑，三年乃成。王怒，欲杀之。剑有雌雄。其妻重身当产，夫语妻曰[2]："吾为王作剑，三年乃成，王怒，往，必杀我。汝若生子是男，大[3]，告之曰：'出户望南山，松生石上，剑在其背。'"于是即将[4]雌剑往见楚王。王大怒，使相之[5]，剑有二，一雄一雌，雌来，雄不来。王怒，即杀之。

莫邪子名赤比，后壮，乃问其母曰："吾父所在？"母曰："汝父为楚王作剑，三年乃成，王怒，杀之。去时嘱我：'语汝子：出户望南山，松生石上，剑在其背。'"于是子出户南望，不见有山，但睹堂前松柱下石砥之上[6]，即以斧破其

1　★本篇引自《搜神记》，又题《三王墓》。干将（Gānjiāng）原为春秋时楚国有名的铸剑师，莫邪（Mòyé）是他的妻子。干将所铸二剑，即以二人名字命名。

2　重（chóng）身：怀孕。语（yù）：告诉。

3　大：长大。

4　将：携带。

5　使相之：令人察看。相，察看。

6　石砥：石阶，即柱础。"下"字疑当为"立"。

背，得剑。日夜思欲报楚王[1]。

王梦见一儿，眉间广尺[2]，言欲报仇。王即购之千金[3]。儿闻之，亡去，入山行歌[4]。客[5]有逢者，谓："子年少，何哭之甚悲耶？"曰："吾干将、莫邪子也，楚王杀吾父，吾欲报之。"客曰："闻王购子头千金，将子头与剑来，为子报之。"儿曰："幸甚！"即自刎，两手捧头及剑奉之，立僵[6]。客曰："不负子也。"于是尸乃仆[7]。

客持头往见楚王，王大喜。客曰："此乃勇士头也，当于汤镬[8]煮之。"王如其言煮头，三日三夕不烂。头踔出汤中，瞋目大怒[9]。客曰："此儿头不烂，愿王自往临视[10]之，是必烂也。"王即临之。客以剑拟[11]王，王头随堕汤中；客亦自拟己头，头复堕汤中。三首俱烂，不可识别，乃分其汤肉葬之，故通名三王墓。今在汝南北宜春县界[12]。

译文 楚国的铸剑师干将、莫邪夫妇为楚王铸剑，三年才铸成。楚王发怒，要把他们杀掉。剑有雌、雄两把。当时干将妻子怀孕在

1　报楚王：向楚王报父仇。

2　眉间广尺：两眉间隔一尺，此为夸张的说法。

3　购之千金：悬赏千金捉拿他。

4　亡去：逃走。行歌：边走边唱。

5　客：旅人，路人。

6　幸甚：好极了。奉之：献上。立僵：指身体僵硬，立而不倒。

7　负：辜负。仆：向前倒下。

8　汤镬（huò）：煮着滚水的大锅，古代常做刑具，用来烹煮罪人。汤，开水。

9　踔（chuō）：跃起。瞋（chēn）目：瞪眼。

10　临视：靠近（镬边）看。

11　拟：指向，比画。

12　汝南：汉置郡名，郡治在今河南汝南东南。北宜春县：在今河南汝南西南。

身，就要分娩了。丈夫对妻子说："我替大王铸剑，三年才铸成，大王发怒，我此去，大王一定会杀掉我。你如果生下个男孩儿，长大了就告诉他：'出门望南山，松树在石上，剑在松树背。'"于是干将只带雌剑去见楚王。楚王大怒，叫人相看这把剑，知道剑有两把，一雄一雌，拿来的只是雌剑，雄剑没拿来。楚王暴怒，立刻把干将杀了。

莫邪果然生下个儿子，取名叫赤比。赤比长大后，问母亲："我父亲在哪里？"母亲说："你父亲给楚王铸剑，三年才铸成，大王发怒，把他杀了。临走时他嘱咐我：'告诉儿子：出门望南山，松树在石上，剑在松树背。'"于是儿子出门朝南看，不见有山，只见屋前松木柱立在石柱础上，他便拿斧子劈开柱子背面，果然得到宝剑。他日夜寻思要找楚王报仇。

楚王梦见一个孩子，两眉间足有一尺宽，声言要报仇。楚王于是悬赏千金捉拿这孩子。孩子听到消息，逃进深山里，边走边哭唱。有个陌生人遇到他，问："你年纪轻轻，为啥哭得这样伤心啊？"孩子说："我是干将、莫邪的儿子，楚王杀了我父亲，我想要报仇。"陌生人说："我听说楚王悬赏千金买你的头，拿你的头和剑来，我替你报仇。"孩子说："那可太好了！"立刻刎颈而死，双手捧着头和剑献给对方，身体却直僵僵地站着。陌生人说："我不会辜负你的。"尸体才扑倒在地。

陌生人带着孩子的头去见楚王，楚王大喜。陌生人说："这是勇士的头，应当放在汤镬里煮。"楚王照他的话煮头，结果煮了三天三夜，头不但没煮烂，还跳出水面，瞪着眼怒视。陌生人又说："这小子的头煮不烂，望大王亲自到镬边来看，如此一来一定会烂的。"楚王便走来镬旁。陌生人拿剑冲楚王比画着一挥，楚王的头随即掉落开水中。陌生人也拿剑对着自己一挥，自己的头也掉到开水里。三个头（刹那间）全都煮烂，再也分不清镬中头骨是谁的。（没办法，众臣）只好把镬中骨肉分开下葬，因此统称其墓为"三王墓"。此墓在今天的汝南北宜春县边上。

刘义庆

刘义庆（403—444），南朝宋彭城（今江苏徐州）人。宗室，袭封临川王，曾为高官。他喜好文学，广招文学之士。编有轶事小说集《世说新语》，为人熟知的篇章有《管宁割席》《王蓝田食鸡子》《周处自新》《陈太丘与友期行》《王子猷居山阴》《刘伶病酒》《石崇、王恺争豪》等。另有志怪小说集《幽明录》（残）。

陈太丘与友期行[1]

陈太丘与友期行，期日中[2]。过中不至，太丘舍去[3]，去后乃至。元方时年七岁，门外戏[4]。客问元方："尊君在不[5]？"答曰："待君久不至，已去。"友人便怒曰："非人哉！与人期行，相委而去[6]。"元方曰："君与家君期日中。日中不至，则是无信；对子骂父，则是无礼。"友人惭，下车引[7]之。元方入门不顾[8]。

译文 陈太丘和朋友相约出行，约好中午会齐。过了中午朋友还没到，陈太丘不再等候，独自上路。走后朋友才到。陈太丘的儿子元

---

1 ★本篇引自《世说新语》"方正门"，记录了一位善辩少年的言行。陈太丘，即陈寔（shí），东汉时人，做过太丘县令，故称。期行，相约同行。期，约定。

2 日中：正午。

3 舍去：不再等候，自行离去。

4 元方：陈寔长子陈纪，字元方。戏：玩耍。

5 尊君：对对方父亲的尊称。自称其父则说"家君"，见下面元方的回答。不（fǒu）：同"否"。

6 非人：不是（正）人的行为。委：丢下。去：离开。

7 引：拉。

8 顾：回头看。

方当时七岁，在门外玩耍。朋友问元方："你父亲在吗？"元方回答："等了您很久您还没来，他独自走了。"朋友于是发怒说："这可不是正人的做派啊！和别人相约出行，却丢下别人自己走了。"元方说："您跟家父约在中午，中午您却不到，这是不讲信用；对着孩子骂他的父亲，这是没礼貌。"朋友听了很惭愧，下车去拉元方，元方却头也不回地进门去了。

咏雪[1]

谢太傅寒雪日内集，与儿女讲论文义[2]。俄而雪骤[3]，公欣然曰："白雪纷纷何所似[4]？"兄子胡儿曰："撒盐空中差可拟。"[5]兄女曰："未若柳絮因风起[6]。"公大笑乐。即公大兄无奕女，左将军王凝之[7]妻也。

【译文】一日下雪，谢安召集家人聚会，与子侄辈谈诗论文。不一会儿雪下得紧了，谢安兴致勃勃地说："这纷纷白雪，可以拿什么来比拟呢？"他的侄子小名叫胡儿的说："空中撒盐大致可比。"而侄女（谢道韫）却说："不如比作柳絮乘着风飘飞起舞。"谢安听了开怀大笑。（他显然更欣赏侄女的比喻。）谢道韫是谢安大哥谢无奕的女儿，

1　★本篇引自《世说新语》"言语门"，记述谢安与子侄谈论文学并赋诗咏雪的轶事。

2　谢太傅：即谢安（320—385），字安石，东晋大臣，官至尚书仆射。死后追赠为太傅。内集：家庭聚会。讲论文义：谈诗论文。

3　雪骤：雪下得急。

4　公：指谢太傅。何所似：像什么。

5　兄子：哥哥的儿子，即侄子。胡儿：谢朗的小名。谢朗是谢安次兄谢据的长子。下文中的"兄女"指谢道韫（yùn），她是谢安长兄谢奕（字无奕）的女儿，是有名的才女。"撒盐"句：空中撒盐大致可比。差，大致。可拟，可比。

6　"未若"句：不如比作柳絮凭借着风飞舞。因风：乘风。

7　王凝之：书法家王羲之的次子，当过左将军。

（后来成为）左将军王凝之的妻子。

王子猷居山阴[1]

王子猷居山阴。夜大雪，眠觉，开室命酌酒，四望皎然[2]；因起仿偟，咏左思《招隐》诗，忽忆戴安道[3]。时戴在剡，即便夜乘小船就之，经宿方至，造门不前而返[4]。人问其故，王曰："吾本乘兴而行，兴尽而返，何必见戴！"

译文 王子猷住在山阴。一天夜里忽降大雪，王子猷一觉醒来，打开门窗，命人斟酒，见四面一片洁白，起身徘徊，流连不已。又念起左思的《招隐》诗，忽然想起好友戴安道。当时戴安道住在剡县，王子猷即刻乘小船连夜去拜访，船行一夜才到，来至戴安道家门口，王子猷没上前叩门，却转身返回。人问他是何缘故，他说："我本来乘兴而去，兴致消逝自然就回来了，又何必非得见到戴安道呢！"

1　★本篇引自《世说新语》"任诞门"。王子猷（yóu），即王徽之，字子猷，是大书法家王羲之第五子。山阴，今浙江绍兴。

2　眠觉（jué）：一觉醒来。开室：打开门窗。皎然：明亮洁白貌。

3　仿偟（pánghuáng）：徘徊流连。《招隐》：左思所作，内容是歌咏隐士清高生活，内有与朋友同赏良辰美景的诗句（"相与观所尚，逍遥撰良辰"）。戴安道：戴逵，王子猷的朋友，隐士。

4　时：当时。剡（Shàn）：县名，在今浙江嵊州。即便：马上。就：前往。宿：一夜。造门：到了门前。造，到。不前：不上前。

刘 勰

刘勰（约466—约539），字彦和，南朝齐梁人，祖籍东莞莒县（今属山东），世居京口（今江苏镇江）。著有文学理论专著《文心雕龙》。全书用骈体撰写，共五十篇，分上下两编，包括《原道》《征圣》《宗经》《神思》《体性》《物色》《知音》等。

知音（节录）[1]

凡操千曲而后晓声，观千剑而后识器[2]。故圆照之象，务先博观[3]。阅乔岳以形培塿，酌沧波以喻畎浍[4]。无私于轻重，不偏于憎爱，然后能平理若衡，照辞如镜矣[5]。是以将阅文情，先标六观[6]：一观位体，二观置辞，三观通变，四观奇正，五观事义，六观宫商[7]。斯术既形，则优劣见矣[8]。

译文 无一例外，只有弹过上千支曲子的人，才能懂音乐；鉴定过上千口宝剑的人，才能懂兵器。因而全面公允地评价作品，其方法即务必多看。只有见识过高山的，才能知道小山包（的卑微）；只有

1　★本篇引自《文心雕龙》。知音，这里指理解、欣赏、评判诗文作品。

2　凡：凡是，所有。晓声：懂音乐。操：弹奏。识器：鉴别兵器。

3　圆照：这里指全面公允地评价。象：方法。务：务必，一定。博观：广泛地观察。

4　乔岳：高山。形：这里指通过比较而认识。培塿（pǒulǒu）：小土丘。酌：原指斟酒，这里有见识、接触的意思。畎浍（quǎnkuài）：田间小河沟。

5　无私于轻重：不因轻重而存私心、成见。平理若衡：衡量文章优劣能像秤一样公平。衡，秤。照辞如镜：观照文辞之美像镜子一样清晰。

6　标：标定，树立。六观：六个方面的观察角度。

7　位体：体裁和风格手法。置辞：文章的遣词造句。通变：继承和创新。奇正：立意的纯正和新奇。事义：运用典故。宫商：声律。

8　术：方法。形：形成，这里有实行、运用之意。见（xiàn）：显现。

亲见大海的，才能明白小河沟（的渺小）。不因作者权位的轻重而带成见，不因个人好恶爱憎而存有偏见，如此，在评价文章、赏鉴文字时，才能像秤一样公平、像镜子一样清晰无误。因此，要鉴别文章的内容文采，先树立六个观察的角度：一看作品是否采用合于主题的体裁和手法，二看作品如何遣词造句，三看是否继承传统并有所创新，四看是否立意纯正又别出心裁，五看文章能否妙用典故，六看文字是否讲求声律，读起来有音乐之美。运用这种方法来鉴别，文章的优劣立刻显现无遗。

钟 嵘

钟嵘（约468—约518），字仲伟，南朝齐梁人，祖籍颍川长社（今河南长葛）。著有《诗品》，是最早的论诗专著。书中对一百二十二位诗人做出评价，把诗人分成上中下三品。其中列入上品的十一人，中品的三十九人，下品的七十二人。

诗品序（节录）[1]

若乃春风春鸟，秋月秋蝉，夏云暑雨，冬月祁寒，斯四候之感诸诗者也[2]。嘉会寄诗以亲，离群托诗以怨[3]。至于楚臣去境，汉妾辞宫[4]。或骨横朔野，魂逐飞蓬[5]；或负戈外戍，杀气雄边[6]。塞客衣单，孀闺泪尽[7]。又士有解佩出朝[8]，一去忘返；女有扬蛾入宠，再盼倾国[9]。凡斯种种，感荡[10]心灵。非陈诗何以展其义，非长歌何以骋其情[11]？

译文 至于那春天的风和鸟，秋天的月与蝉，夏天的云和雨以及冬季的严寒，这都是四季可以触发诗思、发为诗歌的气候特征。美好

1　★本篇引自《诗品》，申说诗歌的抒情作用。

2　若乃：至于。祁寒：严寒。斯：这。四候：四季。诸："之于"的合词。

3　嘉会：美好的集会。寄、托：都是假借、寄寓的意思。亲：使亲近。离群：孤独的人。

4　楚臣去境：用屈原被放逐典故。汉妾辞宫：用王昭君和亲典故。

5　朔野：北方的荒野。飞蓬：蓬草。参见《芜城赋》"孤蓬"注释。

6　戈：一种长兵器。外戍：到边疆守卫。杀气雄边：战斗气氛为边塞增添雄壮之气。

7　塞客：守边士卒。孀闺：闺房中的寡妇。这里也指（丈夫在外戍边的）独居妇女。

8　士：这里指士大夫。解佩：解下佩带的官印，意为辞官。

9　扬蛾入宠，再盼倾国：指女子倚恃绝美容色入宫受宠。暗用西汉李夫人"倾城倾国"典故。蛾，蛾眉，指美貌。

10　感荡：感动、激荡。

11　陈诗：赋诗。长歌：高声吟咏。骋：舒展，抒发。

的集会借诗歌来培养亲密之情，离群的孤客借诗歌来抒发哀怨的情绪。此外还有屈原离开朝廷遭到放逐，王嫱为和亲而辞别汉宫。有的尸骨倒伏在北方的荒野，任孤魂追逐飞滚的蓬草；有的扛戈外出守卫，腾腾杀气为边塞增添了雄浑之气。戍边士卒衣服单薄，独居少妇哭干了眼泪。还有士大夫解印辞官，一去不返；美人凭借骄人美色入宫得宠。所有这些情景，无不荡气回肠，不借助诗歌吟咏就没法抒发心中的意念情愫，不借助高声歌咏就没法让感情流淌个痛快！

唐代文学

王 绩

王绩（约589—644），字无功，自号东皋子，绛州龙门（今山西河津）人。于隋、唐两代都曾做官，后归隐林下。诗歌代表作有《野望》《过酒家》等。今存《王无功集》。

野望[1]

东皋薄暮望，徙倚欲何依[2]。树树皆秋色，山山唯落晖。牧人驱犊返，猎马带禽归[3]。相顾无相识，长歌怀采薇[4]。

---

1 ★本篇是作者隐居故里，游北山东皋，眺望原野所作。
2 皋：水边高地。薄暮：傍晚。徙倚：徘徊。依：归止。
3 犊（dú）：小牛。"猎马"句：骑着马的猎人带着猎获的禽鸟归来。
4 怀采薇：用伯夷、叔齐隐居首阳山采薇而食的典故，表达了孤独之感及对先贤的追慕之情。

骆宾王

骆宾王（约638—684后），唐婺州义乌（今属浙江）人。"初唐四杰"之一。曾为县主簿及侍御史等职，仕途不得志。睿宗光宅元年（684）随李敬业起兵反对武则天，兵败不知所终。诗赋代表作有《在狱咏蝉》《于易水送人》及《代李敬业传檄天下文》等。有《骆临海集》。

在狱咏蝉[1]

西陆蝉声唱，南冠客思侵[2]。那堪玄鬓影，来对白头吟[3]。
露重飞难进，风多响易沉[4]。无人信高洁[5]，谁为表予心？

于易水送人[6]

此地别燕丹，壮发上冲冠[7]。昔时人已没[8]，今日水犹寒。

1　★本篇是骆宾王做官时因罪入狱所作。这里以蝉为喻，申说冤情，表白自己。

2　西陆：指秋天。古人以北陆为冬，西陆为秋。南冠：这里意为囚犯。参见《哀江南赋序》"钟仪"二句注释。侵：侵袭。

3　"那堪"二句：哪里受得了寒蝉向我这老迈的人哀鸣呢。玄鬓影，指蝉。玄鬓指其薄翼，古时妇女梳鬓发如蝉翼状，称蝉鬓。

4　"露重"二句：这里说自己像蝉一样，因环境恶劣，难以脱罪，喊冤之声没人理会。露重、风多，喻社会环境恶劣。

5　高洁：蝉在高枝餐风饮露，足称"高洁"，这里仍是以蝉自喻。

6　★本篇又题为《易水送别》。诗人在易水边送别朋友，想到当年燕太子丹在易水送别荆轲的场景，有感而作。

7　燕丹：即燕太子丹。"壮发"句：当年荆轲高唱"风萧萧兮易水寒，壮士一去兮不复还"，众人"发尽上指冠"。（见《史记·刺客列传》）下面的"水犹寒"与"易水寒"相应和。

8　没：同"殁"。

代李敬业传檄天下文[1]

伪临朝武氏者，人非温顺，地实寒微[2]。昔充太宗下陈，尝以更衣入侍[3]。洎乎晚节，秽乱春宫[4]。密隐先帝之私；阴图后庭之嬖[5]。入门见嫉，蛾眉不肯让人[6]；掩袖工谗，狐媚偏能惑主[7]。……

敬业皇唐旧臣，公侯冢子[8]。奉先帝之遗训，荷本朝之厚恩[9]。……因天下之失望，顺宇内之推心[10]；爰举义旗，誓清妖孽[11]。南连百越，北尽三河，铁骑成群，玉轴相接[12]。海陵红粟，

1　★本篇又题为《为徐敬业讨武曌（zhào）檄》。徐敬业即李敬业，是唐开国功臣李勣（jì）的孙子。武曌即武则天，原为唐太宗"才人"（女官名），后被高宗立为皇后。中宗、睿宗朝，她独掌大权，后来索性改国号为周（690—705），自立为女皇。她废掉中宗准备自立时，被贬为柳州司马的李敬业在扬州起兵反抗，骆宾王在他的幕下，为他起草了这篇檄文。檄（xí），一种军用文告，起晓谕、征召、声讨的作用，用于战前的舆论宣传。

2　伪：指非法的，不被正统所承认的。临朝：君临朝廷，掌握君权。地实寒微：出身实在很低微。地，同"第"，门第，出身。

3　下陈：犹言后列，这里指才人身份。更（gēng）衣：宴会休息时更换衣裳。这里指武氏利用伺候更衣的机会，接近皇上，获得宠爱，手段不光彩。

4　洎（jì）：及，到。晚节：后来，其后。秽乱春宫：这里指武氏先为太宗才人，又为太子妃嫔。春宫，东宫，是太子所居，也指太子。

5　"密隐"二句：是说武氏隐瞒太宗对她的宠幸，希图得到高宗的专宠。私，宠幸。后庭，后宫。嬖（bì），宠爱。

6　"入门"二句：是说她初来时曾遭嫉妒，但以美貌争得皇上宠幸。见嫉，被嫉妒。蛾眉，原指好看的眉毛，也代指美貌。

7　"掩袖"二句：是说武氏擅长以谗言害人，以狐媚的手段迷惑人主。掩袖，这里用战国楚怀王宠妃郑袖进谗杀人的典故。（见《战国策·楚策》）工谗，擅长进谗言。狐媚，传说狐狸能迷惑人，这里是说使用狐狸迷人的手段。

8　皇唐：大唐。冢（zhǒng）子：嫡长子。徐敬业是开国功臣徐勣（后赐姓李）的长孙。

9　先帝：指唐高宗。荷（hè）：负，蒙受。

10　因、顺：都有顺应之意。推心：以诚相待，这里指对徐敬业的信任。

11　爰（yuán）：于是。妖孽：指武氏之党。

12　百越：古代越族部落极多，因称"百越"。三河：汉代河东、河内、河南三郡，是古代的王都之地。"三河"一作"山河"。玉轴（zhú）：战船。轴，同"舳"。

仓储之积靡穷¹；江浦黄旗，匡复之功何远²？班声动而北风起，剑气冲而南斗平³。喑呜则山岳崩颓，叱咤则风云变色⁴。以此制敌，何敌不摧；以此攻城，何城不克⁵！

公等或家传汉爵，或地协周亲，或膺重寄于爪牙，或受顾命于宣室⁶。言犹在耳，忠岂忘心？一抔之土未干，六尺之孤安在⁷？倘能转祸为福，送往事居，共立勤王之勋，无废旧君之命⁸；凡诸爵赏，同指山河⁹。若其眷恋穷城，徘徊歧路，坐昧先几之兆，必贻后至之诛¹⁰。请看今日之域中，竟是谁家之天下！移檄州郡，咸使知闻¹¹。

【译文】非法把持朝政的武氏，不是和善温顺之人，出身也十分低

1　"海陵"二句：是说海陵粮仓储存着无穷的粮食。海陵，即今江苏泰州，在扬州附近，汉代在此置粮仓。红粟，米因久藏而变为红色。靡穷，无穷。

2　江浦：长江沿岸。黄旗：指王者之旗。匡复：这里指挽救危亡。

3　班声：马嘶鸣声。"剑气"句：是说队伍杀气勃发，直冲斗牛。据《晋书·张华传》载，晋初时牛、斗（二星宿名）间有紫气照射，有人说是剑气所映，结果真的在丰城（古属豫章郡）牢狱地下掘出龙泉、太阿二剑，于是紫气消失，后二剑入水化为龙。南斗，即斗宿，为二十八宿之一。

4　喑（yīn）呜、叱咤（chìzhà）：怒吼声。

5　克：完成。

6　"公等"四句：是说你们这些（李唐旧臣）都受唐朝恩惠，有着捍卫及复兴的责任。公等，这里指文臣武将。家传汉爵，拥有世袭爵位。地协周亲，指身份是宗室亲族。地，同"第"，门第。协，相配，相合。周亲，至亲。膺，承受。爪牙，喻武将。顾命，帝王临死时的遗命。宣室，汉宫中有宣室殿，这里借指皇帝召问大臣的处所。

7　一抔（póu）之土：这里借指皇帝的坟墓。六尺之孤：指继承皇位的新君。安在：指失去帝位。

8　送往事居：送走亡故的，侍奉在位的。往，死者，指高宗。居，生者，指中宗。勤王：指臣下起兵救援王室。旧君：指已死的皇帝。

9　"凡诸"二句：这是宣誓的话，是说面对山河发誓，凡是有功的，君王都不吝爵位赏赐。

10　穷城：指孤立无援的城邑。坐昧：坐失。先几（jī）之兆：先兆。贻（yí）：留下。后至之诛：因迟到而遭受诛戮。

11　移：传。咸：都。

贱。早先曾充任太宗的宫女，以不光彩的手段得以侍奉先帝。到了后期，又与太子发生乱伦关系，极力遮掩受先帝宠幸的事实，图谋获取高宗的专宠。入宫之初虽遭嫉妒，却凭着美貌，丝毫不肯退让；又擅长谗言伤人，凭着狐媚伎俩，迷惑皇上。……

我徐敬业是大唐旧臣，开国元勋的长孙，尊奉先帝的遗言，蒙受朝廷的厚恩。……我因应普天下的失望情绪，顺应举国人的信任，就此高举正义之旗，发誓要清扫害人的妖孽。往南连接百越之地，向北直至中原三河，铁骑成群，战船相连。海陵粮仓有着无尽的存粮，长江两岸王旗飘飘，光复大唐的伟业就要实现了！战马嘶鸣，北风呼啸，宝剑之光直冲牛斗；战士的怒吼令山岳崩塌、风云变色。凭着这样的队伍来杀敌攻城，又有什么人不能打垮，又有什么城池不能攻克呢！

如今替武氏效劳的各级官员们，你们或者承受世袭的爵位，或者是皇室宗亲，或是身负守卫之责的武将，或是在内殿接受先帝遗命的大臣。先帝的话音还在耳边，你们的忠诚又怎能忘怀？先帝坟上的土还没干透，幼小的皇帝还在位子上吗？如果各位能及时改变立场，转祸为福，送走先帝，侍奉当今，大家共同建立匡救皇室之功，不废弃先帝的遗命，那么我对着泰山黄河发誓，成功后的封爵赏赐，绝不会亏待各位。不过谁若眷恋你的危城，执迷不悟，目光短浅、坐失良机，一定会因你的后知后觉而受到严惩！请看今天的疆域之中，究竟是谁家的天下？此檄文移送各州郡，让所有人一体周知。

卢照邻

卢照邻（约637—约686），字升之，唐幽州范阳（今河北涿州）人。"初唐四杰"之一。诗有《行路难》《长安古意》等。有《幽忧子集》。

长安古意（节录）[1]

长安大道连狭斜，青牛白马七香车[2]。

玉辇纵横过主第，金鞭络绎向侯家[3]。

龙衔宝盖承朝日，凤吐流苏带晚霞[4]。

百尺游丝[5]争绕树，一群娇鸟共啼花。

……[6]

别有豪华称将相，转日回天[7]不相让。

意气由来排灌夫，专权判不容萧相[8]。

---

1 ★本篇托名"古意"（吟咏历史），实则描写了当时长安的繁华景象，对贵族的骄奢淫逸、飞扬跋扈有所讥讽，诗末表达了诗人不慕荣利的高尚情怀。

2 狭斜：狭窄的小巷。青牛白马：古代驾车，牛马并用。七香车：用七种香木制成的华美车子。

3 玉辇（niǎn）：皇帝、贵族所乘的车。主第：公主的宅第。金鞭：泛指车马。侯家：公侯贵族之家。

4 龙衔宝盖：车上用龙形装饰的伞盖。凤吐流苏：车幔上绣着凤凰图案，垂着穗子。流苏，裙服、帘幕边上的穗状饰物。

5 游丝：春天空中飘着的虫丝。

6 以下省略部分，极写长安繁华、贵族豪奢及娼妓的活动。

7 转日回天：形容权势之大。

8 "意气"二句：是说权贵将相意气用事，相互争斗排挤。排，排挤。灌夫，汉武帝时人，好饮酒骂人，与丞相田蚡（fén）为敌，最终被害。判不容，决不容。萧相，汉元帝时辅政大臣萧望之，遭弘恭、石显等人排挤，饮鸩自杀。

专权意气本豪雄，青虬紫燕坐春风[1]。

自言歌舞长千载，自谓骄奢凌五公[2]。

节物风光不相待，桑田碧海须臾改[3]。

昔时金阶白玉堂[4]，即今惟见青松在。

寂寂寥寥扬子居[5]，年年岁岁一床书。

独有南山桂花发，飞来飞去袭人裾[6]。

1　青虬、紫燕：都是良马名。坐春风：在春风中驰骋，形容得意之态。
2　凌五公：凌驾于五公之上。五公，指张汤、杜周、萧望之、冯奉世、史丹等五位汉代权贵。
3　"节物"二句：四季景物变化迅速，桑田顷刻变成沧海。暗示富贵转瞬即逝，不可凭恃。节物，四季景物。"桑田"句用典，《神仙传》载神女麻姑说："已见东海三为桑田。"
4　金阶白玉堂：指贵族豪华府邸。
5　扬子居：汉代学者扬雄的住处。扬雄自甘寂寥，闭门读书，这是诗人自比。
6　南山：终南山，这里泛指隐居之所。发：开放。裾：衣服的前襟。

苏味道

苏味道（648—705），唐赵州栾城（今属河北）人，少年中进士，武后时官至宰相。诗歌代表作有《正月十五夜》《咏虹》等。《全唐诗》存其诗一卷。

正月十五夜[1]

火树银花合，星桥铁锁开[2]。暗尘随马去，明月逐人来。
游伎皆秾李，行歌尽《落梅》[3]。金吾不禁夜，玉漏莫相催[4]。

---

1 ★本篇又题《上元》，诗中写上元节满城燃灯放焰火的欢庆景象。

2 火树：挂着灯的树。银花：比喻灯火之盛。合：形容灯火连成片。"星桥"句：李冰曾在蜀江建桥七座，上应七星，名"七星桥"，桥上有铁锁。这里是说京城的道路桥梁夜不禁行，畅通无阻。

3 伎：指乐伎（歌舞演员）。秾李：打扮得艳如桃李。行歌：边走边唱。《落梅》：乐曲名，即《梅花落》。

4 "金吾"二句：既然这天不禁夜行，就不要催得那么紧吧。金吾：京城中负责宵禁的羽林军。玉漏：古代用玉做的计时器。

杜审言

杜审言（约645—约708），字必简，祖籍襄阳（今属湖北），后迁巩县（今河南巩义）。是杜甫的祖父。诗有《和晋陵陆丞早春游望》《登襄阳城》等。明人辑有《杜审言集》。

和晋陵陆丞早春游望[1]

独有宦游人，偏惊物候新[2]。云霞出海曙，梅柳渡江春[3]。
淑气催黄鸟，晴光转绿蘋[4]。忽闻歌古调，归思欲沾巾[5]。

1　★这是一首奉和之作，原诗为晋陵（今江苏武进）陆姓县丞所作，吟咏春游所见。

2　宦游人：在外做官的人。物候：景物随节候变化的征象。

3　"云霞"二句：彩霞随着东海日出而灿烂，梅柳间的春色从江南渡向江北。曙，晓色。

4　"淑气"二句：和暖的气候引发黄鸟的歌唱，水中绿蘋在阳光下摇曳生光。淑气，和暖的气候。蘋（pín），一种水草。

5　沾巾：流泪。

王 勃

王勃（649或650—676），字子安，唐绛州龙门（今山西河津）人。"初唐四杰"之一。少年得意，但仕途坎坷。诗赋代表作有《送杜少府之任蜀州》《山中》及《滕王阁序》等。有《王子安集》。

送杜少府之任蜀州[1]

城阙辅三秦，风烟望五津[2]。与君离别意，同是宦游人[3]。海内存知己，天涯若比邻[4]。无为在歧路，儿女共沾巾[5]。

山中[6]

长江悲已滞[7]，万里念将归。况属[8]高风晚，山山黄叶飞。

1　★杜姓朋友到蜀地去做官，作者写诗相送。少府，县尉。之任，赴任。蜀州，一作"蜀川"，泛指蜀地。
2　"城阙"二句：是说长安到蜀虽远，但五津风物，还可在城头相望。城阙，此指长安。辅，指京城附近的地方。三秦，今陕西一带。五津，四川岷江的五个渡口。
3　宦游人：离乡背井谋官的人。
4　"海内"二句：是说知己朋友千里同心。天涯，指极远的地方。比邻，近邻。
5　无为：不要。歧路：分手的路口。儿女：青年男女。
6　★本篇写长江秋景兼抒乡思，气势宏大。
7　滞：停滞不流。
8　属（zhǔ）：恰，正。

滕王阁序[1]

　　豫章故郡，洪都新府[2]。星分翼轸，地接衡庐[3]。襟三江而带五湖，控蛮荆而引瓯越[4]。物华天宝，龙光射牛斗之墟[5]；人杰地灵，徐孺下陈蕃之榻[6]。雄州雾列，俊采星驰[7]。台隍枕夷夏之交，宾主尽东南之美[8]。都督阎公之雅望，棨戟遥临[9]；宇文新州之懿范，襜帷暂驻[10]。十旬休假[11]，胜友如云；千里逢迎[12]，高朋满座。腾蛟起凤，孟学士之词宗；紫

1　★本篇题目全称为《秋日登洪府滕王阁饯别序》。滕王阁故址在唐江南洪州（今江西南昌），前临赣江。唐高祖之子李元婴受封为滕王，任洪州都督时修建此阁。本篇是作者的骈文代表作。

2　豫章：汉郡名，治所在今江西南昌。唐改洪州，设都督府，故称"洪都新府"。

3　"星分"句：（洪州）属于翼、轸（zhěn）二星所对着的地面区域。按，古人把天上的星宿与地面区域相对应，称某地为某星的"分野"。翼、轸，星宿名，属二十八宿。"地接"句：南昌地面与衡山、庐山所在的衡州、江州相连。

4　"襟三江"句：以三江为襟，以五湖为带。三江，泛指长江中下游的江河。五湖，泛指南昌周围的湖泊。"控蛮荆"句：控御荆楚，连接江浙。蛮荆，指楚地，即今湖南、湖北一带。瓯越，今浙江一带，古为越地，有瓯江。

5　"物华"二句：（洪州所产宝剑是）物之精华，焕发出天生的宝气，剑光直射牛、斗之间。参见《代李敬业传檄天下文》相关注释。牛、斗，星宿名。墟，区域。

6　"人杰"二句：（洪州）地域有灵气，孕育出人中豪杰，出现陈蕃、徐孺子这样的贤士。据《后汉书·徐稺（zhì）传》载，陈蕃做豫章太守，从不接待宾客，却专设一榻接待贤士徐稺（字孺子），人一走，就把榻挂起来。下，使（榻）放下。

7　雄州：大州，指洪州。雾列：雾气蒸腾地展现着，这里以雾气形容旺盛之气。俊采：俊彦，人才。星驰：像流星般飞驰，极言人才之多。

8　台隍（huáng）：城池。隍，无水城壕。枕夷夏之交：是说洪州处于夷（荆楚、瓯越）夏（中原地区）交会处。枕，临，近。东南之美：东南各地的才俊。

9　"都督"二句：声誉很好的洪州都督阎公亲临宴会。阎公，当时主持盛会的洪州都督，名伯屿。雅望，好声望。棨（qǐ）戟，带戟衣的木戟，这里指仪仗。

10　"宇文"二句：风范美好的新州宇文刺史路经这里，也来赴会。宇文，复姓。新州，今广东新兴。懿范，美好的风范。襜（chān）帷，车子上的帷幕。

11　十旬休假：十天为一旬，唐代官员逢旬日放假休沐，称"旬休"。

12　逢迎：迎接。

电清霜，王将军之武库¹。家君作宰，路出名区²；童子何知，躬逢胜饯³。

时维九月，序属三秋⁴。潦水尽而寒潭清，烟光凝而暮山紫⁵。俨骖騑于上路，访风景于崇阿⁶；临帝子之长洲，得天人之旧馆⁷。层峦耸翠，上出重霄⁸；飞阁流丹，下临无地⁹。鹤汀凫渚，穷岛屿之萦回¹⁰；桂殿兰宫，即冈峦之体势¹¹。披绣闼，俯雕甍，山原旷其盈视，川泽纡其骇瞩¹²。闾阎扑地，钟鸣鼎食之家¹³；舸舰弥津，青雀黄龙之舳。¹⁴云销雨霁，彩彻区明¹⁵。

1 孟学士、王将军：都是当时参加宴会的名人。腾蛟起凤：形容文字之美。词宗：文词宗师。紫电清霜：形容武器精良。紫电，宝剑名。清霜，形容宝剑寒光如霜。武库：兵器库，暗示王将军武艺好。

2 宰：令，县官。王勃的父亲时任交趾令。路出：路过。王勃此去省亲，路过洪州。名区：有名的好地方。这里指洪州。

3 童子：王勃自谦之词。躬：亲身。胜饯：盛大的饯别宴会。

4 维：句中语气词。序属三秋：按四季时序，正值秋季。三秋，秋季九月。

5 潦（lǎo）水：积水。烟光：云霭雾气。

6 俨：整治。骖騑：四马所驾的车子，两边的马称骖，也称騑。这里泛指马。上路：大路。崇阿（ē）：高的山丘。

7 帝子、天人：这里都指滕王。长洲：神话中的地名，这里指洪州。旧馆：指滕王阁。

8 层峦耸翠：形容滕王阁层层重叠，高耸苍翠。重霄，九霄，天空。

9 "飞阁"二句：形容滕王阁檐牙飞耸、丹彩欲流，向下几乎看不清地面。

10 "鹤汀"二句：停着禽鸟的水岸小岛，极其迂曲回环。汀，水边平地。凫，野鸭。穷，穷尽。渚，水中小洲。

11 "桂殿"二句：华丽的宫殿沿着山势建造。即，紧随。

12 披：开。绣闼：雕绘精美的门。俯：俯视。雕甍（méng）：雕刻的屋脊。"山原"二句：山原广阔，充满视野；川泽迂回，令人惊骇。旷，远。盈视，极目所见。纡，迂回。骇瞩，注视令人惊骇。

13 闾阎：里门，屋舍。扑地：遍地。钟鸣鼎食：富贵人家鸣钟列鼎而食的景象。

14 舸（gě）舰：泛指大船。弥津：停满渡口。青雀黄龙：指船尾作鸟头、龙头形。舳（zhú）：船尾。

15 霁（jì）：雨过初晴。彩：日光。区：区宇，空间。

落霞与孤鹜[1]齐飞，秋水共长天一色。渔舟唱晚，响穷彭蠡[2]之滨；雁阵惊寒，声断衡阳之浦[3]。

遥襟甫畅，逸兴遄飞[4]。爽籁发而清风生，纤歌凝而白云遏[5]。睢园绿竹，气凌彭泽之樽[6]；邺水朱华，光照临川之笔[7]。四美具，二难并[8]。穷睇眄于中天[9]，极娱游于暇日。天高地迥[10]，觉宇宙之无穷；兴尽悲来，识盈虚之有数[11]。望长安于日下，目吴会于云间[12]。地势极而南溟深，天柱高而北辰远[13]。关山难越，谁悲失路[14]之人？萍水相逢[15]，尽是他乡之客。怀帝阍而不见，奉宣室以何年[16]？

---

1 鹜：野鸭。

2 彭蠡（lǐ）：古代大泽，即今天的鄱阳湖。

3 "声断"句：大雁的鸣叫声止于衡阳水边。大雁是候鸟，秋季南飞，至衡阳（今属湖南）而止。浦，水滨。

4 "遥襟"二句：遥望时襟怀顿觉舒畅，兴致勃勃。甫，才。逸兴，雅兴。遄，迅速。

5 爽籁：排箫。纤歌：美妙的歌。白云遏：形容歌声嘹亮，白云为之停滞。遏，阻止。

6 睢（Suī）园：汉梁孝王的园林，栽有绿竹。彭泽之樽：陶渊明的酒杯。陶曾为彭泽令，故称。这里是说滕王阁的宴会，胜过隐士的独酌。

7 "邺水"二句：借曹植、谢灵运比拟与会的文士。邺（今河北临漳），是曹魏兴起的地方。曹植《公宴诗》有"朱华（红花）冒绿池"之句。临川，今江西抚州，谢灵运曾在那里做官。

8 四美：指良辰、美景、赏心、乐事。具：全。二难：指贤主、嘉宾。难，难得。

9 穷：与下面的"极"都有尽的意思。睇眄（dìmiǎn）：极目纵观。中天：高空。

10 迥：远。

11 盈虚：盈满与亏缺。数：运数。

12 "望长安"二句：这里指远离长安，近望吴会。日下，帝都的别称。吴会（kuài），吴郡和会稽郡，古称云间。

13 南溟：南海。天柱：传说昆仑山有高入云天的铜柱。北辰：北极星，往往指代国君。

14 失路：比喻不得志。

15 萍水相逢：偶然相遇。

16 帝阍：天帝的守门人。这里指朝廷。奉宣室：侍奉君王。宣室，汉未央宫的正室，汉文帝曾在此接见贾谊，谈到深夜。

嗟乎！时运不齐，命途多舛[1]。冯唐易老，李广难封[2]。屈贾谊于长沙，非无圣主[3]；窜梁鸿于海曲，岂乏明时[4]？所赖君子见机，达人知命[5]。老当益壮，宁移[6]白首之心？穷且益坚[7]，不坠青云之志。酌贪泉而觉爽，处涸辙以犹欢[8]。北海虽赊，扶摇可接[9]；东隅已逝，桑榆非晚[10]。孟尝[11]高洁，空余报国之情；阮籍猖狂[12]，岂效穷途之哭！

勃，三尺微命，一介书生[13]。无路请缨，等终军之弱冠[14]；

1　不齐：不好。齐，好。舛（chuǎn）：乖违，不顺。

2　冯唐：西汉人，有才能，但官职不显。武帝时，有人举荐他，他已九十多岁，不能任职了。李广：汉武帝时名将，抗击匈奴屡建战功，却始终未能封侯。

3　屈：使屈居。贾谊：汉文帝时被贬为长沙王太傅，才高位卑，后抑郁而终。圣主：指汉文帝。

4　窜：逃匿。梁鸿：东汉章帝时人，因写诗讽刺皇帝，逃到海边，给人当佣工。海曲：泛指滨海之地。明时：政治清明之时。

5　"所赖"二句：依仗的是君子能预见征兆，通达者安于命运安排。机，征兆。

6　宁移：哪能改变。

7　穷：困窘。《后汉书·马援传》："丈夫为志，穷当益坚，老当益壮。"

8　"酌贪泉"句：晋吴隐之赴广州刺史任，途中饮贪泉，到任后依旧坚持操守，廉洁奉公。爽，内心清爽。"处涸（hé）辙"句：《庄子·外物》有车辙中鲋鱼求活的寓言，这里比喻人在困窘环境中依然乐观。涸辙，干涸的车辙。

9　赊：远。扶摇：飙风，暴风。

10　"东隅"二句：年轻时荒废光阴，晚年还可补救。语出《后汉书·冯异传》："失之东隅，收之桑榆。"东隅，日出处。桑榆，日落处。

11　孟尝：东汉人，曾任合浦太守，为官清正。后归隐耕田，虽经人多次推荐，始终不被任用。

12　阮籍：晋代诗人，行为狂放，因政治上受压抑，常驾车出行，走到无路处，大哭而返。猖狂：放任不拘礼法。

13　勃：王勃自称。三尺：古代的士佩三尺之绅（礼服束带的下垂部分）。微命：王勃曾为虢州参军，官职很低，故称"微命"。一介：一个。

14　"无路"二句：犹言（我）年当弱冠，与终军年岁相等，却没机会请缨报国。据《汉书·终军传》载，汉武帝派年轻的终军劝说南越王归服，终军则请求给他长缨（绑绳），要把南越王缚至阙下。等，等同。弱冠，古代以二十岁为弱冠。

有怀投笔，慕宗悫之长风[1]。舍簪笏于百龄，奉晨昏于万里[2]。非谢家之宝树，接孟氏之芳邻[3]。他日趋庭，叨陪鲤对[4]；今兹捧袂，喜托龙门[5]。杨意不逢，抚凌云而自惜[6]；钟期既遇，奏流水以何惭[7]？

呜呼！胜地不常，盛筵难再[8]；兰亭已矣，梓泽丘墟[9]。临别赠言，幸承恩于伟饯[10]；登高作赋，是所望于群公[11]。敢竭鄙

---

1 "有怀"二句：是说羡慕班超、宗悫（què）的抱负，有投笔从戎之志。《后汉书·班超传》记述班超投笔从戎的故事。又据《南史·宗悫传》，南朝宋宗悫少年有大志，叔父问他志向，他回答："愿乘长风破万里浪。"

2 "舍簪笏（hù）"二句：舍去富贵前程，到万里之外朝夕侍奉父亲。簪笏，古代做官者的冠簪、手板，这里指前程。百龄，百年，一生。晨昏，古代礼节规定，儿子对父母要晨昏定省问安。

3 谢家之宝树：《晋书·谢玄传》载，谢玄回答叔父谢安对晚辈的期待，说："譬如芝兰玉树，欲使其生于庭阶耳。"这里喻指好青年。孟氏之芳邻：孟母三迁，为孟子寻找好邻居。这里指在座嘉宾。

4 "他日"二句：是说自己将见到父亲，接受教诲。这里用孔子教导儿子孔鲤学诗学礼的典故。（见《论语·季氏》）趋，小步快走。叨（tāo）陪，谦辞，意为有幸沾光陪侍。鲤对，孔子与孔鲤的对话。

5 "今兹"二句：今天来拜见，庆幸能托身于龙门。捧袂（mèi），举袖作揖。龙门，相传鲤鱼若能跃过龙门，便可化龙。这里喻指作者借阎公抬高身价。

6 "杨意"二句：杨意即杨得意，为汉武帝管猎犬的小官，经他介绍，司马相如得见武帝，出人头地。相如献《大人赋》，"天子大悦，飘飘有凌云之气，似游天地之间"。（见《史记·司马相如列传》）作者这里是说，没人引荐，只好抚"凌云之赋"而自怜自叹了。

7 "钟期"二句：伯牙是春秋时的音乐家，钟子期是他的知音。伯牙鼓琴，心在高山，子期说："善哉！峨峨兮若泰山。"心在流水，子期说："善哉！洋洋兮若江河。"（见《列子·汤问》）作者是说在洪州遇到阎公这样的知音。

8 难再：难有第二次。

9 兰亭已矣：兰亭宴集已成过去。晋王羲之曾与群贤宴集于兰亭（在今浙江绍兴西南）。梓泽：金谷园的别称，为西晋石崇所建，故址在今河南洛阳西北，当年极为豪华。丘墟：荒丘废墟。

10 伟饯：犹言盛筵。

11 "登高"二句：意为登高赋诗，就仰仗在座各位了。

怀，恭疏短引[1]；一言均赋，四韵俱成[2]。请洒潘江，各倾陆海云尔[3]。

滕王高阁临江渚，佩玉鸣鸾罢歌舞[4]。画栋朝飞南浦云，珠帘暮卷西山雨[5]。闲云潭影日悠悠，物换星移几度秋[6]。阁中帝子今何在？槛外长江空自流[7]。

译文 豫章乃汉朝旧郡，是新设的洪州都督府。地域正当翼、轸二星分野，连接着衡州、江州。这里以三江为襟，五湖为带，西控荆楚，东连瓯越。（丰城的龙泉宝剑是）物产之精华，焕发出天生的宝气，剑光直射牛、斗之间。这里的大地灵气孕育着人中豪杰，出现了陈蕃、徐稚这样的高人，惺惺相惜。雄伟的州城蒸腾如雾，俊彦才子多如繁星。滕王阁的楼台隍池坐落于夷夏交界之地，满座宾客，集合了东南的才俊。素有声望的阎都督摆开仪仗亲临阁中，新州宇文刺史路经此地也来捧场。正值旬休之日，不辞千里之远，胜友高朋，济济一堂。孟学士乃文章大家，文字有如龙凤；王将军勇武过人，紫电剑泛着寒霜。家父在南方做县令，我前往省亲，路经贵地，作为无知小辈，荣幸地参加了盛筵。

---

1 "敢竭"二句：斗胆披露我的胸怀，恭敬地写了这篇小序。疏，写。

2 "一言"二句：指文人雅集，分韵作诗。王勃也按照所分的字（言）写下四韵八句，即《滕王阁诗》（见序文末尾）。

3 "请洒"二句：请各位各展才华。潘江、陆海，即潘岳、陆机，都是晋代才子，人称"陆才如海，潘才如江。"（见钟嵘《诗品》）

4 "佩玉"句：谓昔日歌舞已经消歇。佩玉：古人衣带上的玉佩。鸣鸾：士大夫车子上挂着的声似鸾鸟之鸣的铃铛。

5 "画栋"二句：是说人去楼空，只有画栋（彩画的栋梁）、珠帘迎送着自然界的云雨。南浦，诗歌中常用来指送别之地。

6 "闲云"二句：写光阴迅速。物换，四季景物变换。星移，星斗斗转，星斗变换位置。

7 阁中帝子：指滕王。槛（jiàn）：栏杆。长江：赣江是长江的支流，故称。

时当九月，正值秋末，积水退去，潭水清泠。云霭凝聚，晚山呈现紫色。在宽阔的驿道上整顿车马，一路观赏山峦景色，来到这滕王殿下的封地，访问这旧日的帝子馆舍。登上楼阁，但见层台重叠，苍翠高耸，上达云霄；檐牙若飞，丹彩欲流，向下几乎看不清地面。禽鸟翔集的沙岸岛屿迂曲回环；以兰桂构筑的华丽楼阁随着山冈的走势而建。推开彩画的门扇，俯临雕琢的屋脊，山原广阔，充满视野，河川迂回，令人目眩。遍地都是民居，不乏鸣钟列鼎而食的豪贵之家；高船巨舰停满港口，船尾雕着青雀、黄龙。云散雨停，阳光照亮天宇。晚霞与失伴的野鸭同飞，秋水映照着天空的颜色。渔歌响彻鄱阳湖畔，天上有雁行掠过，叫声至衡阳水边而止。

遥望之时，襟怀感到畅达，兴致顿觉飞扬。排箫的乐声引来清风，纤细的歌喉让白云逗留。眼下景象堪比梁孝王的睢园盛会，气氛远超陶令的独酌；眼下众宾的文采，令人想到曹植的“朱华”美文和谢灵运的文笔风范。良辰、美景、赏心、乐事，四美俱全；而贤主、嘉宾的遇合，更是难得。放眼长空，在这休假之日尽情娱乐。天高地远，让人感觉宇宙的无穷；乐极生悲，认识到盈满则亏的自然运数。西望长安，远在日边，东看吴越，云间邈远。南方最远处是深不可测的南海，北边极高处是昆仑天柱及天上的北斗星。关山难行，又有谁同情我这不得志者？萍水相逢，所见全是陌生的面孔。虽然有志报效君主，可哪年才能得到皇上的召见？

唉！命运不好，人生坎坷。冯唐到老也没赶上机会，李广始终难以封侯。贾谊屈居长沙时，并非没有圣明君主；梁鸿逃到海边隐居，难道不是政治清明之时？全仰仗君子能预见征兆，通达者安于命运的安排。年岁老迈，雄心仍在，不因白发而改变初心；境遇困窘，意志更坚，丝毫不会影响凌云之志。君子饮了贪泉水，照样能廉洁清爽；像是鱼处在干涸的车辙里，也仍然乐观向上。北海虽远，乘着疾风还是可以到达的；早上的时光一去不返，傍晚努力补救，也仍不算晚。孟尝为人高洁，可惜空怀报国之志；阮籍狂放，我可不能学他灰心丧气，途穷痛哭。

我王勃位卑官小，是个书生。年岁与终军等同，却没机会像他那样请缨报国。不过我不乏宗悫的"乘风破浪"之志，想学班超投笔从戎。眼下我放弃官职前程，专门到万里之外省亲。我虽难比谢家的"芝兰玉树"，却有幸与孟家的好邻居交往。不久我将侍奉父亲，听他的教导；今天在此先拜见阎公，如鲤鱼跃上龙门。遇不到杨得意，就只能手抚文卷自惜自怜了；但伯牙一旦遇上钟子期，弹起高山流水之曲，我又无愧于这位乐师呢。

唉！如此胜地不常存，如此盛筵难再有。兰亭雅集已成过去，石崇的金谷园也变成废墟。我有幸受邀出席这场盛筵，临别写下几句话；至于登高赋诗，就看诸位的了。我竭诚尽力，恭敬地写下这篇短序，并且按照所分的韵脚，写成四韵八句。还请各位发挥文才，施展堪比潘岳、陆机的才华，各赋佳篇。

（诗略）

杨 炯

杨炯（650—约693），唐华州华阴（今属陕西）人。"初唐四杰"之一。诗有《从军行》《出塞》等。今存《盈川集》。

从军行[1]

烽火照西京[2]，心中自不平。牙璋辞凤阙，铁骑绕龙城[3]。雪暗凋[4]旗画，风多杂鼓声。宁为百夫长[5]，胜作一书生。

1　★《从军行》是乐府旧题。本篇歌颂为国御敌的将士，表达诗人投笔从戎的志向。
2　烽火：边防报警的烟火。西京：长安。
3　"牙璋"二句：是说将军手握兵符，辞别君王；率铁甲骑兵包围敌方巢穴。牙璋，兵符。这里代指将军。凤阙，指朝廷。龙城，匈奴王庭所在，在今蒙古国乌兰巴托以西约470公里处。这里泛指敌方要塞。
4　凋：凋谢，引申为黯然失色。旗画：军旗上的图画。
5　百夫长：下级军官。

宋之问

宋之问（约656—713），字延清，唐汾州（今山西汾阳）人，一说虢州弘农（今河南灵宝）人。唐高宗时进士，是武后的宠臣，后遭流放。诗歌代表作有《题大庾岭北驿》《渡汉江》《寒食还陆浑别业》等。明人辑有《宋之问集》。

渡汉江[1]

岭外音书断[2]，经冬复历春。近乡情更怯，不敢问来人[3]。

---

1 ★汉江这里指汉水中游的襄河。这首诗是作者从贬所泷（Shuāng）州（今广东罗定）逃回洛阳时所作，写出临近故乡时的复杂心情。

2 岭外：岭南。音书：音信，书信。

3 "近乡"二句：是说离故乡越近，心里就越虚，不敢向从家乡出来的人打听（家中情况，生怕有什么坏消息）。怯，害怕，畏惧。

沈佺期

沈佺期（约656—716），字云卿，唐相州内黄（今属河南）人。唐高宗时进士，武后朝得势，后遭流放，中宗时召回。诗歌代表作有《杂诗》《独不见》等。明人辑有《沈佺期集》。

杂诗[1]

闻道黄龙戍，频年不解兵[2]。可怜闺里月，长在汉家营[3]。
少妇今春意，良人[4]昨夜情。谁能将旗鼓，一为取龙城[5]。

独不见[6]

卢家少妇郁金堂，海燕双栖玳瑁梁[7]。九月寒砧催木叶，

1　★沈佺期有《杂诗》三首，本篇是第三首。写戍边将士与家人双方的相思之苦，表达了对和平的渴望。

2　黄龙戍：黄龙岗，在今辽宁开原北。戍，边疆的防地营垒。频年：连年。解兵：撤兵，休战。

3　"可怜"二句：意谓闺中妇女和戍边的丈夫同看明月却不能团圆。

4　良人：古代妻子对丈夫的称呼。

5　"谁能"二句：意谓谁能率军一举攻取敌巢，可使戍边者回家团聚。一为，一举。

6　★《独不见》是乐府旧题，本篇又题为《古意呈乔补阙知之》。此诗实为唐代较早的七言律诗，形式已较完备。

7　"卢家"二句：谓少妇居住在华美的屋宇中，见到燕子成双，引发对丈夫的思念。卢家少妇，泛指少妇。郁金，一种香料。海燕，燕的一种。玳瑁（dàimào）梁，用玳瑁装饰的屋梁。玳瑁，参见《孔雀东南飞》"玳瑁"注释。

十年征戍忆辽阳[1]。白狼河北音书断，丹凤城南秋夜长[2]。谁谓含愁独不见，更教明月照流黄。[3]

---

1 寒砧（zhēn）：深秋的捣衣声。砧，捣衣石。古人做衣裳，先要捶捣布匹。捣衣声经常出现在古诗中，成为女子怀念戍边丈夫的意象。辽阳：辽河以北，泛指辽东地区，今辽宁一带。

2 白狼河：即大凌河，在今辽宁境内。丹凤城：这里指长安。两地分别是丈夫和少妇所处之地。

3 谓、教：令，使。流黄：黄紫相间的丝织品，这里指闺中帷帐，或说指所捣的布料，也通。

王 湾

王湾（生卒年不详），唐洛阳（今属河南）人。玄宗时进士，曾任洛阳尉。代表诗歌有《次北固山下》《奉使登终南山》等。《全唐诗》录其诗十首。

次北固山下[1]

客路[2]青山外，行舟绿水前。潮平两岸阔，风正一帆悬[3]。海日生残夜，江春入旧年[4]。乡书何处达？归雁洛阳边[5]。

1　★北固山在今江苏镇江北，三面临江。次，停泊，住宿。本篇为羁旅题材，写旅途风景及思乡之情。

2　客路：旅途。

3　"潮平"二句：涨潮时，水面变得宽阔，正值顺风，风帆高高升起。

4　"海日"二句：夜尽时，太阳从东海升起。旧年还未过去，旅人在舟中已感受到春意。

5　"乡书"二句：写一封家信托北归的大雁捎去，不知何时能送到洛阳。

贺知章

贺知章（659—约744），字季真，号四明狂客，唐越州永兴（今浙江萧山）人。代表诗作有《回乡偶书》《咏柳》等。

回乡偶书[1]

少小离家老大回，乡音无改鬓毛衰[2]。儿童相见不相识，笑问客从何处来。

咏柳[3]

碧玉妆成一树高，万条垂下绿丝绦[4]。不知细叶谁裁出，二月春风似剪刀。

1　★本篇写诗人暮年还乡时的所见所感。可与宋之问《渡汉江》参看。
2　鬓毛衰：鬓发疏落变白。
3　★这是一首咏物诗，设喻巧妙。
4　碧玉：南朝宋汝南王的美妾名碧玉。这里以美女喻柳树，兼带形容柳色如碧玉。丝绦（tāo）：丝带。

陈子昂

陈子昂（659—700），字伯玉，唐梓州射洪（今属四川）人。二十四岁中进士，曾任右拾遗，后辞官还乡。诗文代表作有《感遇》《登幽州台歌》及《修竹篇序》等。有《陈子昂集》。

感遇（选一）[1]

本为贵公子，平生实爱才。感时思报国，拔剑起蒿莱[2]。西驰丁零塞，北上单于台[3]。登山见千里，怀古心悠哉。谁言未忘祸，磨灭成尘埃[4]。

登幽州台歌[5]

前不见古人，后不见来者。念天地之悠悠，独怆然而涕下[6]。

1　★诗人有《感遇》诗三十八首，本篇是第三十五首。是作者随军北征时自述心志之作。
2　感时：感念时局。蒿莱：草野，民间。
3　丁零：古代北方民族名。塞：边塞。单（chán）于台：台址在今内蒙古呼和浩特西。单于，匈奴部落首领名称。
4　"谁言"二句：谁说没忘记古来边患带来的灾祸，那些历史早已磨灭，被人遗忘。
5　★幽州台也称燕台、蓟北楼，即历史上燕昭王为招贤所筑的黄金台，遗址一说在今北京大兴礼贤镇。
6　悠悠：（空间、时间的）邈远。怆（chuàng）然：伤感的样子。涕：泪。

张若虚

张若虚（约670—约730），唐扬州（今属江苏）人，与贺知章、张旭等齐名，诗以《春江花月夜》闻名。

春江花月夜[1]

春江潮水连海平，海上明月共潮生。滟滟[2]随波千万里，何处春江无月明！江流宛转绕芳甸，月照花林皆似霰[3]；空里流霜不觉飞，汀上白沙看不见。江天一色无纤尘，皎皎[4]空中孤月轮。江畔何人初见月？江月何年初照人？人生代代无穷已，江月年年望相似。不知江月待何人，但见长江送流水。

白云一片去悠悠，青枫浦[5]上不胜愁。谁家今夜扁舟子[6]？何处相思明月楼？可怜楼上月徘徊，应照离人妆镜台。玉户帘中卷不去，捣衣砧上拂还来[7]。此时相望不相闻，愿逐月华流照君。鸿雁长飞光不度，鱼龙潜跃水成文[8]。昨夜闲潭

1　★《春江花月夜》是六朝乐府旧题。此篇写春夜月光照耀下的江天美景，并因景生情，由情入理，富于哲思及人生感慨，为唐诗名篇。

2　滟（yàn）滟：动摇闪光貌。

3　芳甸：长满花草的原野。霰（xiàn）：本指冷天时降下的白色小冰粒，这里形容月光照耀下的花朵。

4　皎皎：形容月光洁白明亮貌。

5　青枫浦：在今湖南浏阳浏阳河南岸，这里泛指遥远荒僻的水边。

6　扁（piān）舟子：乘船漂泊的游子。扁舟，小舟。

7　"玉户"二句：形容月光追随闺中思妇，驱赶不去。玉户，门户的美称。捣衣砧，参见沈佺期《独不见》"寒砧"注。

8　"鸿雁"二句：是说书信难以传递。古人有鸿雁传书、鲤鱼传书的说法。"鱼龙"的"龙"，是连类而及。

梦落花，可怜春半不还家。江水流春去欲尽，江潭落月复西斜。斜月沉沉藏海雾，碣石潇湘无限路[1]。不知乘月几人归，落月摇情满江树[2]。

---

1 "碣石"句：是说从北到南路途遥远，游子难归。碣石，山名，在今河北昌黎以北。潇湘，两条河流，均在今湖南境内。
2 "落月"句：谓西沉的月亮落入江树后面，愈发令人思绪缭乱，离愁无限。

王 翰

王翰（687—726），字子羽，唐并州晋阳（今山西太原）人。诗有《凉州词》等。

凉州词（选一）[1]

葡萄美酒夜光杯[2]，欲饮琵琶马上催。醉卧沙场君莫笑，古来征战几人回？

1　★《凉州词》为乐府诗题。凉州属唐陇右道，治所在姑臧（今甘肃武威凉州）。王翰有《凉州词》二首，本篇是第一首。

2　夜光杯：可以在暗中发光的酒杯，这里泛指雕琢精致的酒杯。

王之涣

王之涣（688—742），字季凌，唐并州晋阳（今山西太原）人，诗有《登鹳雀楼》《凉州词》等。

登鹳雀楼[1]

白日依山尽，黄河入海流。欲穷千里目，更上一层楼[2]。

凉州词（选一）[3]

黄河远上白云间，一片孤城万仞山[4]。羌笛[5]何须怨杨柳，春风不度玉门关。

1　★鹳（guàn）雀楼位于今山西永济蒲州古城的黄河东岸，是古代有名的登临览胜之所。

2　穷：尽。更：再。

3　★王之涣有《凉州词》二首，本篇是第一首。

4　孤城：指玉门关。万仞：形容极高。仞，古代长度单位，八尺为一仞。

5　羌笛：一种少数民族乐器，适合演奏悲凉哀怨的曲子。

张九龄

张九龄（678—740），字子寿，唐韶州曲江（今属广东）人。中宗朝进士，玄宗时曾为中书令。诗歌代表作有《望月怀远》《感遇》等。有《张曲江集》。

望月怀远[1]

海上生明月，天涯共此时。情人怨遥夜，竟夕起相思[2]。灭烛怜光满，披衣觉露滋[3]。不堪盈手赠，还寝梦佳期[4]。

1　★本篇为怀人诗，作者在月光下怀念远方的女子，情真意切。

2　情人：有情人。遥夜：长夜。竟夕：终夜。

3　"灭烛"二句：熄灭蜡烛，是因为爱这满室月光；披衣出户，只觉得露水侵人。怜，爱。滋，多，盛。

4　"不堪"二句：不能将满满一把月光赠给你，还是回去睡觉，在梦中与你相会吧。不堪，不能。

孟浩然

孟浩然（689—740），唐襄州襄阳（今属湖北）人。早年在家乡隐居读书，后入长安求仕，失意而归。诗歌代表作有《过故人庄》《夏日南亭怀辛大》《临洞庭》《宿建德江》《夜归鹿门歌》《晚泊浔阳望庐山》《与诸子登岘山》《岁暮归南山》《宿桐庐江寄广陵旧游》《春晓》等。有《孟浩然集》。

过故人庄[1]

故人具鸡黍[2]，邀我至田家。绿树村边合，青山郭[3]外斜。开轩面场圃，把酒话桑麻[4]。待到重阳日，还来就菊花[5]。

夏日南亭怀辛大[6]

山光[7]忽西落，池月渐东上。散发乘夕凉，开轩卧闲敞[8]。荷风送香气，竹露滴清响。欲取鸣琴弹，恨无知音赏。感此怀故人，中宵劳梦想[9]。

---

1 ★本篇记述诗人应邀到朋友庄上做客的情景，写出友情的温暖。
2 具：准备。鸡黍：炖鸡、煮黄米饭。这既是写实，也是暗用"范张鸡黍"典故，称颂双方友情深厚。
3 郭：外城。
4 轩：指窗。面场圃：面对场院、园圃。把酒：手持酒杯劝酒。话：谈论。
5 重阳日：阴历九月九日。就菊花：乘菊花开时再来探望。就，凑近。
6 ★本篇为怀友题材。南亭，诗人家的水亭。朋友姓辛，排行第一，因称"辛大"。唐人这种称呼方式很普遍，如董大、元二、崔九、张十八等。
7 山光：这里指日光，太阳。
8 卧闲敞：悠然地在敞亮处静卧。
9 中宵：半夜。劳：为……所苦。

临洞庭[1]

八月湖水平，涵虚混太清[2]。气蒸云梦泽[3]，波撼岳阳城。
欲济无舟楫，端居耻圣明[4]。坐观垂钓者，徒有羡鱼情[5]。

宿建德江[6]

移舟泊烟渚[7]，日暮客愁新。野旷天低树，江清月近人[8]。

夜归鹿门歌[9]

山寺钟鸣昼已昏，渔梁[10]渡头争渡喧。人随沙岸向江村，
余亦乘舟归鹿门。鹿门月照开烟树，忽到庞公栖隐处[11]。岩扉
松径长寂寥，惟有幽人自来去[12]。

1　★诗题又作《临洞庭湖赠张丞相》，张丞相即张九龄。本篇咏洞庭湖，气象开阔，在吟咏洞庭的诗歌中，可与杜甫的《登岳阳楼》并称。诗的尾联含有求官之意。

2　涵虚：水气弥漫。太清：天空。

3　云梦泽：古代大泽，位于洞庭湖所在地，这里指洞庭湖。

4　"欲济"句：此句暗示作者想要出仕却无人引荐。济，渡。楫，橹。"端居"句：意谓在圣明之世不做官，有辱时代。端居，安居。

5　"坐观"二句：意谓羡慕别人出仕。垂钓者，喻指出仕的人。

6　★本篇写诗人夜宿建德江的所见所感。建德江是新安江（古称浙江）的一段，位于今浙江建德市境。

7　烟渚：暮烟朦胧的洲岛。

8　"野旷"二句：因四野空旷，仿佛天穹变得很低，垂覆在远处的树林上；江水清澈，水中月亮的倒影近在眼前。

9　★鹿门即鹿门山，在今湖北襄阳襄州，诗人曾隐居于此。

10　渔梁：即渔梁洲，也作鱼梁洲，在襄阳襄城。

11　开烟树：在月光下，被暮烟闭锁的树木清晰地显露出来。庞公：东汉隐士庞德公，曾隐居鹿门。

12　岩扉：岩洞的门，喻指隐士居所。幽人：隐士。这是诗人自指。

晚泊浔阳望庐山[1]

挂席[2]几千里，名山都未逢。泊舟浔阳郭，始见香炉峰[3]。
尝读《远公传》，永怀尘外踪[4]。东林精舍[5]近，日暮但闻钟。

与诸子登岘山[6]

人事有代谢[7]，往来成古今。江山留胜迹，我辈复登临。
水落鱼梁浅，天寒梦泽深[8]。羊公碑尚在[9]，读罢泪沾襟。

岁暮归南山[10]

北阙休上书，南山归敝庐[11]。不才明主弃，多病故人疏[12]。
白发催年老，青阳逼岁除[13]。永怀愁不寐，松月夜窗虚[14]。

1　★浔阳，县名，即今江西九江，唐时是江州州治所在地。庐山位于浔阳城南约40公里处。

2　挂席：扬帆。

3　郭：外城。香炉峰：庐山主峰之一，因形似香炉而得名。

4　远公：晋代高僧慧远，世称"远公"。曾在庐山与佛教徒一百二十三人结为白莲社，共同修行。著有《法性论》，被后世奉为莲宗初祖。事迹见《高僧传》。"永怀"句：怀想并追寻高僧高蹈出尘的踪迹。永怀，不懈追寻。

5　东林精舍：即东林寺，在庐山山麓。精舍，讲道之所，多指佛寺。

6　★本篇是作者与朋友登山游水所作。诸子，几位朋友。岘（Xiàn）山，山名，在今湖北襄阳襄城。

7　代谢：交替盛衰。

8　"水落"二句：秋天水落，鱼梁洲因水浅而露出水面；天寒水清，云梦泽显得愈发深湛。梦泽，即云梦泽。这里泛指湖泽。

9　羊公碑：为纪念西晋名将羊祜所立的碑。尚：一作"字"。

10　★本篇应是求仕不成、归乡所作。一说是孟浩然在王维家偶遇玄宗，当场所赋。南山，即岘山。

11　北阙（què）：这里指朝廷。阙，宫门前的望楼。敝庐：谦称自己的家园。敝，破旧。

12　"不才"二句：我因没有才学，招致圣明君主遗弃；又因身体多病，朋友也与我疏远了。

13　"青阳"句：春天逼近，一年又到尽头。青阳，春天。

14　松月：松间的月光。窗虚：开着窗。

宿桐庐江寄广陵旧游[1]

山暝闻猿愁，沧江急夜流[2]。风鸣两岸叶，月照一孤舟。
建德非吾土，维扬忆旧游[3]。还将两行泪，遥寄海西头[4]。

春晓[5]

春眠不觉晓，处处闻啼鸟。夜来风雨声，花落知多少？

---

1 ★桐庐江即桐江，是富春江的上游，在今浙江桐庐县境。广陵，扬州。旧游，故交。

2 暝：昏暗。闻猿愁：听到猿啼，令人顿生愁思。闻，一作"听"。沧江：江流。

3 建德：地名，即今浙江建德，在桐江上游。非吾土：不是我的家乡。维扬：扬州，即诗题中的广陵。

4 海西头：指扬州。扬州近海，隋炀帝《泛龙舟》有"借问扬州在何处，淮南江北海西头"句。

5 ★本篇是吟咏春日的名篇，妙在全凭听觉写出春天的美好。

王昌龄

王昌龄（？—756），字少伯，唐江宁（今江苏南京）人，一说京兆长安（今陕西西安）人。开元年间进士，曾为校书郎、江宁丞、龙标尉等。死于安史之乱。诗歌代表作有《出塞》《从军行》《闺怨》《芙蓉楼送辛渐》等。有《王昌龄集》。

出塞（选一）[1]

秦时明月汉时关[2]，万里长征人未还。但使龙城飞将[3]在，不教胡马度阴山。

从军行（选三）[4]

其一

琵琶起舞换新声，总是关山旧别情。撩乱边愁[5]听不尽，高高秋月照长城。

其二

青海长云暗雪山，孤城遥望玉门关[6]。黄沙百战穿金甲，

1　★诗人有《出塞》诗二首，本篇是第一首，以边塞战事为题，表达了百姓的厌战情绪，委婉抨击了将军的无能。
2　"秦时"句：写秦时月、汉时关，暗指边患时间久、为祸深。
3　龙城飞将：指李广，他驻守卢龙城，匈奴称他飞将军。
4　★诗人有《从军行》七首，这里所选为第二、四、五首。吟咏边塞的战争生活，反映了戍边将士的喜怒哀乐，既有战斗的激情，也有离乡久戍的愁怨。
5　边愁：与前面的"旧别情"，都是指守边将士抛妻别子、远离家乡的愁绪。
6　"青海"二句：青海湖层云遮挡，那里雪山连绵，玉门关高耸，是西北军事要塞。

不破楼兰终不还¹。

其三

大漠风尘日色昏，红旗半卷出辕门。前军夜战洮河北，
已报生擒吐谷浑²。

闺怨³

闺中少妇不曾愁，春日凝妆上翠楼⁴。忽见陌头杨柳色，
悔教夫婿觅封侯⁵。

芙蓉楼送辛渐（选一）⁶

寒雨连江夜入吴，平明送客楚山孤⁷。洛阳亲友如相问，
一片冰心在玉壶⁸。

---

1 穿：磨穿，磨破。楼兰：西汉时西域国名，后改名鄯善，这里泛指边敌。

2 洮（Táo）河：在今甘肃西南部。吐谷（yù）浑：古西北地区国名，这里指吐谷浑的统帅。

3 ★本篇写少妇的离别之思。

4 不曾，一作"不知"。凝妆：精心打扮。

5 "忽见"二句：是说少妇忽见路边柳色青青，（有感于春天的美好、青春的宝贵）后悔让丈夫去参军打仗、追求功名。

6 ★诗人有《芙蓉楼送辛渐》二首，本篇是第一首。芙蓉楼故址在今江苏镇江，诗人在此送朋友辛渐赴洛阳。辛渐，生平不详。

7 "寒雨"二句：是说吴地江上下了一夜秋雨，天亮后送朋友出发，朋友这一路经历楚地，旅况孤独。吴，指江苏一带。楚山，指长江中游的群山。

8 "一片"句：表达自己的高洁操守，用以宽慰洛阳亲友。冰心、玉壶，喻自己心地莹洁，如冰如玉。典出鲍照《代白头吟》："直如朱丝绳，清如玉壶冰。"

王　维

王维（701—761），字摩诘，世称"王右丞"。唐太原祁县（今属山西）人。开元间进士，曾任大乐丞、监察御史等职。安禄山入长安，曾一度被迫做伪官，并因此遭贬。后任尚书右丞。其诗歌造诣很深，直追李杜。代表作有《辋川闲居赠裴秀才迪》《山居秋暝》《过香积寺》《终南别业》《积雨辋川庄作》《鹿柴》《鸟鸣涧》《竹里馆》《终南山》《汉江临眺》《送别》《送元二使安西》《送梓州李使君》《杂诗》《相思》《九月九日忆山东兄弟》《观猎》《少年行》《使至塞上》等。有《王右丞集》。

辋川闲居赠裴秀才迪 [1]

寒山转苍翠，秋水日潺湲 [2]。倚杖柴门外，临风听暮蝉。
渡头余落日，墟里 [3] 上孤烟。复值接舆醉，狂歌五柳前 [4]。

山居秋暝 [5]

空山新雨后，天气晚来秋。明月松间照，清泉石上流。

1　★辋（wǎng）川：水名，在今陕西蓝田终南山下，山脚有宋之问别墅，后归王维。裴秀才迪，即裴迪，是王维好友。

2　潺湲（chányuán）：水徐流貌。

3　墟里：村落。

4　接舆：楚国隐士，是个佯狂不仕的人。五柳：即陶渊明。作者以两位古代隐士比自己和裴迪。

5　★本篇吟咏山中秋日晚景。暝，日落，天黑。

竹喧归浣女[1]，莲动下渔舟。随意春芳歇，王孙自可留[2]。

过香积寺[3]

不知香积寺，数里入云峰。古木无人径，深山何处钟。
泉声咽危石，日色冷青松[4]。薄暮空潭曲，安禅制毒龙[5]。

终南别业[6]

中岁颇好道，晚家南山陲[7]。兴来每独往，胜事空自知[8]。
行到水穷处，坐看云起时。偶然值林叟，谈笑无还期[9]。

积雨辋川庄作[10]

积雨空林烟火迟，蒸藜炊黍饷东菑[11]。漠漠水田飞白鹭，

---

1 浣（huàn）女：洗衣女子。

2 "随意"二句：任凭春花早已凋谢（但秋景也很美），王孙仍可留下来。随意，任凭。
   王孙，本指贵族子弟，在后世诗歌中常指隐者或朋友。

3 ★本篇吟咏诗人游览香积寺的所见所想。香积寺故址在今陕西长安南。作者晚年笃信
   佛教，诗的尾联引入禅理。

4 "泉声"二句：泉水被危石所阻，其声如咽，又因松林幽深，有日光也不觉温暖。

5 "薄暮"二句：暮色中的水潭倍显空寂，令人省悟坐禅可以制服妄念。曲，曲折、隐僻
   之处，潭曲指潭边。安禅，指身心安然地进入清寂宁静之境。毒龙，佛家语，指心中
   的邪妄之念。

6 ★终南别业：即作者的辋川别墅，是在宋之问辋川山庄的基础上营建的，借景于自然
   山水，作者长期隐居于此。

7 中岁：中年。道：这里指佛教、佛学。家：动词，移家。南山：即终南山。陲：边。

8 胜事：快意的事（如欣赏山中美景）。空，徒然。

9 值：遇到。林叟：山林老叟。无还期：这里指谈笑愉快，忘记回家。

10 ★本篇吟咏辋川别墅的隐逸生活。辋川庄即辋川别墅。积雨，久雨。

11 烟火迟：阴雨天，柴湿火慢，烟气低回。藜：蔬菜。黍：饭食。饷：送饭。菑（zī）：
   本指初耕的田地，这里泛指田亩。

阴阴夏木啭黄鹂[1]。山中习静观朝槿，松下清斋折露葵[2]。野老与人争席罢，海鸥何事更相疑[3]？

鹿柴[4]

空山不见人，但闻人语响。返景[5]入深林，复照青苔上。

鸟鸣涧[6]

人闲桂花落，夜静春山空。月出惊山鸟，时鸣春涧中。

竹里馆[7]

独坐幽篁里，弹琴复长啸[8]。深林人不知，明月来相照。

终南山[9]

太乙近天都，连山接海隅[10]。白云回望合，青霭入看无[11]。

1　漠漠：广漠无际貌。夏木：高大的树木。夏，大。啭：鸟婉转地啼叫。黄鹂：黄莺。
2　"山中"二句：是说诗人在山中静修，从槿花开谢中领悟人生荣枯之道；在松树下采摘野菜供食，过着简朴的生活。习静，修养宁静之性。朝槿（jǐn），一种落叶灌木，其花早开晚谢。清斋：素食。露葵：冬葵。
3　野老：诗人自指。争席罢：这里指退隐。争席，争座席，争名位。"海鸥"句：意思是泯灭机心，他人不必猜忌。参见《列子》寓言"好沤（鸥）鸟者"。
4　★本篇写山间晚景。鹿柴（zhài），地名，在辋川别墅附近。柴，栅栏，也作"砦"。
5　返景：落日的返照。
6　★本篇写春日夜晚山间美景，是作者吟咏辋川隐逸生活诗歌中的一首。
7　★本篇仍旧写辋川别墅的隐逸生活，竹里馆是别墅中的建筑。
8　幽篁：深密的竹林。长啸：撮口出声叫啸，啸声清越悠长，故称长啸。古代高士常常长啸抒情。
9　★本篇为作者山水题材的名篇，第二联写山中云雾，十分传神。
10　太乙：终南山的主峰，这里指终南山。天都：天帝所居之地。海隅：海边。
11　"白云"二句：写人入云雾，回头见云雾合拢，身在其中一无所见。白云、青霭在这里为互文关系。

分野中峰变，阴晴众壑殊[1]。欲投人处宿，隔水问樵夫。

汉江临眺[2]

楚塞三湘接，荆门九派通[3]。江流天地外[4]，山色有无中。
郡邑浮前浦[5]，波澜动远空。襄阳好风日，留醉与山翁[6]。

送别[7]

山中相送罢，日暮掩柴扉[8]。春草明年绿，王孙归不归？

送元二使安西[9]

渭城朝雨浥轻尘[10]，客舍青青柳色新。劝君更尽一杯酒，
西出阳关[11]无故人。

---

1 "分野"二句：是说终南山十分广大，主峰两侧，即属不同分野，各山之间，阴晴不同。分野，见《滕王阁序》"星分翼轸"注。壑（hè），山谷。
2 ★本篇是山水诗名篇，写诗人眺望汉水的见闻感受。汉江即汉水，是长江支流，与长江汇于汉口。临眺，登临眺望。一作"临泛"，则指泛舟江上。
3 楚塞：泛指楚国四境。三湘：指今湖南境内的漓湘、潇湘、蒸湘。一说指湘潭、湘阴、湘乡。荆门：山名，在今湖北宜都北。九派：九条流入长江的支流。
4 "江流"句：谓江水浩瀚，有流出天地以外之势。
5 "郡邑"句：极言水势弥漫，郡邑仿佛浮在水上。郡邑，这里指襄阳（今属湖北）。浦，水滨。
6 山翁：晋代山简，是竹林七贤之一山涛之子，曾镇守襄阳，好饮酒。
7 ★本篇以送别为题，后两句写出依依不舍之情。
8 柴扉：柴门。喻隐者住处。
9 ★本篇又题《渭城曲》《阳关曲》。元二出使安西，作者写诗相送。元二，当为作者的朋友或同僚，生平不详。安西，安西都护府，治所在今新疆库车。
10 渭城：秦都咸阳故城，在长安西，渭水北岸。浥（yì）：湿润。
11 阳关：在河西走廊尽西头，是通往西域的必经之地。

送梓州李使君[1]

万壑树参天，千山响杜鹃[2]。山中一夜雨，树杪百重泉[3]。
汉女输橦布，巴人讼芋田[4]。文翁翻教授，不敢依先贤[5]。

杂诗[6]

君自故乡来，应知故乡事。来日绮窗前，寒梅著花未[7]？

相思[8]

红豆生南国，春来发几枝。劝君多采撷[9]，此物最相思。

九月九日忆山东兄弟[10]

独在异乡为异客，每逢佳节倍思亲。遥知兄弟登高处，

1　★作者写诗送李姓朋友到梓州任刺史。梓州，即今四川三台。使君，刺史。

2　参天：高耸入天。杜鹃：即子规鸟，蜀地独多。

3　树杪（miǎo）：树梢。百重：百道。

4　汉女：嘉陵江古称西汉水，汉女指那里的少数民族妇女。输：向官府缴纳。橦（tóng）
　　布：橦木花织成的布。巴：古国名，在今四川东部和重庆一带地区。讼：打官司。芋
　　田：种芋之田，泛指田土。

5　文翁：人名，汉景帝时为蜀郡太守，为政宽宏，建学官培养人才，使蜀地日渐开化。
　　翻教授：通过教育使之幡然变化。"不敢"句：有人认为，"不敢"当为"敢不"，全句
　　意为：敢不继承先贤（指文翁）的做法吗？

6　★本篇以问话形式，写出作者对家乡的惦念。

7　绮窗：雕刻着花纹的窗子。"寒梅"句：迎寒的梅树长出花骨朵了吗？

8　★本篇咏红豆，借以寄托相思之情。红豆，又名相思子，是一种树的种子，九十月份
　　成熟，可作饰物。

9　撷（xié）：摘。

10　★本篇为佳节思亲之作。九九重阳有登高望乡之俗。山东，王维的家乡是蒲州（今山
　　西永济），在华山以东，故称。前两句写自己登高，后两句设想兄弟在家乡登高。

遍插茱萸少一人[1]。

观猎[2]

风劲角弓[3]鸣，将军猎渭城。草枯鹰眼疾，雪尽马蹄轻[4]。忽过新丰市，还归细柳营[5]。回看射雕处，千里暮云平。

少年行（选一）[6]

新丰美酒斗十千，咸阳游侠多少年[7]。相逢意气为君饮，系马高楼垂柳边。

使至塞上[8]

单车欲问边，属国过居延[9]。征蓬[10]出汉塞，归雁入胡天。大漠孤烟直，长河落日圆[11]。萧关逢候骑，都护在燕然[12]。

---

1 "遥知"二句：古代风俗，于九月九口重阳节折茱萸子房插于头或佩戴茱萸囊以避邪，并登高饮酒。茱萸（zhūyú），植物名，有浓烈香味。插，插戴。

2 ★本篇写军中射猎的场面。

3 角弓：用兽角装饰的弓。

4 "草枯"两句：野草枯萎，狐兔难以藏身，猎鹰的眼格外尖，雪消融了，马蹄更轻快。

5 新丰市、细柳营：都是长安附近的地名。细柳营还因汉代名将周亚夫驻扎而闻名。

6 ★诗人有《少年行》四首，本篇是第一首。应是对少年生活的追忆。

7 新丰：即新丰市，在今陕西临潼，当地产美酒。斗十千：一斗酒价值十千钱。咸阳：秦朝都城，这里指长安。

8 ★作者曾奉使出塞，在凉州河西节度使幕府兼做判官；判官是节度使的属官。本篇写边塞风景，第三联尤为警拔。

9 单车：这里有轻车简从的意思。问：慰问。居延：古县名，在今内蒙古额济纳旗境，在汉代为属国（依附于汉的小国）。

10 征蓬：随风飞转的蓬草，这里是诗人自比。

11 孤烟直：烟柱直上直下，这是沙漠环境中的特殊景象。长河：黄河。

12 萧关：古关名，在今宁夏固原。候骑：负责侦察的骑兵。都护：汉代官名，这里借指河西节度使。燕然：山名，即今蒙古国境内的杭爱山。后汉窦宪追击匈奴，到此勒铭纪功而返。这里借指前线。

李 白

李白（701—762），字太白，号青莲居士，祖籍陇西成纪（今甘肃秦安），后迁至绵州昌隆（今四川江油）（一说生于西域碎叶，即今吉尔吉斯斯坦的托克马克）。唐代最著名的诗人之一，有"诗仙"之誉。诗人早年游历名山大川，交游甚广。后奉诏赴长安，供奉翰林，因受排挤而辞官。安史之乱时因入永王李璘幕府而获罪，中途遇赦，后病死于当涂（今属安徽）。其诗文代表作有《月下独酌》《宣州谢朓楼饯别校书叔云》《金陵酒肆留别》《行路难》《将进酒》《子夜吴歌》《关山月》《静夜思》《望天门山》《望庐山瀑布》《黄鹤楼送孟浩然之广陵》《早发白帝城》《赠汪伦》《渡荆门送别》《登金陵凤凰台》《下终南山过斛斯山人宿置酒》《梦游天姥吟留别》《庐山谣寄卢侍御虚舟》《蜀道难》《赠孟浩然》《听蜀僧浚弹琴》《扶风豪士歌》《秋浦歌》《独坐敬亭山》以及《与韩荆州书》等。有《李太白集》传世。

战城南[1]

去年战，桑干源，今年战，葱河道[2]。洗兵条支海上波，放马天山雪中草[3]。万里长征战，三军尽衰老。匈奴以杀戮为耕作[4]，古来惟见白骨黄沙田。秦家筑城备胡处，汉家还有烽

1　★《战城南》是汉乐府曲名，作者借古讽今，表达对唐代统治者穷兵黩武的批评。

2　桑干：即今永定河。葱河：即今新疆葱岭河。天宝年间，唐军曾在北方及西域发动战争。

3　"洗兵"二句：谓唐代军队在西域作战。洗兵，洗兵器，表示胜利。条支，波斯湾古国。天山，在今新疆北部。两处泛指西域。

4　"匈奴"句：意谓匈奴不事农业，专以杀戮抢掠为生。

火燃[1]。烽火燃不息，征战无已时[2]。野战格斗死，败马号鸣向天悲。乌鸢啄人肠，衔飞上挂枯树枝。[3]士卒涂草莽，将军空尔为[4]。乃知兵者是凶器，圣人不得已而用之[5]。

对酒忆贺监（选一）[6]

四明[7]有狂客，风流贺季真。长安一相见，呼我谪仙人[8]。昔好杯中物，今为松下尘[9]。金龟换酒处，却忆泪沾巾。

赠孟浩然[10]

吾爱孟夫子，风流天下闻[11]。红颜弃轩冕，白首卧松云[12]。

1　秦家：指前代。汉家：指唐代。

2　无已时：没有结束的时刻。已，完结。

3　"野战"四句：写战争的残酷。这里化用汉乐府《战城南》诗句。乌鸢（yuān）：乌鸦和老鹰。

4　涂草莽：惨死于草莽。空尔为：无所作为。

5　"乃知"二句：兵书《六韬》说："圣人号兵为凶器，不得已而用之。"

6　★诗人有《对酒忆贺监》二首，本篇是第一首，为怀念故人之作，是以诗回顾与贺监的友情。贺监，贺知章，字季真，曾担任太子宾客兼正授秘书监，故称"贺监"。

7　四明：浙江宁波的别称，因其境内有四明山而得名。贺知章晚号"四明狂客"。

8　"长安"二句：李白初至京师，贺知章曾亲到旅店去看望他，读了他的诗，赞叹他为"谪仙"（被贬谪到人间的仙人），解下佩戴的金龟，换酒与李白痛饮。下文因有"金龟换酒"之语。

9　杯中物：即酒。松下尘：对亡故者的讳称。

10　★孟浩然比李白大十多岁，两人以诗会友，曾有交集。除了本篇，李白还写过《黄鹤楼送孟浩然之广陵》。

11　夫子：古代对男子的敬称。风流：风雅潇洒。

12　红颜：这里指人的青壮年时期。轩冕：轩车和冠冕，在古代，这是大夫以上官员的待遇，这里泛指官爵。卧松云：这里指隐居生活。

醉月频中圣，迷花不事君[1]。高山安可仰，徒此揖清芬[2]。

沙丘城下寄杜甫[3]

我来竟何事，高卧沙丘城。城边有古树，日夕连秋声。
鲁酒不可醉，齐歌空复情[4]。思君若汶水[5]，浩荡寄南征。

闻王昌龄左迁龙标遥有此寄[6]

杨花落尽子规啼，闻道龙标过五溪[7]。我寄愁心与明月，
随君直到夜郎西[8]。

送友人[9]

青山横北郭，白水[10]绕东城。此地一为别，孤蓬万里征。

1　中（zhòng）圣：醉酒。古人以清酒为圣人，浊酒为贤人。"迷花"句：贪恋隐逸生活，懒于为君王效力。事，侍奉。

2　"高山"二句：这里把孟浩然比作令人仰望的高山，说自己不能企及，只有崇拜。徒，白白，只得。揖，作揖，表示致敬。清芬，喻清雅馨香的才具与节操。

3　★本篇写于唐天宝四载（745），作者旅居沙丘，思念前不久刚刚分手的杜甫，因作此篇。沙丘，即唐兖州治所瑕丘，在今山东省肥城市。

4　"鲁酒"二句：鲁酒不能醉人，齐歌引不起兴趣（全因无人同赏的缘故）。空复情，徒有情致。

5　"思君"句：对你（指杜甫）的思念如同汶河之水，向南浩荡奔流，带去我的问候。汶水，今称大汶河，在山东。

6　★王昌龄是作者的好友，被贬为龙标（今湖南洪江）尉，李白写诗寄给他。左迁，贬官。

7　五溪：今湖南西部、贵州东部五条溪流的合称。

8　"我寄"二句：我把愁苦同情之心寄托给明月，让月亮照着你直到夜郎以西的贬谪之所。夜郎，应非指位于今贵州桐梓的古夜郎国，而是指位于今湖南沅陵的夜郎县，其地在龙标西南。

9　★朋友远行，李白写诗相送。

10　白水：清澈的河水。

浮云游子意，落日故人情[1]。挥手自兹去，萧萧班马鸣[2]。

送友人入蜀[3]

见说蚕丛路[4]，崎岖不易行。山从人面起，云傍马头生[5]。
芳树笼秦栈，春流绕蜀城[6]。升沉应已定，不必问君平[7]。

峨眉山月歌[8]

峨眉山月半轮秋，影入平羌[9]江水流。夜发清溪向三峡，
思君不见下渝州[10]。

听蜀僧浚弹琴[11]

蜀僧抱绿绮[12]，西下峨眉峰。为我一挥手，如听万壑松[13]。

---

1 "浮云"二句：飘移的浮云，象征着游子漂泊无依的心绪；徐徐而落的夕阳，契合我依
依难舍的心情。

2 兹：此。萧萧：形容马嘶声。班马：离群之马。这里喻孤独的游子。

3 ★友人入蜀，目的地当为成都，李白写诗送行。

4 见说：听说。蚕丛：传说中的蜀国开国君王，这里指蜀地。

5 "山从"二句：前句写山路狭窄，峭壁贴着人脸；后句写山势高耸入云。

6 秦栈（zhàn）：秦人所修的栈道。春流：春天的河流。蜀城：当指成都，有濯锦江绕城
而过。

7 升沉：这里指人生的起伏。君平：西汉人严遵，字君平，隐居不仕，曾在成都以卖卜
为生。

8 ★峨眉山在今四川峨眉山市西南。据考此诗约作于开元十二年（724）秋天，诗人辞别
家乡，游历天下，在长江舟中所作。

9 平羌：青衣江，是大渡河的支流，流经峨眉山，在乐山汇入大渡河。

10 清溪：清溪驿，在峨眉山附近，今属四川犍为。三峡：这里指四川乐山的"嘉州小三
峡"，即犁头峡、背峨峡、平羌峡。君：作者的友人。一说指明月。渝州：唐代州名，
治所在巴县，即今重庆。

11 ★蜀地僧人名浚，善弹琴。本篇记录了诗人听琴的感受。

12 绿绮：琴名。

13 挥手：指弹琴。万壑松：万千山谷中的松涛声。琴曲有《风入松》。

客心洗流水，遗响入霜钟[1]。不觉碧山暮，秋云暗几重。

下终南山过斛斯山人宿置酒[2]

暮从碧山下，山月随人归。却顾所来径，苍苍横翠微[3]。相携及田家，童稚开荆扉[4]。绿竹入幽径，青萝[5]拂行衣。欢言得所憩，美酒聊共挥[6]。长歌吟松风，曲尽河星[7]稀。我醉君复乐，陶然共忘机[8]。

山中与幽人对酌[9]

两人对酌山花开，一杯一杯复一杯。我醉欲眠卿且去[10]，明朝有意抱琴来。

---

1 "客心"句：客（指诗人）为知音，听琴声而襟怀如洗。流水，用伯牙弹奏《高山流水》而钟子期知音的典故。霜钟：据《山海经》载，丰山有九钟，霜降则鸣。

2 ★斛（Hú）斯山人是隐士，斛斯为复姓。诗人游山归来，夜宿山人之家，宾主饮酒尽欢，于是写诗相赠。过，拜访。置酒，摆酒招待。

3 翠微：青翠的山。

4 相携：相伴。这里有几种解释：一、指与作者同游的人；二、指作者与"随人归"的"山月"相携，有身披月光之意；三、斛斯山人知作者来，迎出家门，与作者相携入门。童稚：小童。荆扉：柴门。

5 青萝：攀生在山岩、树木上的蔓状植物。

6 憩（qì）：休息。挥：举杯畅饮。

7 河星：银河及星斗。

8 陶然：愉悦快乐貌。机：世俗的机心。

9 ★幽人即幽居之人，指隐士。对酌：对饮。

10 "我醉"句：用陶渊明典故。据《宋书·陶渊明传》记载：陶渊明喜饮酒，来客无论贵贱，都具酒同饮，自己先醉，便对客人说："我醉欲眠卿可去。"

夜泊牛渚怀古[1]

牛渚西江[2]夜，青天无片云。登舟望秋月，空忆谢将军[3]。
余亦能高咏，斯人不可闻[4]。明朝挂帆席[5]，枫叶落纷纷。

望天门山[6]

天门中断楚江[7]开，碧水东流至此回。两岸青山相对出，
孤帆一片日边来。

秋浦歌（选一）[8]

白发三千丈，缘愁似个长[9]。不知明镜里，何处得秋霜[10]？

独坐敬亭山[11]

众鸟高飞尽，孤云独去闲。相看两不厌，只有敬亭山[12]。

---

1 ★牛渚是山名，在今安徽当涂西北。东晋时，镇西将军谢尚曾镇守此地，夜闻书生在舟中诵诗，大加赞赏，邀谈至天明。书生即袁宏，后因谢尚的推荐，名声大振，做到太守。诗以"怀古"为题，即指此事，言外表达了怀才不遇的哀伤。

2 西江：长江自南京至今江西一段，古称西江。

3 谢将军：即谢尚。

4 "余亦"二句：我也像袁宏那样能吟咏诗歌，可惜遇不到谢将军。斯人，指谢尚那样的伯乐式人物。

5 挂帆席：升起风帆，指离开。

6 ★天门山：在今安徽当涂西南长江两岸。两山夹江而起，如同门户，故诗中有"两岸青山相对出"之句。

7 楚江：长江流经楚地的一段。

8 ★唐代有秋浦县，在今安徽贵池西。诗人有《秋浦歌》十七首，本篇是第十五首。

9 缘：因为。个：这个，这么。

10 何处：何时。秋霜：喻白发。

11 ★敬亭山在今安徽宣城北。作者因族弟做宣城长史，曾多次来宣城。

12 "相看"二句：意谓人看山，山也看人，彼此相看不厌，则只有敬亭山有此灵性。

梦游天姥吟留别[1]

　　海客谈瀛洲，烟涛微茫信难求；越人语天姥，云霞明灭或可睹[2]。天姥连天向天横，势拔五岳掩赤城[3]。天台四万八千丈，对此欲倒东南倾[4]。

　　我欲因之梦吴越，一夜飞度镜湖月[5]。湖月照我影，送我至剡溪[6]。谢公宿处今尚在，渌水荡漾清猿啼[7]。脚著谢公屐，身登青云梯[8]。半壁见海日，空中闻天鸡[9]。千岩万转路不定，迷花倚石忽已暝[10]。熊咆龙吟殷岩泉，栗深林兮惊层巅[11]。云青青兮欲雨，水澹澹[12]兮生烟。列缺霹雳[13]，丘峦崩摧。洞天石

1　★天姥（mǔ）为山名，在今浙江新昌，唐时属越州。吟留别：指离开某地时吟诗留赠那里的亲友。吟，一种诗歌体裁。

2　"海客"四句：是说海上来客谈到瀛洲神山，海天苍茫难以求证；越人讲说的天姥山，气象万千，倒是有可能见到的。瀛洲，传说海上有蓬莱、方丈、瀛洲三神山。微茫，依稀仿佛。信，诚然，实在。越人，这里指浙江一带的人。云霞明灭，形容云山雾罩、景象万千貌。

3　拔：超越。五岳：指东岳泰山、西岳华山、南岳衡山、北岳恒山、中岳嵩山。赤城：赤城山，在今浙江天台北。

4　"天台"二句：天台山与天姥山相对，天台虽高，比起天姥，仿佛要倾身下拜。

5　之（因之）：指越人的讲述。镜湖：在今浙江绍兴。

6　剡溪：在今浙江嵊州南。

7　谢公：刘宋诗人谢灵运，他曾有"暝投剡中宿"的诗句。渌（lù）水：清澈的水。

8　谢公屐：谢灵运游山时所穿的特制木屐，上山时去掉前齿，下山时去掉后齿。青云梯：高入青云的山路阶梯。

9　半壁：半山腰。天鸡：传说中的神鸡，栖于桃都山神树上，先于天下群鸡而鸣。

10　暝：天色已晚。

11　"熊咆"二句：熊咆龙吟响震山泉，加之林深山高，令游人战栗。殷（yǐn），震动。层巅，重叠而高耸的山峰。

12　澹澹：水波摇动貌。

13　列缺：闪电。霹雳：响雷。

扉，訇然中开[1]。青冥浩荡不见底，日月照耀金银台[2]。霓为衣兮风为马，云之君兮纷纷而来下[3]。虎鼓瑟兮鸾回车，仙之人兮列如麻[4]。

忽魂悸以魄动，恍惊起而长嗟[5]。惟觉时之枕席，失向来之烟霞[6]。世间行乐亦如此，古来万事东流水。别君去兮何时还？且放白鹿青崖间，须行即骑访名山[7]。安能摧眉折腰[8]事权贵，使我不得开心颜！

蜀道难[9]

噫吁嚱[10]，危乎高哉！蜀道[11]之难，难于上青天！蚕丛及鱼凫，开国何茫然[12]！尔来四万八千岁，不与秦塞通人烟[13]。西当太白有鸟道，可以横绝峨眉巅[14]。地崩山摧壮士死，然

1　洞天：道家称神仙所居之处。訇（hōng）然：形容声音大。

2　青冥：天空。金银台：神仙所居宫殿。

3　云之君：这里泛指神仙。来下：下降。

4　回车：掉转车头，这里指拉车。列如麻：排列如乱麻，极写仙人之多。

5　悸：心惊。恍：猛然。

6　"惟觉时"二句：醒来后只有枕席在，刚才梦中的烟霞全都不见了。觉，醒。向来，刚才。

7　"且放"二句：是说自己要归隐名山，寻仙访道。白鹿，传说中的仙人坐骑。

8　摧眉折腰：低头弯腰，做恭敬状。摧眉，低眉，与扬眉相反。

9　★《蜀道难》是乐府旧题。本篇当作于安史之乱前几年，诗中在吟咏蜀道难行的同时，也提醒执政者要居安思危，体现了作者的忧国忧民之情。

10　噫吁嚱（yīxūxī）：惊叹之声，为蜀地方言。

11　蜀道：指自长安入蜀的山路。

12　蚕丛、鱼凫（fú）：都是传说中古代蜀国的国王。茫然：（历史）邈远难寻。

13　尔来：自那时以来。秦塞：秦地。

14　"西当"二句：是说秦、蜀两地被太白山所阻，只有鸟道可通。太白，山名，在秦都咸阳西南。横绝，横度。

后天梯石栈相钩连[1]。上有六龙回日之高标，下有冲波逆折之回川[2]。黄鹤之飞尚不得过，猿猱欲度愁攀援。青泥何盘盘，百步九折萦岩峦[3]。扪参历井仰胁息，以手抚膺坐长叹[4]。

问君西游何时还？畏途巉岩不可攀。[5]但见悲鸟号古木，雄飞雌从绕林间。又闻子规[6]啼夜月，愁空山。蜀道之难，难于上青天，使人听此凋朱颜[7]！连峰去天[8]不盈尺，枯松倒挂倚绝壁。飞湍瀑流争喧豗，砯崖转石万壑雷[9]。其险也如此，嗟尔远道之人胡为乎来哉[10]！

剑阁峥嵘而崔嵬[11]，一夫当关，万夫莫开。所守或匪亲，

1 "地崩"二句：传说秦惠王送五名秦女给蜀王，蜀王派五位壮士迎接，至梓潼，有大蛇入石穴。五壮士拽蛇，导致山崩，五壮士死，五女被压山下。天梯石栈（zhàn），指陡峭的山路及人为修筑的栈道。
2 六龙回日：传说中的日车由六龙牵曳，至此返回。标：这里指峰巅成为高度的标志。逆折：旋回。回川：漩涡。
3 "青泥"二句：青泥岭道盘曲，百步之间就有九个转折，道路萦绕着山峦。青泥，青泥岭，在今甘肃徽县南、陕西略阳西北，是由秦入蜀的必经之路。盘盘，屈曲貌。百、九，都是虚数。
4 "扪参"二句：仰头屏住呼吸，可以抚摸端详天上星宿；手抚胸口空自长叹不已。参、井，都是星宿名。扪，摸。历，细看。胁息，（因恐惧而）屏住呼吸。抚膺，摸着胸脯，为惊恐状。坐，徒然。
5 君：泛指入蜀游历者。畏途：险恶可怕的道路。巉岩：险峻的山岩。
6 子规：即杜鹃鸟，蜀地独多。相传是古蜀帝杜宇（号"望帝"）死后所化。
7 凋朱颜：指因惊恐愁苦而憔悴。
8 去天：离天。
9 湍：急流。喧豗（huī）：喧闹声。砯（pīng）：水击岩石声。
10 "嗟尔"句：叹息你们这些远道之人究竟为何来（自讨苦吃）！胡为乎，为什么。
11 剑阁：大小剑山之间的栈道，在今四川剑阁县北，又名剑门关，险要异常。峥嵘：挺拔高峻。崔嵬：高险陡峭。

化为狼与豺[1]。朝避猛虎，夕避长蛇；磨牙吮血，杀人如麻[2]。锦城[3]虽云乐，不如早还家。蜀道之难，难于上青天，侧身西望长咨嗟[4]！

望庐山瀑布（选一）[5]

日照香炉[6]生紫烟，遥看瀑布挂前川。飞流直下三千尺，疑是银河落九天。

黄鹤楼送孟浩然之广陵[7]

故人西辞黄鹤楼，烟花[8]三月下扬州。孤帆远影碧空尽，唯见长江天际流。

将进酒[9]

君不见黄河之水天上来，奔流到海不复回。君不见高堂明镜悲白发，朝如青丝暮成雪。人生得意须尽欢，莫使

1　"所守"二句：守关者如果不是亲近可靠之人，很容易产生野心，变成割据一方的豺狼。匪，非。

2　"朝避"四句：极写蜀道野兽多，路难行，也暗指割据者的凶狠难敌。吮（shǔn），吸食。

3　锦城：即锦官城，是成都的别称。

4　咨嗟：叹息。

5　★诗人有《望庐山瀑布》二首，又题《望庐山瀑布水》，本篇是第二首。

6　香炉：庐山香炉峰。

7　★黄鹤楼，故址在今湖北武昌西黄鹄矶上。相传有仙人在此骑鹤上天，故建此楼。广陵，今江苏扬州。好友孟浩然离开武昌前往扬州，李白在黄鹤楼赋诗送别。

8　烟花：指暮春的秾丽景物。

9　★《将进酒》为乐府旧题。本篇是诗人与朋友饮酒时的劝酒之诗，其中蕴含着诗人怀才不遇的牢骚。将（qiāng），请。

金樽空对月。天生我材必有用，千金散尽还复来。烹羊宰牛且为乐，会须[1]一饮三百杯。岑夫子，丹丘生[2]，将进酒，杯莫停。与君歌一曲，请君为我倾耳听。钟鼓馔玉[3]不足贵，但愿长醉不愿醒。古来圣贤皆寂寞，惟有饮者留其名。陈王昔时宴平乐，斗酒十千恣欢谑[4]。主人何为言少钱，径须沽取对君酌。五花马，千金裘，呼儿将出换美酒[5]，与尔同销万古愁。

行路难（选一）[6]

金樽清酒斗十千，玉盘珍羞直万钱[7]。停杯投箸不能食，拔剑四顾心茫然[8]。欲渡黄河冰塞川，将登太行雪满山。闲来垂钓碧溪上，忽复乘舟梦日边[9]。行路难，行路难！多歧路，今安在[10]？长风破浪会有时，直挂云帆济沧海[11]。

---

1 会须：应当。

2 岑夫子、丹丘生：即岑勋、元丹丘，都是诗人的好友。

3 钟鼓馔玉：形容富贵之家的奢华生活。钟鼓，指音乐。馔玉，精美的饮食。

4 "陈王"二句：用典，曹植《名都篇》有"归来宴平乐，美酒斗十千"之句。陈王，曹植。平乐，观名。恣欢谑，尽情地戏谑欢乐。

5 五花马：名贵的马。千金裘：价值昂贵的皮衣。将出：拿出。

6 ★《行路难》是乐府旧题。诗人本题诗共三首，本篇是第一首。诗中抒发英雄无用武之地的苦闷，又不乏对前景的希冀与自信。

7 金樽：精美的酒器。斗十千：一斗酒值十千钱。珍羞：名贵的菜肴。羞，同"馐"。直：同"值"。

8 "停杯"二句：化用鲍照《拟行路难》诗句"对案不能食，拔剑击柱长叹息"。箸，筷子。

9 "闲来"二句：写两位古人。一是吕尚，曾在磻（Pán）溪垂钓，最终遇到周文王，得以大展宏图。一是伊尹，在遇见商汤之前，曾做梦乘船从日月边经过。

10 歧路：岔路。岐，同"歧"。今安在：如今又在哪里。

11 长风破浪：用典，参看《滕王阁序》相关注释。济沧海：横渡大海。

宣州谢朓楼饯别校书叔云[1]

弃我去者，昨日之日不可留；乱我心者，今日之日多烦忧。长风万里送秋雁，对此可以酣高楼[2]。蓬莱文章建安骨，中间小谢又清发[3]。俱怀逸兴壮思飞，欲上青天览明月。抽刀断水水更流，举杯消愁愁更愁。人生在世不称意，明朝散发弄扁舟[4]。

月下独酌（选一）[5]

花间一壶酒，独酌无相亲。举杯邀明月，对影成三人。月既不解饮，影徒随我身[6]。暂伴月将影[7]，行乐须及春。我歌月徘徊，我舞影零乱。醒时相交欢，醉后各分散。永结无情游，相期邈云汉[8]。

金陵酒肆留别[9]

风吹柳花满店香，吴姬压酒唤客尝。[10]金陵子弟来相送，

---

1 ★此诗是李白在宣州（今安徽宣城）谢朓楼为李云饯别所作。谢朓楼是谢朓（小谢）在宣城做太守时修建的。校书，官名，李云是秘书省校书郎。叔，李云是李白的族叔。

2 酣高楼：在高楼上畅饮，喝个痛快。

3 "蓬莱"二句：前一句称赞李云的文章有建安风骨。"蓬莱"是秘书省的别称。"建安骨"指汉末建安年间的刚健遒劲诗风。后一句点题，也有以谢朓自比之意。清发：清新秀发，形容小谢诗风。

4 览：同"揽"，摘取。"明朝"句：意谓今后要隐居江湖。弄扁（piān）舟，驾一叶小舟。

5 ★诗人有《月下独酌》四首，本篇是第一首。

6 解：懂得。徒：徒然。

7 将影：偕影。

8 "永结"二句：是说跟月相约，将来到天上永不分离。无情，忘情。相期，相约。邈，远。云汉，天河。

9 ★本篇是诗人离开金陵时写给送行者的。

10 吴姬：吴地的酒店侍女。压酒：米酒酿熟时榨出酒汁的程序。

欲行不行各尽觞。[1]请君试问东流水，别意与之谁短长？[2]

赠汪伦[3]

李白乘舟将欲行，忽闻岸上踏歌[4]声。桃花潭[5]水深千尺，
不及汪伦送我情。

渡荆门送别[6]

渡远荆门外，来从楚国游[7]。山随平野尽，江入大荒流[8]。
月下飞天镜，云生结海楼[9]。仍怜故乡水[10]，万里送行舟。

登金陵凤凰台[11]

凤凰台上凤凰游，凤去台空江自流。吴宫花草埋幽径，

---

1 觞：酒杯，这里指杯中酒。

2 "请君"二句：意谓分别之际情意悠长，长过门前的东流水。之：指东流水。

3 ★汪伦是泾县（今属安徽）平民，常以美酒招待李白。李白离开时，他又来相送，李
   白写诗以赠。

4 踏歌：用脚踏地打拍子唱歌。

5 桃花潭：位于长江支流青弋（yì）江的上游，泾县以西四十公里处。

6 ★本篇是李白于开元年间（713—741）出蜀时所作，这里的"送别"，有辞别家乡之
   意。荆门即荆门山，在今湖北宜都，是楚蜀咽喉。李白出蜀入楚，由此经过。

7 渡远：远渡。来从：到此，就此。

8 "山随"二句：谓长江从万山丛中流出，至此来到广袤的平原。平野、大荒，都指广阔
   的平原。

9 "月下"二句：谓月亮映入江水，如天镜飞落；云彩堆积，如同海市蜃楼。

10 仍怜：还怜，又爱。故乡水：指从蜀地送自己至此的江水。

11 ★本篇怀古写景，同时抒发了壮志难酬之情。凤凰台，在金陵凤凰山上，相传南朝时
    曾有凤凰落于此，因而筑台。

晋代衣冠成古丘[1]。三山半落青天外，一水中分白鹭洲[2]。总为浮云能蔽日，长安不见使人愁[3]。

静夜思[4]

床前明月光，疑是地上霜。举头望明月，低头思故乡。

早发白帝城[5]

朝辞白帝彩云间，千里江陵[6]一日还。两岸猿声啼不住，轻舟已过万重山。

菩萨蛮[7]

平林漠漠烟如织，寒山一带伤心碧[8]。暝色[9]入高楼，有人楼上愁。玉阶空伫立，宿鸟归飞急[10]。何处是归程？长亭

---

1 "吴宫"二句：谓六朝为都的金陵，如今繁华不再，花草埋没了当年东吴宫殿的小径，东晋贵族的遗迹也只剩下累累古墓。衣冠，指贵族。古丘，古坟。

2 三山：在金陵西南长江边上，有三峰并列，古称"三山"。"一水"句：长江被白鹭洲中分。一水，一作"二水"。

3 "总为"二句：由眼前景物联想到国势及个人前途，是说奸邪蒙蔽君主，像浮云遮蔽太阳，令贤才不得出头。二句用典，汉代陆贾曾说："邪臣之蔽贤，犹浮云之障日月也。"（《新语·慎微篇》）

4 ★《静夜思》为乐府诗题。

5 ★本篇是诗人于乾元二年（759）流放途中遇赦返回时所作，白帝城，在唐代夔州，即今重庆奉节东。

6 江陵：今湖北江陵。

7 ★菩萨蛮，唐教坊曲名，后成为词牌名。又名"子夜歌""重叠金"。本篇写游子乡愁。

8 平林：平原上的树林。漠漠：迷蒙貌。烟如织：形容暮烟浓密，纵横如织。伤心碧：令人伤感的冷翠之色。

9 暝色：夜色。

10 伫（zhù）立：长久站立。宿鸟：投宿之鸟。

连短亭[1]。

忆秦娥[2]

箫声咽，秦娥梦断秦楼月[3]。秦楼月，年年柳色，灞陵[4]
伤别。乐游原上清秋节，咸阳古道音尘绝[5]。音尘绝，西风残
照，汉家陵阙[6]。

1　长亭连短亭：形容路途遥远。亭，古代设在路边供行人歇脚的亭舍，相隔距离有远有
　　近，分长亭、短亭。连，一作"更"。
2　★"忆秦娥"，词牌名。秦娥，相传为秦穆公之女弄玉，与箫史（善吹箫）结为夫妻。
　　本篇有"秦娥梦断"之语，词牌也因此得名。
3　咽：以呜咽形容箫声的凄凉断续。梦断：梦醒。
4　灞陵：地名，在今陕西西安东，因汉文帝陵墓灞陵在此，故称。附近有灞桥，是长安
　　往东行的送别之处，因多柳，送行者往往折柳枝相赠。
5　乐游原：唐时长安的游览胜地，地势较高，成为游人登临之所。清秋节：即九九重阳
　　节，唐代长安人每当此日，多到乐游原登高游览，相沿成俗。咸阳：这里指长安。音
　　尘：指往日繁华的喧嚣烟尘。
6　汉家陵阙：指灞陵。阙，陵墓前的楼台。

崔　颢

崔颢（？—754），唐汴州（今河南开封）人。诗有《黄鹤楼》等。明人辑有《崔颢集》。

黄鹤楼[1]

昔人已乘黄鹤去，此地空余黄鹤楼。黄鹤一去不复返，白云千载空悠悠。晴川历历汉阳树，芳草萋萋鹦鹉洲[2]。日暮乡关[3]何处是？烟波江上使人愁。

1　★本篇为作者登楼览胜、抒发情怀之作。黄鹤楼，见李白《黄鹤楼送孟浩然之广陵》诗注。相传李白登黄鹤楼，本想题诗，见到墙上题有崔颢此诗，感叹说："眼前有景道不得，崔颢题诗在上头。"因而作罢。

2　"晴川"二句：写隔岸所望景物。历历，分明貌。汉阳，在黄鹤楼西，与黄鹤楼隔江相望。萋萋，草盛貌。鹦鹉洲，在黄鹤楼西长江中。

3　乡关：家乡。

常 建

常建（约708—约765），唐长安（今陕西西安）人。诗有《题破山寺后禅院》《塞下曲》等。

题破山寺后禅院[1]

清晨入古寺，初日照高林。曲径通幽处，禅房花木深。山光悦鸟性，潭影空人心[2]。万籁此俱寂，但余钟磬音[3]。

---

1 ★破山寺，寺名，故址在今江苏常熟虞山上。本篇写诗人游览寺院的所见所感，第二联犹为人熟知，传为佳句。

2 悦：使愉悦。空人心：使人俗念俱空。

3 万籁（lài）：各种声音。钟磬（qìng）：佛寺中的法器。

高 适

高适（约700—765），字达夫，又字仲武。唐渤海蓨县（今河北景县）人。安史之乱起任淮南节度使、西川节度使、散骑常侍等职。诗歌代表作有《别董大》《燕歌行》《蓟中作》《别韦参军》等。宋人辑有《高常侍集》。

燕歌行[1]

汉家[2]烟尘在东北，汉将辞家破残贼。男儿本自重横行，天子非常赐颜色[3]。摐金伐鼓下榆关，旌旆逶迤碣石间[4]。校尉羽书飞瀚海，单于猎火照狼山[5]。山川萧条极边土，胡骑凭陵杂风雨[6]。战士军前半死生，美人帐下犹歌舞[7]。大漠穷秋[8]塞草腓，孤城落日斗兵稀。身当恩遇恒轻敌，力尽关山未解围[9]。铁衣远戍辛勤久，玉箸应啼别离后。少妇城南欲断肠，征人

1　★《燕歌行》为乐府旧题。本篇原序说："开元二十六年，客有从御史大夫张公出塞而还者，作《燕歌行》以示（高）适。感征戍之事，因而和焉。"张公，指河北节度副大使张守珪。

2　汉家：此处是借汉家指唐朝。

3　横行：驰骋沙场之意。非常：破格。赐颜色：犹言赏光，亲自接见赏赐。

4　摐（chuāng）：击打。金：钲，军中用作指挥的响器。伐：敲。榆关：山海关。旌旆（pèi）：旌旗。碣石：山名，在今河北昌黎北。

5　校尉：武官名，仅次于将军。羽书：紧急文书。瀚海：指今蒙古大沙漠。一说指贝加尔湖。猎火：战火。狼山：狼居胥山，即肯特山，在蒙古国乌兰巴托以东。汉时霍去病大败匈奴，封狼居胥以归。

6　极：穷尽。凭陵：倚势欺凌。杂风雨：形容胡骑来势凶猛，如携风雨。

7　"战士"二句：写唐军的情形，将帅不恤士卒，一味骄奢淫逸。

8　穷秋：深秋。腓（féi）：枯萎。

9　"身当"二句：是说戍边将士感激皇帝恩遇，藐视敌人，但毕竟力不从心，不能取胜。恒，常，总是。

蓟北空回首。¹边庭飘飖那可度，绝域苍茫更何有²。杀气三时作阵云，寒声一夜传刁斗³。相看白刃血纷纷，死节从来岂顾勋⁴。君不见沙场征战苦，至今犹忆李将军⁵。

别董大（选一）⁶

千里黄云白日曛⁷，北风吹雁雪纷纷。莫愁前路无知己，天下谁人不识君！

---

1 "铁衣"四句：对照写戍边将士之苦及内地家人的悬盼。玉箸：思妇的涕泪。蓟北，蓟州往北一带，泛指东北边地。

2 "边庭"二句：讲说边地的遥远与荒凉。飘飖（yáo），本指随风飘荡貌，这里有动荡的意思。度，越过，跨越。

3 杀气"句：春夏秋三季本是农忙时节，如今却是杀气凝结不散。阵云，作战时出现的如墙一般的阴云。刁斗：军中巡更、煮饭两用的铜器。

4 "死节"句：秉承为国捐躯的气节，哪里是为了封赏。勋，记功授勋。

5 "至今"句：结句提到汉将李广，反衬眼下无人。李将军，据《史记·李将军列传》，汉将李广作战身先士卒，平时与士兵同甘共苦，士兵乐为所用。

6 ★诗人有《别董大》二首，本篇是第一首，是一首送别诗，诗中不乏对朋友的鼓励。董大即董庭兰，是当时有名的琴师。

7 曛：指夕阳下山时的昏黄景色。

杜　甫

　　杜甫（712—770），字子美，世称"杜少陵""杜工部"。祖籍襄阳（今属湖北），曾祖迁居巩县（今河南巩义）。唐代最著名的诗人之一，有"诗圣"之誉。年轻时漫游吴越齐赵，后应举不第，客居长安近十年。安史之乱起，在肃宗朝任左拾遗。后弃官入蜀，在西川节度使严武幕中任节度参谋、检校工部员外郎。后携家出蜀，病死于江南。诗歌代表作有《望岳》《前出塞》《后出塞》《丽人行》《兵车行》《哀王孙》《春日忆李白》《月夜忆舍弟》《自京赴奉先县咏怀五百字》《哀江头》《石壕吏》《新安吏》《潼关吏》《新婚别》《垂老别》《无家别》《春望》《月夜》《北征》《羌村三首》《江畔独步寻花七绝句》《绝句四首》《旅夜书怀》《春夜喜雨》《登岳阳楼》《蜀相》《闻官军收河南河北》《茅屋为秋风所破歌》《八阵图》《江南逢李龟年》《登高》《客至》《登楼》《阁夜》《咏怀古迹》《秋兴八首》，等等。宋人辑有《杜工部集》。

望岳[1]

　　岱宗夫如何？齐鲁青未了[2]。造化钟神秀，阴阳割昏晓[3]。荡胸生层云，决眦入归鸟[4]。会当凌绝顶，一览众山小[5]。

1　★泰山号称"东岳"，又称"岱岳""岱宗"。唐开元二十三年（735），诗人漫游齐鲁时作此篇，是登上泰山主峰前所写，突出"望"字。

2　未了：无穷无尽。

3　"造化"二句：大自然把神奇秀丽都集中在泰山之上，山峦把世界分割成清晨、黄昏。造化，大自然。钟，集中。阴阳，指山的背阴面和向阳面。

4　"荡胸"二句：山中层层云气，涤荡心胸；目送归巢之鸟远去，眼睛不觉瞪大。决眦（zì）：睁大眼睛，几乎瞪裂眼眶。眦，眼眶。入，犹言没（mò）。

5　会当：终将。凌：登临，跨越。绝顶：主峰之巅。

前出塞（选一）[1]

挽弓当挽强[2]，用箭当用长。射人先射马，擒贼先擒王。
杀人亦有限，列国自有疆[3]。苟能制侵陵，岂在多杀伤[4]？

春日忆李白[5]

白也诗无敌，飘然思不群[6]。清新庾开府，俊逸鲍参军[7]。
渭北春天树，江东日暮云[8]。何时一樽酒，重与细论文[9]。

丽人行[10]

三月三日天气新，长安水边多丽人[11]。态浓意远淑且真，

---

1 ★《出塞》为汉乐府旧题。杜甫写过两组《出塞》，称《前出塞》《后出塞》。本篇是《前出塞》九首中的第六首。

2 挽弓：拉弓。强：指硬弓。

3 "杀人"二句：是说作战不是以杀人为目的；各国自有疆界，不要为扩展疆土主动发动战争。这里是就天宝年间用兵吐蕃而言。

4 "苟能"二句：（战争）只要能制止侵略，不在于多杀人。苟能，若能。侵陵，即侵凌，侵略。

5 ★本篇大约作于天宝五载（746）。天宝三载，诗人曾与李白同在河南游历，后一年又在兖州重会。以后杜甫来到长安，写诗怀念李白。

6 思：思想情趣。不群：不与众人同。

7 "清新"二句：称赞李白诗意境清新如庾信，格调俊逸像鲍照。庾信曾任北周骠骑大将军、开府仪同三司（"开府"是指高级官员在指定地点建立办公场所），因称"庾开府"。鲍照曾为南朝宋临海王刘子顼的军府参军，故称"鲍参军"。

8 "渭北"二句：作者此时身居长安，是在渭水之北；而李白正游历于江东（今浙江一带）。这里写相隔之远，抒发思念之情。

9 论文：切磋诗文。

10 ★《丽人行》是杜甫自创的乐府新题。本篇约作于唐天宝十二载（753）春天，以讽刺的口吻描绘了杨国忠兄妹的奢靡生活及跋扈情态。

11 三月三日：为上巳日。古代风俗，这一天人们在水边举行仪式，被除不祥。后演变为在水边宴饮及游春活动。水边：指长安城东南的曲江和芙蓉苑一带。丽人：游春贵妇。

肌理细腻骨肉匀[1]。绣罗衣裳照暮春，蹙金孔雀银麒麟[2]。头上何所有？翠为匎叶垂鬓唇[3]。背后何所见？珠压腰衱稳称身[4]。就中云幕椒房亲，赐名大国虢与秦[5]。紫驼之峰出翠釜，水精之盘行素鳞[6]。犀箸厌饫久未下，鸾刀缕切空纷纶[7]。黄门飞鞚不动尘，御厨络绎送八珍[8]。箫鼓哀吟感鬼神，宾从杂遝实要津[9]。后来鞍马何逡巡，当轩下马入锦茵[10]。杨花雪落覆白蘋，

1 态浓意远：打扮浓艳，意态高远。淑且真：娴美、不做作。肌理：指皮肤。骨肉匀：指体态匀称。
2 绣罗：绣花的丝绸。照暮春：与暮春的风光相映照。"蹙金"句：细写衣上所绣图案，有金线绣的孔雀，银线绣的麒麟。蹙，一种刺绣手法。
3 翠：翠鸟羽毛。匎（è）叶：妇女发髻上的花饰。鬓唇：鬓边。
4 "珠压"句：上衣的后裾缀着珠子，十分合身。腰衱（jié），齐腰的上衣后裾。稳称身，十分合身。
5 就中：内中，其中。云幕椒房亲：这里指杨贵妃的姐姐们。云幕、椒房，都指宫中后妃所居宫殿。一说云幕指帷帐。"赐名"句：唐代一品高官的母亲和妻子封国夫人。杨贵妃的三个姐姐分别嫁给高官，受封韩国夫人、虢国夫人和秦国夫人。这里限于字数，只提两个。
6 "紫驼"二句：写席上的珍馐美味。紫驼之峰，紫驼背上的肉峰。翠釜，华美的锅子。水精，水晶。行素鳞，传上来白鳞鱼。行，行炙，传菜。
7 "犀箸"二句：（贵妇们）因吃腻了美味，迟迟不肯下筷子；（厨师）的刀子仍细细切来，忙个不停。犀箸，犀角制的筷子。厌，同"餍"，足。饫（yù），饱。鸾刀，刀环有铃的割肉用刀。鸾，鸾铃，声如鸾鸣。缕切，细切。纷纶，忙乱貌。
8 "黄门"二句：宫中侍者快马加鞭，御厨中仍不断送出佳肴。黄门，即宦官。飞鞚（kòng），飞马。鞚，马勒，带嚼子的马笼头。不动尘，形容骑行熟练平稳，不起尘土。八珍，泛指各种精美罕见的美味佳肴。
9 "箫鼓"二句：有美妙的音乐伴奏，嘉宾仆从填塞了道路。杂遝（tà）：杂乱而众多。实要津：充满要道。这里又有占据朝廷高位的意思。
10 "后来"二句：最后有人骑马缓缓而来，直到轩前才下马踏上锦毯。这里是指杨国忠，即下文中的"丞相"。逡巡（qūnxún），徘徊徐行的样子。轩，敞亮的建筑物，这里指摆设筵席之所。锦茵，锦制垫褥。

青鸟飞去衔红巾[1]。炙手可热势绝伦，慎莫近前丞相嗔[2]！

自京赴奉先县咏怀五百字（节录）[3]

岁暮百草零[4]，疾风高冈裂。天衢阴峥嵘，客子中夜发[5]。霜严衣带断，指直不得结[6]。凌晨过骊山，御榻在嵽嵲[7]。蚩尤塞寒空，蹴踏崖谷滑[8]。瑶池气郁律，羽林相摩戛[9]。君臣留欢娱，乐动殷胶葛[10]。赐浴皆长缨，与宴非短褐[11]。彤庭所分帛，本自寒女出。鞭挞其夫家，聚敛贡城阙。[12]圣人筐篚恩，实

1 "杨花"二句：点染春天景物。如雪的柳絮，覆盖了水面的白蘋（pín）；鸟儿衔着红花飞来飞去。有人解释说，古人认为白蘋（pín）是柳絮所化，这里暗喻杨国忠和贵妃姊妹是一家。青鸟是传说中西王母的使者，常为男女传书递信，这里暗示杨国忠与杨氏姐妹有暧昧关系。

2 "炙手"二句：描写杨国忠势焰熏天、不可一世之态。炙手可热，热得烫手。势绝伦：权势之大，无人能比。嗔（chēn），发怒，怪罪。

3 ★本篇作于唐天宝十四载（755），记录了作者于十一月从长安前往奉先（今陕西蒲城）探家的过程及感想。全诗五百字，这里节录中间部分。

4 百草零：百草零落。

5 天衢（qú）：天空。一说指帝都长安。衢，四通八达的道路。阴峥嵘：这里形容寒气阴森。客子：作者自己。

6 "霜严"二句：因霜寒天冷，手指僵直，衣带断了都无法系上。

7 骊山：在今陕西临潼，建有华清宫，内有温泉。每年冬天玄宗都与杨贵妃在此避寒，寻欢作乐。御榻：皇帝的床席，这里指皇帝。嵽嵲（diéniè）：形容山高。

8 蚩尤：传说中的神人，与黄帝作战时作大雾，这里指雾。蹴（cù）踏：脚踩。这里指深一脚浅一脚。

9 瑶池：神话中西王母与周穆王的宴游之地，这里指山上的温泉。郁律：水气蒸腾貌。羽林：皇帝的禁卫军。摩戛（jiá）：指武器相互碰撞。

10 留欢娱：长时间寻欢作乐。留，久。"乐动"句：音乐声响彻云霄。殷，音乐盛大。胶葛，广大貌，这里指广阔的天宇。

11 赐浴：蒙皇帝恩赐，在温泉洗浴。长缨：长的帽带，这里代指高官显贵。与宴：参加宴会的人。短褐：短麻衣，指平民。

12 "彤庭"四句：在宫廷中由皇帝赏赐的丝帛，都是贫寒女子所织；官府鞭打他们的丈夫、搜刮聚敛，献到京城。彤庭，指朝廷。因宫殿多以红漆涂饰，故称。城阙，这里指京城。

欲邦国活。臣如忽至理，君岂弃此物？[1] 多士盈朝廷，仁者宜战栗[2]。况闻内金盘，尽在卫霍室[3]。中堂舞神仙，烟雾蒙玉质[4]。煖客貂鼠裘，悲管逐清瑟。劝客驼蹄羹，香橙压金橘。[5] 朱门酒肉臭，路有冻死骨。荣枯咫尺异，惆怅难再述。[6]

悲陈陶[7]

孟冬十郡良家子[8]，血作陈陶泽中水。野旷天清无战声，四万义军同日死。群胡归来血洗箭，仍唱胡歌饮都市[9]。都人回面向北啼[10]，日夜更望官军至。

---

1 "圣人"四句：意谓皇帝对群臣进行赏赐，目的是要他们治理好国家；群臣如果忽视这个道理，皇帝岂不是把财物白白扔掉了吗？圣人，唐代对皇帝的称呼。筐篚（fěi），盛物的竹器，这里代指赏赐的财物。活，兴盛。忽，忽视。至理，天经地义的道理。

2 "多士"二句：是说朝廷中官员众多，其中有仁爱之心的，看到这种情形（指大肆赏赐群臣）应当感到担忧吧？

3 "况闻"二句：况且听说内廷的贵重器皿，大都赏赐给卫、霍等外戚贵族。内，大内，皇帝宫禁。金盘，贵重的器皿。卫霍，指汉代的卫青、霍去病，两人都是外戚（皇帝的后妃家族），这里暗指杨国忠、杨贵妃兄妹。

4 "中堂"二句：写宴会场面。舞神仙，指宫女翩翩起舞。烟雾，香炉的香烟。蒙，笼罩。玉质，指肌肤如玉的宫女。

5 "煖（nuǎn）客"四句：写宴饮欢歌的奢靡场面。与会者穿着暖和的貂裘，听着嘹亮清越的乐曲，一再劝客人品尝驼蹄羹等美味，北方难见的橙子、橘子堆积着。煖，同"暖"。悲管，指淋漓酣畅的管乐声。逐，追逐，应和。清瑟，指清越的弦乐声。驼蹄羹、香橙、金橘，都是罕有的美味。

6 "朱门"四句：朱红大门内的酒肉（吃不完）腐臭丢弃，门外的大路边百姓因缺衣少食冻饿而死。朱门内外距离很近，却隔开奢华、枯槁两个不同的世界。荣，指朱门内的富贵奢华。枯，指朱门外的冻饿饥寒。咫（zhǐ），周制八寸为咫，形容极短距离。惆怅，伤感，失意。

7 ★本篇作于至德元年（756）冬日。陈陶，地名，在今陕西咸阳东，又作陈陶斜、陈陶泽。本年农历十月，官军在此被安史叛军打败，四万士卒战死。诗人写诗悲悼。

8 孟冬：初冬。十郡：泛指西北各郡。良家子：指从平民中招募的义军。

9 群胡：指安禄山的部下。胡歌：北方少数民族歌曲。

10 向北啼：当时肃宗在长安西北的彭原（今甘肃宁县）。

春望[1]

国破山河在，城春草木深[2]。感时花溅泪，恨别鸟惊心[3]。
烽火连三月，家书抵万金[4]。白头搔更短，浑欲不胜簪[5]！

月夜[6]

今夜鄜州月，闺中[7]只独看。遥怜小儿女，未解忆长安[8]。
香雾云鬟湿，清辉玉臂寒[9]。何时倚虚幌，双照泪痕干[10]。

哀江头[11]

少陵野老吞声哭，春日潜行曲江曲[12]。江头宫殿锁千门，
细柳新蒲为谁绿[13]？忆昔霓旌下南苑，苑中万物生颜色[14]。昭阳

1　★本篇写于被安史叛军攻陷的长安城，诗人的忧国忧家之心跃然纸上。
2　"国破"二句：长安沦陷，可山河依旧；春天来了，由于人烟稀少，野草格外茂盛。国，这里指都城长安。
3　"感时"二句：感伤时事，见到春花反而引来眼泪；与家人离别，听到鸟叫也觉得心惊。
4　"家书"句：家中音信稀少，万金难买。
5　浑：简直。不胜簪：（由于头发稀疏）插不上发簪。
6　★本篇是作者被困长安所作，内容是思念远在鄜（Fū）州（今陕西富县）的妻儿。
7　闺中：指诗人的妻子。
8　"遥怜"二句：是说儿女尚幼，不懂思念身困长安的父亲。
9　"香雾"二句：想象妻子在月下思念自己的样子，雾气打湿了头发，手臂在清冷的月光下感受到轻寒。云鬟，云一般乌黑秀美的头发。清辉，指月光。
10　虚幌：薄若无物的帷幌。双照：同照两人。这里指团圆时的情景。
11　★本篇作于被困长安之时。江头，指曲江岸边。
12　少陵野老：少陵是汉宣帝许皇后的陵墓，在长安东南。杜甫曾在附近住家，因自称"少陵野老"。吞声哭：哭时不敢出声。潜行：偷偷地行走。曲江曲：曲江转弯处。
13　"江头"二句：是说江边众多行宫楼台封锁无人，春日柳绿草青又有谁欣赏？
14　"忆昔"二句：回忆当年玄宗与杨贵妃游幸芙蓉苑的情景。霓旌，霓虹般的彩旗，是帝王的旗帜。南苑，即芙蓉苑，在曲江南。生颜色，增光辉。

殿里第一人，同辇随君侍君侧[1]。辇前才人带弓箭，白马嚼啮黄金勒[2]。翻身向天仰射云，一笑[3]正坠双飞翼。明眸皓齿今何在？血污游魂归不得。[4]清渭东流剑阁深，去住彼此无消息[5]。人生有情泪沾臆，江水江花岂终极[6]！黄昏胡骑尘满城，欲往城南望城北[7]。

羌村三首

其一[8]

峥嵘赤云西，日脚下平地[9]。柴门鸟雀噪，归客[10]千里至。

---

1 "昭阳"二句：是说杨贵妃与玄宗同车抵达。昭阳殿里第一人，本指汉成帝的妃子赵合德，这里借指杨贵妃。辇，皇帝乘坐的车子。

2 才人：宫中女官名，这里指武艺娴熟的"射生"宫女。"白马"句：是说才人骑着戴金马勒的白马。嚼啮，犹言戴着。

3 一笑：指杨贵妃因见射下双飞鸟而开心一笑。

4 "明眸"二句：是说美丽的杨贵妃今在何处？已因禁军兵变而惨死他乡，魂魄难归。明眸皓齿，眼亮齿白，形容女子貌美。

5 "清渭"二句：杨贵妃死葬马嵬驿（在今陕西兴平西），那里位于渭河之滨；而玄宗西行，经剑阁（位于今四川剑阁县北的大小剑山之间的栈道）入蜀，两人一留一去，两无消息。

6 "人生"二句：是说人生有情，面对现实悲剧，忍不住泪洒沾胸；而江水照流、江花照开，年复一年，没有终期。臆，胸。

7 胡骑：指安禄山叛军的骑兵。"欲往"句：是说诗人因极度悲伤而神情迷惘，家在城南，却朝城北走。望，向。

8 ★羌村为村落名，在鄜州城外。作者一度把家安在这里。唐肃宗至德二载（757），作者从凤翔到鄜州探家，写下《羌村三首》，本篇是第一首，写初到家中的情景。

9 峥嵘：山高峻貌，这里形容空中积云如山。赤云：被落日映为红色的云。日脚：从云层中射向地面的光线。

10 归客：指从远方归来的诗人自己。

妻孥怪我在[1]，惊定还拭泪。世乱遭飘荡，生还偶然遂[2]。邻人满墙头，感叹亦歔欷[3]。夜阑更秉烛，相对如梦寐[4]。

其二[5]

晚岁迫偷生[6]，还家少欢趣。娇儿不离膝，畏我复却去[7]。忆昔好追凉，故绕池边树[8]。萧萧北风劲，抚事煎百虑[9]。赖知禾黍收，已觉糟床注[10]。如今足斟酌，且用慰迟暮[11]。

其三[12]

群鸡正乱叫，客[13]至鸡斗争。驱鸡上树木，始闻叩柴荆[14]。父老四五人，问[15]我久远行。手中各有携，倾榼浊复清[16]。"莫

---

1 "妻孥（nú）"句：妻子儿女惊奇我还活着。孥，子女。

2 "生还"句：能活着回来不过侥幸而已。遂，如愿。

3 歔欷（xūxī）：哽咽，抽泣。

4 "夜阑"二句：夜深了还点着蜡烛，与妻子相对，仿佛是在梦中。

5 ★本篇是《羌村三首》第二首，写到家后情景，忧愁、欣慰兼而有之。

6 晚岁：晚年，老年。诗人这年四十六岁，但已屡屡称老。偷生：苟且地活着。这里指离开官场，无所作为。

7 "娇儿"二句：小儿子不离膝头，怕我再度离开。却，仍，还。

8 忆昔：回忆当初（一年前，杜甫曾送家人来此）。好追凉：喜欢乘凉。故，常常。

9 抚事：思忖时事。煎百虑：内心被种种忧虑所熬煎。

10 "赖知"二句：幸赖禾黍收获，可以想象酒从糟床流出来的景象。糟床，制酒的器具。

11 "如今"二句：眼下酒足够喝，姑且给我这晚年生活带来一点安慰。迟暮，晚年。

12 ★本篇是《羌村三首》第三首，写归家后与邻人的交往，抒写忧国忧民之情。

13 客：这里指邻居父老。

14 柴荆：柴门。

15 问：问候，慰问。

16 榼（kē）：古代一种盛酒器。浊复清：有浊酒也有清酒。一说，倒出浊酒，沉淀一会儿就澄清了。

辞酒味薄，黍地无人耕。兵革既未息，儿童尽东征。[1]”请为父老歌，艰难愧深情[2]。歌罢仰天叹，四座[3]泪纵横。

石壕吏[4]

暮投石壕村，有吏夜捉人。老翁逾[5]墙走，老妇出门看。吏呼一何怒！妇啼一何苦！听妇前致词："三男邺城[6]戍。一男附书至[7]，二男新战死。存者且偷生，死者长已矣[8]！室中更无人，惟有乳下孙[9]。有孙母未去，出入无完裙[10]。老妪[11]力虽衰，请从吏夜归。急应河阳[12]役，犹得备晨炊。"夜久语声绝，如闻泣幽咽[13]。天明登前途，独与老翁别。

1　"莫辞"四句：这是邻人解释的话：不要嫌酒味淡，全是因为没人种地（用来酿酒的粮食少）；战争还没停息，连孩子也被拉去当兵打仗。莫辞，不要（因酒味薄而）推辞。莫辞，一作"苦辞"。儿童，古时凡年龄大于婴儿而未成年者都称儿童。

2　"艰难"句：意谓在此艰难时刻，乡亲赠酒，情意深厚，自己既感动又惭愧。

3　四座：在座各位。

4　★唐乾元二年（759）三月，诗人在战乱中从洛阳前往华州住所，途中写下"三吏"（《新安吏》《潼关吏》《石壕吏》）"三别"（《新婚别》《垂老别》《无家别》）两组诗，本篇是其中一首。新安，今属河南。石壕，村名，在今河南陕州东。

5　逾：越，跳过。

6　邺城：唐属相州，在今河北临漳西南。

7　附书至：捎信回家。

8　长已矣：永远完了。

9　乳下孙：正吃奶的小孙儿。

10　完裙：完整的衣裙。

11　老妪（yù）：老太婆。

12　河阳：今河南孟州。

13　幽咽：哭声窒塞哽咽。

梦李白（选一）¹

死别已吞声，生别常恻恻²。江南瘴疠地，逐客无消息³。故人入我梦，明我常相忆⁴。恐非平生魂，路远不可测⁵。魂来枫林青，魂返关塞黑⁶。君今在罗网，何以有羽翼⁷？落月满屋梁，犹疑照颜色⁸。水深波浪阔，无使蛟龙得⁹。

月夜忆舍弟¹⁰

戍鼓断人行，边秋一雁声¹¹。露从今夜白¹²，月是故乡明。

1　★本篇作于唐乾元二年秋，作者在秦州（今甘肃天水），得知前一年李白因参加永王李璘幕府而被流放夜郎（今贵州桐梓），却不知他已遇赦放还。作者连日梦见李白，作《梦李白》二首，本篇是第一首。

2　"死别"二句：人死了，生者哭一场也就罢了；活着分别，却让人常常记挂、忧伤。吞声，不出声地哭。恻恻，形容悲痛。

3　江南：长江以南。李白获罪后因囚禁于浔阳（今江西九江）、流放到夜郎，都属于江南。而江南湿热多瘟疫，因称"瘴疠（zhànglì）地"。逐客：被放逐者，指李白。

4　故人：指李白。明：知道。

5　"恐非"二句：这是担心李白已死，来的是魂魄；又因路远，得不到确切消息。

6　"魂来"二句：设想李白的魂魄从江南到秦州夜间奔波的景象。枫林青、关塞黑分别写南方、北方的夜景。

7　"君今"二句：这是诗人心中的疑惑，你现在被囚禁，怎么会生了翅膀飞来？

8　"落月"二句：写诗人醒来，但见月光照在屋梁上，但梦中李白的形象依稀犹在。颜色，指李白的容貌。

9　"水深"二句：据南朝吴均《续齐谐记》记载，有人见屈原现身，说祭祀的物品多被蛟龙侵夺，希望用楝叶包米，系以彩丝，这便是粽子的来历。诗人这里以屈原比李白，也含有担心李白受害之意。

10　★本篇于乾元二年作于秦州。杜甫有四个弟弟（杜颖、杜观、杜丰、杜占），其中三个分散在外，生死不明。只有小弟杜占此时在他身边，杜甫想念其他三位，写下此诗。舍（shè）弟，旧时对他人谦称自己的弟弟。

11　戍鼓：戍楼上的更鼓。断人行：这里指实行宵禁，起更后就禁止通行。边秋：边境的秋天。

12　"露从"句：写诗的当天，当是白露节气。

有弟皆分散，无家问死生。寄书长不达，况乃未休兵[1]。

客至[2]

舍南舍北皆春水，但见群鸥日日来[3]。花径不曾缘客扫，蓬门[4]今始为君开。盘飧市远无兼味，樽酒家贫只旧醅[5]。肯与邻翁相对饮？隔篱呼取尽余杯。[6]

茅屋为秋风所破歌[7]

八月秋高风怒号，卷我屋上三重[8]茅。茅飞渡江洒江郊，高者挂罥长林梢，下者飘转沉塘坳[9]。南村群童欺我老无力，忍能[10]对面为盗贼。公然抱茅入竹去，唇焦口燥呼不得，归来倚杖自叹息。俄顷风定云墨色，秋天漠漠向昏黑[11]。布衾多

1　未休兵：指战乱未息。

2　★本篇有作者自注："喜崔明府相过。"明府是对县令的尊称，"客"即其人。诗中所写为成都草堂生活。

3　"舍南"二句：点出春日时光及居所环境（南北皆水）；群鸥日日来既是写实，又暗用《列子》鸥鹭忘机的典故，兼写来客稀少。

4　蓬门：编蓬为门，这里是自谦的说法。

5　"盘飧（sūn）"二句：因离集市远，不能采买更多的食物，所饮也是家中的隔年陈酒。盘飧，泛指菜肴。兼味，多种菜品。旧醅（pēi），隔年陈酒。

6　"肯与"二句：是说得到来客的首肯，隔着篱笆招呼邻居前来，一同饮酒叙欢。肯，询问之词，肯否。

7　★本篇写于上元二年（761），茅屋即杜甫在成都近郊所建的浣花草堂。诗中记述了生活的艰辛，结尾六句体现了仁者情怀。

8　三重（chóng）：三层。三是虚数。

9　挂罥（juàn）：挂结。罥，缠绕。塘坳（ào）：低洼积水处。

10　忍能：竟能。对面：当面。

11　俄顷：一会儿。漠漠：阴沉迷蒙的样子。向昏黑：天色转黑。

年冷似铁，娇儿恶卧踏里裂[1]。床头屋漏无干处，雨脚[2]如麻未断绝。自经丧乱少睡眠，长夜沾湿何由彻[3]！安得广厦千万间，大庇[4]天下寒士俱欢颜！风雨不动安如山。呜呼！何时眼前突兀见此屋[5]，吾庐独破受冻死亦足！

蜀相[6]

丞相祠堂何处寻，锦官城[7]外柏森森。映阶碧草自春色，隔叶黄鹂空好音。三顾频烦天下计，两朝开济老臣心[8]。出师未捷身先死[9]，长使英雄泪满襟。

春夜喜雨[10]

好雨知时节，当春乃发生。随风潜入夜，润物细无声。野径云俱黑，江船火独明。晓看红湿处，花重[11]锦官城。

---

1 布衾（qīn）：布被。恶卧：睡相不好。踏里裂：把被里蹬破。
2 雨脚：雨柱。
3 丧乱：指安史之乱。何由彻：如何挨到天明。
4 庇：遮蔽，庇护。
5 突兀：高耸貌。见，同"现"。
6 ★本篇是诗人上元元年（760）春游成都武侯祠所作。蜀相即诸葛亮。
7 锦官城：成都别称。
8 "三顾"二句：追念诸葛亮出山辅佐刘备以及在刘备父子两朝为相的事迹。三顾，指刘备三顾茅庐敦请诸葛亮出山。开济，开创、匡济。
9 "出师"句：诸葛亮曾多次率军伐魏，没能成功，中途病死。
10 ★本篇约作于上元二年（761）杜甫在成都时。
11 花重：指花因饱含雨水而沉重。一说"重"指花色浓艳。

闻官军收河南河北[1]

剑外忽传收蓟北[2]，初闻涕泪满衣裳。却看妻子愁何在？漫卷[3]诗书喜欲狂。白日放歌须纵酒，青春作伴好还乡[4]。即从巴峡穿巫峡，便下襄阳向洛阳[5]。

绝句四首（选一）[6]

两个黄鹂鸣翠柳，一行白鹭上青天。窗含西岭千秋雪，门泊东吴万里船。

江畔独步寻花七绝句（选二）[7]

其一

黄师塔前江水东，春光懒困倚微风[8]。桃花一簇开无主，可爱深红爱浅红[9]？

1　★本篇写于广德元年（763）春，诗人在梓州（今四川三台），听到官军收复蓟北的消息，欣喜若狂，写诗记录心情，并做回乡的打算。然而他始终未能再回北方。

2　剑外：四川剑门关以南地区。蓟北：指今河北北部地区，是安史叛军的老巢。

3　漫卷：胡乱地收卷起。

4　纵酒：开怀痛饮。青春：明媚的春天。

5　"即从"二句：这是杜甫预想的还乡路线。巴峡，巴县（今重庆）一带江峡的总称。巫峡，指巴峡以东的瞿塘、巫、西陵三峡。这里以巫峡代指三峡。襄阳，今属湖北。洛阳，诗人有原注："余田园在东京。"东京即洛阳。

6　★本篇作于广德二年（764），诗人在离开成都两年后，再次回来；被任命为检校工部员外郎也是在这一时期。本题诗共四首，本篇是第三首。

7　★诗人有本题诗七首，这里选第五、六首。诗中吟咏成都浣花草堂的日常景色，洋溢着安逸的生活情味。

8　黄师塔：黄姓和尚的骨灰塔。江水东：江水向东流。"春光"句：这里是说微风吹拂，春光和煦，令人困倦。

9　"可爱"句：诗人自问，是爱深红色的，还是浅红色的？

其二

黄四娘家花满蹊[1]，千朵万朵压枝低。留连戏蝶时时舞，自在娇莺恰恰[2]啼。

登楼[3]

花近高楼伤客心，万方多难此登临[4]。锦江春色来天地，玉垒浮云变古今[5]。北极朝廷终不改，西山寇盗莫相侵[6]。可怜后主还祠庙，日暮聊为《梁甫吟》[7]。

八阵图[8]

功盖三分国，名成八阵图[9]。江流石不转，遗恨失吞吴[10]。

---

1 蹊：小路。

2 恰恰：形容莺啼声。

3 ★本篇约于代宗广德二年作于成都。前一年，吐蕃人攻占长安，代宗逃至陕州（今属河南）。其后郭子仪收复长安，不久吐蕃人又攻占四川的松州（今四川松潘）、维州（今四川理县）等地。诗中的"西山盗寇莫相侵"，即指此而言。

4 客：客居之人。登临：登高俯望。

5 锦江：即濯锦江，是岷江支流，流经成都。来天地：来自天地。玉垒：山名，在今四川都江堰市、成都西北。浮云变古今：既是写实，也喻指古今世事多变，如浮云变化不定。

6 "北极"二句：是说朝廷政权稳固，不会轻易改变，吐蕃不要再生侵略野心。北极，即北极星，古人常用以指代朝廷。西山，指今川藏交界的雪山。

7 "可怜"二句：是说可叹无能的蜀后主刘禅（shàn）居然还有祠庙，在这傍晚之际，我不禁吟诵《梁甫吟》，以寄托感慨。后主，刘备之子刘禅，是亡国之君，曾留下"乐不思蜀"的笑谈。成都锦官门外有蜀先主庙，其西为武侯祠，东为后主祠。还，居然还（有）。聊为，姑且吟诵。《梁甫吟》，古乐府诗，《三国志》说诸葛亮未出山时，"好为《梁父（甫）吟》"。诗人此句表达了对贤臣的期盼。

8 ★唐代宗大历元年（766），杜甫移居夔州（今重庆奉节），江边有八阵图石阵，相传是诸葛亮为练兵所设，诗人有感而作。

9 "功盖"二句：是说诸葛亮在三国时期功业超越他人，其名声成就于创制八阵图。

10 "江流"二句：是说江流日夜不停而石阵永在，由此联想到刘备执意要吞并吴国，破坏了诸葛亮联吴抗曹的策略，导致蜀汉一蹶不振，令人惋惜。失，失之于（吞吴之举）。

阁夜¹

岁暮阴阳催短景，天涯霜雪霁寒宵²。五更鼓角声悲壮，三峡星河影动摇³。野哭千家闻战伐，夷歌是处起渔樵⁴。卧龙跃马终黄土，人事音书漫寂寥⁵。

秋兴八首（选一）⁶

千家山郭静朝晖，日日江楼坐翠微⁷。信宿渔人还泛泛，清秋燕子故飞飞⁸。匡衡抗疏功名薄，刘向传经心事违⁹。同学少年多不贱，五陵裘马自轻肥¹⁰。

1　★本篇作于代宗大历元年冬，诗人寓居夔州西阁，有感而作。

2　"岁暮"二句：一年将尽，日月相催，白昼短暂；身在天涯，霜雪初晴，是个寒冷的夜晚。阴阳，日月。景，日光。天涯，夔州远离长安，故称。霁，雨雪初晴。

3　"五更"二句：五更天明，驻军的鼓角声十分悲壮；三峡水急，天上的星河映在水中，随波涛动摇。鼓角，古代驻军，要于晨昏摇鼓吹角。星河，银河。

4　"野哭"句：因战乱，无数百姓在草野间哭泣。战伐，这里指正在进行的蜀中军阀混战。夷歌，当地的民歌。是处：到处。渔樵：捕鱼打柴。

5　"卧龙"句：是说诸葛亮、公孙述都已作古。这里有贤愚同尽的意思。卧龙，诸葛亮隐居时，人称"卧龙"。跃马，指公孙述，他在王莽新朝末年时在蜀地称帝，左思《蜀都赋》有"公孙跃马而称帝"的句子。"人事"句：身边没有朋友，也得不到亲友的消息，只感到无边的寂寞冷清。人事，指人的交游往来。音书，音信。漫，全。

6　★《秋兴八首》是作者于代宗大历元年秋在夔州所作，本篇是第三首。前两联写景，后两联抒情。

7　山郭：山城，指夔州。晖：阳光。江楼：指白帝城楼。坐翠微：坐对青山。翠微，指青山。

8　信宿：两宿。泛泛：泛舟，漂泊。故：仍。

9　"匡衡"二句：这是拿古人跟自己对比：自己像匡衡那样屡屡上书，但功名微薄；又想像刘向那样整理经书，但愿望未能实现。匡衡，西汉人，因屡次上疏言政而得重用。抗疏，向皇帝上书直言。刘向，西汉人，在宣帝、成帝朝曾讲经校经。心事违，心愿未成。

10　五陵：汉代帝王陵墓（长陵、安陵、阳陵、茂陵、平陵），在长安与咸阳之间，附近多富豪人家。裘马轻肥，穿轻裘、骑肥马，是发迹之态。

又呈吴郎¹

堂前扑枣²任西邻，无食无儿一妇人。不为困穷宁有此，只缘恐惧转须亲³。即妨远客虽多事，使插疏篱却甚真⁴。已诉征求贫到骨，正思戎马泪盈巾⁵。

咏怀古迹（选二）

其一⁶

群山万壑赴荆门，生长明妃尚有村⁷。一去紫台连朔漠，独留青冢向黄昏⁸。画图省识春风面，环珮空归月夜魂⁹。千载

1　★本篇作于大历二年（767），作者在夔州的第二年，将原来的住所借给一吴姓朋友，并与诗嘱他照顾一个贫苦的邻家妇人。

2　扑枣：打枣。

3　"不为"二句：意谓这个妇人不因穷困，能这样做吗？正因她感到害怕，所以要对她和气些。

4　"即妨"二句：意谓妇人怕人，虽属多余，但你插上篱笆却是真的（印证她的恐惧是有缘由的）。远客，指吴郎。

5　"已诉"二句：意谓妇人曾向自己诉说因官府征敛而极度贫困之状；战乱不止，百姓遭难，我内心十分难过。征求，指官府的搜刮。戎马，指战争。

6　★诗人有《咏怀古迹》五首，作于夔州，分别咏庾信故居、宋玉宅、昭君村、永安宫（刘备庙）和武侯祠（诸葛亮祠）。本篇是第三首，咏昭君村。昭君名王嫱，是汉元帝宫人，被遣与匈奴和亲，因有"昭君出塞"的典故。晋时避司马昭讳，改昭君为"明君"，诗中又称"明妃"。

7　"群山"二句：是说从夔州到荆门山谷连绵，山势如奔；生养昭君的村落如今尚在。按，昭君村在归州兴山（今属湖北），位于夔州与荆门之间。荆门，山名，在今湖北宜都。

8　"一去"二句：是说昭君离开汉宫，前往匈奴联姻，死后埋在沙漠，只留下坟墓，在黄昏中分外孤寂。紫台，汉家宫廷。连，联姻。朔漠，北方沙漠。青冢（zhǒng），昭君墓，在今内蒙古呼和浩特南郊，传说坟上草色常青，因称"青冢"。

9　"画图"二句：是说元帝只凭肖像识别美丑，导致昭君一去不返，月夜归来的只有魂魄。相传汉元帝挑选嫔妃宫人只看肖像，王昭君因不肯贿赂画师，被画师画得很丑，始终未能得到召见。直至和亲时，元帝才发现她容貌美丽，追悔莫及。省识，认识，察看。春风面，美丽的面庞。环珮，这里指代昭君。

琵琶作胡语，分明怨恨曲中论[1]。

其二[2]

诸葛大名垂宇宙，宗臣遗像肃清高[3]。三分割据纡筹策，万古云霄一羽毛[4]。伯仲之间见伊吕，指挥若定失萧曹[5]。运移汉祚终难复，志决身歼军务劳[6]。

旅夜书怀[7]

细草微风岸，危樯独夜舟[8]。星垂平野阔，月涌大江流[9]。名岂文章著，官应老病休[10]。飘飘何所似，天地一沙鸥[11]。

---

1 "千载"二句：是说胡地的琵琶曲，在千年之后还传达着昭君的怨恨。胡语，这里指胡地音乐。相传昭君在胡地曾作歌表达怨恨之情。论，诉说。

2 ★本篇是《咏怀古迹》第五首，咏夔州武侯祠。武侯即诸葛亮，他在世时，封"武乡侯"，死后谥"忠武侯"。

3 垂：流传。宗臣：为世所仰望、宗尚的重臣。遗像：指武侯祠中的诸葛亮肖像。肃清高：为他的清高而肃然起敬。

4 "三分"二句：是说诸葛亮为使蜀汉三分天下、割据一方，运筹周密；他是名扬万古、高翔云霄的鸾凤、鹰隼。纡（yū）筹策，曲折周密地运筹献策。纡，曲折，萦回。羽毛，这里代指鸾凤、鹰隼等神鸟猛禽。

5 "伯仲"二句：是说诸葛亮与伊尹、吕尚不相上下，行政用兵从容不迫，又使萧何、曹参为之失色。伊吕，商代的伊尹与周代的吕尚，都是开国名臣。若定：胸有成竹、从容镇定。萧曹，汉代丞相萧何与曹参，都是一代名臣。

6 "运移"二句：是说汉朝的气运已经转移，终难复兴；尽管诸葛亮意志坚定，无奈军务繁劳，终于身死（令人悲伤）。祚（zuò），帝位。身歼，身灭。

7 ★本篇应作于代宗永泰元年（765），是杜甫辞官离开成都，携家东下，前往忠州（今重庆忠县）途中所作。书怀，这里指书写心中忧思。

8 危樯：高耸的桅杆。独夜舟：夜间孤舟。

9 "星垂"二句：星空低垂，是因原野开阔之故；月亮映在江水中，随波涌动。

10 "名岂"二句：意谓文章再好，也换不来名誉；年迈多病，就应该辞官。这话中带有牢骚和不甘。

11 "飘飘"二句：自己浪迹西南，如同天地间漂泊无依的鸥鸟。飘飘，形容漂泊之态。沙鸥，一种水鸟。

登高[1]

风急天高猿啸哀，渚[2]清沙白鸟飞回。无边落木萧萧下[3]，不尽长江滚滚来。万里悲秋常作客，百年[4]多病独登台。艰难苦恨繁霜鬓，潦倒新停浊酒杯[5]。

登岳阳楼[6]

昔闻洞庭水，今上岳阳楼。吴楚东南坼，乾坤日夜浮[7]。亲朋无一字，老病有孤舟[8]。戎马关山北，凭轩涕泗流[9]。

江南逢李龟年[10]

岐王宅里寻常见，崔九堂前几度闻[11]。正是江南好风景，落花时节又逢君。

1　★本篇是代宗大历二年（767）诗人在夔州重阳登高时所作。

2　渚：水中小洲。

3　落木：落叶。萧萧：草木摇落之声。

4　百年：犹言一生，生平。

5　"艰难"二句：因生计艰难、内心悲苦，白发增多；又因疾病、贫穷而戒酒（失去了仅有的慰藉）。潦倒，衰病，失意。

6　★本篇作于代宗大历三年（768），杜甫离开夔州，来到岳阳（今属湖南），登楼赋诗，抒发漂泊无依、忧国忧民之情。

7　"吴楚"二句：写洞庭湖之大，吴、楚两地仿佛被它隔开，天地也像沉浮其中。坼（chè），分裂。

8　"亲朋"二句：诗人此时漂泊于江湘一带，衰老病废，与亲朋断了联系，以船为家。字，书信。

9　"戎马"二句：是说北方的战争尚未结束，自己无能为力，只能靠在窗边流泪。轩，窗。涕泗（sì），涕泪。泗，鼻涕。

10　★本篇约作于大历五年（770），作者在潭州（今湖南长沙）遇到流落江南的宫廷乐师李龟年，写诗相赠。李龟年早年常出入贵戚之家，与作者相识。

11　岐王：李范，是玄宗的弟弟。崔九：殿中监崔涤。

岑 参

岑参（约715—770），唐荆州江陵（今属湖北）人。天宝年间进士，曾在安西节度使高仙芝及安西、北庭节度使封常清幕府任职，后出任嘉州刺史。以边塞诗见称。诗歌代表作有《碛中作》《轮台歌奉送封大夫出师西征》《走马川行奉送出师西征》《白雪歌送武判官归京》《逢入京使》等。有《岑嘉州集》。

行军九日思长安故园[1]

强欲登高去，无人送酒来[2]。遥怜故园菊，应傍战场开[3]。

碛中作[4]

走马西来欲到天，辞家见月两回圆[5]。今夜不知何处宿，平沙万里绝人烟。

---

1 ★本篇写于安史之乱第二年（756），诗人随肃宗行军前往凤翔（今属陕西）。正值重阳，本该登高饮酒，但军中无酒，而长安仍被叛军占据，诗人只能以诗寄托愁思。诗有小序："时未收长安。"
2 强（qiǎng）：勉强。这里指本无情绪，勉强应景。登高、送酒：登高、饮酒和赏菊，是重阳节俗。又，据南朝宋檀道鸾《续晋阳秋》载，陶渊明于某年重阳在东篱赏菊，江州刺史王弘派白衣人送酒。这里暗用此典。
3 故园：这里指诗人久居的长安。傍：依傍。
4 ★本篇写行走于沙漠中的感受。碛（qì），沙漠。
5 "辞家"句：意谓离家已经两个月了。

轮台歌奉送封大夫出师西征[1]

轮台城头夜吹角，轮台城北旄头落[2]。羽书昨夜过渠黎，单于已在金山西[3]。戍楼西望烟尘黑，汉兵屯在轮台北。上将拥旄[4]西出征，平明吹笛大军行。四边伐鼓雪海涌，三军大呼阴山动[5]。虏塞兵气连云屯，战场白骨缠草根[6]。剑河风急雪片阔，沙口石冻马蹄脱[7]。亚相勤王甘苦辛，誓将报主静边尘[8]。古来青史谁不见，今见功名胜古人。

走马川行奉送出师西征[9]

君不见，走马川行雪海边，平沙莽莽黄入天。轮台九月风夜吼，一川碎石大如斗，随风满地石乱走。匈奴草黄马正肥，金山西见烟尘飞，汉家大将西出师[10]。将军金甲夜不脱，半夜军行戈[11]相拨，风头如刀面如割。马毛带雪汗气蒸，五

1　★轮台在今新疆乌鲁木齐西南郊。唐天宝年间（742—756），岑参任安西、北庭节度判官，驻守轮台。封大夫即封常清，是北庭都护、伊西节度、瀚海军使，当时率军西征，作者赋诗相送。

2　旄头：星宿名。古人以为"旄头落"是胡人败亡之兆。

3　渠黎：汉西域国名，在轮台东南。金山：即阿尔泰山，在新疆北部。

4　拥旄：持旄。旄，指以牦牛尾装饰的旗子。唐时节度使拥旄，有专制军事的权力。

5　伐鼓：敲鼓。阴山：这里泛指边境胡人所居之山。

6　"虏塞"二句：形容敌人军势浩大，战争十分酷烈。虏塞，敌方要塞。连云屯，形容敌军众多，营寨连云。

7　剑河、沙口：地名，都在今新疆境内。马蹄脱：（因石上结冰而）马蹄滑脱，行进艰难。

8　亚相：次相，指封常清。在汉代，御史大夫位居上卿，称亚相。封常清为节度使摄御史大夫，故称。勤王：为王事勤劳。静边尘：平定边患。

9　★走马川，地名，在今新疆境内。这仍是送大军出征的诗。

10　金山：阿尔泰山，这里泛指塞外群山。汉家大将：这里借指唐朝将军。

11　戈：一种长杆金属头的兵器，又名平头戟。

花连钱旋作冰，幕中草檄砚水凝[1]。虏骑闻之应胆慑，料知短兵不敢接，车师西门伫献捷[2]。

白雪歌送武判官归京[3]

北风卷地白草折，胡天八月即飞雪[4]。忽如一夜春风来，千树万树梨花开。散入珠帘湿罗幕，狐裘不暖锦衾薄[5]。将军角弓不得控，都护铁衣冷难着[6]。瀚海阑干百丈冰[7]，愁云惨淡万里凝。中军[8]置酒饮归客，胡琴琵琶与羌笛。纷纷暮雪下辕门，风掣红旗冻不翻[9]。轮台东门送君去，去时雪满天山[10]路。山回路转不见君，雪上空留马行处。

---

1 "五花"句：写马身上的汗水结成冰。五花，唐人将马鬃毛剪成瓣作为装饰，分成五瓣的称"五花"。连钱，指马毛呈旋涡状生长，形似相连的铜钱。草檄：草拟檄文。凝：结冰。

2 慑：恐惧。车师：古西域国名。伫：等待。献捷：胜利后报捷献俘。

3 ★本篇是送别之诗，却以大量笔墨写边塞之雪，雄浑奇丽，别具风情。武判官，名不详，应是诗人的同僚。

4 白草：西域牧草，秋天变白。胡天：塞外天空。

5 狐裘：狐皮袍子。锦衾（qīn）：锦被。

6 控：拉开。都护：官名。着（zhuó）：穿。

7 瀚海：大沙漠。阑干：纵横貌，犹言遍地。

8 中军：指统帅的营帐。

9 辕门：营门。掣（chè）：牵引。

10 天山：山脉名，横亘新疆东西，长五千余里。

刘长卿

刘长卿（？—约789），字文房。唐河间（今属河北）人。天宝间进士，曾任随州刺史。诗歌代表作有《送李中丞归汉阳别业》《逢雪宿芙蓉山主人》《新年作》《别严士元》等。有《刘随州集》。

送李中丞归汉阳别业[1]

流落征南将，曾驱十万师[2]。罢归无旧业，老去恋明时[3]。独立三边静，轻生一剑知[4]。茫茫江汉上，日暮欲何之[5]。

逢雪宿芙蓉山主人[6]

日暮苍山远，天寒白屋[7]贫。柴门闻犬吠，风雪夜归人。

1　★本篇又题《送李中丞之襄州》，为送别诗。中丞为官名，即御史中丞。李中丞是武将出身，罢职还乡，作者写诗相送，意有不平。汉阳，今属湖北武汉。李中丞归汉阳，途经襄州（今属湖北襄阳）。别业，本宅之外的住宅，与诗中"旧业"相对而言。

2　"流落"二句：是说李中丞曾率十万大军南征，如今免职，流落江湖。驱，驱使，率领。

3　"罢归"二句：是说李中丞罢官还乡，家中并无产业（可证其廉洁）；然而一片忠心，长久留恋这个好时代。旧业，家乡的产业，旧时的园宅。明时，对所处时代的美称。

4　"独立"二句：是说李中丞曾威震边关，舍生报国，此情只有身边宝剑知道。三边，汉代幽、并、凉三州地处边疆，称三边；这里泛指边地。轻生，舍生忘死。

5　江汉：这里泛指江水。何之：何往。

6　★本篇是诗人雪天投宿，写给主人致谢的诗。许多地方都有芙蓉山，这里不知所指何处。

7　白屋：不经修饰的平民居所。

新年作[1]

乡心新岁切，天畔独潸然[2]。老至居人下，春归在客先[3]。
岭猿同旦暮[4]，江柳共风烟。已似长沙傅，从今又几年[5]。

1　★作者曾由苏州贬谪到潘州南巴（今广东电白），此诗应作于这一时期。诗中多哀怨
之气。

2　切：迫切。天畔：天涯。广东在当时是偏远地区。潸（shān）然：流泪貌。

3　"老至"二句：人到老年，官职仍低微；春天回归，客子还没还乡。居人下，（官位）
在他人之下。

4　"岭猿"句：一天到晚只听到岭猿的啼叫。这里写为官之地的荒凉。岭猿，岭南之猿。

5　"已似"二句：我的处境与贾谊相似，不知这贬谪生活还有多久。长沙傅，西汉贾谊为
大臣所忌，贬为长沙王太傅。

张 继

张继（约715—约779），字懿孙，唐襄州（今湖北襄阳）人。他留下的诗不多，以《枫桥夜泊》最为有名。

枫桥夜泊[1]

月落乌啼[2]霜满天，江枫渔火对愁眠。姑苏[3]城外寒山寺，夜半钟声到客船。

1　★枫桥在苏州西郊，附近的寒山寺因这首诗而名闻遐迩。一般寺院都是晨钟暮鼓，而寒山寺则是半夜敲钟，成为一大特色。

2　乌啼：乌鸦啼叫。

3　姑苏：苏州的别称。

元　结

元结（719—772），字次山，号猗玗（yīyú）子，又号漫郎、聱（áo）叟。唐河南鲁山（今属河南）人。诗有《系乐府十二首》《舂陵行》《贼退示官吏》等。明人辑有《元次山集》。

贫妇词[1]

谁知苦贫夫，家有愁怨妻。请君听其词，能不为酸凄。所怜抱中儿，不如山下麑[2]。空念庭前地，化为人吏蹊[3]。出门望山泽，回头心复迷。何时见府主[4]，长跪向之啼。

1　★元结作有《系乐府十二首》，本篇是第六首，悲叹农民的妻子贫苦无依，哭诉无门。
2　"所怜"二句：谓怀中所抱的婴儿，还不如山下小鹿有奶吃。麑（ní），幼鹿。
3　"空念"二句：意思是官吏频频催租赋，把院子前面都踩成小路。空念，意谓想也无用。人吏，吏役。蹊，小路。
4　府主：州郡长官。

钱　起

　　钱起（约720—782），字仲文，唐吴兴（今属浙江）人。天宝间进士，曾任考功郎中、翰林学士。"大历十才子"之一。代表诗作有《省试湘灵鼓瑟》《江行无题》《题玉山村叟屋壁》等。今存《钱考功集》。

省试湘灵鼓瑟[1]

　　善鼓云和瑟，常闻帝子灵[2]。冯夷空自舞，楚客不堪听[3]。苦调凄金石，清音入杳冥[4]。苍梧来怨慕，白芷动芳馨[5]。流水传潇浦[6]，悲风过洞庭。曲终人不见，江上数峰青[7]。

1　★本篇是钱起参加尚书省礼部考试（称"省试"）时所赋的试帖诗。"湘灵鼓瑟"为当时的试题。

2　"善鼓"二句：是说帝女湘灵善于鼓瑟，这是点题。鼓，动词，弹奏。云和瑟，瑟是一种弦乐器，云和，山名，是制瑟所用之材的产地。帝子，传说尧的女儿，即舜的妻子，是湘水之神，即"湘灵"。

3　"冯夷"二句：（听到优美的乐曲）河神冯夷起舞，楚地游子哀愁。冯夷，传说中的河神，即河伯。楚客，楚地游子，一说指屈原。不堪听，听了受不了。

4　"苦调"二句：悲苦的曲调比金石乐器发出的乐声还凄苦，清越的乐音达到高远的虚空。金石，这里指金属、玉石材质的打击乐器。杳冥：高远的地方。

5　苍梧：山名，在今湖南宁远境，又称九嶷山，传说舜南巡死于此。这里代指舜的灵魂。白芷：一种开伞形白花的高大草本植物，有芳香。芳馨：芳香。

6　潇浦：这里指潇湘，即湘灵鼓瑟处。

7　"曲终"二句：曲终而湘灵不见，唯见青山绿水，肃穆幽静。二句渲染灵异气氛，成为传世警句。

江行无题（选一）[1]

咫尺愁风雨，匡庐不可登[2]。只疑云雾窟，犹有六朝僧[3]。

1　★诗人有《江行无题》一百首，本篇是第六十九首。写在江上遥望庐山。一说是钱珝所作。

2　"咫（zhǐ）尺"二句：虽然与庐山很近，但因风雨所阻，不能攀登。匡庐，庐山的别称。相传殷周之际有匡俗（一说匡裕）兄弟七人在此结庐，故称。

3　六朝僧：东晋高僧慧远曾在庐山结社讲道。

顾 况

顾况（约730—806后），字逋翁，号华阳真逸，晚号悲翁。唐苏州（今属江苏）人。诗有《囝（jiǎn）》《过山农家》《公子行》等。明人辑有《华阳集》。

过山农家[1]

板桥人渡泉声，茅檐日午鸡鸣。莫嗔焙茶烟暗，且喜晒谷天晴[2]。

1　★本篇是一首六言诗，写诗人山行所见农家景象。山农，山居的农家。
2　"莫嗔"二句应是农家主人表示歉意的话：别嗔怪炒茶的烟太浓，赶上晴天，正是晒谷的好时光。嗔，嗔怪，责怪。焙茶，烘炒茶叶。烟暗，烟浓。

韩 翃

韩翃（生卒年不详），字君平，唐南阳（今属河南）人。天宝间进士，因《寒食》一诗受德宗赏识，拔为中书舍人。"大历十才子"之一。诗歌代表作有《寒食》《章台柳》《想得》等。明人辑有《韩君平集》。

寒食[1]

春城无处不飞花，寒食东风御柳斜[2]。日暮汉宫传蜡烛，轻烟散入五侯家[3]。

1　★寒食为旧时节日名，在清明前一两日。古人于寒食前后三天断火，只吃冷食。本篇写京城寒食景象及节俗。
2　飞花：这里指飘柳絮。御柳：宫禁中的柳树。
3　"日暮"二句：这里指寒食结束，皇帝照例要将火种以传递蜡烛的方式赏赐给贵族。五侯，东汉顺帝梁皇后一家五人封侯，世称"五侯"。这里泛指豪门贵族。

张志和

张志和（约732—约774），字子同，初名龟龄，自号烟波钓徒，又号玄真子。唐婺州（今浙江金华）人。有词《渔歌子》等。著有《玄真子》（今仅存《玄真子外篇》三卷）。

渔歌子（选一）[1]

西塞山前白鹭飞，桃花流水鳜鱼肥[2]。青箬笠[3]，绿蓑衣，斜风细雨不须归。

1　★"渔歌子"是唐代教坊曲名，后用为词牌。张志和所作《渔歌子》共五首，本篇是第一首，写惬意的隐逸生活。

2　西塞山：山名，在今浙江吴兴西。鳜（guì）鱼：一种滋味鲜美的鱼。

3　箬笠：即斗笠，以箬竹编成。

韦应物

韦应物（约737—791），唐京兆长安（今陕西西安）人。曾历任滁州、江州、苏州刺史，世称"韦江州""韦苏州"。诗歌代表作有《滁州西涧》《长安遇冯著》《寄李儋元锡》《始至郡》等。有《韦苏州集》。

滁州西涧[1]

独怜[2]幽草涧边生，上有黄鹂深树鸣。春潮带雨晚来急，野渡[3]无人舟自横。

长安遇冯著[4]

客从东方来，衣上灞陵雨[5]。问客何为来，采山因买斧[6]。冥冥花正开，飏飏燕新乳[7]。昨别今已春，鬓丝生几缕[8]。

寄李儋元锡[9]

去年花里逢君别，今日花开已一年。世事茫茫难自料，

1　★作者曾任滁州（今属安徽）刺史，本篇应作于任上。诗中写春日小景，常被后世画师当作画题。涧，山间小溪。

2　怜：爱。

3　野渡：荒野中的渡口。

4　★作者在长安偶遇朋友冯著，写诗记事，抒写友情。

5　客：指冯著。灞陵：即灞上，应是冯著的住处，在长安东。

6　何为来：为何而来。采山：打柴。这里喻指隐居山林。

7　冥冥：无声无息。飏飏：鸟儿飞行貌。燕新乳：小燕初生。

8　"昨别"二句：这应是两人的谈话内容，自上次分别，又是一年，我们的白发又多了几缕。昨，去年。丝，以素丝喻白发。

9　★李儋（dān）字元锡，是作者的朋友。作者写诗叙说友情，其中"邑有流亡愧俸钱"一句，表露了作者的良知及社会责任感。

春愁黯黯¹独成眠。身多疾病思田里，邑有流亡愧俸钱²。闻道欲来相问讯，西楼望月几回圆³。

1　黯黯：失落忧愁貌。
2　"身多"二句：身体多病，有辞官归田的打算；看到辖境中有百姓流离失所，愧对自己所拿的俸禄。流亡，流离失所的人。俸钱，官吏的薪金。
3　"闻道"二句：听说你要来探望我，我等了几个月了。问讯，探视。

卢 纶

卢纶（约742—约799），字允言，唐代河中蒲州（今山西永济）人。"大历十才子"之一。诗有《和张仆射塞下曲》等。明人辑有《卢纶集》。

和张仆射塞下曲（选二）

其一[1]

林暗草惊风，将军夜引弓[2]。平明寻白羽，没在石棱中[3]。

其二[4]

月黑雁飞高，单于[5]夜遁逃。欲将轻骑[6]逐，大雪满弓刀。

---

1 ★卢纶《和张仆射塞下曲》共六首，本篇是第二首。张仆射（yè），即张延赏，德宗时官至左仆射同平章事。这是答和张仆射的诗，暗用汉将李广射虎中石的典故，形容将军的勇武。
2 引弓：拉弓。
3 平明：清早。白羽：指箭。没（mò）：隐没。棱：棱角。
4 ★本篇是《和张仆射塞下曲》第三首。
5 单（chán）于：泛称游牧民族首领。
6 轻骑：轻装迅捷的骑兵。

李 益

李益（746—829），字君虞。唐陇西姑臧（今甘肃武威）人。大历间进士，以县尉起步，官至礼部尚书。代表诗作有《夜上受降城闻笛》《喜见外弟又言别》《春夜闻笛》《从军北征》《塞下曲》等。今存《李君虞集》。

夜上受降城闻笛[1]

回乐峰[2]前沙似雪，受降城外月如霜。不知何处吹芦管，一夜征人尽望乡[3]。

春夜闻笛[4]

寒山吹笛唤春归，迁客相看泪满衣[5]。洞庭一夜无穷雁，不待天明尽北飞[6]。

1　★受降城是唐代在今内蒙古杭锦后旗等处所筑城堡，为抵御突厥侵扰。本篇写戍边将士的思乡之情。
2　回乐峰：回乐县的山峰，在今宁夏灵武境内。
3　芦管：芦笛。望乡：想念家乡。
4　★本篇为羁旅题材，以雁群急切北飞，反衬"迁客"不得还家的悲哀。
5　"寒山"二句：山中传来笛声，仿佛在呼唤春天，引来被贬者的思乡之情，泪水打湿了衣裳。迁客，被贬在外的人。
6　"洞庭"二句：受着笛声的感召，洞庭湖的雁群不等天明就连夜向北飞去。无穷雁，极言雁多。

孟 郊

孟郊（751—814），字东野，又称"贞曜先生"。唐湖州武康（今浙江德清）人。发迹较迟，曾任水陆转运判官。与韩愈友善。代表诗作有《游子吟》《游终南山》《苦寒吟》等。有《孟东野集》。

游子吟[1]

慈母手中线，游子身上衣。临行密密缝，意恐迟迟归。谁言寸草心，报得三春晖[2]？

1　★古代诗歌写母子情深的，以本篇最为著名。
2　"谁言"二句：意谓小草无论如何也难以报答春日太阳赋予的生之恩德，以此比喻儿子难报母亲的深恩。晖，阳光，比喻母爱的温暖。

王　建

王建（约767—约830），字仲初，唐颍川（今河南禹州）人。善写乐府诗，与张籍齐名，世称"张王乐府"。有《当窗织》《田家行》《羽林行》《田家留客》《新嫁娘词》等。有《王建诗集》。

当窗织[1]

叹息复叹息，园中有枣行人食[2]。贫家女为富家织，翁母隔墙不得力[3]。水寒手涩丝脆断，续来续去心肠烂[4]。草虫促促机下啼[5]，两日催成一匹半。输官上头有零落，姑未得衣身不著[6]。当窗却羡青楼倡[7]，十指不动衣盈箱。

新嫁娘词（选一）[8]

三日入厨下，洗手作羹汤。未谙姑食性，先遣小姑尝[9]。

1　★本篇为新乐府诗，感慨贫女织布的辛苦以及社会的不公。最后一联写贫家女羡慕"青楼倡"，尤为痛切。

2　"叹息"二句：此为起兴之辞，借行人食枣，喻劳动果实被人剥夺。

3　"贫家"二句：是说贫家女为富家织布，公婆帮不上忙。翁母，公婆。不得力，无法助力。

4　"水寒"句：织布先要缫（sāo）丝，即把蚕茧置于水中，用手抽丝缠绕。冬日水冷，手皴裂僵直了，丝也容易断。这里极写缫丝不易。"续来"句：谓丝断再续，反反复复，心中难以承受。

5　草虫：蟋蟀，又名促织，其叫声如催促人快织。促促：蟋蟀叫声。

6　"输官"二句：谓上缴官府后只有剩余零头，还不够给婆婆做衣服，自己仍无新衣穿。上头，里头，当中。

7　青楼倡：这里指妓女。倡，同"娼"。

8　★王建有《新嫁娘词》三首，本篇是第三首，写新妇嫁到夫家后小心侍奉公婆的行为和心态。

9　"未谙"二句：是说新娘不知婆婆的口味，先让小姑品尝一下（以便改进）。谙（ān），熟悉。姑，这里指婆婆。小姑，丈夫的妹妹。

韩 愈

韩愈（768—824），字退之，世称"韩昌黎""韩吏部""韩文公"。唐河南河阳（今河南孟州）人。贞元间进士，历任监察御史、国子监祭酒、吏部侍郎等，还曾出任刺史。他是古文运动的领袖人物。诗文代表作有《左迁至蓝关示侄孙湘》《早春呈水部张十八员外》《山石》《调张籍》及《师说》《杂说》《原道》《原毁》《进学解》《柳子厚墓志铭》《祭十二郎文》《张中丞传后叙》《送李愿归盘谷序》《送孟东野序》等。有《韩昌黎集》传世。

左迁至蓝关示侄孙湘[1]

一封朝奏九重天[2]，夕贬潮州路八千。欲为圣明除弊事，肯将衰朽惜残年[3]！云横秦岭家何在，雪拥蓝关马不前。知汝远来应有意，好收吾骨瘴江边[4]。

早春呈水部张十八员外（选一）[5]

天街小雨润如酥，草色遥看近却无[6]。最是一年春好处，

---

1 ★元和十四年（819），韩愈上书反对唐宪宗迎奉佛骨，宪宗大怒，将他由刑部侍郎贬为潮州刺史。潮州治所在今广东潮阳，当时是荒僻之地。韩愈行至蓝关（在今陕西蓝田南），写此诗给前来探望他的侄孙韩湘。左迁，贬官。

2 九重天：指朝廷。

3 圣明：指皇帝。除弊事：扫除迷信佛教的坏事。"肯将"句：怎肯吝惜自己的风烛残年。

4 汝：这里指韩愈侄孙韩湘。骨：尸骨。瘴江：泛指弥漫瘴气的南方放逐之地。

5 ★诗人本题诗有二首，本篇是第一首，咏长安初春景色。诗题一作《早春呈水部张十八助教》。张十八即张籍，曾任国子监助教及水部员外郎，排行十八。

6 天街：指皇城中的街道。润如酥：滋润得像酥油一样。"草色"句：从远处看草色一片嫩绿，走近却看不出来。此句写春草初生时的特殊景象，十分传神。

绝胜[1]烟柳满皇都。

山石[2]

山石荦确行径微[3]，黄昏到寺蝙蝠飞。升堂坐阶新雨足，芭蕉叶大支子[4]肥。僧言古壁佛画好，以火来照所见稀[5]。铺床拂席置羹饭，疏粝亦足饱我饥[6]。夜深静卧百虫绝，清月出岭光入扉[7]。天明独去无道路，出入高下穷烟霏[8]。山红涧碧纷烂漫，时见松枥皆十围[9]。当流赤足蹋涧石，水声激激风吹衣。人生如此自可乐，岂必局束为人靰[10]？嗟哉吾党二三子，安得至老不更归[11]！

1　绝胜：极佳，特别出众。

2　★本篇取诗的开头两字"山石"为题，诗中记述一次出游的经历，类似于游记散文。有人评价韩愈"以文为诗"，此篇具有代表性。

3　荦（luò）确：突兀不平貌。微：狭窄。

4　支子：即栀子，常绿灌木，开白花，香气浓郁。

5　稀：模糊，依稀可见。一说，稀作"少有"解，即罕见（的好壁画）。

6　置羹饭：安排饭菜。疏粝（lì）：糙米饭。饱我饥：让我吃饱。

7　百虫绝：百虫不鸣，极其安静。扉：门户。

8　"天明"二句：是说天亮独自出寺门，四面上下都是云雾，看不清道路。穷，尽。烟霏，烟雾云气。

9　"山红"二句：山上的红花，涧中的碧水，目不暇接，光彩烂漫；不时见到粗大的松、枥等乔木，都有十人合抱那么粗。纷，繁盛的样子。烂漫，光彩照人的样子。松枥，松树和枥树。枥即"栎"，落叶乔木。十围，形容树干粗壮，需十人合抱。围，两臂合抱一圈为一围。

10　"岂必"句：何必被人当马一样牵着受拘束。局束，窘迫拘束。靰（jī），马缰绳，这里用作动词，意思是束缚，牵制。

11　"嗟哉"二句：可叹与我志趣相投的几个朋友，怎么能到老还不还乡（来过这种惬意的退隐生活呢）！吾党，这里指与自己志同道合的一伙人。不更归，"更不归"的倒文。

师说[1]

古之学者必有师，师者，所以传道受业解惑也[2]。人非生而知之者，孰[3]能无惑？惑而不从师，其为惑也，终不解矣。生乎吾前[4]，其闻道也固先乎吾，吾从而师之；生乎吾后，其闻道也亦先乎吾，吾从而师之。吾师道也，夫庸知其年之先后生于吾乎[5]？是故无贵无贱，无长无少，道之所存，师之所存也[6]。

嗟乎！师道[7]之不传也久矣！欲人之无惑也难矣！古之圣人，其出[8]人也远矣，犹且从师而问焉；今之众人，其下圣人[9]也亦远矣，而耻学于师。是故圣益圣，愚益愚。圣人之所以为圣，愚人之所以为愚，其皆出于此乎？爱其子，择师而教之；于其身也，则耻师焉，惑矣[10]。彼童子之师，授之书而习其句读者，非吾所谓传其道解其惑者也。[11]句读之不知，

1　★本篇申说求师问学之道，多方取譬，反复论辩，对扭转当时及后世的学风，意义重大。

2　学者：求学的人。传道受业解惑：传授儒家之道，教授儒家经典，解答学习中的疑难问题。受，授。业，儒家经典。

3　孰：谁。

4　生乎吾前（后）：比我年长（幼）的。

5　"吾师道也"二句：我学习的是道，何用知道他的年龄比我大还是小呢？师，学习。庸知，何用知道。

6　"道之"二句：谁掌握了道，谁就是老师。

7　师道：从师学习的风尚。

8　出人：超出常人。

9　下圣人：低于圣人，不及圣人。

10　其身：他自己。惑矣：糊涂啊。

11　童子之师：对儿童做启蒙教育的老师。句读（dòu）：即诵读的断句。这是蒙学的基本功。

惑之不解，或师焉，或不焉，小学而大遗[1]，吾未见其明也。

巫医乐师百工之人，不耻相师[2]。士大夫之族，曰师曰弟子云者，则群聚而笑之。问之，则曰："彼与彼年相若[3]也，道相似也；位卑则足羞，官盛则近谀[4]。"呜呼！师道之不复可知矣。巫医乐师百工之人，君子不齿[5]，今其智乃反不能及，其可怪也欤！

圣人无常师[6]。孔子师郯子、苌弘、师襄、老聃[7]。郯子之徒，其贤不及孔子。孔子曰："三人行，则必有我师[8]。"是故弟子不必不如师，师不必贤于弟子。闻道有先后，术业有专攻[9]，如是而已。李氏子蟠，年十七，好古文，六艺经传皆通习之，不拘于时[10]，学于余。余嘉其能行古道，作《师说》以贻之[11]。

译文 古代求学的人必定要拜师。老师是传授大道、教授学业、

1　不（或不焉）：同"否"。小学而大遗：学了小的，丢了大的。

2　巫医：古代巫医不分，巫从事降神弄鬼，也给人治病。百工：各种工匠。不耻相师：不以相互学习为耻。

3　年相若：年龄相近。

4　"位卑"二句：这里讲两种错误的认知：向地位低下的人学习，就感到很羞耻；向高官学习，又感觉近于谄媚。谀（yú），阿谀谄媚。

5　不齿：不屑与同列，表示鄙视。齿，序齿，即根据年龄排序，表示可并列。

6　常师：固定的老师。

7　郯（Tán）子：春秋时郯国的国君，孔子曾跟从他学习古代文献。苌（Cháng）弘：周敬王时大夫，孔子曾向他学习乐理。师襄：鲁国的乐师，孔子曾向他学琴。老聃（dān）：即老子，孔子曾向他问礼。

8　"三人行"二句：出《论语·述而》。

9　闻道：学习道理、规律。术业有专攻：学术技艺各有专长。

10　李氏子蟠：李家名蟠的年轻人。六艺经传：六经的经文和传文。六艺，这里指儒家六经，即《诗》《书》《礼》《乐》《易》《春秋》。不拘于时：不受世俗风气的束缚。

11　嘉：赞赏。贻（yí）：赠送。

释疑解惑的人。人不是生下来就懂得一切的，谁又能没有疑惑呢？有了疑惑却不从师学习，那些疑惑，也就始终得不到解答。比我年龄大的，掌握道理本来就早于我，我理应师从他；比我年龄小的，如果他掌握道理也早于我，我也应该师从他。我学习的是道，何用知道为师者年龄比我大还是小呢？因此，不分高低贵贱，无论年纪长幼，谁掌握了道，谁就有资格当老师。

唉，从师学习的风尚，已经失传很久了！人要想没有疑惑，也是太难了。古代的圣人高出一般人很远，尚且知道从师求问；现在的芸芸众生比起圣人差得太远，却以从师学习为耻。正因如此，圣人也就越发圣明，愚人也就越发愚昧。圣人之所以能成圣人，愚人之所以变成愚人，原因也正出在这里吧？一般人爱自己的孩子，都知道选个老师来教导他，可是他们自己呢，却耻于求师问道，这简直就是糊涂！那些孩子的蒙师，只是教孩子识字念书，让他们练习断句，这跟我们所说的"传道受业解惑"是两码事。（人也真怪）一方面是（孩子们）不会识字断句，一方面是成年人有人生困惑不能纾解，结果只知让孩子求师，自己却不肯。这真是拣了小的、丢了大的，我没看出这是明智之举。

巫医、乐师以及众多工匠，他们不以互相拜师为耻。士大夫这类人，听到有人互称"老师""弟子"，就聚在一块笑人家。问他为啥笑，他就说："他和他年纪差不多，道德学问也不相上下，以地位低的人为师，足以令人蒙羞；拜官职高的为师，就近乎谄媚了。"唉！从师学习的风尚之所以不能复兴，从这儿就可以看清了。巫医、乐师及众工匠，是士大夫们不屑与之为伍的，而今自己的智慧见识反而赶不上他们，这不是咄咄怪事吗？

圣人没有固定的老师。孔子曾师从郯子、苌弘、师襄、老聃。郯子这些人，他们的贤能比不上孔子。不过孔子说过："三人同行，其中必定有可以给我当老师的。"因此之故，学生不必不如老师，老师也不必强于学生。听闻道理有先有后，各种学术技能也各有专长，如此而已。李家的孩子名叫蟠，十七岁，喜好古代文献，"六经"的经传都普遍地学习过。他不受世俗陋习的约束，来向我求教。我赞赏他能遵行从师的古道，写下这篇《师说》赠给他。

马说[1]

世有伯乐[2]，然后有千里马。千里马常有，而伯乐不常有。故虽有名马，祇辱于奴隶人之手，骈死于槽枥之间，不以千里称也[3]。马之千里者，一食或尽粟一石[4]。食马者[5]，不知其能千里而食也。是马也，虽有千里之能，食不饱，力不足，才美不外见[6]，且欲与常马等不可得，安求其能千里也！策[7]之不以其道，食之不能尽其材，鸣之而不能通其意，执策而临

1　★作者有《杂说》四则，分别为《龙说》《医说》《崔山君传》和《马说》。"说"这种
　　文体，是一种短小的议论文，有人认为是杂文的雏形。本篇借马喻人，讲说辨别及培
　　养人才的道理，言简意赅。
2　伯乐：春秋时人，姓孙名阳，以擅长相马著称于世。
3　祇（zhǐ）：只，仅仅。辱：受屈辱。骈（pián）死：（与凡马）并死。骈，两马并驾为
　　骈。槽枥：马的食槽。称：著称。
4　"一食"句：一顿有的能吃光一石粟。石（dàn），量制单位，一石为十斗，唐代约合
　　六万毫升。
5　食（sì）马者：喂马的人。食，同"饲"。下面"不知其能千里而食也"和"食之不能
　　尽其材"中的"食"与此同。
6　见：同"现"。
7　策：驱使，使用。下文"执策而临之"的"策"作马鞭讲。

之，曰："天下无马。"呜呼！其¹真无马邪？其真不知马也。

译文 世上有了伯乐，然后才有千里马显现。千里马经常有，但伯乐不常有。因而尽管有出众的马，却只能在（无知的）奴仆手中受委屈，跟凡马一同死在马厩里，没人称它是千里马。能日行千里的马，一顿有时能吃光一石粮食，喂马的人不懂得它能日行千里（只按凡马的食量）来喂养它。（这样一来）这匹马纵然有日行千里的能耐，却吃不饱，力气不足，才能和优长之处显现不出来，甚至能力比凡马还不如，又怎么能要求它日行千里呢？驾驭它不按驾驭千里马该用的方法，喂养它又不能让它充分展现才能，它鸣叫，饲马者也不能懂它的意思，却拿着鞭子站在它面前说："天下缺少千里马！"唉！难道果真没有千里马吗？恐怕是他真认不得千里马啊！

柳子厚墓志铭（节录）²

子厚少精敏³，无不通达。逮其父时，虽少年，已自成人，能取进士第，崭然见头角⁴。众谓柳氏有子⁵矣。其后以博学宏词，授集贤殿正字⁶。俊杰廉悍，议论证据今古，出入经史百

1　其：岂，难道。

2　★本篇是韩愈为柳宗元所写的墓志铭。柳子厚即柳宗元，与作者志同道合，两人共同领导了古文运动。墓志铭是一种文体，记载逝者的世系、名字、爵里、生平事迹及子孙情况等；一般由散文的"志"及韵文的"铭"组成，刻在石上，埋于墓中。作者钦佩柳宗元的学问和为人，在墓志铭中给予高度评价。

3　精敏：精细敏锐。

4　逮（dài）其父时：当他父亲在世时。逮，及。成人：成材。取进士第：中进士。崭然见头角：才华初露，卓然不群。崭然，很突出的样子。见，同"现"。

5　有子：有了优秀的继承人。

6　博学宏词：唐代科举考试的一种，进士及第者可参加博学宏词考试，取中后即可授官。集贤殿正字：官名。

子[1]。踔厉风发[2]，率常屈其座人。名声大振，一时皆慕与之交。诸公要人，争欲令出我门下，交口荐誉之[3]。

贞元十九年，由蓝田尉拜监察御史[4]。顺宗即位，拜礼部员外郎[5]。遇用事者得罪，例出为刺史。未至，又例贬永州司马。[6]居闲，益自刻苦，务记览，为词章，泛滥停蓄，为深博无涯涘[7]。而自肆于山水间[8]。

元和[9]中，尝例召至京师；又偕出为刺史，而子厚得柳州[10]。既至，叹曰："是岂不足为政邪[11]？"因其土俗，为设教禁，州人顺赖[12]。其俗以男女质钱，约不时赎，子本相侔，则

1　廉悍（hàn）：品性高洁，精明能干。证据今古：（议论时）引古今事例为证据。出入经史百子：对经史诸子的著作融会贯通，随意引用。

2　踔（chuō）厉风发：议论纵横。踔厉，雄健，奋发。风发，奋发。率常：常常。屈其座人：令在座的人折服。

3　诸公要人：这里指朝中高官。令出我门下：要他做自己的门生。交口荐誉：异口同声地举荐称誉。

4　贞元十九年：公元803年。蓝田：今属陕西。尉：官名，位在县令之下。监察御史：官名，御史台属官。

5　礼部员外郎：官名，礼部属官。

6　"用事者"四句：用事者即当权者，这里指王叔文，他于顺宗永贞元年（805）施行改革，引柳宗元为同道。同年八月宪宗即位，贬王叔文、柳宗元等。柳宗元先被贬为邵州刺史，又被贬为永州司马。得罪，获罪。例出，依条例规定，被赶出朝廷，贬到地方为官。按，后文有"例召"一词，是指依条例规定召回。永州，今湖南零陵。

7　居闲：身处闲散之职。司马是个有职无权的闲官。务：努力从事。记览：记诵阅览。泛滥停蓄：形容文笔汪洋恣肆，雄厚深湛。无涯涘（sì）：无边无际，造诣广阔。涯涘，水边。

8　"而自肆"句：全情投入于山水间。肆，放纵，任意。

9　元和：唐宪宗年号，为公元806—820年。

10　偕：一同。这里指与其他被贬官员一同重新安置。柳州：今属广西。

11　"是岂"句：这里难道没有施行政教的余地吗？岂，难道。

12　"因其"三句：针对当地风俗，为他们设立教令和禁令，州人都顺从信赖。

没为奴婢[1]。子厚与设方计[2]，悉令赎归。其尤贫力不能者，令书其佣，足相当，则使归其质[3]。观察使下其法于他州，比一岁，免而归者且千人[4]。衡湘以南为进士者，皆以子厚为师，其经承子厚口讲指画为文词者，悉有法度可观[5]。

其召至京师而复为刺史也，中山刘梦得禹锡亦在遣中，当诣播州[6]。子厚泣曰："播州非人所居，而梦得亲在堂，吾不忍梦得之穷，无辞以白其大人[7]；且万无母子俱往理。"请于朝，将拜疏，愿以柳易播，虽重得罪[8]，死不恨。遇有以梦得事白上者，梦得于是改刺连州[9]。

呜呼！士穷乃见节义[10]。今夫平居里巷相慕悦，酒食游戏相征逐，诩诩强笑语以相取下，握手出肺肝相示，指天日涕泣，誓生死不相背负[11]，真若可信；一旦临小利害，仅如毛发

1　质钱：抵押借钱。不时赎：不按时赎取。子本相侔（móu）：利息和本钱相等。子，利息。相侔，相等。没（mò）：没收，改变（人质）身份。

2　方计：方案。

3　书其佣：记录下被抵押者劳作应得的报酬。足相当：足以抵消借款本息。归其质：归还人质。

4　观察使：官名，全称为观察处置使，掌地方军政，是州的上级长官。下其法于他州：把这个办法推行到其他州。比：比及，等到。且：将近。

5　衡湘以南：衡山、湘水以南，泛指岭南地区。为进士者：参加进士考试的人。法度：这里指写文章的规范。

6　中山刘梦得禹锡：刘禹锡字梦得，自称郡望为中山（今河北定州），因与柳宗元一同参与王叔文的改革而被贬官。遣：贬谪。诣：前往。播州：今贵州绥阳。

7　亲在堂：母亲健在。穷：境况困窘。白：禀告。大人：这里指母亲。

8　拜疏：上呈奏章。重（chóng）得罪：加一重罪。

9　白上：禀告皇帝。改刺连州：改任连州刺史。连州，今属广东。

10　"士穷"句：士人在穷窘困境中，才能显现出他的节操义气。

11　平居：平日，平素。慕悦：倾慕爱悦。征逐：招呼追随，往来密切。诩（xǔ）诩强（qiǎng）笑语：假装得意，强作笑语。诩诩，自得的样子。取下：故作谦卑。背负：背叛。

比[1]，反眼若不相识。落陷穽，不一引手救[2]，反挤之，又下石焉者，皆是也。此宜禽兽夷狄[3]所不忍为，而其人自视以为得计。闻子厚之风，亦可以少媿[4]矣。

译文 （柳）子厚少年时就显现出精细敏锐来，没有不明了通达的学问。当他父亲还在世时，他虽然年少，却已成材，考取了进士，凸显出出众的才华。人们都说柳家有了能光大门楣的继承人。其后他又通过博学宏词科的选拔，被授予集贤殿正字的官职。他才智杰出，高洁能干，议论时能引证今古事例，熟练运用经史诸子典籍。高谈雄辩，纵横恣肆，总能令人折服。因此他名声大振，一时间人们都仰慕他，争相与他交往。那些朝廷高官也争着想让他做门生（借以抬高自己的声望），对他异口同声地举荐、赞誉。

贞元十九年，子厚由蓝田县尉转任监察御史。顺宗即位，又升为礼部员外郎。不久因当权者获罪，他（受到牵累）依例被贬到地方去做刺史，还没到任，又被贬为永州司马。他身居闲职，却越发刻苦自励，全力读书，撰写诗文，文笔恣肆，底蕴厚重，文章广博深远，不见涯岸，且他还纵情于山水之间。

元和年间，他曾依例被召回京师，又与同案诸人一起被派到地方做刺史，子厚被派到柳州。到任后，他慨叹说："这里难道就不能施行政教吗？"他针对当地的陋俗，施行教化，制定禁令，州中百姓都听从信赖他。当地的陋俗，是拿子女作抵押，向人借钱，约定若不能

1　如毛发比：如同毛发一样。比喻事情之细微。比，类似。

2　陷穽（jǐng）：陷阱。这里喻祸难。引手：伸手。

3　夷狄：泛称华夏族以外的少数民族。古代士大夫怀有偏见，认为边地民族未受教化，因与"禽兽"并称。

4　少：稍稍，略微。媿：同"愧"。

按时赎回，等到利息与本金相等时，就把人质没收做奴婢。子厚于是替借债人设计方案，让人们把子女全都赎回；那些特别穷困、无力赎回的，就让债主记录人质打工应得的工钱，到了工钱足以与债务相抵时，就命债主归还人质。（由于效果好）观察使把这个办法推广到其他州县。才到一年，免除奴婢身份回家的，就有近千人。而岭南准备参加进士考试的，都把子厚当作老师，那些经过他亲自讲授指点写文章的，下笔全有章法，可圈可点。

柳子厚被召回京师、再次被派做刺史时，中山人刘禹锡（字梦得）也在被贬行列，本应去播州。子厚流着泪说："播州（条件太坏）不是常人能住的地方，何况梦得有老母在堂，我不忍看到梦得陷于窘困，这事怎么跟他老母亲说啊，况且也万万没有让母子一同去受罪的道理。"他预备呈递奏章，向朝廷提出请求，情愿拿自己的柳州换梦得的播州，说是即便因此再度获罪，也死而无憾！正赶上有人把梦得的情况上报皇上，梦得因此改任连州（子厚才作罢）。

唉！士人到了困窘之境，才能显现出节操和义气来！今天那些里巷小人，平日相互表达倾慕爱悦之情，吃吃喝喝，游戏追随，不说强说、不笑强笑，假作谦卑，拉着手掏心掏肺给你看，指天画地，流泪发誓，生死莫逆，真像是值得信赖似的；一旦面对小利小害，小到仅如毛发，就翻脸像是从不认识。看人家跌落陷阱，不但不伸手相救，反而趁势推挤，还要往下扔石头，这样的事比比皆是。这实在是连禽兽及野蛮族都不忍做的，而这些人（不但做了，还）自鸣得意。让他们听听子厚的高风亮节，也该多少有点愧色吧。

张 籍

张籍（约767—约830），字文昌，唐代人，原籍吴郡（今江苏苏州），长于和州乌江（今安徽和县）。诗歌代表作有《牧童词》《没蕃故人》《筑城词》《野老歌》等。有《张司业集》。

牧童词[1]

远牧牛，绕村四面禾黍稠[2]。陂中饥乌啄牛背，令我不得戏垄头[3]。入陂草多牛散行，白犊[4]时向芦中鸣。隔堤吹叶应同伴，还鼓长鞭三四声[5]。牛牛食草莫相触，官家截尔头上角[6]。

没蕃故人[7]

前年伐月支，城下没全师。[8]蕃汉断消息，死生长别离。无人收废帐[9]，归马识残旗。欲祭疑君在[10]，天涯哭此时。

1　★这是以牧童口吻所作的歌谣，末尾两句写出百姓对官府的畏惧与厌憎。

2　稠：茂盛。

3　"陂中"二句：是说坡岸上有饥饿的乌鸦啄牛背，（我得时时去驱赶，因而）不能在田埂上玩耍。陂（bēi），水边坡岸。啄牛背，指鸟落在牛背上啄食虮虱，有时也会伤害牛。垄头，田埂。

4　犊：小牛。

5　吹叶：吹响用草木叶自制的小哨。应同伴：与别的牧童相呼应。鼓：这里指甩鞭子使其发响。

6　触：抵触，顶牛。官家：官府。截：割，锯。

7　★本篇因怀念友人而作。友人随军到远方与吐蕃作战，兵败后消息全无，诗人写诗怀想，欲哭无泪。没（mò）蕃，即陷入吐蕃人之手。

8　伐：征伐。月支：亦作"月氏"，汉西域族名，曾在今新疆伊犁、青海一带活动。这里借指吐蕃。没（mò）全师：全军覆没。

9　废帐：战败后废弃的营帐。

10　"欲祭"句：想要祭奠朋友，却又疑心他还活着。

刘禹锡

刘禹锡（772—842），字梦得，唐洛阳（今属河南）人，郡望中山（今河北定州）。贞元间进士，任监察御史，因参加政治改革，被贬为朗州司马，历连州、夔州、和州刺史，后迁主客郎中、太子宾客，世称"刘宾客"。诗文代表作有《元和十年自朗州承召至京戏赠看花诸君子》《再游玄都观绝句》《酬乐天扬州初逢席上见赠》《石头城》《乌衣巷》《竹枝词》《西塞山怀古》《蜀先主庙》《杨柳枝词》《飞鸢操》及《陋室铭》等。有《刘宾客集》传世。

元和十年自朗州承召至京戏赠看花诸君子[1]

紫陌红尘拂面来[2]，无人不道看花回。玄都观里桃千树，尽是刘郎去后栽[3]。

再游玄都观绝句[4]

百亩中庭半是苔，桃花净尽菜花开。种桃道士归何处？

---

1 ★永贞元年（805），刘禹锡因参与政治革新活动，被贬为朗州（今湖南常德）司马。十年后（即元和十年），才被召回朝廷。因到玄都观看花，写下这首讽刺当权新贵的诗，再度遭贬。

2 紫陌：京师郊野的道路。陌，道路。红尘：车马扬起的飞尘。

3 "玄都观"二句：意思是玄都观有桃树上千株，都是我离开后栽下的。这里以树喻人，讽刺朝廷中那些因反对改革而升官的暴发户。玄都观，道观名，故址在今陕西长安南。刘郎，作者自称。

4 ★此首距前篇又有十四年，大和二年（828）刘禹锡从贬谪地还京，任主客郎中。他再次到玄都观游玩，发现观中桃树已荡然无存，"唯兔葵燕麦动摇于春风耳"（《再游玄都观绝句引》），于是写下这首续篇，表达对保守势力的轻蔑、嘲讽以及不屈不挠的硬骨头精神。

前度刘郎今又来!

酬乐天扬州初逢席上见赠[1]

巴山楚水凄凉地,二十三年弃置身[2]。怀旧空吟闻笛赋,到乡翻似烂柯人[3]。沉舟侧畔千帆过,病树前头万木春。今日听君歌一曲,暂凭杯酒长精神[4]。

西塞山怀古[5]

王濬楼船下益州,金陵王气黯然收[6]。千寻铁锁沉江底,一片降幡出石头[7]。人世几回[8]伤往事,山形依旧枕寒流。今逢四海为家日,故垒萧萧芦荻秋[9]。

1　★本篇作于宝历二年(826),诗人被召还京,路过扬州,与白居易相遇。在酒席上,白居易赋诗,对他的遭遇表示同情,这是他的回赠之作,因题"酬乐天……见赠"(酬答白居易……赠诗)。

2　"巴山"二句:说诗人被贬到巴山楚水偏远之地,前后二十三年。弃置:被抛弃。

3　闻笛赋:晋人向秀经过亡友嵇康旧居,听到邻人吹笛,有感而作《思旧赋》。(见晋向秀《思旧赋序》)此句有怀念已故友人之意。烂柯人:晋人王质进山打柴,见童子下棋。一局终了,王质手中的斧柄已经烂掉,原来时光已过百年。(见南朝梁任昉《述异记》)此句说离乡日久。

4　长(zhǎng)精神:振奋精神。

5　★西塞山在今湖北黄石,是三国时吴国的军事要塞。作者登临怀古,联想到历史上西晋灭吴的战争,感伤与豪迈之情兼而有之。

6　王濬(jùn):晋朝大将,官拜益州(治所在今四川成都)刺史。奉命造大型楼船,讨伐吴国。下益州:从益州顺江而下。"金陵"句:吴国显出亡国之象。金陵,即今江苏南京,吴国都城。王气,帝王之气。相传楚威王见金陵有王气,于是埋金以镇之。"王气……收"意谓政权衰落。

7　"千寻"二句:吴人以铁锁横拦江上,晋人用火炬烧断铁锁,直捣金陵(石头城),吴人只好投降。降幡,降旗。

8　几回:建都金陵、最终被灭的政权不止一个,故说"几回"。

9　四海为家:四海归于一统。故垒:旧时的战垒。萧萧:萧条,寂静。

石头城[1]

山围故国周遭在，潮打空城寂寞回[2]。淮水东边旧时月，
夜深还过女墙来[3]。

乌衣巷[4]

朱雀桥[5]边野草花，乌衣巷口夕阳斜。旧时王谢堂前燕，
飞入寻常百姓家[6]。

蜀先主庙[7]

天地英雄气，千秋尚凛然[8]。势分三足鼎，业复五铢钱[9]。
得相能开国，生儿不象贤。[10]凄凉蜀故妓，来舞魏宫前。[11]

---

1 ★刘禹锡有怀古诗《金陵五题》，本篇是第一首，咏石头城。据诗人自述，他没到过金
   陵，是读到别人吟咏金陵的诗作，有感而作。石头城，又名金陵城，故址在今江苏南
   京清凉山。
2 故国：指石头城。周遭：周围。寂寞回：指潮水默默退去。
3 淮水：即秦淮河。女墙：城墙上的短垣。
4 ★本篇是《金陵五题》第二首，咏乌衣巷。乌衣巷，在秦淮河南，是东晋贵族王导、
   谢安等聚居的地方。
5 朱雀桥：在秦淮河上，距乌衣巷不远。
6 "旧时"二句：谓当年的王、谢厅堂今已沦为百姓居所。句中传达了物是人非的感慨。
7 ★蜀先主即刘备，其庙在夔州（今重庆奉节）。刘禹锡曾在长庆年间（821—824）任夔
   州刺史，本篇当作于此时。
8 "天地"二句：是说刘备的英雄之气充塞于天地之间，千年后仍令人肃然起敬。凛然，
   令人敬畏貌。
9 "势分"二句：谓刘备建立蜀汉政权，与魏、吴鼎足三分；又像刘秀那样重铸五铢钱以
   继承汉统。王莽建立新朝，一度废除五铢钱，东汉时重铸五铢钱。二句颂扬刘备继承
   汉统所建的功业。
10 "得相"二句：前句指诸葛亮，后句指后主刘禅。不象贤，不能效法先人的贤德。
11 "凄凉"二句：感叹蜀汉亡后，从前的蜀宫舞伎到魏宫献舞，倍感凄凉。

秋词（选一）[1]

自古逢秋悲寂寥，我言秋日胜春朝[2]。晴空一鹤排云上，便引诗情到碧霄[3]。

杨柳枝词（选二）

其一[4]

塞北梅花羌笛吹，淮南桂树小山词[5]。请君莫奏前朝曲，听唱新翻杨柳枝[6]。

其二[7]

城外春风吹酒旗，行人挥袂日西时[8]。长安陌上无穷树，唯有垂杨绾别离[9]。

---

1 ★刘禹锡有《秋词》二首，本篇是第一首。一反历来诗文的悲秋情调，借景抒情，写出诗人心中的万丈豪情。

2 寂寥：这里指秋日萧条空寂的情调。春朝（zhāo）：春天。

3 排：推开，冲击。碧霄：碧蓝的天空。

4 ★《杨柳枝》本为隋曲名，后被唐教坊继承，白居易翻为新曲，形式与七言绝句相同。这是刘禹锡与白居易的唱和之作，共九首，本篇是第一首，吟咏歌诗的演进变化，讲说新陈代谢之理。

5 梅花：指汉乐府横吹曲中的《梅花落》。"淮南"句：西汉淮南王刘安的门客淮南小山曾作《招隐士》，其首句为"桂树丛生兮山之幽"。

6 前朝曲：即指上述《梅花落》、小山词。新翻：新编。或以为"翻"指演奏。

7 ★本篇为《杨柳枝词》九首中的第八首，咏长安折柳送别的风俗。

8 酒旗：酒店门前高挂的招旗，起招牌及广告的作用，又称酒望子。挥袂（mèi）：挥手告别。袂，衣袖。

9 "长安"二句：长安路边树木极多，只有柳树代人寄托着惜别的情愫。陌上，泛指路旁。绾（wǎn），绾结，系念。古人有折柳枝送别的习俗。

竹枝词（选一）[1]

杨柳青青江水平，闻郎[2]江上唱歌声。东边日出西边雨，道是无晴却有晴[3]。

陋室铭[4]

山不在高，有仙则名；水不在深，有龙则灵。斯是陋室，惟吾德馨[5]。苔痕上阶绿，草色入帘青。谈笑有鸿儒[6]，往来无白丁。可以调素琴[7]，阅金经。无丝竹之乱耳，无案牍之劳形[8]。南阳诸葛庐，西蜀子云亭[9]。孔子云："何陋之有？"[10]

译文 山不在有多高，有神仙居住就会名扬遐迩；水不在有多深，有龙潜伏就会被赋予灵气。这里虽然是一间简陋的屋室，却因我的道德高尚而香溢四方。苔藓爬上台阶，呈现绿色；透过门帘，阳光把青

---

1 ★《竹枝词》为巴渝地区（今重庆）的民歌，以爱情题材的居多。刘禹锡作有两组《竹枝词》，分别是《竹枝词九首》《竹枝词二首》，本篇是《竹枝词二首》中的第一首。

2 郎：情郎。

3 "东边"二句：这是双关语，表面写天气，而"晴""情"同音，此处写出姑娘难以确知情郎态度的矛盾心理。

4 ★铭是一种文体，多刻于器物上，用以称述功德或起警诫作用。本篇以"陋室"为题，托物寄志，用以自勉。陋室，简陋的屋室。

5 "斯是"二句：这是一间简陋的屋室，却因有德者居住，而散发着馨（xīn）香。馨，能散布到远处的芳香。

6 鸿儒：学问渊博的人。下文中的"白丁"指没有文化修养的人。

7 素琴：不加装饰的琴。下文中的"金经"指用泥金写成的佛经。

8 "无丝竹"二句：没有嘈杂的音乐扰人，没有繁杂的公文令人劳顿。丝竹，指音乐。

9 "南阳"二句：指诸葛亮隐居的茅庐和扬雄著书的居所。二者都是隐士高人所居之处。子云，扬雄字子云，西汉著名文人。

10 "孔子"句：《论语·子罕》说，孔子要到九夷去住，有人问："陋，如之何？"孔子回答："君子居之，何陋之有？"意谓君子不在乎物质条件的简陋。

草的苍翠之色映入室中。出入这里谈笑风生的访客，都是饱学之士，没一个浅薄无文的家伙。在这儿可以弹弹古琴，读读佛经。没有吵人的繁杂的音乐，也没有没完没了的官府公文让人劳身费神。这里让人联想到诸葛亮在南阳隐居的茅庐、扬子云在西蜀著书的书房。用孔子的话来说："（这是君子的住所）又有什么简陋的呢？"

白居易

白居易（772—846），字乐天，晚号香山居士，世称白傅、白文公。唐代人，原籍太原（今属山西），后迁居下邽（今陕西渭南）。贞元间进士，曾为翰林学士、左拾遗、左赞善大夫，因上书言事，被贬为江州司马。后出任杭州、苏州刺史，官至刑部尚书。写过不少新题乐府。诗文代表作有《赋得古原草送别》《轻肥》《杜陵叟》《卖炭翁》《长恨歌》《琵琶行》《暮江吟》《问刘十九》《钱塘湖春行》《望月有感》《忆江南》《重赋》《买花》《上阳白发人》《新丰折臂翁》《红线毯》《观刈麦》《宿紫阁山北村》《村居苦寒》《长相思》及《与元九书》等。有《白氏长庆集》。

赋得古原草送别[1]

离离原上草，一岁一枯荣[2]。野火烧不尽，春风吹又生。
远芳侵古道，晴翠接荒城[3]。又送王孙去，萋萋满别情[4]。

轻肥[5]

意气骄满路，鞍马光照尘[6]。借问何为者，人称是内臣[7]。

1　★此为送别诗，以春草喻离情。相传写此诗时，白居易只有十六岁。

2　离离：草茂密貌。枯荣：枯萎和茂盛。

3　远芳：远处的草。晴翠：阳光下的草色。

4　王孙：这里指将要分手的朋友。萋萋：草盛貌。

5　★诗人作《秦中吟》十首，本篇是第七首。指斥宦官的奢侈腐化，以百姓的饥饿死亡作对照。轻肥，轻裘肥马，泛指奢华的生活。

6　"意气"二句：描写赴宴的宦官神气活现，不可一世；所乘骏马鞍辔华丽，光照尘埃。

7　内臣：宦官。

朱绂皆大夫，紫绶或将军[1]。夸赴军中宴，走马去如云。樽罍溢九酝，水陆罗八珍[2]。果擘洞庭橘，脍切天池鳞[3]。食饱心自若，酒酣气益振[4]。是岁江南旱，衢州人食人[5]！

杜陵叟[6]

杜陵叟，杜陵居，岁种薄田一顷[7]余。三月无雨旱风起，麦苗不秀[8]多黄死。九月降霜秋早寒，禾穗未熟皆青干[9]。长吏明知不申破，急敛暴征求考课[10]。典桑卖地[11]纳官租，明年衣食将何如？剥我身上帛，夺我口中粟。虐人害物即豺狼，何必钩爪锯牙食人肉[12]？不知何人奏皇帝，帝心恻隐知人弊[13]。白麻纸上书德音，京畿尽放今年税[14]。昨日里胥方到门，手持敕牒

1　朱绂（fú）：系印的红色丝带。紫绶：系印的紫色丝带。中唐时期大量使用宦官担任高官。

2　樽罍（zūnléi）：都是酒器。九酝：精制的美酒。"水陆"句：是说席上堆满山珍海味。罗，罗列。

3　擘（bāi）：剖开。脍（kuài）：细切的鱼肉。天池鳞：海鱼。

4　自若：安闲自得貌。气益振：精神更加振奋。

5　"是岁"二句：这一年江南大旱，百姓乏食，衢州发生人吃人的惨剧。衢（qú）州，今属浙江。

6　★诗人有《新乐府》五十首，本篇是第三十首。原序说："伤农夫之困也。"诗中借杜陵叟的遭遇，抨击了统治者对百姓的无情盘剥，讽刺的锋芒触及皇帝。杜陵，地名，在长安东南。

7　一顷：百亩为一顷。

8　秀：吐穗开花。

9　青干：禾谷还未黄熟就干枯了。

10　长（zhǎng）吏：地方长官。申破：向上级据实申报。考课：对官员的政绩进行考核。

11　典桑卖地：抵押桑树、土地以借贷。

12　钩爪锯牙食人肉：像豺狼那样吞噬人肉。钩爪锯牙，爪如钩、牙如锯。

13　恻隐：同情、不忍之心。人弊：百姓的疾苦。

14　白麻纸：唐代中书省的公文用纸，凡有诏命，都用这种纸书写。德音：对百姓施恩的消息。京畿（jī）：京城周围地区。杜陵属京畿。尽放：全部免除。

榜乡村[1]。十家租税九家毕，虚受吾君蠲免[2]恩。

卖炭翁[3]

卖炭翁，伐薪烧炭南山中[4]。满面尘灰烟火色，两鬓苍苍十指黑。卖炭得钱何所营[5]？身上衣裳口中食。可怜身上衣正单，心忧炭贱愿天寒。夜来城外一尺雪，晓驾炭车辗冰辙[6]。牛困人饥日已高，市南门外泥中歇。翩翩[7]两骑来是谁？黄衣使者白衫儿[8]。手把文书口称敕[9]，回车叱牛牵向北。一车炭，千余斤，宫使驱将惜不得。半匹红绡一丈绫，系向牛头充炭直[10]。

长恨歌（节录）[11]

汉皇重色思倾国，御宇多年求不得[12]。杨家有女初长成，

1　里胥（xū）：里正。唐代民间，每百户有里正，负责督促农桑及催交赋税等。敕牒（chìdié）：指皇帝免租的敕命。榜：张挂。

2　蠲（juān）免：免除。

3　★本篇是《新乐府》第三十二首。原序说："苦宫市也。"唐德宗时，宫中有所需求，由宦官到市场随便索取，只付给极少钱或物，称"宫市"，百姓为其所苦。诗人以卖炭翁的遭遇为例，抨击了宫市制度。

4　"伐薪"句：炭的生产过程，先要伐木，然后烧炼成炭。

5　何所营：做什么用。

6　冰辙：为冰雪填塞的车辙。

7　翩翩：这里是骑马轻快貌。

8　"黄衣"句：指皇宫中的宦官。黄衣、白衫代表不同等级。

9　敕：皇帝的命令。回车：掉转车头。

10　直：同"值"，价钱。唐代商品交易，可用绢帛等代货币使用。

11　★本篇作于元和元年（806），诗人三十五岁，有感于唐玄宗和杨贵妃的历史传闻，写下这首长篇叙事诗，对两人的感情生活及悲剧结局，既有同情，也有讽刺、批判。

12　汉皇：借指唐玄宗。御宇：统治天下。

养在深闺人未识。天生丽质难自弃，一朝选在君王侧[1]。回眸一笑百媚生，六宫粉黛[2]无颜色。春寒赐浴华清池，温泉水滑洗凝脂[3]；侍儿扶起娇无力，始是新承恩泽[4]时。云鬓花颜金步摇[5]，芙蓉帐暖度春宵；春宵苦短[6]日高起，从此君王不早朝。承欢侍宴无闲暇，春从春游夜专夜[7]。后宫佳丽三千人，三千宠爱在一身。金屋[8]妆成娇侍夜，玉楼宴罢醉和春。姊妹弟兄皆列土，可怜光彩生门户[9]。遂令天下父母心，不重生男重生女[10]。骊宫[11]高处入青云，仙乐风飘处处闻。缓歌慢舞凝丝竹[12]，尽日君王看不足。渔阳鼙鼓动地来，惊破《霓裳羽衣曲》[13]。九重城阙烟尘生，千乘万骑西南行[14]。翠华摇摇行复止，西出都门百余里。六军不发无奈何，宛转蛾眉马前死。[15]

1　"天生"二句：是说杨玉环天然美色、不容辜负，最终被选入宫。难自弃，即自难弃。

2　六宫粉黛：指后妃们。六宫，古代后妃们住的地方。

3　华清池：华清宫的温泉浴池，在长安东北的骊山北麓。凝脂：这里指细腻白皙的肌肤。

4　承恩泽：受到皇帝的宠爱。

5　云鬓：乌黑柔美的鬓发。步摇：一种带垂珠的首饰。

6　苦短：恨其太短。

7　夜专夜：夜夜专宠。

8　金屋：用"金屋藏娇"典故。汉武帝幼时，喜欢表妹阿娇，曾说"若得阿娇作妇，当作金屋贮之"。（见《汉武故事》）

9　姊妹：杨贵妃的三个姐姐，分别封为韩国夫人、虢国夫人和秦国夫人；从兄杨国忠任右丞相，封卫国公。列土：分封土地。可怜：可爱，可羡。

10　"遂令"二句：因杨家姐妹受宠，当时有民谣："生女勿悲酸，生男勿喜欢。""男不封侯女作妃，看女却为门上楣。"（见陈鸿《长恨歌传》）

11　骊宫：即华清宫。

12　凝丝竹：形容管弦之声凝结不散。

13　"渔阳"二句：指安禄山从渔阳（今天津蓟州一带）起兵叛乱，打破宫廷的歌舞升平的迷梦。鼙（pí）鼓，战鼓。《霓裳羽衣曲》，是唐代最有名的宫廷舞曲。

14　九重宫阙：指京城。西南行：唐玄宗为避叛军，携杨贵妃入蜀，蜀在长安西南。

15　"翠华"四句：写玄宗车驾行至距长安百余里的马嵬驿，禁军哗变，杀死杨国忠，又逼玄宗杀杨贵妃。玄宗不得已，只得将贵妃赐死。翠华，指皇帝的车驾。六军，即护卫皇帝的军队。宛转，挣扎貌。蛾眉，代指杨贵妃。

花钿委地无人收，翠翘金雀玉搔头[1]。君王掩面救不得，回看血泪相和流。黄埃散漫风萧索，云栈萦纡登剑阁[2]。峨嵋山下少人行，旌旗无光日色薄。蜀江水碧蜀山青，圣主[3]朝朝暮暮情。行宫[4]见月伤心色，夜雨闻铃肠断声。天旋日转回龙驭，到此踌躇不能去。马嵬坡下泥土中，不见玉颜空死处。[5]君臣相顾尽沾衣，东望都门信马归[6]。归来池苑皆依旧，太液芙蓉未央柳。芙蓉如面柳如眉，对此如何不泪垂？[7]春风桃李花开夜，秋雨梧桐叶落时。西宫南苑[8]多秋草，宫叶满阶红不扫。梨园弟子白发新，椒房阿监青娥老[9]。夕殿萤飞思悄然，孤灯挑尽未成眠[10]。迟迟钟鼓初长夜，耿耿星河欲曙天[11]。鸳鸯瓦[12]冷霜华重，翡翠衾寒谁与共？悠悠生死别经年[13]，魂魄

1　"花钿（diàn）"二句：写贵妃所戴首饰散于地上，实是侧写贵妃之死。花钿，嵌金花的首饰。委地，这里指散落于地。翠翘、金雀、玉搔头，也都是首饰名。

2　云栈（zhàn）：高耸入云的栈道。萦纡（yíngyū）：形容曲折之状。剑阁：在今四川剑阁县北。

3　圣主：指唐玄宗。

4　行宫：皇帝出行时的临时住所。

5　"天旋"四句：至德二载（757）郭子仪收复长安，肃宗派人迎玄宗还京。归程路过马嵬，玄宗不忍离去，却再也见不到贵妃，只留下坟墓。天旋日转，指大局的转变。龙驭，皇帝的车驾。玉颜，指杨贵妃。空死处，空（见）死处。

6　信马归：无心打马，任其缓缓而行。

7　"归来"四句：意谓回到长安，见到宫苑中的荷花、柳枝，无不联想到贵妃的花容月貌。太液，为宫中池沼。未央，为汉代宫殿名，此处泛指唐长安宫殿。

8　西宫南苑：玄宗回京后的宫中住所。

9　梨园弟子：玄宗从前训练的艺人。椒房：后妃住所。阿监：宫中女官。青娥：青春美好的容颜。

10　思悄（qiǎo）然：情思悲伤，沉默不语。孤灯挑尽：油灯的灯捻燃烧时，要不断挑去结炭的部分。这里是说灯捻已挑尽（人还不能入睡）。

11　耿耿：明亮貌。欲曙天：指天将亮时。

12　鸳鸯瓦：屋顶上正反相合的瓦。霜华：霜花，寒霜。翡翠衾：华美的被子。

13　经年：一年或数年。

不曾来入梦。

　　……[1]

　　临别殷勤重寄词，词中有誓两心知[2]。七月七日长生殿[3]，夜半无人私语时：在天愿作比翼鸟，在地愿为连理枝。[4]天长地久有时尽，此恨绵绵无绝期！

琵琶行[5]

　　浔阳江头夜送客，枫叶荻花秋瑟瑟[6]。主人下马客在船，举酒欲饮无管弦[7]。醉不成欢惨将别，别时茫茫江浸月。忽闻

1　略去部分，叙临邛（qióng）道士"上穷碧落下黄泉"，寻觅贵妃踪迹，终于在海上仙山见到成仙的贵妃（"中有一人字太真，雪肤花貌参差是"）。贵妃向道士叙说对玄宗的深深思念，并托他给玄宗带去钿盒一扇、金钗一股，当作信物。

2　"临别"二句：是说临别时，贵妃殷勤嘱托，要道士带话给玄宗，那是她当年与玄宗私下订立的只有两人知道的誓约。重，隆重，庄重。

3　长生殿：唐代祭神的宫殿。后世也将唐代后妃居所称长生殿。

4　"在天"二句：此为贵妃与玄宗的誓言，有世世为夫妻之意。比翼鸟，相传南方有鸟，雌雄同飞，其名为"鹣（jiān）鹣"。连理枝，相并而生的枝条或树木。

5　★本篇作于元和十年（815），作者因上书言事，被贬为江州司马。诗前有序："元和十年，予左迁九江郡司马。明年秋，送客湓（pén）浦口，闻舟中夜弹琵琶者，听其音，铮铮然有京都声。问其人，本长安倡女，尝学琵琶于穆、曹二善才，年长色衰，委身为贾（gǔ）人妇。遂命酒，使快弹数曲。曲罢悯然，自叙少小时欢乐事，今漂沦憔悴，转徙于江湖间。予出官二年，恬然自安，感斯人言，是夕始觉有迁谪意。因为长句，歌以赠之，凡六百一十六言，命曰《琵琶行》。"左迁，贬官，降职。下文也作"迁谪"。九江郡，即江州，州治在今江西九江。湓浦口，即今九江西湓水入江处。铮铮，这里形容琵琶有金石声。京都声，指京城流行的乐调。倡女，歌女。善才，善弹琵琶的乐师。委身，托身，嫁给。贾人，商人。悯然，含愁貌。漂沦，漂泊沦落。转徙，辗转迁徙。出官，外调任职。恬然，淡泊宁静貌。长句，这里指七言句。命，命名。

6　浔阳江：长江流经九江北的一段。荻（dí）：生于水边的植物，似芦苇，秋天开花。瑟瑟：轻微的风声。

7　主人：诗人自指。管弦：指音乐。

水上琵琶声，主人忘归客不发。寻声暗问弹者谁？琵琶声停
欲语迟。移船相近邀相见，添酒回灯[1]重开宴。千呼万唤始
出来，犹抱琵琶半遮面。转轴拨弦[2]三两声，未成曲调先有
情。弦弦掩抑声声思[3]，似诉平生不得志。低眉信手续续弹[4]，
说尽心中无限事。轻拢慢捻抹复挑，初为《霓裳》后《六
幺》[5]。大弦嘈嘈如急雨，小弦切切如私语[6]。嘈嘈切切错杂弹，
大珠小珠落玉盘。间关莺语花底滑，幽咽泉流冰下难[7]。冰泉
冷涩弦凝绝[8]，凝绝不通声暂歇。别有幽愁暗恨生，此时无声
胜有声。银瓶乍破水浆迸，铁骑突出刀枪鸣[9]。曲终收拨当心
画，四弦一声如裂帛[10]。东船西舫[11]悄无言，唯见江心秋月白。
沉吟放拨插弦中，整顿衣裳起敛容[12]。自言本是京城女，家在

1　回灯：重新张灯。

2　转轴拨弦：拧拧轴，拨拨弦，是指弹琴前的准备活动。

3　掩抑：声音低沉。或说掩和抑是两种弹琴的手法。思：悲伤。

4　信手：随手。续续：连续不断。

5　拢、捻、抹、挑：弹琵琶的几种指法。《霓裳》《六幺》：曲调名，即《霓裳羽衣曲》和
　　《录要》。

6　大弦：琵琶四（或五）根弦中最粗的弦，也是低音弦。嘈嘈：形容舒缓粗重的声音。
　　小弦：最细的弦，高音弦。切切：形容急促细碎的声音。

7　"间关"二句：琴声忽而如花下传来的流畅的莺鸣声，忽而像泉水流经冰下受阻而呜咽
　　的声音。间关，鸟叫声，形容"莺语"。幽咽，形容水流受阻，发声如呜咽哭泣。"冰
　　下难"一作"水下滩"。

8　冷涩：滞涩。凝绝：凝滞。

9　"银瓶"二句：以银瓶破裂、战阵厮杀为喻，形容突然迸发出的激昂乐声。

10　"曲终"二句：乐曲结束时，演奏者收拨在琴心猛地一划，四根弦同时发出脆响，如同
　　撕开帛匹。拨，套在手指用来拨弦的工具。画，划。

11　舫：船。

12　敛容：这里指做出恭敬的表情。

虾蟆陵[1]下住。十三学得琵琶成，名属教坊第一部[2]。曲罢曾教善才服，妆成每被秋娘妒[3]。五陵年少争缠头，一曲红绡不知数[4]。钿头银篦击节碎，血色罗裙翻酒污[5]。今年欢笑复明年，秋月春风等闲[6]度。弟走从军阿姨死，暮去朝来颜色故[7]。门前冷落鞍马稀，老大[8]嫁作商人妇。商人重利轻别离，前月浮梁[9]买茶去。去来[10]江口守空船，绕船月明江水寒。夜深忽梦少年事，梦啼妆泪红阑干[11]。

我闻琵琶已叹息，又闻此语重唧唧[12]。同是天涯沦落人，相逢何必曾相识！我从去年辞帝京，谪居[13]卧病浔阳城。浔阳地僻无音乐，终岁不闻丝竹声。住近湓江地低湿，黄芦苦竹绕宅生。其间旦暮闻何物？杜鹃啼血猿哀鸣。春江花朝

1　虾（há）蟆陵：在长安城东南的曲江附近，是歌姬舞女聚集之地。

2　教坊：古代管理宫廷乐队的官署。第一部：最优秀的一队。

3　"曲罢"二句：弹罢连琵琶好手都不能不服，装扮起来因貌美而受到其他歌舞伎的妒忌。秋娘，唐时歌舞伎常用的名字。

4　"五陵"二句：五陵的富家子弟争相打赏，弹奏一支曲子就能获得无数匹红绡。五陵，长安地名，因有五座汉帝的陵墓而得名，是当时的富人区。缠头，送给歌舞伎的财物，多为绫帛一类，又叫缠头彩。绡，一种丝织物。

5　"钿（diàn）头"二句：带花钿的银篦子因打拍子打碎了，鲜红色的贵重裙子被洒出的酒弄脏了（全都不在乎）。钿头银篦（bì），两头镶嵌着花钿的银制发篦。按，钿指一种将贵金属或宝石镶嵌在器物上的工艺。击节，打拍子。罗，一种贵重的丝织品。

6　等闲：轻易，随便。

7　阿姨：这里指养母，鸨母。颜色故：容颜衰老。

8　老大：指琵琶女年纪大了。

9　浮梁：今属江西景德镇，盛产茶叶。

10　去来：离别后。来，语气词。

11　"梦啼"句：梦中啼哭，化过妆的脸上脂粉纵横。阑干，纵横凌乱貌。

12　唧唧：叹气声。

13　谪居：贬官后居住在指定地点。

秋月夜，往往取酒还独倾[1]。岂无山歌与村笛？呕哑嘲哳难为听[2]。今夜闻君琵琶语，如听仙乐耳暂明[3]。莫辞更坐弹一曲，为君翻[4]作《琵琶行》。感我此言良久立，却坐促弦弦转急[5]。凄凄不似向前声，满座重闻皆掩泣[6]。座中泣下谁最多？江州司马青衫湿[7]。

暮江吟[8]

一道残阳铺水中，半江瑟瑟[9]半江红。谁怜九月初三夜，露似真珠月似弓[10]。

问刘十九[11]

绿蚁新醅酒[12]，红泥小火炉。晚来天欲雪，能饮一杯无？

钱塘湖春行[13]

1　倾：这里指饮酒。

2　呕哑（ōuyā）嘲哳（zhāozhā）：形容声音杂乱。呕哑，形容乐声繁杂。嘲哳，形容声音嘈杂。难为听：难听，听不下去。

3　琵琶语：琵琶曲。暂：突然。

4　翻：指按曲调写成歌词。

5　却坐：退回坐下。促弦：把弦拧紧。

6　向前声：先前的乐声。掩泣：掩面哭泣。

7　江州司马：指作者本人。青衫：唐朝八品、九品文官的服色。

8　★本篇写暮色中的江景，取喻新奇。

9　瑟瑟：一说形容风声，一说是一种碧色宝石名称。

10　怜：爱。真珠：珍珠。

11　★刘十九是作者的朋友，名字及生平未详。这里是以诗代信。

12　绿蚁：酒上的绿色泡沫，这里代指酒。醅（pēi）：未经过滤的酒。这里有酿制意。

13　★钱塘湖即杭州西湖，作者于长庆二年（822）调任杭州刺史，本篇当作于次年春。

孤山寺北贾亭西[1]，水面初平云脚低。几处早莺争暖树[2]，谁家新燕啄新泥。乱花渐欲迷人眼，浅草才能没马蹄。最爱湖东行不足，绿杨阴里白沙堤。

望月有感[3]

时难年荒世业空，弟兄羁旅各西东[4]。田园寥落干戈后[5]，骨肉流离道路中。吊影分为千里雁，辞根散作九秋蓬[6]。共看明月应垂泪，一夜乡心五处同。

忆江南（三首）[7]

其一

江南好，风景旧曾谙[8]；日出江花红胜火，春来江水绿如

1　孤山寺、贾亭：连同下面的白沙堤，都是西湖名胜。

2　暖树：向阳的树。

3　★本篇又题《自河南经乱，关内阻饥，兄弟离散，各在一处。因望月有感，聊书所怀，寄上浮梁大兄、於潜七兄、乌江十五兄，兼示符离及下邽弟妹》。河南经乱，指唐德宗建中年间，淮西节度使李希烈叛变事，其地在唐属河南道。关内，唐代关内道，治所在长安。阻饥，饥荒。大兄，作者大哥白幼文。七兄、十五兄都是作者的堂兄。浮梁（今属江西）、於潜（今浙江临安）、乌江（今安徽和县）、符离（今安徽宿州）、下邽（今陕西渭南），都是地名。

4　世业：世代传下的产业。羁（jī）旅：久居他乡。

5　寥落：冷落。干戈：指战争。

6　"吊影"二句：兄弟远隔千里，各成孤雁；又如蓬草，入秋各自离根飘散。千里雁，古人以雁行比兄弟，这里是说兄弟分散，远隔千里。吊影，自吊其影，形容寂寞孤独。吊，哀怜。九秋，秋天为九十天，故称。蓬，见王维《使至塞上》注。

7　★"忆江南"，词牌名，原名"谢秋娘"，因作者这三首词而得名"忆江南"，又名"江南好""望江南"。词共三首。第一首泛写江南的花红水绿之美。

8　谙（ān）：熟悉。

蓝[1]。能不忆江南？

其二[2]

江南忆，最忆是杭州；山寺月中寻桂子，郡亭枕上看潮头[3]。何日更重游？

其三[4]

江南忆，其次忆吴宫；吴酒一杯春竹叶，吴娃双舞醉芙蓉[5]。早晚[6]复相逢？

1　江花：江边花朵。蓝：蓝草，叶呈暗绿色，可制靛青。

2　★《忆江南》第二首咏杭州美景，以桂花及钱塘潮为代表。

3　"山寺"二句：在山上寺庙中赏月，在郡亭高卧，看钱塘潮。山寺，应指天竺寺。月中寻桂子，指赏月。传说月中有桂树。桂子即桂花。郡亭，郡衙中的亭子，指虚白亭。

4　★《忆江南》第三首咏苏州吴王宫，带有怀古意味。

5　竹叶：酒名。吴娃：吴地女郎。醉芙蓉：这里是说吴娃带酒起舞，面如芙蓉。

6　早晚：何时。

李 绅

　　李绅（772—846），字公垂，唐润州无锡（今属江苏）人。是最早使用"新题乐府"这个名称的诗人，可惜他的《新题乐府》二十首没能传下来。今存诗歌《悯农》等。

悯农（二首）[1]

其一

春种一粒粟，秋收万颗子[2]。四海无闲田，农夫犹饿死[3]。

其二

锄禾日当午，汗滴禾下土。谁知盘中餐，粒粒皆辛苦！

1　★李绅《悯农》当作于年轻时。共二首。悯，怜悯，同情。
2　"春种"二句：种一粒收万粒，是夸张的说法，极言农耕收益大。
3　"四海"二句：四海之地全都开垦为农田，种一收万，人人吃饱本来不难，然而仍有人饿死，从侧面抨击了统治者对农民的残酷盘剥。四海，天下各处。

崔　护

崔护（772—846），字殷功，唐博陵（今河北定州）人。贞元间进士，曾为京兆尹、岭南节度使。存诗六首，以《题都城南庄》流传最广。

题都城南庄[1]

去年今日此门中，人面桃花相映红。人面不知何处去，桃花依旧笑春风[2]。

1　★相传作者科举落第，郊游散心，见妙龄女子赏桃花，花红人美，给作者留下难忘印象。第二年春天再访此地，桃花依旧却不见女子身影，作者因赋此诗。
2　笑春风：在春风中盛开。

柳宗元

柳宗元（773—819），字子厚，唐河东解县（今山西永济）人，世称"柳河东"。贞元间进士，曾任监察御史，因参与政治改革，被贬为永州司马，迁柳州刺史，又称"柳柳州"。他和韩愈共同倡导古文运动。诗文代表作有《渔翁》、《江雪》、《登柳州城楼寄漳汀封连四州》、《捕蛇者说》、《送薛存义序》、《段太尉逸事状》、《溪居》、《三戒》、《驳复仇议》、《种树郭橐驼传》、《梓人传》、《蝜蝂（fùbǎn）传》、《童区寄传》、"永州八记"（《始得西山宴游记》《钴鉧潭记》《钴鉧潭西小丘记》《至小丘西小石潭记》《袁家渴记》《石渠记》《石涧记》《小石城山记》）等。有《柳河东集》传世。

渔翁[1]

渔翁夜傍西岩宿，晓汲清湘燃楚竹[2]。烟销日出不见人，欸乃[3]一声山水绿。回看天际下中流，岩上无心云相逐[4]。

江雪[5]

千山鸟飞绝，万径人踪灭。孤舟蓑笠[6]翁，独钓寒江雪。

---

1 ★此诗写渔翁自食其力的惬意生活，这也是作者所向往的。
2 "晓汲"句：天亮从湘江中汲取清水，点燃楚地之竹烧水。
3 欸（ǎi）乃：象声词，船行时摇橹的声音。
4 下中流：放舟于中流。"岩上"句：化用陶潜《归去来兮辞》"云无心以出岫"句。逐，追逐。
5 ★此诗写隐者生活，映照出诗人内心的孤寂。
6 蓑笠：劳动者雨天穿戴的蓑衣、斗笠。

登柳州城楼寄漳汀封连四州[1]

城上高楼接大荒[2]，海天愁思正茫茫。惊风乱飐芙蓉水，密雨斜侵薜荔墙[3]。岭树重遮千里目，江流曲似九回肠[4]。共来百越文身地，犹自音书滞一乡[5]！

捕蛇者说[6]

永州之野产异蛇，黑质而白章[7]，触草木，尽死；以啮人，无御之者[8]。然得而腊之以为饵，可以已大风、挛踠、瘘、疬，去死肌，杀三虫[9]。其始太医以王命聚之，岁赋其二[10]；募有能捕之者，当其租入[11]。永之人争奔走[12]焉。

有蒋氏者，专其利三世矣[13]。问之，则曰："吾祖死于是，

---

1 ★宪宗元和十年（815），柳宗元初任柳州（今属广西）刺史，赋此诗寄给同时被贬谪的漳州（今属福建）、汀州（今福建长汀）、封州（今广东封开）、连州（今属广东）四刺史。

2 大荒：旷远的荒野。

3 惊风：狂风。飐（zhǎn）：吹动。芙蓉：荷花。薜荔（bì lì）：一种蔓生植物。

4 千里目：远眺的目光。千里，极写（与朋友、家乡）距离遥远。九回肠：意即愁肠百结。

5 百越：指当时岭南少数民族地区。文身：古代南方少数民族有文身之俗。犹自：仍然，尚且。滞：阻滞，阻塞。

6 ★本篇为作者被贬永州时所写。通过捕蛇人现身说法，控诉了苛政的暴虐。"说"是一种文体，参见韩愈《马说》注。

7 黑质而白章：黑色的底子，白色的花纹。质，底色。章，花纹。

8 啮：咬。御：抵御。

9 腊（xī）：肉干。这里指制成肉干。饵：药饵。已：止，治愈。大风：麻风病。挛踠（luán wǎn）：手足屈曲不能伸。瘘（lòu）：颈肿。疬（lì）：恶疮。去死肌：去除腐肉。三虫：泛指人体内的寄生虫。

10 太医：皇家医生。聚：征集。岁赋其二：每年征收两次。赋，征收。

11 当（dàng）其租入：抵消他的赋税。

12 奔走：忙着去做。

13 专其利：独享这种好处。三世：三代。

吾父死于是，今吾嗣为之十二年，几死者数矣[1]。"言之，貌若甚戚[2]者。余悲之[3]，且曰："若毒之乎？余将告于莅事者，更若役，复若赋[4]，则何如？"

蒋氏大戚，汪然出涕曰[5]："君将哀而生之乎[6]？则吾斯役之不幸，未若复吾赋不幸之甚也[7]。向吾不为斯役，则久已病矣[8]。自吾氏三世居是乡，积于今六十岁矣。而乡邻之生日蹙[9]，殚其地之出，竭其庐之入[10]。号呼而转徙，饥渴而顿踣[11]。触风雨，犯寒暑，呼嘘毒疠，往往而死者相藉也[12]。

"曩与吾祖居者，今其室十无一焉[13]。与吾父居者，今其室十无二三焉。与吾居十二年者，今其室十无四五焉。非死则徙尔。而吾以捕蛇独存。悍吏之来吾乡，叫嚣乎东西，隳突乎南北[14]；哗然而骇者，虽鸡狗不得宁焉。吾恂恂而起，视其

---

1 死于是：死在这件差使上。嗣：继续。几死者数（shuò）矣：几乎死掉的情况有多次了。数，屡次，多次。

2 戚：悲伤。

3 余悲之：我同情他。

4 若：你。毒：以……为毒害，怨恨。莅（lì）事者：地方官。更若役，复若赋：更换你的差使（指捕蛇），恢复你的赋税。

5 大戚：大为悲戚。汪然：含泪欲滴貌。涕：眼泪。

6 哀：哀怜。生之：让我活下来。

7 "则吾斯役"二句：那么我这个差使带来的不幸，比起恢复我赋税的不幸，还差得多呢。斯，这个。役，差使。未若，不如，比不上。甚，表程度的副词，很。

8 向：假设，如果。病：困窘。

9 日蹙（cù）：一天天窘迫。蹙，窘迫。

10 殚（dān）：竭尽。与下文中的"竭"义同。出：出产。庐：指家。入：收入。

11 "号呼"二句：哭喊着迁徙，因饥渴而倒地。徙，迁移。顿踣（bó），跌倒。

12 触、犯：遭遇，冒着。呼嘘毒疠：呼吸致疫的毒气。往往：常常。相藉（jiè）：（死尸）相互枕压着。

13 曩（nǎng）：从前。室：家。

14 叫嚣：大声叫喊。隳（huī）突：冲撞骚扰。

缶，而吾蛇尚存，则弛然而卧[1]。谨食之，时而献焉[2]。退而甘食其土之有，以尽吾齿[3]。盖一岁之犯死者二焉，其余则熙熙而乐，岂若吾乡邻之旦旦有是哉[4]。今虽死乎此，比吾乡邻之死则已后矣，又安敢毒耶？"

余闻而愈悲，孔子曰："苛政[5]猛于虎也！"吾尝疑乎是[6]，今以蒋氏观之，犹信。呜呼！孰知赋敛之毒有甚是蛇者[7]乎！故为之说，以俟夫观人风者得焉[8]。

译文 永州的田野出产一种不寻常的蛇，其身体的底色是黑的，花纹是白的，（由于有剧毒）草木碰到它便都枯死了，如果咬了人，无药可治。然而捉到它晾成干儿制成药饵，可以用来治愈麻风、手脚挛曲、肿脖子、恶疮等疾病，它能去除腐肉，杀死人体内的寄生虫。起初，太医凭借皇帝的命令征集它，每年征缴两回，招募能捕蛇的人，以缴纳蛇来抵消他应纳的赋税。永州人都争着去干这事。

有个姓蒋的人，独享这种（捕蛇不纳税的）好处已有三代了。我问他，他却说："我祖父死在这差使上，我父亲也死在这上面。如今我继承这个差事，已经十二年了，差点送命的情况已有多次。"说话时，看着像是十分悲伤。我同情他，就说："你怨恨这事吗？我会告

1　恂（xún）恂：小心谨慎貌。缶（fǒu）：瓦罐。弛然：放心的样子。

2　食（sì）：喂养，饲养。时：按时。

3　甘食：甘甜地吃。其土之有：自己田里的出产。齿：年岁。

4　盖：句首发语词。犯死：冒着死的危险。熙熙：轻松快乐貌。旦旦：天天。是：指"犯死"。

5　苛政：这里指繁苛的赋税。参看《礼记·檀弓下》"苛政猛于虎"篇。

6　是：这个，指孔子的话。

7　有甚是蛇：比这毒蛇还厉害。

8　俟（sì）：等待。观人风者：考察民情的人。人风，民风民情。

诉有关官吏，更换你的差事，恢复你的赋税，怎么样？"

不料姓蒋的人听了，大为悲痛，眼泪直流出来，说："您这是可怜我，想让我活下去吗？那么这差使给我带来的不幸，比恢复纳税带来的不幸要差得远了！设若我之前不干这差使，我早已困顿不堪了！自我家三代住在这个村，累计至今已经有六十年。可乡邻们的生活却一天天地窘迫，地里的出产，家中的收入，全都拿去（交纳赋税）。人们哭喊着逃亡，（不少人）饥渴交加，倒在地上。他们顶风淋雨，冲寒冒暑，呼吸着林间的毒疠之气，死去的人往往互相枕压着。

"从前跟我祖父同住的乡邻，如今十户剩不下一户；跟我父亲同住的乡邻，如今十户剩不下两三户；跟我一起住了十二年的，如今十户中也剩不到四五户了。那些人家，不是死了就是迁走了。可我却因捕蛇的差使单单活下来。那些狠巴巴的吏役来到村里，到处叫嚣呼喊，东冲西撞，不但人被吓得惊呼惨叫，就连鸡犬都不得安宁！我呢，这时就小心翼翼地爬起来，看看瓦罐，我的蛇还在，我也就放下心，重新躺下。我小心地喂着蛇，到规定的日子把它献上去。回家后便甜美地吃着自己地里产的东西，过我的日子。这一年中冒死亡危险的时刻只是两回，其他时间我都轻松愉快。哪像我的乡邻们，天天都面临着危险呢！如今我就是死在这事上，比起我的乡邻们，已是死得晚的了，又怎么敢怨恨呢？"

我听了这话，越发悲伤起来。孔子说过："繁苛的政令比老虎还凶猛！"我也曾怀疑这种说法，眼下看了姓蒋的情形，我才相信。唉！哪知道横征暴敛的毒害，竟比这毒蛇还厉害！我因而写了这篇文章，期待那些考察民情的官吏从中获得启示。

送薛存义序¹

　　河东薛存义将行，柳子载肉于俎，崇酒于觞，追而送之江之浒，饮食之²。且告曰："凡吏于土者，若知其职乎³？盖民之役，非以役民而已也⁴。凡民之食于土者，出其十一佣乎吏，使司平于我也⁵。今我受其直，怠其事者⁶，天下皆然。岂惟⁷怠之，又从而盗之。向使佣一夫于家，受若直，怠若事，又盗若货器，则必甚怒而黜罚之矣⁸。以今天下多类此，而民莫敢肆其怒⁹与黜罚者，何哉？势不同也。¹⁰势不同而理同，如吾民何¹¹？有达于理者，得不恐而畏¹²乎！"

　　存义假令¹³零陵二年矣。蚤作而夜思，勤力而劳心¹⁴；讼者

<hr>

1　★薛存义是柳宗元的河东同乡，在永州零陵（今属湖南）代理县令之职。当他离开时，作者写了这篇序送他。文中将民与官说成是主仆关系，论述极为透辟。"序"在这里是指一种临别赠言的文体，又称"赠序"。
2　河东：今山西永济。将行：将要离开。柳子：柳宗元自称。载肉于俎（zǔ）：以俎盛肉。俎，古代一种盛肉祭器。崇（chóng）酒：斟满酒。觞：古代盛酒器。江之浒：江边。浒，水边。饮食（yìnsì）之：为他饯行。饮、食，使动用法，让他喝、吃。
3　吏于土：在地方上做官。吏，这里是动词，做官。若：你。
4　"盖民"二句：（这个官位）是给百姓做仆役，不是借此奴役百姓，如此而已。盖，发语词。役，前者为名词，仆役；后者为动词，奴役。
5　食于土者：靠这块土地吃饭的，指老百姓。十一：（收入的）十分之一。佣：雇佣。司平：主持公道。
6　受其直：接受他们的报酬。直，同"值"，报酬。怠：懈怠，怠慢。
7　岂惟：哪里仅仅是。
8　向使：假如。佣一夫于家：在家里雇一个男子。黜（chù）：罢免，革除。
9　肆其怒：尽情表达他们的愤怒。
10　势不同：地位不同（指一为官，一为民）。
11　如吾民何：意谓怎么对得住我们的百姓。
12　恐而畏：恐惧而敬畏。
13　假令：代理县令。假，代理。
14　"蚤作"二句：早早起床，勤勉工作；夜里还要劳心思考。蚤，同"早"。

平，赋者均，老弱无怀诈暴憎[1]。其为不虚取直也的矣，其知恐而畏也审矣[2]。吾贱且辱，不得与考绩幽明之说[3]；于其往也，故赏以酒肉而重之以辞[4]。

译文 河东人薛存义将要离开（赴任），柳宗元以俎盛肉，以觞注酒，追随他送到江边，为他饯行，并且对他说："凡在地方上做官的人，你知道他们的职责吗？他们应是给百姓当仆役而已，不是去奴役百姓的。凡是靠这块土地劳作吃饭的，拿出他们收入的十分之一来雇佣官吏，让这些人替我们这些百姓主持公义。可是如今我们这些官吏拿了人家的钱，却敷衍人家交办的事，普天下都是这个样子。又岂止是敷衍怠慢呢，还从中盗取百姓的财物呢。假使雇佣一个仆人到家中来，拿了你的薪酬，又懒得干事，还偷盗你家的钱财器物，那么你一定大发雷霆惩罚他、驱赶他。可如今官吏的作为大多像这个坏仆人一样，百姓却不敢宣泄怒火、罢免惩处他，这又是为什么？是因为双方的势位不同啊。势位不同，道理却是一样的，这又如何对得住我们的百姓呢？有明白这个道理的官吏，能不心怀恐惧和敬畏吗？"

薛存义在零陵当了两年代理县令，每日早早起床工作，夜里还在思考，既劳力，又劳心。（在他的治理下）打官司的都能得到公平处理，赋税分配也均平公正，无论老少都没有欺诈之意、仇恨之心。存

1　"讼者"三句：打官司的得到公平处理，赋税均平，无论老少，全都心境平和，没有内怀欺诈、外示憎恨的。

2　不虚取直：不白拿薪酬。的（dí）：的确，确实。审：确实，真的。

3　贱且辱：官位低下，遭受贬谪。"不得"句：不能参与官员考核优劣的评定。与，参与，过问。考绩，对官员的定期考核。幽明，这里指优劣。幽，劣等；明，优等。说，评论，意见。

4　于其往也：当他（指薛存义）走的时候。赏：赠予。重（chóng）：外加。辞：指这篇赠言。

义为官，确实做到了不白拿俸禄，他也确实是知道恐惧和敬畏的明白人。我官卑职小，又遭贬谪，没资格参与对官员的考核，给出优劣评语；当存义离开时，我以酒肉相酬，外加这篇文字（以表达我的赞赏之意）。

段太尉逸事状（节录）[1]

先是，太尉在泾州为营田官[2]。泾大将焦令谌取人田，自占数十顷，给与农[3]，曰："且熟，归我半[4]。"是岁大旱，野无草，农以告谌。谌曰："我知入数而已，不知旱也[5]。"督责[6]益急，农且饥死，无以偿，即告太尉。

太尉判状，辞甚巽，使人来谕谌[7]。谌盛怒，召农者曰："我畏段某耶？何敢言我[8]！"取判铺背上，以大杖击二十，

---

1 ★段太尉名秀实，官至泾原郑颖节度使。德宗建中四年（783），朱泚造反，占据长安，强迫段秀实出来做官。段秀实在议事时大骂朱泚，并用笏板猛击朱的额头，因此遇害。德宗兴元元年（784），朝廷追赠他为太尉，史官为他立传。柳宗元写了这篇《逸事状》呈递给史官韩愈，作为撰史的参考。"状"也称行状，是叙述死者生平事迹的一种文体。这篇文章共叙述了段秀实三件事，第一件是他做泾州刺史时，为整肃社会秩序，斩首十七名不法士卒，并亲赴军营，平息了一场骚乱。第二件是此前他做泾州营田官时，不畏强权，为民请命。第三件是坚持操守，拒收朱泚贿赂。这里节取第二件事。

2 先是：在此之前。这是史传文字常用的倒叙提示语。营田官：这里指泾州军队中的营田副使，负责屯田事务。

3 焦令谌（chén）：人名，驻军泾州的高级将领。取人田：夺人田产。给与农：租给农民。

4 归我半：把一半收成归我。

5 "我知"二句：我只知道我应收的数字，不管有无旱情。

6 督责：督促责罚。

7 判状：对状子做判决。辞甚巽（xùn）：用词非常委婉。巽，同"逊"，谦恭，委婉。谕：晓谕，告知。

8 何敢言我：怎么敢告我。言，状告。

垂死，舆来庭中[1]。太尉大泣曰："乃我困汝[2]！"即自取水洗去血，裂裳衣疮，手注善药，旦夕自哺农者，然后食[3]。取骑马卖，市谷代偿，使勿知[4]。

淮西寓军帅[5]尹少荣，刚直士也。入见谌，大骂曰："汝诚人耶[6]？泾州野如赭[7]，人且饥死；而必得谷，又用大杖击无罪者。段公，仁信大人[8]也，而汝不知敬。今段公唯一马，贱卖市谷入汝，汝又取不耻[9]。凡为人傲天灾、犯大人、击无罪者，又取仁者谷，使主人出无马，汝将何以视天地，尚不愧奴隶耶[10]！"谌虽暴抗[11]，然闻言则大愧流汗，不能食，曰："吾终不可以见段公！"一夕，自恨死。

译文 此前，段太尉在泾州任营田官。驻守泾州的大将焦令谌夺取人家农田，自己霸占了几十顷，租给农民耕种，说："等庄稼成熟，一半归我。"赶上这年大旱，田野里连草都不长，农夫把这情况告诉焦某，焦某说："我只知道我该收多少，不管有无旱情。"一面催逼得

---

1 垂死：快要死了。舆：载，抬。
2 困汝：使你困窘、受罪。
3 "裂裳"四句：撕裂衣裳给对方裹伤，亲手敷上好药，每天早晚亲自给农夫喂饭，然后自己才用餐。裳，本指下衣，这里泛指衣裳。衣，裹。手，亲手。哺，喂。
4 取骑马卖：牵了自己的马卖掉。市谷代偿：买了谷子替（农夫）偿还租子。市，买。使勿知：不让农民知道。
5 淮西寓军帅：淮西（今河南许昌、信阳一带）调至泾州驻军的将帅。
6 汝诚人耶：你还是人吗？诚，真的。
7 野如赭：田野（因干旱）变成赤土。赭，红土。
8 仁信大人：仁厚而讲诚信的君子。
9 入汝：交给你当租子。取不耻：无耻地收取。
10 傲天灾、犯大人："汝将"句：藐视天灾，触犯君子，你将有何面目面对天地，你连奴隶也要愧对。这里视奴隶为人格低下者，显示了古代士大夫的认知局限性。
11 暴抗：强横傲慢。

更急。农夫就要饿死了，没东西交租，便到段太尉那儿告状。

太尉批了农夫的状子，用词十分委婉谦恭，派人（拿着状子）向焦某说明情况。焦某暴怒，把农夫召来质问："难道我怕段某人吗？怎么敢状告我？"拿状子铺在农夫背上，让人拿大杖猛打二十下，见农夫将死，把他抬到段太尉衙门的庭院中。段太尉大哭说："这是我让你受苦了！"当即亲自取水替农夫洗去血迹，撕裂衣裳替农夫包扎伤口，亲手为他敷上好药，早晚亲自给他喂饭，然后自己才用餐。又牵来自己的马卖掉，买了谷子替农夫偿还租子，还不让农民知道。

有个淮西来此驻军的将领叫尹少荣的，是个刚正耿直的人。他入见焦某，当面大骂说："你当真还是人吗？泾州的田野一派枯焦如赤土，人们就要饿死了。你却一定要收租谷，还用大杖击打无罪者。段公是仁厚信义的有德君子，你却不知敬重。如今段公只有一匹马，贱价卖掉，买了谷子交给你，你又毫无羞耻地拿了。凡做人蔑视天灾、顶撞君子、殴打无罪者，又收取仁人君子的谷子，让主人出门没马骑，你这样将如何面对天地，你连奴隶也要愧对啊！"焦某是个强横傲慢的人，然而听到尹少荣的话，惭愧万分，大汗淋漓，饭也吃不下，说："我再也没脸见段公！"一天晚上，就那么悔恨而亡。

小石潭记[1]

从小丘西行百二十步，隔篁竹，闻水声，如鸣珮环[2]，心

1　★柳宗元被贬永州，闲暇时游山玩水，写了八篇记游文字，为《始得西山宴游记》、《钴鉧潭记》、《钴鉧潭西小丘记》、《至小丘西小石潭记》（简称《小石潭记》）、《袁家渴记》、《石渠记》、《石涧记》、《小石城山记》，称"永州八记"。本篇是第四篇，写小石潭的发现经过及独特风景。

2　篁（huáng）竹：竹丛。篁，竹林。珮环：古人系在腰间的玉饰。

乐之。伐竹取道，下见小潭，水尤清冽[1]。全石以为底，近岸，卷石底以出，为坻，为屿，为嵁，为岩[2]。青树翠蔓，蒙络摇缀，参差披拂[3]。

潭中鱼可百许头[4]，皆若空游无所依。日光下澈，影布石上，佁然[5]不动。俶尔远逝，往来翕忽[6]，似与游者相乐。潭西南而望，斗折蛇行，明灭可见[7]。其岸势犬牙差互[8]，不可知其源。坐潭上，四面竹树环合，寂寥无人，凄神寒骨，悄怆幽邃[9]。以其境过清，不可久居，乃记之而去。

同游者：吴武陵，龚古，余弟宗玄。隶而从者[10]，崔氏二小生：曰恕己，曰奉壹。

译文 从小丘往西走一百二十步，隔着竹丛听到流水声，好像人身上的玉佩、玉环叮当作响，心里很是喜欢。于是砍伐竹子开出一条小道，下面显现出一个小水潭，潭水特别清澈。整块石头做了水潭的底，靠近岸边处，石底向上卷起，形成礁石、小岛、小洲及各种形状的石块。潭边青葱的树木、翠绿的藤蔓，遮掩缠绕，摇动下垂，参差

---

1 清冽（liè）：清澈。清，清澈。冽，同"洌"，清澈。
2 坻（chí）：水中高地。屿：小岛。嵁（kān）：不平的岩石。岩：这里指突起的岩石。
3 翠蔓：翠绿的藤蔓。蒙络摇缀：遮掩缠绕，摇动下垂。参差披拂：参差不齐，随风飘荡。
4 可：大约。许：表约数。
5 佁（yǐ）然：呆呆的样子。
6 俶尔远逝：忽然向远处游去。俶（chù）尔，忽然。翕（xī）忽：迅捷貌。
7 "斗折"二句：形容小溪像北斗星般曲折，如蛇行那样蜿蜒，时隐时现。斗，北斗七星。
8 犬牙差（cī）互：像狗牙一样参差交叉。差，不齐。
9 凄神寒骨：令人心境凄凉，感到寒入骨髓。凄、寒在这里都作动词用。悄怆（qiǎochuàng）：极度寂静，令人忧伤。幽邃（suì）：幽深。
10 隶而从者：跟着同去的。隶，附属，随从。

不齐，随风飘荡。

　　潭中有鱼，大约百来条，都像是在半空中游动，无依无靠。阳光往下一直照到潭底，鱼的影子映在潭底石头上，呆呆地一动不动。突然之间又向远处游去，来来往往，动作迅捷，像是跟游人游戏取乐。朝石潭西南方向望去，小溪像北斗七星那样曲折，像蛇爬行那样蜿蜒，时隐时现。两岸的地势进进出出，像犬牙一样参差交错，看不到溪流的源头。坐在石潭边上，四面被竹林树木包围着，空寂无人，心神凄凉，寒气入骨，寂静幽深，令人感伤。因这里环境过于冷清，不宜长久居处，于是记下这里的景致便离开了。

　　同去游览的有吴武陵、龚古和我的弟弟宗玄。随同前往的还有姓崔的两个年轻人，一个叫恕己，一个叫奉壹。

石涧记[1]

　　石渠之事既穷，上，由桥西北下土山之阴，民又桥焉[2]。其水之大，倍石渠三之一[3]。亘石为底，达于两涯[4]。若床，若堂，若陈筵席，若限阃奥[5]。水平布其上，流若织文[6]，响若操琴。揭跣而往，折竹扫陈叶，排腐木，可罗胡床十八九居

1　★本篇是"永州八记"的第七篇，写石涧嬉水之乐。

2　石渠之事既穷：整顿石渠的事做完了。穷，毕。按《石涧记》的前一篇是《石渠记》，写作者如何发现并疏浚一条宽一二尺、长十余步的石渠。石涧是继石渠之后发现的。上：向上走。土山之阴：土山的北面。民又桥焉：百姓又在那里架了一座桥。

3　"其水"二句：是说这里的流水量，比石渠的多出三分之一。倍，多，增加。

4　亘石为底：横亘的石头形成涧底。两涯：两岸。

5　"若床"四句：（形容涧底之石）这里像床，那里像厅堂，这边像铺开的筵席，那边又像被隔开的内室。限，隔开。阃（kǔn）奥，内室。

6　流若织文：水在石上流过形成交织的水纹。文，纹。

之¹。交络之流，触激之音²，皆在床下。翠羽之木，龙鳞之石³，均荫其上。古之人其有乐乎此耶，后之来者有能追予之践履⁴耶？得⁵之日，与石渠同。

由渴⁶而来者，先石渠，后石涧；由百家濑⁷上而来者，先石涧，后石渠。涧之可穷者，皆出石城村东南，其间可乐者数焉⁸。其上深山幽林逾⁹峭险，道狭不可穷也。

译文 疏浚石渠的事做完了，往上走，由石渠小桥往西北方向过去，到土山的阴面，又有一座百姓架的桥。这儿的水量，比石渠的多了三分之一。横亘的石头形成涧底，直抵两岸。那些石头的形状，有的像床，有的像厅堂，有的像铺开的筵席，有的像隔开的内室。浅浅的水流平铺在石上流淌，水面形成交织的波纹，响声犹如弹琴。人提着长衫下摆、光着脚蹚过去，折下竹枝当扫帚，清扫陈腐的落叶，搬掉水中的朽木，可以摆下十八九张交床。（人坐在床上）交织的水流，激荡的水声，都流淌、鸣响于交床下面。而翠羽般的树木、龙鳞般的石壁，都遮蔽在上面。前人享受过这种乐趣吗？后来者又有谁能追随我的游踪？（补充一句）发现石涧的日子，跟发现石渠是同一天。

---

1 揭跣（xiǎn）：提衣光脚。陈叶、腐木：败叶腐枝。排：清除。罗：罗列，摆放。胡床：一种可折叠的椅子。

2 交络：水纹交织。触激：水流撞击。

3 "翠羽"二句：像翠鸟羽毛的树叶，像龙鳞一样的石头。

4 践履：足迹。

5 得：发现。

6 渴（hè）：水回流叫"渴"。这里指袁家渴，是永州一处水湾。

7 百家濑（lài）：这是另一处水面。濑，浅水石滩称"濑"。

8 涧之可穷者：这里疑少一"渠"字，即"渠、涧之可穷者"，因为后面有一"皆"字。穷，穷尽。数（shuò）：多。

9 逾：更加。

从袁家渴来的人，先到石渠，后到石涧；从百家濑上山到这里的人，先到石涧，后到石渠。（石渠）石涧的源头，都在石城村东南，一路上值得欣赏的景致还有好几处。再往上，山深林密，愈加陡峭险峻，道路极窄，不能找到尽头。

贾 岛

贾岛（779—843），字阆仙，一作浪仙，自号碣石山人。唐范阳（今河北涿州）人。屡试不第，曾为长江主簿，人称"贾长江"。诗歌代表作有《寻隐者不遇》《剑客》《题诗后》《题李凝幽居》等。有《长江集》。

寻隐者不遇[1]

松下问童子，言师采药去。只在此山中，云深不知处。

剑客[2]

十年磨一剑，霜刃未曾试。今日把[3]示君，谁有不平事？

题诗后[4]

二句三年得，一吟双泪流。知音如不赏，归卧故山秋。

1　★本篇记述访友不遇的情景，寻访对象虽未在诗中露面，却通过诗人的描述，让人想见其遗世独立的风范。
2　★本篇模拟剑客口吻，抒发了诗人心中的磊落不平之气。
3　把：拿，拿来。
4　★贾岛是苦吟型诗人，从本篇中可以看出。

题李凝幽居[1]

闲居少邻并[2]，草径入荒园。鸟宿池边树，僧敲月下门[3]。
过桥分野色，移石动云根[4]。暂去还来此，幽期不负言[5]。

1　★李凝应是作者一位隐士朋友。幽居，指李凝的隐居之所。作者曾出家，诗中的僧，
　　当是作者自指。

2　邻并：邻居。

3　"鸟宿"二句：相传诗人因构思此联而结识韩愈，贾岛正为用"推"还是"敲"字而犹
　　豫不决，恰遇韩愈，韩愈说："敲字好。""推敲"一词即出自此事。

4　"过桥"二句：是说走过小桥，见到两边原野颜色不同；又见山石移动，实为白云飘荡
　　带给人的错觉。云根，原指石，这里指云气。

5　"暂去"二句：是说我暂且离开，但不负约定，还是要来的。幽期，再访幽居的约定。

元 稹

元稹（779—831），字微之。唐河南洛阳（今属河南）人。与白居易并称"元白"。诗文代表作有《遣悲怀》《闻乐天授江州司马》《行宫》《织妇词》及传奇小说《莺莺传》等。有《元氏长庆集》传世。

遣悲怀（选一）[1]

谢公最小偏怜女，自嫁黔娄百事乖。[2]顾我无衣搜荩箧，泥他沽酒拔金钗[3]。野蔬充膳甘长藿，落叶添薪仰古槐[4]。今日俸钱过十万，与君营奠复营斋[5]。

---

1 ★诗人有《遣悲怀》三首，本篇是第一首，是一首悼亡诗，悼念诗人的原配妻子韦氏。遣，排遣，抒发。

2 谢公：东晋宰相谢安。诗人的岳父韦夏卿也是高官，作者以偏爱侄女谢道韫的谢安，来比疼爱女儿的韦夏卿。偏怜女：偏爱的女儿。黔娄：古代贫士，此处用以自比。乖：不顺遂。

3 "顾我"二句：见我没有像样的衣服，就翻箱子寻找；我打酒（没钱），就软磨硬泡地求她，她于是拔下头上金钗（让我换钱）。顾，看。荩箧（jìnqiè），草编的箱子。泥（nì），软求。

4 "野蔬"二句：（因贫困）野菜、豆叶当菜，吃得很香；（没钱买柴）全仗着烧槐树叶子。膳，饭食。甘，以……为甜美。藿，豆叶。仰，仰仗。

5 "今日"二句：如今我做了高官，薪金超过十万，（可惜你已经不在了）只好通过奠祭诵经来寄托哀思吧。俸钱，做官的薪金。营，办理。奠、斋，分别指祭奠，诵经拜忏。

闻乐天授江州司马[1]

残灯无焰影幢幢，此夕闻君谪九江[2]。垂死[3]病中惊坐起，暗风吹雨入寒窗。

行宫[4]

寥落[5]古行宫，宫花寂寞红。白头宫女在，闲坐说玄宗[6]。

---

1 ★此篇是元稹写给好友白居易的。白居易字乐天，元和十年（815）被贬为江州司马，当时元稹任通州（今四川达州）司马，于病中得到消息，写诗给对方，传达自己震惊、同情、痛心等复杂心情。

2 残灯：快要熄灭的灯。焰：火苗。幢（chuáng）幢：灯影晃动貌。九江：即江州，今属江西。

3 垂死：将死，病危。

4 ★行宫是皇帝出行时的临时住所。本篇咏叹半个世纪前的事，带有咏史的意味。

5 寥落：冷落。

6 "白头"二句：是说行宫中头发已白的老宫女，唯以追述当年玄宗（唐明皇李隆基）驾临的盛况，打发这寂寞的时光。

李 贺

李贺（790—816），字长吉，唐河南福昌昌谷（今河南宜阳三乡）人，世称"李昌谷"。他是没落的宗室贵族，一生不得志，仅做过奉礼郎。诗歌代表作有《雁门太守行》《将进酒》《致酒行》《李凭箜篌引》《南园》《马诗》《梦天》《金铜仙人辞汉歌》《秦王饮酒》等。有《昌谷集》。

雁门太守行[1]

黑云压城城欲摧，甲光向日金鳞开[2]。角声满天秋色里，塞上燕脂凝夜紫[3]。半卷红旗临易水，霜重鼓寒声不起[4]。报君黄金台上意，提携玉龙为君死[5]！

将进酒[6]

琉璃钟，琥珀浓，小槽酒滴真珠红[7]。烹龙炮凤玉脂泣，

---

1 ★《雁门太守行》为乐府旧题，多咏边塞征战事。李贺在诗中描摹了想象中的战争场面，表达了内心的报国之志。

2 城欲摧：城墙像是要被摧毁。金鳞：形容日光照耀铠甲犹如金色龙鳞。

3 "塞上"句：据说秦筑长城，土色皆紫，因此称紫塞。燕脂，即胭脂，一种红色颜料。

4 易水：水名，在今河北易县。"霜重"句：边塞严寒，由于霜浓，鼓被打湿，声音低沉。

5 黄金台：燕昭王曾筑黄金台，招揽天下贤才。玉龙：指宝剑。

6 ★《将进酒》是汉乐府古题。篇中描写欢歌纵饮的场面，在鼓吹及时行乐的背后，隐藏着时不我待的焦虑。

7 琉璃：一种半透明的玉石，也指一种早期的玻璃制品。琥珀：棕红色、半透明的生物化石。这里用来形容酒浆的颜色。小槽：制酒器的一个部件，酒由此流出。真珠红：形容酒滴如红色珍珠。真珠，珍珠。

罗帏绣幕围香风[1]。吹龙笛，击鼍鼓[2]；皓齿歌，细腰舞[3]。况是青春日将暮，桃花乱落如红雨。劝君终日酩酊醉，酒不到刘伶坟上土[4]。

致酒行[5]

零落栖迟一杯酒，主人奉觞客长寿[6]："主父西游困不归，家人折断门前柳[7]。吾闻马周昔作新丰客，天荒地老无人识。空将笺上两行书，直犯龙颜请恩泽。[8]""我有迷魂招不得，雄鸡一声天下白。少年心事当拿云，谁念幽寒坐呜呃。[9]"

1　"烹龙"句：形容烹调珍奇美味。玉脂泣：喻烹调时油脂嗞嗞作响。"罗帏"句：描画饮酒的富丽环境。

2　龙笛：一种长笛。鼍鼓：用扬子鳄的皮蒙制的鼓。鼍，扬子鳄。

3　皓齿、细腰：代指歌女、舞女。

4　"劝君"二句是劝饮之词：活着不畅饮美酒，死了，就是酒徒刘伶也喝不上了。酩酊（mǐngdǐng），大醉貌。刘伶，魏晋时期名士，"竹林七贤"之一，以嗜酒著称。

5　★本篇写主客劝饮，实则是李贺在自我宽解。诗末表达了自己的抱负。

6　"零落"二句：是说客人漂泊落拓，主人举杯劝酒，向客致意。以下六句是主人借古人际遇给客人打气。栖迟，困顿失意。奉觞，捧杯，举杯。客长寿，敬酒之词，如同说"祝您健康"。

7　"主父"二句：汉武帝时，齐人主父偃四处游历，西至长安，在卫青门下作客，困顿难以出头。家人久盼不归。其后主父偃上书武帝，得到任用，官至齐相。折断门前柳，古人有折柳送行之俗，这里有寄柳促归之意。

8　"马周"四句：马周是唐太宗时人，家贫，曾在新丰客店受冷遇。后来因替人草拟条陈，切中时弊，受太宗赏识，做了高官。新丰，新丰驿，唐时驿站，故址在今陕西临潼东北。天荒地老，形容时间很长。空将，仅凭。笺，纸笺，这里指奏章。直犯龙颜，这里指敢于直言时弊，冒犯皇上。请恩泽，求取恩赏。

9　"我有"四句：这里是"客"的回答：我神智昏迷，难以招回，听了主人的鼓励，如闻雄鸡啼鸣，顿觉天清气朗。自己正值年少，应当有青云之志，不会因眼前的困厄而灰心丧气。拿云，采摘天上的云彩，喻志向高。幽寒，喻处境困顿。坐，徒然，空。呜呃，唉声叹气。

李凭箜篌引[1]

吴丝蜀桐张高秋，空山凝云颓不流[2]。江娥啼竹素女愁，李凭中国弹箜篌[3]。昆山玉碎凤凰叫，芙蓉泣露香兰笑[4]。十二门前融冷光，二十三丝动紫皇[5]。女娲炼石补天处，石破天惊逗秋雨[6]。梦入神山教神妪，老鱼跳波瘦蛟舞[7]。吴质不眠倚桂树，露脚斜飞湿寒兔[8]。

南园（选二）

其一[9]

男儿何不带吴钩，收取关山五十州[10]。请君暂上凌烟阁，

1　★李凭是宪宗时期著名的宫廷教坊艺人，善弹箜篌（kōnghóu），此诗描摹李凭的高超技艺，记录了李贺听曲的感受。《箜篌引》是乐府旧题。箜篌，一种弦乐器，有二十三根弦。

2　"吴丝"二句：吴地产丝，蜀地产桐木，都是造箜篌的材料。张，弹奏。颓，下垂貌。

3　江娥：又作"湘娥"，传说中舜的两位妃子娥皇、女英，两人闻舜死于苍梧山，南寻痛哭，泪滴竹上，形成斑竹。素女：传说中的霜神。中国：指长安。这里是说李凭在京城演奏箜篌，乐声感动神女。

4　"昆山"二句：以玉碎声、凤鸣声比喻不同凡响的琴声；又说琴声幽咽处如芙蓉（荷花）哭泣，欢快处如香兰欢笑。或谓琴声动人，令芙蓉哭泣，香兰欢笑。昆山，即昆仑山，是产玉之山。

5　十二门：长安有城门十二座。融冷光：乐声和美，消融了深秋寒气。动紫皇：感动天帝。紫皇，道教中最高的天神。

6　"女娲"二句：用女娲补天的典故形容乐声惊天动地。逗，招惹。

7　"梦入"二句：传说有神妇号成夫人，善弹箜篌。神妪（yù）即指成夫人。又《列子·汤问》记载，"匏巴鼓琴而鸟舞鱼跃"。

8　"吴质"二句：是说月中吴刚倚树听曲（忘记挥斧砍树），月中玉兔静听乐曲，任凭被露水打湿。吴质，即月中被罚砍桂树的仙人吴刚。寒兔，月中玉兔。

9　★诗人有《南园》十三首，本篇是第五首。表达了投笔从戎、为国效力的抱负。

10　吴钩：一种弯刀。关山五十州：当时军阀割据的地盘差不多是五十州。

若个书生万户侯[1]？

其二[2]

寻章摘句老雕虫，晓月当帘挂玉弓[3]。不见年年辽海上，文章何处哭秋风[4]。

马诗（选二）[5]

其一

此马非凡马，房星[6]本是星。向前敲瘦骨，犹自带铜声。

其二

大漠沙如雪，燕山月似钩。何当金络脑[7]，快走踏清秋。

---

1 凌烟阁：唐太宗时曾建凌烟阁，阁中供奉着功臣画像。若个：哪个。

2 ★本篇是《南园》第六首，暗写对个人现状的不满。

3 "寻章"二句：整天翻书抄典故，刻苦创作，夜以继日，人就在这无价值的苦吟中老去。寻章摘句，指写作诗文时翻书查典故、摘抄词句。雕虫，扬雄年轻时喜作赋，晚年有所反省，说作赋如"童子雕虫篆刻"，"壮夫不为也"。（见《法言·吾子篇》）玉弓，比喻弯月。

4 "不见"二句：意谓辽东年年有战事（需要的是战士），悲秋诗文又有何用。辽海，即辽东，因其濒临大海，故称辽海。何处，无处（用得上这些文章）。哭秋风，用宋玉写《九辩》表达悲秋情怀的典故。

5 ★诗人有《马诗》二十三首，本篇是第四首。

6 房星：为二十八宿之一。古人认为马是房星之精。

7 金络脑：这里指用黄金装饰的马笼头。踏：走、跑。清秋：清朗的秋日。